근대문학의 장과 시인의 선택

지은이 **김진희**(金眞禧, Kim, Jin-Hee)는 이화여자대학교 국어국문학과를 졸업하고 동대학원에서 박사학위를 받았다. 1996년『세계일보』신춘문예 평론 부문에 당선되었으며 현재 이화여자대학교 한국문화연구원 HK교수로 재직 중이다. 저서로는 평론집『시에 관한 각서』,『불우한, 불후의 노래』,『기억의 수사학』이 있고 연구서로는『생명파시의 모더니티』,『젠더와 탈/경계의 지형』(공저) 등이 있다.

근대문학의 장場과 시인의 선택

2009년 10월 25일 1판 1쇄 인쇄
2009년 10월 30일 1판 1쇄 발행

지은이_ 김진희 펴낸이_ 박성모 펴낸곳 소명출판
등록 _ 제13-522호 주소_137-878 서울시 서초구 서초동 1621-18 (란빌딩 1층)
대표전화_(02) 585-7840 팩시밀리_(02) 585-7848
somyong@korea.com | www.somyong.co.kr
ⓒ 2009, 김진희
ISBN 978-89-5626-430-1 93810 | 값 25,000원

이 저서는 2006년 정부(교육인적자원부)의 재원으로 한국학술진흥재단의 지원을 받아 수행된 연구임
(KRF-2006-812-A00043).

근대문학의 장과 시인의 선택

The Modern Literature Field and The Choice of Poet

김진희

소명출판

책머리에

　생명파 시의 모더니티 연구로 박사학위 논문을 쓴 이후 최근까지 나의 연구는 식민지 시대 문학과 이를 창조하는 작가를 중심으로 이루어져 왔다. 이 책 역시 이런 학문적 관심의 연장에서 2006년에 구상된 것이다. 나는 식민지 시대 문학을 당대의 사회, 정치, 문화의 장(場)과 작가의 역동적인 관계성 속에서 연구하고 싶었다.

　이러한 연구방법론은 2000년대 이후 한국문학 연구의 외연을 확장시키고, 해석의 풍요로움에 기여한 문화론적 연구방법론과 교차하는 것이기도 했다. 그러나 한편으론 문화론적 시각이 1990년대 이후 거대담론의 붕괴, 소비자본주의와 대중문화의 급격한 확산, 이에 따른 이념의 상실과 인간주체의 위기라는 인문학 전반의 침체 현상 속에서 모색된 연구방법론이라는 점 역시 유념할 필요가 있었다. 따라서 당대 문화의 적극적인 소비자와 향유자로서의 작가의 삶에 주목하는 한편 식민지 시대의 작가로 살아가는 작가 주체의 신념이나 역사적 전망 역시 논의해야 하리라 생각했다. 즉 식민지 시대의 작가들이 문학 창작을 통해 역사와 문학의 진정한 주체가 되길 소망했음을 염두에 둔다면 당대 문화의 장(場) 안에서 고민하고 사유하고 실천했던 문학적 주체로서의 작가에 대한 보다 적극적인 논의가 필요했다.

이런 관점에서 본 연구서는 식민지 시대 문화를 보다 중층적이고 복잡한 체계로 파악하면서 그 안에 놓인 작가의 선택 역시 주체적이고 실천적인 것임을 드러내는 방식으로 기획되었다. 이를 위해 프랑스 사회학자 피에르 부르디외(Pierre Bourdieu)가 『예술의 규칙—문학 장의 기원과 구조』에서 제안했던 '문학의 장(場, littérature Champ)'이라는 개념을 원용하여 연구 주제의 큰 틀을 삼았다. 부르디외의 이론은 문학작품이 생산되고 수용되는 중층적이고 복합적인 사회, 문화의 공간을 상정함으로써, 문화와 문학 간 고려해야 할 다양한 지층과 관계들이 있음을 강조한다. 또 이런 상황 속에서 작가의 창조적 전략과 작품의 개별성이 발휘됨으로써 창조적 선택을 하는 주체로서 작가의 실천성을 부각시킨다.

주지하다시피 1910년대 이후 한국 근대시문학의 발전은 다양하고 복합적인 관계 속에서 지속되어 왔다. 전통적 장르와 미의식의 존속, 서구 예술사조의 유입, 식민지화와 근대화, 제국문화의 권력과 민족문화의 추구, 현대 예술에 대한 인식 변화, 전문작가의 대거 등장, 대중문화와 매체의 발전 등 작가가 놓인 사회, 문화적 현실은 단순하지 않다. 각각의 상황은 서로 얽혀 있는 그물망처럼 펼쳐져 있고 작가는 그 어느 한 지점 위에 위치해 있다. 이 연구서는 근대문학의 장(場)이라 불리는 이런 지점에서 고민했던 근대작가들의 주체적 실천에 주목하고 있다. 이런 문제의식은 오늘날 '21세기 문화의 장(場) 안에서 진정한 문화 주체로 살아가는가'라는 나에게로 향한 질문과 맞닿아 있다.

본 연구서에 실린 글들은 2006년에 한국학술진흥재단에 저술 지원을 하면서 묶어내었던 논문들과 이후에 쓴 글들을 연구의 주제에 맞추어 수정, 보완한 것들이다.

1부는 김억, 김기림, 김광균, 윤동주 연구를 통해 근대문학의 장을 의식하면서 작가가 창조한 독자적 미학을 논의하고 있다. 특히 김억과 김광균에 관한 연구는 그간 외국문학이론과의 관련 속에서 결여태로 평가받아 온 작품이 오히려 당대 문학 장과의 역동적인 관련 속에서 모색된 작가의 실천적 선택이었음을 밝히고 있다.

2부는 사회, 문화적 전환기에 대응하는 서정시의 변화를 임화의 단편서사시와 후기 시, 김기림의 전체시론, 해방문단의 청록파와 생명파를 중심으로 논의하고 있다. 단편서사시 양식이나 전체시론은 식민지 시대 역사와 현실에 대응하는 작가들의 창작방법론의 탐구를 보여주며, 청록파와 생명파의 작품은 당대 문단의 이데올로기와 작가적 선택의 향방을 제시해주고 있다.

3부는 식민지 근대문화의 타자였던 여성 혹은 여성성의 문제를 논의하고 있다. 이는 근대문학의 장에 작동하는 젠더 권력에 대한 탐구이기도 하다. 근대화의 이면에 타자로 존재했던 여성, 근대문화 발전에서 격하되어 배제되어버린 여성성의 가치가 제국의 권력에 어떤 균열을 낼 수 있었는지 또는 식민지의 문화에 어떤 생산적인 힘이 되었는지 밝히고 있다.

이 연구서의 출간이 또 다른 학문적 질문을 시작하는 계기가 되었으면
한다.

혼쾌하게 출판을 허락해주시고, 또 거친 글을 매만져주신 소명출판의
모든 분들께 감사의 마음을 전한다.

2009년 가을 맑은 날

김진희

차례

근대문학의 장(場)과 창조적 전략

근대 서정과 김억의 상징주의 수용

1. 상징주의 수용과 근대시의 모색

한국 근대시문학사에서 1910년대는 전통적인 시가(詩歌)가 여전히 향유되면서도 새로운 시의 내용과 형식이 탐색되고 실천되기 시작하는 시기이다. 외국의 시론이 소개되는 것은 물론 시에 관한 이론적 접근이 시도되고 기존의 공리적인 시관(詩觀)에서 벗어나 개인의 정감의 세계를 시화(詩化)하려는 노력이 드러나기 시작한다. 이런 문학사적 맥락에서 근대시의 기틀을 마련한 김억은 중요한 존재이다. 김억은 당대의 공리적인 문학관에서 벗어나 규범적인 시의 형식을 반성하고 새로운 시의 형식을 모색했던 중요한 문학인으로 평가할 수 있다. 특히 신문학의 초창기에 상징주의 시론의 수용자와 창작자로서의 김억의 활동은 주목할 만한 것이었다. 1916년부터 상징주의 이론을 소개하기 시작했으며, 상징주의 시들인

『오뇌의 무도』(1921), 『잃어진 진주』(1924)를 번역 소개했다. 뿐만 아니라 1923년에는 자신의 창작 시집 『해파리의 노래』를 출간하기도 했다. 김억은 상징주의 이론의 도입을 통해 근대적인 시에 관한 전문적인 이해를 형성시키도록 하였으며, 번역시를 통해 새로운 시형을 모색하였고, 나아가 우리 민족에 맞는 시형과 운율에 대해 고민하고 그것을 구체적으로 시화함으로써 1920년대 자유시 형성의 기틀을 마련할 수 있었다.

그러나 한편 이런 성과와 함께 일정한 한계 역시 지적되고 있다. 우선 김억의 상징주의의 편중적 수용 문제이다. 김억의 상징주의 시 소개가 베를레느를 중심으로 이루어졌으며, 그 특성 역시 감상성과 음악성을 강조하는 방향으로 이루어졌다는 것이다.[1] 또 상징주의 수용이 깊이 있게 이루어지지 못했거나, 근대시의 방향을 상징시를 통해 찾지 못했으므로 상징시를 통해 자유시론을 주장하던 그가 민요시로 선회하면서 '격조시론'이라는 정형시의 형태를 주장하게 되었다는 것이다.[2]

김억이 프랑스 상징주의 도입의 첫 시론인 「요구와 회한」(1916)에서 보들레르와 베를레느를 소개하되 연대순을 바꾸어 베를레느를 앞세우고 있다거나 상징파시의 본보기로 보들레르의 시를 제쳐놓고 베를레느의 「거리에 내리는 비」를 전문 번역 게재한 것은 베를레느에 대한 김억의 개인적 공감과 심취를 반영한 것으로 해석되고 있다. 이처럼 김억의 상징주의적 경향이 베를레느에 경도되었다는 사실은 상징주의 수용이 표면적인

---

1) 김은전, 「김억의 상징주의 수용양상」, 서울대 박사논문, 1984; 김교봉·설성경, 『근대전환기 시가 연구』, 국학자료원, 1996, 131면; 김동근, 「한국 근대시의 상징주의적 성격」, 『한국언어문학』 40호, 1998.
2) 오세영, 『한국낭만주의 시연구』, 일지사, 1980, 235~272면; 조동구, 「안서김억연구」, 연세대 박사논문, 1989, 71~94면; 윤여탁, 「한국 근대시와 서구시의 수용—1910년대 우리시를 중심으로」, 『한국 근대문학과 계몽담론』(문학사와비평연구회 편), 새미, 1999, 128면.

모방에 그친 결정적 요인으로 평가된다.

또한 그의 시가 서구시의 내면적인 정서의 깊이에는 도달하지 못하고 시적 언어의 운율을 바탕으로 감정의 분방한 표출이나 영탄적, 애상적 고조 등을 차용하기만 함으로써 서구 시에 나타나는 암시의 진폭은 약화된 채 감정의 피상적인 표출에 그치는 것으로 논의되기도 했다. 즉 김억은 베를레느에서 보여지는 선율을 막연한 감상성으로만 이해했다는 의미이다. 이런 특성 때문에 김억의 시는 감상과 우울, 비관의 정조를 중심으로 현실을 담보하지 못한 채, 1920년대 시의 향방을 감상과 퇴폐적 낭만성의 정조로 일관시켰으며, 근대 자유시의 경향을 비이성적인 것으로 인식하도록 한 것으로 평가된다.[3]

한편 감상성의 편중과 더불어 지적되는 것은 음악성의 편향적 강조이다.

상징파 시가의 특색은 의미에 있지 아니하고 언어에 있다. 다시 말하면 음악과 같이 신경에 닷치는 음향의 刺戟—그것이 시가이다. 그러기에 이점에서는 관능의 예술이다. 찰나찰나의 자극, 감동되는 정조의 음률, 그것이 상징파의 시가이기 때문에 자연 몽롱이 안 될 수 없다. 베르렌의 유명한 작시법의 주장이 그것이다.[4]

警句와 格言이 시가 아닙니다. 긋세인 발음에는 음악적 울림이 없습니다.

---

3) 김교봉 · 설성경, 앞의 책, 131면; 최영호, 「김억의 번역시와 초기 시의 상관관계 연구」, 고려대 석사논문, 1989; 김은철, 『한국 근대시 연구』, 국학자료원, 2000, 61~63면; 박철희, 「1920년대 시의 좌절과 방향 모색」, 『한국문학연구입문』(황패강 · 김용직 · 조동일 · 이동환 편), 지식산업사, 1982.
4) 김억, 「프란스 시단」, 『태서문예신보』, 1918.12.

만지면 깨어질 듯한 牛毛와 같은 문자가 아니고는 음악적 울음이 없습니다. 그리고 詩美的이 되게 하려면 철학적 思想을 노래함으로서는 아니될 줄 압니다. 의미로는 幽闃한 잡기 어려운 것이라야 詩美의 오월 하늘 같은 곱다란 것이 있을 줄로 압니다. 더욱 상징시의 경향으로 말하면 내용에 의미를 주지 아니한 시입니다 만은.[5]

김억은 상징주의 시가 암시를 통해 신비적인 세계를 드러내 주는데, 이 때 음악은 의미를 제공하는 것이 아니라 몽롱한 분위기로 상징주의의 특성을 드러낸다고 설명하고 있다. 또한 시의 아름다움을 위해서는 철학적 사상을 노래하면 안 된다는 것, 그리고 시에서 의미를 지향하면 유원(幽闃)한 아름다움을 얻기 어려우므로 상징시에서는 내용을 통해 의미를 드러내지 않는다고 설명한다. 이 같은 김억의 주장은 상징주의 시의 소개에서 상징주의의 음악적인 측면만을 부각시킴에 따라 상징주의 시의 정신적 측면을 제대로 수용하지 못했다는 비판을 받는다.

이상과 같은 김억의 상징주의 수용이 갖는 한계성은 지속적으로 언급되어 왔다. 그러나 김억이 베를레느를 집중 소개하고 있는 것이 상징주의에 대한 이해가 부족한, 편중 현상인지 아니면 주체적인, 의도적인 선택이었는지에 대해서 엄밀히 생각해 볼 필요가 있다. 또한 김억이 상징시를 통해 시의 음악성과 음률에 대해 고민함으로써 자유시론의 형성에 중요한 기여를 했으며, 상징주의 시 이론에서 음악성의 탐구가 자유시의 개인의 호흡과 정서의 강조로까지 나아갔음에 적극적으로 동의한다면, 음악성의 강조가 단지 상징시의 정신성을 이해하지 못했기 때문에 비롯된 것

---

5) 김억, 「서문」, 『잃어진 진주』, 집문당, 1924.

이며, 이런 인식의 일천함 때문에 1930년대 자유시와 대립되는 격조시론이라는 정형시를 주장하게 되었다는 평가에 대해 유보해야 한다. 그러므로 상징주의 수용에서 음악성의 강조나 감상성의 편중이 표피적인 이해로 인한 것인지, 또 김억이 근대 자유시에 대한 이해가 부족했던 것인지도 보다 폭넓은 당대 문학의 장과의 관련 속에서 수용의 과정 검토를 통해 다시 밝혀져야 할 것이라 생각한다.

2. 근대문학의 장(場)⁶⁾과 창조적 수용

비교문학 연구에서 진보적인 수용연구를 제안하는 두리친(D. Durisin)의 연구는 주목할 만하다.⁷⁾ 문학의 수용연구에 있어서 창조적 수용이란 작가의 창조적 주체성 및 일정한 문학 사회에의 소속성에 따라 달라지는데, 구체적으로 이를 위한 객관적 요인과 주관적 요인을 구분한다. 우선 객관적 요인은 사회적 이데올로기와 자국에서 성행하는 문학유파의 진행 방향, 문학 장르, 문학 전통 등과 그들의 역사적 전후관계를 고려한다. 또한 주관적 요인으로는 작가의 인간성, 예술적 개성, 독창성 등을 들고 있

---

6) 근대문학의 장(場)이라는 개념은 부르디외(Pierre Bourdieu)의 문학의 장(champ)에서 가져왔다. 엄밀히 말해 부르디외가 설정하는 '문학의 장'이라는 개념은 1930년대 문단부터 적용될 수 있을 것이다. 1910년대는 아직 자신들의 문학론을 내세우는 집단들이 그것을 상징적 권력으로 삼아 논쟁하는 양상들을 보이지 않기 때문이다. 다만 이 시기는 근대화가 시작되면서 공적 영역과 분리된 '문학'이라는 場이 새롭게 형성되어 가는 시기로 이 형국은 논쟁적이기보다는 하나의 政論이 일종의 상징적 권력으로 모든 문학장르들과 문학 주체를 장악하는 것으로 나타난다. 따라서 문학 주체는 기존의 문학 전통과 규범에 대해 반성하고, 갈등하고, 투쟁하면서 새로운 문학의 이념을 지향해나 간다는 점에서 문학의 장이라는 개념을 설정해볼 수 있을 것이다.

7) D. Durisin, 김숙희 역, 「수용하는 문학현상과 수용되는 문학현상」, 『비교문학』 II(이혜순 편), 중앙출판인쇄소, 1980, 222~232면.

다.8) 두리친은 이러한 객관적 요인과 주관적 요인의 교점 속에서 수용의 성격이 결정된다고 한다.

두리친의 연구는 수용의 결과가 아니라 수용의 과정에 주목함으로써 수용의 성격과 의미를 좀 더 포괄적이고 객관적인 관점에서 파악할 수 있도록 한다. 그런데 문학주체의 주관성은 객관적인 상황과 어떻게 관련되면서 문학 작품을 생산하는가. 이런 질문에 대한 과학적인 인식론이자 방법론으로써 부르디외의 문학의 장(Champ)과 아비튀스(Habitus)라는 개념은 효과적이라 생각한다. 부르디외는 사회공간의 하위공간으로서 장(champ ─학술적으로, 場·界·野 등의 의미)을 설정하는데, 그는 이를 기존 행위자들의 관계를 변형하거나 유지하려는 것을 목표로 하는 상징적 힘의 대결 공간으로 본다.9) 이런 맥락에서 문학의 장(champ) 역시 문학작품의 생산과 수용의 사회적 조건을 살피기 위한 개념으로 부르디외에 의하면 작가의 창작 활동은 이런 장(場) 안에서 이루어지면서 자신의 개별성, 개별적인 성향(habitus)에 따라 그만의 독특한 실천이 생산되는데, 이때 아비튀스(habitus)란 교육, 학습, 사회, 문화적 환경에 의해 결정된 개인의 성향(dispositions)을 말한다. 부르디외의 이런 관점은 두리친이 제안하는 비교문학의 수용 연구에 있어서의 객관적 요인과 주관적 요인의 상호관계를 구체적으로 인식하게 한다. 즉 두리친이 수용 연구에서 객관적 요인과 주관적 요인이 있음을 고려하여 그 관련성을 강조하고 있다면 부르디외는 더 나아가 그 두 요소의 기능을 강조하고 또 그 요소가 서로 투쟁하고 갈등하면서 역동적

---

8) 윤호병, 『비교문학』, 민음사, 1994, 116면.
9) 부르디외의 문학방법론은 사회─구조주의적 방법론으로 문학작품의 생산과 수용의 사회적 조건을 살펴보면서 사회적 특정 상황 속에서 창조자로서 작가와 작품의 개별성을 부각시키고 있다. Pierre Bourdieu, 하태환 역, 『예술의 규칙─문학 장의 기원과 구조』, 동문선, 1999, 284~295면.

으로 관련을 맺으면서 문학 생산이나 수용의 성격을 만들어낸다고 설명하고 있다.

1) 공리주의적 문학과 개인적 서정의 추구

1900년대 초는 '조선혼(朝鮮魂)'에 대한 인식과 더불어 '국문사용'이 주장되기 시작하였다. 조선혼과 국문사용에 관한 논의는 민족 교육의 필요성과 함께 거론되었다. 지석영의 「국문론」(『대한독립협회회보』 제1호, 1896.11), 주상호의 「국문론」(『독립신문』 제47호, 1897.4.22 · 제48호., 1897.4.24) 등은 한자의 폐해를 지적하면서 국문사용의 당위성과 발전적 방향을 제시하고 있다. 또한 박은식, 신채호 등은 조선혼에 대한 논의를 통해 힘있는 문학, 구국의지를 드러낼 수 있는 문학을 주장하였다.

상징주의가 소개되기 전의 1910년대까지 '조선혼'의 이념은 문학에도 본격적으로 영향을 미쳐 문학에 대한 논의 역시 공리적인 측면으로 편중되어 나타난다. 신채호의 「천희당시화(天喜堂詩話)」(『대한매일신보』, 1909.11.9~12.4)는 본격적인 시론이 전무한 상태에서 17회에 걸쳐 연재될 만큼 체재를 갖춘 중요한 글이다. 이글에서 단재는 한시배제론, 운율상의 주체론, 시가 대중보급론, 동국시론, 시와 국민정신론 등을 통해 개화기 시가의 발전방향을 제시한다.

이광수는 「문학(文學)의 가치(價値)」(『대한흥학보(大韓興學報)』 제11호, 1910.3)에서 문학이 지(知)의 분자(分子)가 아니라 정(情)의 분자(分子)라고 하여 문학의 특성을 나름대로 규명하고 있다. 그러나 한편으론 그의 공리적 문학관을 피력하고 있는데, 한 나라의 흥망성쇠(興亡盛衰)와 부강빈약(富強貧弱)

의 책임이 교육에 있다는 것, 그러나 현재 학교에서 이를 다 할 수 없으니 문학이 책임져야 함을 강력히 주장하고 있다.

백대진은 개화기의 신문학 문단에 자연주의(1915), 인생주의(1916), 상징주의 문학론을 소개하는데 이 중 인생주의, 즉 휴머니즘 문학론을 통해 신소설의 비현실성을 비판하고, 또 시보다는 소설이 실제 인생을 보여줄 수 있는 장르라고 주장하면서 공리주의적인 문학관을 드러낸다. 이광수는 「문학이란 하오」(『매일신보』, 1916.11.10~23)에서 조선문학을 유교식 도덕의 폐해로 보고 전통문학을 거부하는 태도를 드러낸다. 또 최남선은 「예술(藝術)과 근면(勤勉)」(『청춘(靑春)』 제11호, 1917.11)에서 과거의 예술적 업적에 대해 부정적인 태도를 보여준다. 이 글들은 예술에 대한 체계적인 이론이 없던 당대에 선구적 역할을 했으며 문단에도 많은 영향을 주었다.

상징주의 시론이 소개되기 이전의 시론(詩論)에 관한 본격적인 이론의 형성은 「가곡개량(歌曲改良)의 의견(意見)」(『대한매일신보』, 1908.4.10)에서 시작된다.10) 이 시론은 당대의 시가 영웅적이고 장사의 기개가 드러난 노래여야 함을 주장한다. 신문학의 출발이 공리적 측면에 치우쳤듯이 이 시론 역시 효용론을 앞세운다.

동시대의 잡지 『소년』의 '신체시가대모집'(2호, 1908.12)이란 광고 역시 당대 시가에 대한 인식을 보여주는데, 그들은 시가의 조건으로 "篇中의 措辭와 構想에 光明·純潔·剛健의 分子를 포함함을 요하고"를 밝히고 있다.11) 이는 『소년』 역시 당대의 공리적 문학관을 내세우고 있음을 드

---

10) 당대는 詩와 歌를 구분해서 보지 않았기 때문에 이 시론을 시가론의 효시로 볼 수 있다. 정종진, 『한국현대시론사』, 태학사, 1988, 34면.
11) 위의 책, 35면.

러내준다. 이외 「항요(巷謠)」(『서북학회월보』, 1909.11), 「시가의 풍화」(『매일신보』, 1911.6.20), 「시학의 쇠퇴」(『매일신보』, 1911.8.9) 등도 모두 공리성을 띤 단편적 시가론들이다. 이처럼 상징시론이 본격적으로 소개되기 전까지의 시론은 공리적 성격을 강하게 띠고 있었고, 국문의식 역시 언어미학의 차원에서의 발전이라기보다는 독립의지를 고취시키는 차원에서 진행된 것이었다.

이런 문학적 지형도에서 상징주의 수용의 성격을 생각해 볼 수 있다. 문학의 공리성이 강조되던 시대에 새로운 문학주체들은 기존의 시와는 다른 주제의식을 지향하려 했다는 것이다. 그들은 공리적 문학론을 의식하면서도 개성 중심의 문학을 추구하고 있었다. 김억 역시 근대시의 내용이 '이념'이나 '사상'은 아니라고 생각하고 있다. 상징주의 시론에서 언급하고 있듯 경구나 격언 같은 시, 철리(哲理)나 사상(思想)을 추구하는 시들에게 의미를 버리라는 김억의 주장은 바로 경구 같은 시, 격언 같은 시를 생산하는 공리주의적 문학에 대한 대타적인 의미를 갖는다. 김억이 생각하고 있는 근대 서정시의 내용과 정신은 개인적인 정감의 세계에서 찾아져야 할 것으로 인식되고 있다.

나는 시를 쓰지 안을 수 없는 어느 큰 설움을 가슴 가운데 뿌리깊게 안어 왔다. 그는 곳 나의 어렸을 때부터 밧어오든 모든 현실적 학대와 또는 가난한 어머니와 나를 위하여 희생되었던 나의 불행한 누이의 운명에 대한 설흠이였다.[12]

자유롭지 못한 나의 이 몸은 물결에 따라 바람결에 따라 하염없이 떴다 잠겼

---

12) 황석우, 「서문」, 『자연송』, 조선시단사, 1929.

다 할 뿐입니다. 복기는 가슴의 내 마음의 설움과 깃븜을 갓튼 동무들과 함께 노래하랴면 나면서부터 말도 모르고 '라임'도 없는 이몸은 가이없게도 내몸을 내가 비틀며 한갓 떳다 잠겼다 하며 복길 따름입니다. 이것이 내 노래입니다. 그러기에 내 노래는 설고도 곱습니다.[13]

　　위의 예문에서도 드러나듯이 주목할 점은 시인들의 시 쓰기의 동인이 무엇인가라는 것이다. 동시대 시인이었던 황석우 역시 시는 자신의 '설움'에서 비롯된다. 서정시의 장르를 개인적인 체험을 바탕으로 시적 자아의 정서가 표출되는 것으로 이해할 때, 이들이 생각하는 시는 전 시기의 개화, 계몽의 시와는 다른 것임이 쉽게 드러난다. 이들은 자신이 가진 생각을 맞는 형식에 담아내기 위해 고민하고 있었다. 김억의 창작시에 나타나는 사랑이나 이별의 정감도 새로운 주제는 아니지만 공리주의적 이념의 문학이 강조되던 시대에 개인의 정감의 세계는 새로운 자아의식에 눈뜨도록 했다. 따라서 1910년대 후반에서 1920년대 초반의 문단이 왜 그의 시에 열광했는가는 그의 번역시와 창작시를 통해 독자들이 새로운 시의 타입을 경험했기 때문이다. 이런 의미에서 그의 시는 애상적인 정서를 통해서 개인의 감정을 발견하게 하고 이를 통해 전통시와는 다른 근대 서정시에 내면성의 기틀을 마련해줄 수 있었다.[14]

---

13) 김억, 「서문」, 『해파리의 노래』, 조선도서, 1923.
14) 김억은 1922년 문단에 대해 박종화가 쓴 「문단의 일년을 추억하야」(『개벽』, 1923.1)에 대한 항의문 「무책임한 비평」(『개벽』, 1923.2)에서 문학은 작가 개성의 출현임을 강조하고 있다.

2) 전통 시가의 변화와 근대시의 모색

개화사상의 수용으로 모든 제도와 양식들이 급변했으며, 국문운동의 전개에 따라 우리글에 대한 인식이 바뀌어 갔음에도 불구하고 개화기 시는 시조와 가사류가 90%에 육박할 정도였다. 작품의 내용은 전대와 달리 개화나 계몽으로 변화했지만 형태는 전혀 바뀌지 않았다.

이는 전통장르가 가진 사회적 기능과 교술장르적 특성 그리고 독자층의 전통 장르에 대한 태도 등과 관련된다. 즉 독자들에게 전달하려는 메시지가 분명하였던 개화기 시들은 새로운 형식을 선택하는 모험을 감수할 수 없었던 것이다.[15] 뿐만 아니라 당대는 새로운 시의 형식이 구체적으로 무엇을 의미하는지도 몰랐다고 한다. 그 단적인 예로 『소년』에서 '신체시가 대모집'을 하였으나 아무도 응모가 없었다고 한다. 이는 최남선이 내세운 '신체시'라는 새로운 형식을 근대적인 측면에서 이해할 수 있었던 수용자들이 없었기 때문이다. 실제 「해(海)에게서 소년(少年)에게」 역시 종전의 시가 형식과는 다른 새로운 형식을 실험했다고는 하지만 여전히 정형적인 틀에 얽매인 기묘한 형태를 이루어 내었다.[16] 이는 새로운 형식에 대한 의욕은 왕성하지만 현실적으로 어떻게 형식을 만들어낼 것인가에 대해서는 아직 의견이 수렴되지 않았다는 사실과 또 새로운 주제로의 변화보다 문학 형식에의 변화가 훨씬 더 어렵다는 사실을 보여준다. 문학사적으로 보더라도 향가나 속요, 가사나 시조 등의 문학 양식은 내용

---

15) 송현호, 「동국시계 혁명과 개화기시론」, 『한국 현대시론사 연구』(한계전 · 홍정선 · 윤여탁 · 신범순 외편), 문학과지성사, 1998.
16) 권오만, 『한국 근대시의 출발과 지향』, 국학자료원, 2002, 372~374면.

의 변화보다 그 형식이 더 견고하게 지속되었음을 유념할 필요가 있다.

그러나 이런 와중에서도 전통시의 형식은 조금씩 깨어지기 시작했다. 이는 한글문체의 확립 과정에 따른 문체의 동요를 통해서, 창가와 찬송가들이 지닌, 우리 전통시가들과 다른 운율체계들을 통해, 번역시들에서 나타나는 새로운 시적 형태와 산문적인 리듬에 의해서 전통적인 시 의식이 붕괴되기 시작했기 때문이다.17)

대중문화적 영향력을 지니고 있었던 찬송가의 양식은 행과 연의 구분을 시도하는 등 시가의 정형성으로부터 탈피하려는 움직임을 보여주었을 뿐만 아니라 새로운 주제를 드러내기 위해 새로운 시형식의 필요성을 제기함으로써 근대 전환기 시가의 형식에 영향을 주었다. 또한 애국 독립가를 위시한 개화기 시가들은 민요의 형태를 빌리든가, 서양악곡에 얹어 부르도록 만들어졌다.

이런 모든 변화의 양상들은 새로운 시 형식의 부재와 추구 현상을 단적으로 보여준다. 이런 맥락에서 당대의 근대시 형성의 방향은 형식의 결핍을 채워나가는 쪽이었으리라 생각된다. 그러나 당대 문학 담당층에게 전통적인 시가의 형식을 변용시키는 것 외에 새로운 시의 형식을 만들어 내는 것은 쉬운 일은 아니었다. 이런 문학사적 맥락 속에서 상징주의 수용은 무엇보다 절실했으며, 특히 시의 형식에 대한 탐구 역시 필요했다.

한마디로 말하면 모든 것을 두다려부시자는 '近代的'이니 이에 대한 解釋을 구태여 말하고져하지 아니합니다. 엇더한 詩形과 表現을 勿論하고 古典的詩

---

17) 홍정선, 「시가의 전통과 새로운 시의식의 대두―근대시와 시론 형성의 배경」, 『한국현대시론사 연구』(한계전·홍정선·윤여탁·신범순 외편), 문학과지성사, 1998.

形과 表現形式을 反抗하고 니러한 近代의 詩歌는 다갓치 새롭은 詩歌라고 할
수가 잇슴니다.[18] (강조-인용자)

생각에서 생각으로 빗기여 나는
뜨겁고도 곱다란 곡조는 잇스나
  그것을 그러내일 말과 글은 업서,
    내 가슴의 曲調에 울어줄 反響은 바이업서라

— 김억, 「北邦의 따님」(1919) 부분

과거에 과연 조선말의 미를 표현한 조선노래가 잇섯나 업섯다 함이 가할 것
이오, 잇섯다 하면 적다 함이 가하겟슴니다. 약간의 시로 말하면 한문구조에
너머 로예가 되어 조선 말의 근본미를 일헛다 함이 태반입니다. 민요나 동요
에 이르러서는 시조보다 근본성으로 낫다 하겟스나 단조하고 유치한 관념을
면치 못합니다.[19]

위에 인용된 예문들은 당대 시인들이 갖는 문학전통에 대한 부재의식
과 새로운 형식에 대한 고민을 반영하고 있다. 주요한의 글은 우리말의
아름다움이 한시에서는 드러날 수 없었다는 사실을 지적하고 있다. 그리
고 나아가 민요나 동요는 우리말 노래라는 점에서는 한시나 시조보다는
낫지만 단조롭고 유치하다고 평가한다. 이는 근대적 자아의 내면을 표현
해내기에는 전통적인 형식이 단조롭고 부적절하다는 의미로 이해할 수

---

18) 김억, 「近代文藝 (五)」, 『開闢』 18호, 1921.12.
19) 주요한, 「노래를 지으시려는 이에게 3」, 『조선문단』 3호, 1924.12.

있을 것이다.

이런 문학사적 맥락에서 상징주의 수용자들은 근대시의 시형과 시어의 모색이라는 과제를 보다 절실히 체감했으며 이에 따라 상징주의 시에서 내용보다는 그 내용을 담아내는 시어와 리듬, 운율 등의 음악성에 주목하도록 만들었다.

김억은 상징주의 수용을 통해 전통시가의 정형율격이라는 규범적 틀의 구속을 벗어나 새로운 호흡에 맞는 율격을 찾으려고 고심했다. 그는 시에서 언어가 환기시킬 수 있는 음악적 효과를 위해 실제로 자신의 창작시에도 이런 방법론을 적용시켰을 뿐만 아니라 번역의 경우 같은 작품이라도 시의 음률과 정조의 상관성을 고려해 계속적으로 다시 번역했다. 이런 그의 노력을 김열규는 '시를 구하는 몸부림'으로 표현하였다. 그는 김억에게서 각종 자수율과 기계적인 운율, 민요적 정형 등이 회화적일 만큼 극단화되어 보이긴 하지만 이는 그 당대 시인들의 전반적인 '시를 구하려는 몸부림'이 안서를 통해 집약적으로 드러난 것으로 이해해야 한다고 한다.[20] 김억은 상징주의 시 번역을 통해 언어와 형식을 다듬고, 의역을 통해 한국인의 정서에 맞는 언어를 고심하는데, 이런 과정이 자연스럽게 근대시의 형식 발전에 지대한 기여를 하게 된 것이다.[21]

김억이 의역을 주장하는 근저에는 우리말의 아름다움을 살리고자 하는 시적 의도 역시 놓여있다. 이런 태도는 그의 시세계 전반을 지배하는 태도이기도 한데, 우리말의 어감을 최대한 살리려는 그의 의도는 번역했

---

20) 김열규, 「한・일 근대시의 일반문학적 고찰」, 『한일문화』 1권 1호, 1962.
21) 이은상에 의하면 김억의 역시집 『懊惱의 舞蹈』는 역시집이 아니라 新詩를 공부하는 문학청년들에게 시교과서 같은 존재였다고 한다. 이은상, 「십 년간의 조선시단 총관 4—안서와 신시단」, 『동아일보』, 1929.1.16.

던 시를 계속적으로 다시 개역하도록 했다. 이런 태도는 비교문학적 관점에서 가장 창조적 수용의 면모를 보여준다고 평가할 수 있다. 두리친(D. Durisin)에 의하면 시의 번역은 자국의 문학적 관례와 혹은 관습에 따라 이루어지기 때문이다. 이런 관점에 의하면 김억이 우리말의 아름다움을 통해 베를레느의 시를 전하려 한 것은 수용하는 문학현상의 창조적인 예를 보인 것이라 할 수 있다. 당대의 이광수 역시 김억의 역시집이 심각하지 못하고 열렬하지 못하다고 비난받지만, 오히려 서구와 다른 이런 특성이야말로 우리의 민족성이 서구와 다르다는 것이고 김억 개인의 성격과 인생관이 다르기 때문이라며 수용의 창조성을 언급하고 있다.

1910년대 상징주의 수용의 주체들은 당대 문단의 보편성인 공리적 문학론에 대응하면서 음악성 추구라는 특수성을 나타내는데, 이것이야말로 오히려 수용 주체의 반성적 인식을 토대로 한 근대시에의 지향이라 할 수 있다. 그들은 서구의 상징주의를 그대로 우리 시에 적용하려 한 것이 아니라 당대 우리 시의 결여된 부분을 의식하면서 수용의 '창조적 반향'22)을 보여주고 있기 때문이다.

한편 김억은 1920년대 후반부터 민요시에 관심을 보이면서 1930년대는 일종의 정형시론인 격조시론(格調詩論)을 주장하기 시작한다. 언급했듯 김억은 시를 쓰기 시작한 초기부터 시의 형식에 대해 고민해 왔으며 우리말에 어울리는 시형과 음률을 찾으려 했다. 그러므로 그의 변화를 초기의 서구지향에서 전통지향으로 설명하는 것이나 자유시에서 정형시로의 후퇴로 평가하는 관점은 시의 형식에 대한 김억의 일관된 관심을 읽어내지 못하고 있다.23) 격조시론으로의 변화는 1910년대부터 이루어진 상징주

---

22) D. Durisin, 앞의 글, 224면.

의 시를 통한 시의 형식과 음악성에 대한 통찰을 통해서 얻어진 것으로써 근대시의 형식 탐구의 일환으로 이해해야 한다.[24]

3) 새로운 문학 담당층과 근대적 문학 활동

1910년대 김억, 황석우, 주요한 등은 일본 유학을 통해 새로운 학문의 세계와 접하고 과학적 사고를 익힌 문학청년들이었다. 그들은 전단계의 시가 보여준 이념형의 문학성을 탈피하고자 일본을 통해 수용한 서구의 근대문예사조를 관심 있게 바라보고 실제 우리나라에 소개하고자 많은 노력을 하였다. 이들을 중심으로 1910년대는 초보적인 형태이긴 하지만 문학 작품을 발표하고, 또 유통시킬 수 있는 매체가 되는 예술지의 발간이 시작되었다. 물론 19세기말부터 『독립신문』이나 『대한매일신보』 등을 통해 작품을 발표할 수는 있었으나 이는 신문이라는 매체였기 때문에 공론적인 성격이 강했으므로 문학, 예술에 대한 변화를 표현하기에는 부적절했다. 이런 의미에서 1910년대 들어 『학지광』(1914.2), 『태서문예신보』(1918.9), 『학우』(1919.1), 『창조』(1919.1) 등은 새로운 문학에 대한 고민

---

23) 김억이 상징주의 시를 통한 자유율에 대한 이해가 피상적인 것이었으므로 정형률을 주장하게 됨으로써 정형시로 역행했다는 관점은 근대시의 범주를 자유시로 한정하면서 전통율격을 가진 시를 마치 결함 있는 시로 판단하는 전제를 갖는다. 그러므로 현대시에 있어서의 율격의 문제에 대한 재검토가 필요하다는 입장으로 주근옥은 김억이 자유율이든 정형률이든 질서 있게 배열된 언어체계를 추구했으며 이를 위해서 민족 언어의 아름다움을 찾아야 하는데 서구시의 운율이 다양하게 발달한 것에 비해 우리는 그렇지 못하므로 격조시론을 통해 이를 계발시키려 했다고 설명한다. 주근옥, 「김억의 格調詩形論小考」, 『한국현대시인연구』 상(문덕수·김용직·박명용·정순진 편), 푸른사상, 2001.
24) 참고로 일본의 근대 자유시의 발전에서 상징시의 영향을 생각해볼 수 있다. 일본 역시 상징시의 번역을 통해 자유시의 형식적 기틀이 마련되었다. 그런데 한편으론 자유스런 시형이 시의 매력을 잃게 한다는 인식 아래 다시 정형률로 회귀하는 시인들도 생겨났다. 일본문학사는 이런 현상을 퇴보로 본다기보다는 근대시 형식의 탐구라는 관점에서 평가하고 있다. 오카자키 요시에, 장남호·임종석 역, 『일본의 문예』, 시사일본어사, 1991, 79면.

과 구체적인 작품을 발표할 수 있는 좋은 지면이 되었다.

특히 김억이 주로 활동한 『태서문예신보』는 1918년 미국 유학생들의 참여와 한국에서 외국어를 연구한 문인들의 요청에 의하여 창간되었다. 해몽생, 김인식, 김억 등이 참여했는데, 해몽 장두철에 의해 롱펠로우(H. W. Longfellow)의 시집이 중점적으로 번역되었으며, 김억에 의해 베를레느와 구르몽 등의 프랑스 상징주의 시인들과 예이츠의 시가 번역 소개되었다.

『태서문예신보』는 특히 외국작품 소개에 큰 비중을 둔 것이지만 대부분의 경우 이 시기 문학지망생들의 실험적 작품들의 온상이 되었다는 사실에 보다 중요한 의미가 있다. 이를 통해 『태서문예신보』는 1910년대의 계몽적인 시를 새로운 시로 전환시키는 큰 계기를 마련하였으며, 1920년대 한국시의 모태적 역할을 함으로써 1920년대 시의 거점이 되고 동시에 출발점이 되었다.25)

1910년대는 여전히 정론(政論)적인 문학작품이 주류를 이루고 있었지만 새로운 문학 담당층의 등장은 근대문학의 모색과 발전에 많은 영향을 미친다. 이들은 일군의 문단을 형성하고 있지는 않았지만 문학에 관한 자신들의 생각을 다양한 지면들을 통해 드러내려 노력했다.26) 김억을 비롯한 새로운 문학 담당층들은 문학의 새로운 내용과 형식을 찾는데 고심하면서 정론(政論)적인 문학론이 장악하고 있던 1910년대 문단에서 자신들의 입지를 만들어 내었다는 점에서 근대문학의 선구적인 역할을 하였다.

---

25) 정한모, 『한국 현대시문학사』, 일지사, 1974, 292면.
26) 1923년에 양주동이 쓴 「작문계의 김억 대 박월탄 論戰을 보고」에서 양주동은 아직 우리 문단은 엄밀히 문단이라 할 수 없다고 한다. 그 이유는 좋은 작품, 내적으로 충실한 작품이 없다는 것이다. 즉 문단의 방향을 이끌어 갈만한, 문단의 담론을 생산할만한 역량 있는 작품이 없다는 의미다(『개벽』 36호, 1923). 그러나 작가들은 자신의 생각을 교환하고 알리는 수준에서 문학론 등을 발표하고 이에 대한 반론이나 지지의 글을 발표하기도 하였다.

3. 문학 주체의 아비튀스(habitus)와 수용의 독창성

두리친(D. Durisin)은 수용의 주관적 요인으로 작가의 천성(天性), 예술적 개성, 독창성 등을 들고 있다. 부르디외의 아비튀스 이론에 의하면 이런 성향들은 작가를 둘러싼 자신의 가정, 학교, 사회 환경들과의 대응 속에서 학습되고 경험되면서 생성된다. 이런 의미에서 교육이나 환경에 의해 결정된 김억의 개인적 취향과 특성이 그의 문학적 성향이나 선택에 어떤 영향을 미치고 있는지를 검토해 보아야 한다.27) 특히 김억과 상징주의 수용과의 관련성은 일본의 상징주의 양상과 김억의 학습 과정을 통해 논의될 수 있을 것이다.

김억이 일본에서 유학하는 기간은 다양한 상징주의가 번역 소개되었던 때이다. 일본 상징주의의 대부 우에다 빈의 『해조음(海潮音)』의 출간은 1905년이었으며 김억이 유학하는 1914년 전후에는 프랑스 상징주의 시들을 모은 나가이 가후의 『산호집(珊瑚集)』(1913)이 출판되어 상징번역시집으로 유행하고 있었다. 또한 상징주의에 영향을 받은 시인들 32명을 중심으로 1919년 『일본 상징시집』이 발간된 것을 보면 상징주의가 일본에

---

27) 김억의 전기에 대해서는 자세하게 언급한 자료들이 없다. 김억은 어린 시절에는 서당에서 한문을 배웠다. 한시가 가진 애상미와 서정성, 음악성이 그의 시적 취향에 영향을 준 것으로 평가되기도 한다. 이후 그는 오산학교에 입학하여 춘원 이광수를 선생으로 만난다. 그를 통해 김억은 투르게네프, 바이런의 시를 알게 되고, 일본에서 번역된 바이런의 시를 우리말로 다시 번역하여 춘원에게 보여주어 칭찬을 받기도 하였고, 이후 최남선이 경영하는 출판사에 번역 작품을 투고하기도 하였다. 이런 점들을 미루어 볼 때 김억은 문학 활동의 초창기부터 항상 외국작품을 우리말로 표현해내는데 많은 관심과 노력을 보였음을 알 수 있다. 졸업 후에는 일본으로 건너가 正則英語學校와 慶應義塾 文科에 입학한다. 그곳에서 김억은 영어를 공부하며 가끔 시를 썼다고 한다. 자신의 첫 시「離別」을 1914년 『학지광』 2호에 선보이기도 한다. 慶應義塾 豫科를 마치고 本科에 가서 그는 드디어 보들레르와 베를레느의 영향을 받게 된다(김억, 「나의 詩壇 生活 二十午年記」, 『신인문학』 1권 1호, 1934).

서도 역시 주도적인 문예의 흐름이었음을 짐작케 한다. 한국 상징주의의 매개지였던 일본의 상징주의 경향은 우리보다 다양하여 감각, 신경의 떨림, 관능으로부터의 해방, 생명의 신비감, 영(靈)의 신비함 등으로 나타났으며 나아가 서양의 상징시에도 유례가 없는 범신론적 자연관까지도 나타났다.28)

이와 같은 문단의 동향은 당시 그곳에 유학 중이던 조선의 문학청년들에게도 크게 작용했다. 김억이 「근대문학십강(近代文學十講)」을 바탕으로 「근대문예(近代文藝)」(『개벽(開闢)』 제12~21호)를 쓰게 된 것도 일본 문단과의 밀접한 관련성을 드러내 준다. 구체적으로 김억이 유학하던 경응의숙(慶應義塾)은 나가이 가후[永井荷風]가 서구유학에서 돌아와 프랑스 상징주의를 집중 번역 소개하고 하고 있었다. 김억은 나가이 가후를 통해 보들레르와 베를레느를 공부하게 된다.

한편 일본에서 베를레느에의 경사를 보였던 시인은 간바라 아리아케[蒲原有明]로 그는 『춘조집(春鳥集)』(1908) 이후 베를레느나 아더 시몬즈의 영향 속에서 정조와 무드를 중심으로 하는 시를 발표하고 있었다. 따라서 1910년대 이후 김억은 일본 문단에서 아리아케의 번역을 통해 베를레느의 시를 쉽게 접하게 되었을 것으로 추정할 수 있다.

김억의 상징주의 시의 편중문제, 즉 베를레느에게 경도되었다는 평가에 대한 정확한 이해를 위해 우선 원천지인 프랑스 상징주의에 대한 접근이 필요하다. 통상적으로 프랑스 상징주의는 보들레르를 선구자로 해서 세 가닥의 계보를 형성하면서 발전한다. 첫째는 베를레느를 중심으로 하는 음악적 암시에 의한 순수서정시, 정감의 시 계열이 있으며, 둘째는 랭

---

28) 오카자키 요시에, 앞의 책, 76~78면.

보를 중심으로 하는 감각과 언어의 주술성을 중시하는 하나의 흐름과 셋째는 지성적 요소, 즉 사유의 집중과 언어의 순화를 통해 지성의 시를 완성시키려는 말라르메의 줄기가 있다.[29] 원천지인 프랑스에서는 이들의 경향들이 각각 발전해나가면서 상징주의 이념과 미학을 완성시켰다.

상징주의 양상이 음악성이나 지성을 각각의 특성으로 하여 독자적인 상징시가 완성되어 나감을 볼 때 감상성과 음악성을 중심으로 하는 베를레느의 수용이 상징주의를 표피적으로 수용한 것이라는 평가에 선뜻 동의할 수 없게 된다.[30] 김억은 일본에서 나가이 가후로부터 유럽의 상징주의 시인들의 다양한 경향을 배우게 되었고 특히 스스로도 언급했듯 보들레르와 베를레느의 영향을 받게 되었다고 한다. 일본의 상징주의 시 경향이 다양한 것이었고 나가이 가후에게 학습한 내용이 베를레느에게 한정된 것이 아니었다면 김억의 선택은 편중적인 것이라거나 능력이 부족하여 상징의 깊이를 이해하지 못했다고 평가할 수 없다. 김억에게는 프랑스 상징주의 조류 중에서 베를레느의 시가 자신의 정서에 가장 부합되는 것이었기에 선택했던 것이다.[31] 김억 시세계 전체의 흐름을 볼 때도 그는 개인의 정서와 울림, 그리고 음악성을 중요하게 여기고 있으며 어린

---

29) 이런 정리는 발레리를 비롯하여 구스타브 랑송(Gustave Lanson)이나 기 미쇼(Guy Michaud) 등의 이론을 종합한 것으로 프랑스의 대부분의 평자들이 의견의 일치를 보이고 있다. 김기봉, 『프랑스 상징주의와 시인들』, 소나무, 2000, 58~60면.

30) '보들레르가 아니고 왜 베를레느냐'라는 물음 속에는 보들레르를 상징주의시를 대표하는 시인의 규범으로 이해하려는 시각이 내재해 있다. 그러나 언급했듯 상징주의 시인은 보들레르에 국한되지 않는다.

31) 윤여탁은 근대시에서 개인적 서정이나 정서표현이 서구에서 수입한 것뿐만이 아니라 전통적인 민요나 신민요로부터 가져온 것이기도 하다고 설명한다. 윤여탁, 「한국 근대시와 서구시의 수용―1910년대 우리시를 중심으로」, 『한국 근대문학과 계몽담론』(문학사와비평연구회 편), 새미, 1999. 김억을 평가할 때 그가 1930년대 민요조 서정시를 제안했다거나 김소월이 그의 제자였다는 사실은 김억 역시 전통적 서정의 세계와 가까운 시인이음을 확인할 수 있다. 결국 그의 이런 특성은 그가 베를레느를 선택하게 되는 동기를 좀 더 강조해준다.

시절의 한시 공부 역시 그의 시적 경향인 애상미에 많은 영향을 주었다.[32] 따라서 베를레느로부터의 일방적인 영향이 아니라 다양한 상징주의 경향들을 섭렵한 김억의 시정신과 베를레느의 시가 만남으로써 주체적인 수용이 이루어진 것이다. 즉 감상성을 선호하는 김억의 기질은 당대문학에서 결여된 부분, 즉 근대 서정시가 필요로 했던 내면의식의 단초를 베를레느를 통해 얻게 된 것이다. 이런 의미에서 정조와 무드, 감상성을 중시하는 김억의 성향이 상징주의 수용에서 감상성과 음악성을 추구하게 하였고 이것이 결과적으로 근대 서정시의 내면과 형식을 형성시키는 동인으로 작용하고 있었음을 알 수 있다.

4. 근대 서정시와 리리시즘의 원류

1910년대 근대문학의 장(場)은 개화와 계몽, 민족의식을 앞세우는 공리주의적 문학론이 정론(政論)처럼 주어져 모든 문학의 장르와 문학주체들을 장악하고 있었다. 문학의 형식들이 조금씩 와해되면서 새로운 형식이 모색되긴 했지만 주제의 변화만큼 형식의 변화는 용이한 것이 아니었다. 특히 주요한, 황석우, 김억을 비롯해 주로 일본 유학 세대로 이루어진 새

---

32) 김억은 부드러운 감정의 서정적 시를 지향했다. 그의 이런 애상성에 대한 경사는 베를레느의 여리고 고운 노래들과 잘 결합할 수 있었으므로 그의 시를 집중적으로 번역하고 소개했다. 뿐만 아니라 베를레느의 시가 아니더라도 그가 번역한 시들은 한결같이 애닯고 섧고 하염없이 고운 엘레지가 된다. 이런 특성 때문에 그의 역시집 『오뇌의 무도』와 창작시집 『해파리의 노래』는 이복형제라는 평가를 듣기도 한다. 김윤식, 『한국문학사론고』, 법문사, 1973, 166면. 한편 김영미는 그의 시를 이루는 두 개의 동인이 음악성을 중시하는 한시와 상징주의에서 온 것이라고 설명한다. 김영미, 「김안서 시 연구」, 이화여대 박사논문, 2001.

로운 문학 담당층에게 이런 변화는 보다 적극적으로 탐구되어야 했는데, 그들은 당대 문학의 장을 의식하면서 새로운 근대시의 내용과 형식에 대해 고민했다.

이와 같은 문학사적 맥락에서 김억은 상징주의 시론과 시를 수용함으로써 근대시 형성에 중요한 역할을 한 문학인이다. 그의 상징주의 이론은 근대시에 관한 전문적인 이해를 가능케 했으며 번역시를 통해 근대시의 형식에 대한 모색이 이루어질 수 있었다. 그러나 한편으로 그의 상징주의 수용이 갖는 한계, 즉 베를레느 중심의 감상성 편중과 음악성 강조가 후대 연구자들에 의해 상징주의 시에 대한 표피적인 이해로 평가되기도 하였다.

본고는 수용의 과정을 면밀히 검토함으로써 상징주의 수용의 한계라고 지적되는 사항들이 오히려 주체적이고 창조적인 수용의 특수성이었음을 논의하였다. 우선 '1910년대 문학의 장'을 설정함으로써 그의 상징주의 수용이 일방적으로 이루어진 것이 아니라 당대 문학 수용의 조건을 인식하고 대응하는 과정에서 이루어진 주체적인 것임을 고찰하였다. 또 작가의 개별적 성향 즉 아비튀스의 검토 역시 상징주의 수용이 수용주체인 김억의 기질이나 문학관에 따라 선별적으로 이루어졌음을 밝혔다.

이런 논의를 통해 기존의 논의에서 상징주의 수용의 한계로 지적되던 감상성과 음악성의 강조는 오히려 근대시 형성에 절실히 필요했던 요소들에 대한 김억의 주체적이고 창조적인 수용이었음을 알 수 있었다. 감상성과 정조를 중시하는 김억의 기질과 취향은, 근대시의 내면과 형식을 필요로 하는 1910년대 문학의 장과의 대응 속에서 다른 시인보다 베를레느를 적극 수용하게 만들었으며 이런 시의 특성이 근대 서정시의 내면의식의 단초가 되었다. 또 음악성의 추구와 아름다운 우리말의 탐구는 근대시의 형식과 언어를 탐구하고 발전시키는 계기가 되었다. 결론적으로 그는 공리성에 편중한 당대 문학의 사상과 이념에 대한 반성적 인식을 토대로 시의 음악성과 감상성을 추구했으며 이를 통해 근대 자유시의 형식적 기틀을 마련했다. 뿐만 아니라 신시에서의 결함이었던 시의 리리시즘을 깨닫게 했다는 점에서 근대 서정시가 나아갈 방향을 분명히 제시해 주었다.

김기림과 근대문학의 타자

1. 근대문학 기획과 타자화의 전략

한국 시문학사에서 김기림은, 1930년대 초반 일련의 모더니즘론을 통해 언어예술에 대한 자각, 시인의 제작의식과 미적 자의식 등을 강조함으로써 현대시학 정립에 기여한 이론가로 평가받고 있다. 그러나 한편으로 1930년대 중·후반 이후 발표한 문학론의 역사성과 김기림의 절필의 의미는 지속적으로 논의되고 있다. 이는 근대문학론의 기획과 정립을 지속적으로 추구해 온 김기림에 대해 올바른 평가를 내리기 위해서는, 일제의 억압이 심했던 1930년대 후반에서 침묵하기 전까지 쓰인 문학론에 대한 후대의 정치한 접근과 논의가 필요하기 때문이다. 1)

---

1) 김기림은 1941년 4월 『문장』에 「동양에 관한 단장」을 쓰고 침묵에 들어간다. 이 침묵의 성격에 대해 연구자들의 평가는 엇갈리고 있다. 일제의 식민주의에 대한 저항으로 침묵을 선택한 것으로 해석, 평가하기도 하며, 한편으론 제국인 일본의 논리로 근대를 파악하다가 분열의 경험 안에서 침

김기림에 대한 평가는 서구 모더니즘의 추수자였다는 초기 연구자들의 태도를 지양하고, 최근에는 일제 강점 하에서 김기림의 문학 이론이 갖는 근대문학적 의의에 주목하는 방향으로 나아가고 있다. 이런 방향은 김기림의 작업에서 당대 식민지 근대와 맺는 관련성을 고찰하고 이를 통해 그의 시론이 갖는 역사적 의미를 강조하는데[2] 1930년대 말로 가면서 근대에 대한 시각을 수정하면서 식민성을 극복해 가는 과정으로 근대문학 기획을 살피고 있다.[3] 그러나 한편으로 김기림이 1930년대 말에 발표한 동양 관련 평문들이 일본의 동양주의 담론과 연계되어 있음을 고찰하면서, 김기림이 제국인 일본의 시선을 매개로 하는 식민지 지식인의 전형적 성격을 극복하지 못함으로써 근대문학의 정립에 한계를 노정하고 있음을 밝히는 연구 역시 이루어지고 있다.[4]

그런데 이런 상반된 논의들에서 주목할 것은 첫째, 이들이 근대와 그 타자로서 '동양'에 대한 문제의식을 공유하면서 이에 대한 서로 다른 결론을 내리고 있다는 사실과 둘째, '동양'에 대한 김기림의 논의가 1930년대 초반부터 전개되고 있음에도 주로 1930년대 말 '동양' 관련 평문들을 중심으로 논의가 이루어지고 있다는 사실이다. '동양'에 관한 초기의 관점에 주목해야 하는 이유는 후기에 드러난 동양에 관한 태도와 차이를 드러

묵을 선택했다든가, 혹은 침묵을 역사적으로 해석하는 것 자체의 의미 없음을 강조하기도 한다. 결국 이런 엇갈리는 평가들은 일제 강점 하의 김기림이 기획했던 근대문학의 역사성과 관련된다는 점에서 정치한 접근이 여전히 필요한 주제이다.

2) 김유중, 「김기림문학연구의 문제점」, 『김기림』(정순진 편), 새미, 1998.

3) 김재용, 「동시성의 비동시성과 침묵의 저항」, 『협력과 저항』, 소명출판, 2004; 홍기돈, 「식민지 시대 김기림의 의식변모 양상」, 『어문연구』 48, 어문연구학회, 2005.

4) 구모룡, 「식민성 근대주의의 한 양상」, 『문학수첩』 10호, 2005년 봄; 구모룡, 「김기림 재론」, 『현대문학이론연구』 33집, 현대문학이론연구학회, 2008; 고봉준, 「모더니즘의 초극과 동양 인식」, 『한국시학연구』 13호, 한국시학회, 2005.

내고 있기 때문인데 이것이 결과적으로 1930년대 후반 김기림이 제안하는 '동양'과 일본의 아시아주의와의 관련성을 밝히는데도 의미 있는 방법이기 때문이다. 이런 점에서 1930년대 초기와 중기, 1930년대 말로 이어지는 문학론에 스며들어 있는 역사 현실에 대한 인식 변화와 특히 '근대'와 '동양'에 관한 개념들이 현실의 변화 속에서 그 함의가 달라지고 있음은 주목할 필요가 있다. 왜냐하면 김기림이 당대의 역사 안에서 '근대'를 어떻게 파악하고 있으며, 그 타자로서 동양이 어떻게 개념화되고 있는가가 궁극적으로 그가 정립하고자 했던 근대문학론의 방향과 역사성을 파악하는데 중요한 역할을 하기 때문이다.

1930년대 초 김기림은 근대에 대한 서구적 패러다임을 전제로 식민지 조선 역시 전근대적 정서와 양식을 버림으로써 서구 근대와 근대문학의 경지에 다다를 수 있다고 생각했다. 이런 의미에서 김기림의 초기 모더니즘론에서 '동양'이라는 용어는 전근대성과 미성숙함을 환기하는 차별적인 용어로 등장하면서 모더니즘의 중요한 타자로 나타난다. 특히 서구 관점의 오리엔탈리즘에 근거한 이런 인식은 김기림의 모더니즘론이 식민지 조선의 관점이 아니라 서구적 근대의 관점에서 비롯된 것임을 알 수 있도록 한다.5)

그는 모더니즘을 근대성에 대응하는 미적 양식, 형식으로 개념화하고 있는데 모더니즘이 근대문명의 감각, 정서, 사고를 표현하는 양식으로 도회문명이라는 근대 생활환경에 대한 '의식적인 자각'과 '말의 가치' 발견을 토대로 쓰인 언어예술 양식임을 강조하고 있다. 이런 전제로 그는 모

---

5) 방민호, 「김기림 비평의 문명 비평론적 성격에 관한 고찰」, 『우리말글』 34권, 우리말글학회, 2005.

더니즘이 근대문학이 나아가야 할 역사적 방향이었으며, 모더니즘을 통해 비로소 20세기 문학이 시작되었다고 평가한다.

그는 모더니즘을 근대사회에 대응하는 언어예술 양식으로 규정하고, 이때 '근대' 혹은 '근대성'을 진보와 계몽, 새로움에 대한 열망 등의 가치를 지닌 개념으로 전제하면서 근대문학론을 기획한다. 즉 김기림은 근대성을 서구 근대의 관점에서 진보, 기술, 도시의 문명사적 관점에서 파악하고 있으며, 이를 근거로 미학적 형식인 모더니즘을 이런 역사적 변화에 대응하는 양식으로 개념화하고 있다.

그러나 한편 김기림의 근대문학론 정립의 과정 이면에는 자신의 정체성을 구성하기 위한 타자화의 전략이 함축되어 있음을 알 수 있다. 즉 김기림은 새로운 근대문학을 정초하기 위해 이전 시대와의 차이를 강조해야 했는데, 이때 전근대를 상징하는 '동양'이 근대문학의 타자로 인식된다. 서구 근대문학을 조선의 근대문학이 나아갈 모델로 상정했기 때문에 전근대적인 동양적 정서와 소재는 배제와 차별의 대상이 될 수밖에 없었다.[6]

그런데 타자의 설정에서 함께 주목할 수 있는 것이 타자의 성격이다. 즉 초기 모더니즘론에서 김기림이 제시하고 있는 동양—전통은 근대문학의 새로운 정통성을 수립하기 위해 폐기처분되어야 할 것인데, 이때 근대—전근대, 서양—동양을 바라보는 시선에 오리엔탈리즘적 시선과 함께 젠더적 사유가 스며들어 있다는 점이다. 즉 동양인의 관점에서 서구 근대에 대한 선망의 시선은, 서구 근대가 가진 힘과 속도와 진보의 가치를 은연중 남성성으로 표상하게 되고 그 타자로 놓인 동양—식민성을 여성성

---

6) '동양'은 근대문학을 수행할 주체가 속한 시공간이라는 점에서 주체의 일부이기는 하지만, 김기림에게 동양은 주체의 '타자화' 과정에 의해 소환된 타자이다.

으로 환기시키고 있다. 식민지 문학의 근대성을 고찰할 때 식민성과 맞물리는 여성성이 제국주의의 영향력을 규명하는데 중요한 역할을 해 왔다는 의미에서 서구 근대의 발전 과정을 모방하려는 김기림의 모더니즘론에서 근대화에 대한 서구-제국주의-남성의 시선과 관점이 무의식적으로 드러나는 것은 어떤 의미에서 당연해 보인다.

이런 점에서 김기림의 초기 모더니즘론에서 근대와 동양에 관한 오리엔탈리즘을 가로지르는 젠더적 성격은 근대문학론의 정립과정과 역사적 의미를 고찰하는데 요긴한 통찰을 제공한다.7) 주로 초기 모더니즘 시론에서 드러나는 젠더적 도식화는 초기 모더니즘의 논리가 서구-근대, 동양-전근대라는 오리엔탈리즘에 근거한 식민지 문화를 구성하는, 서구 제국주의의 남성적 논리에 깊이 침윤되어 있음을 드러내 준다. 그러나 1930년대 후반으로 가면서 나타나는 젠더적 성격의 약화는 근대에 대한 인식 변화, 그리고 동양, 나아가 조선적 특수성에 대한 역사적 이해에서 비롯한 인식변화를 시사하는 지표가 되고 있다.

이런 의미에서 김기림의 문학론에 나타나는, '동양'이 환기시키는 표상들과 그 변화는 근대문학론의 구성에 중요한 역할을 하고 있음을 알 수

---

7) 근대성과 모더니즘과의 관련성에 대한 기본 관점은 리타 펠스키로부터 얻어 왔다. 리타 펠스키는 근대성의 성별(gender)에 관심을 갖는다. 서구 근대를 진보와 발전의 신화로 구성하는 연구들은 근대성의 성별을 남성으로 보고 있으며, 근대 사회의 분열과 내면적 갈등을 여성성과 연관시키는 연구들도 있다. 펠스키는 근대와 성별이라는 담론이 함께 굴절되고 복잡하게 얽히면서 근대가 갖는 모순과 갈등의 계기들이 어떻게 드러나는가를 추적하고 있다(리타 펠스키, 김영찬 · 심진경 역, 『근대성과 페미니즘』, 거름, 1998, 5~13면). 그런데 1930년대 식민지 조선의 모더니즘은 '식민지'라는 현실에 대한 인식이 전제되어야 한다는 점에서 서구사회를 모델로 하는 펠스키의 견해와 다른 지점이 있다. 김기림의 초기 모더니즘은 근대문학이 처한 이런 현실에 대한 인식이 부족했기에 1930년대 중반에 이르러 모더니즘의 균열을 막고자 식민지 현실에 대한 인식을 토대로 서구 근대에 대한 인식을 수정한다. 더 이상 계몽과 진보, 이성의 논리로 설명되지 않는 서구 근대의 파국에 대해 인식하게 되며, 모더니즘을 중심으로 전체시론을 모색한다.

있다. 따라서 1930년대 중·후반 이루어지는 김기림의 문학론이 자신이 추구해 왔던 근대문학론의 기획과 어떤 점에서 연결되고 있으며, 궁극적으로 그가 추구해온 근대문학론의 역사성을 획득하는데 어떤 의미를 갖는지 생각해 보아야 한다.

2. 모더니즘의 논리와 오리엔탈리즘

「오전의 시론」을 포함한 일련의 모더니즘론에서 김기림은 근대문명 세계에 대한 낙관적 전망을 토대로 반근대성을 표방하는 일체의 정신적 운동을 철저히 배격한다. 근대 문명 세계의 새로운 면모나 그 해방적 기능을 믿지 않고 그에 역행하는 모든 정신적 움직임들을 비판하고 있다. 대표적으로 서구 세기말의 '퇴폐주의'나 '센티멘털 로맨티시즘'의 경우 근대 문명의 역사를 진보와 발전의 시각에서 이해하지 않는 보수적이고 퇴행적인 태도로 인해 공격의 표적이 되며 이런 서구의 사조와 관련된 당대 문단의 감상적 낭만성 역시 동양 전통의 미학과 연결되면서 비판의 대상이 된다. 김기림에게 모더니즘은 근대문화를 수용하는, 근대 문명에 적극적으로 반응하는 문학양식으로 새로운 것, 변화에 대한 열망과 맞닿아 있다는 점에서 서구 모더니티의 신화와 연속선상에 있다. 이런 의미에서 근대성, 근대문화와 근대문학은 같은 혈족으로 모더니즘은 '도회의 아들', '문명의 아들'로 비유된다.[8] 김기림에게 근대성은 진보, 계몽, 남성의 서사로 인식된다.[9]

---

8) 김기림, 「모더니즘의 역사적 위치」, 『인문평론』 1권 1호, 1939.10.

김기림의 이런 인식의 출발과 전개과정을 모더니즘의 논리로부터 확인할 수 있는데, 근대문학론으로서 모더니즘의 역사성과 필연성은, 1930년대 후반 모더니즘을 총결산한, 대표적인 평문 「모더니즘의 역사적 위치」에 잘 드러나 있다. 김기림은 이 글의 서두에 아래와 같은 예이츠의 시를 인용하고 있다.

여기는 늙은이들의 나라가 아니다.
젊은이는 서로서로 팔을 끼고
새들은 나무숲에—
물러가는 世代는 저들의 노래에 醉하며—

—W. B. 예이츠

위의 시는 김기림이 생각하는 모더니즘을 구체화시켜주고 있다. 모더니즘은 늙은이와 물러가는 세대의 것이 아니라 젊은이와 비상하는, 새로운 세계를 위한 노래요 예술이다. 모더니즘은 변화에 대한 열망과 새로움에 대한 기대를 노래하는 신세대의 양식이며 건강한 젊은이로 대변되는 세계이다. 때문에 그에게 서구—근대적인 것은 새로운 가치를 지닌, 진보적인 수사로 드러나며 전근대적 가치는 동양을 환기시키면서 퇴행적인 수사로 전락한다.

---

9) 서구 근대성을 상징하는 인물들로 마샬 버먼은 파우스트, 마르크스, 보들레르 등 남성주인공을 등장시킨다. 특히 파우스트는 서구 사회의 근대 발전과 진보의 신화를 내면화한 인간의 전형으로 끊임없이 성장하는 근대를 상징화하는 존재다(마샬 버먼, 윤호병·이만식 역, 『현대성의 경험』, 현대미학사, 1994, 45면). 이런 연구는 근대의 특성을 발전의 힘을 숭상하는 남성적인 것으로 파악하는 것인데, 펠스키는 버먼의 저작이 그의 의도보다 더 문제적으로 근대성의 성별화의 문제를 보여준다고 평가한다(리타 펠스키, 앞의 책, 23면).

모더니즘은 우선 오늘의 문명 속에서 나서 신선한 감각으로써 문명이 던지는 인상을 붙잡았다. 그것은 현대의 문명을 도피하려고 하는 모든 태도와는 달리 문명 그것 속에서 자라난 문명의 아들이었다. 그 일은 바꾸어 말하면 우리 新詩史 상에 비로소 도회의 아들이 탄생했던 것이다. 제재부터 도회에 구했고 문명의 뭇면이 풍월 대신에 등장했다. 문명 속에서 형성되어가는 새로운 감각, 정서, 사고가 나타났다.10)(강조-인용자)

시(제작이 필요한 작품으로서)는 애매성과 감상성을 배제함으로써 명랑성에 도달할 수가 있다. 그것은 시인의 꾸준한 지적 활동에 의하여 얻을 수 있다. (…중략…) 시를 감정에 맡겨 두는 것은 위험한 일이다. 감정은 늘 비둔 하려고 하고 비만하려고 하는 경향을 갖고 있다. 이 감정의 비만이 다시 말하면 감상이다. 시를 이러한 비대증에서 건저내서 그것에게 스파르타 인과 같은 건강한 육체를 부여하는 것이 오늘 시인의 임무다.11)(강조-인용자)

구체적으로 김기림이 제시하는 근대문학의 소재, 주제는 근대문명의 감각, 정서, 사고 등이다. 이를 통해 변화와 새로움의 활력이 넘치는, 명랑한 근대사회의 비전을 제시하려는 것이 모더니즘 시의 가치요, 목적이라 할 수 있다. 그리고 이때 모더니즘 시가 가진 지성성과 생산성은 건강한 남성의 육체성과 연결되고 있다. 김기림은 근대를 환기시키는 표상으로 '문명', '도회', '아들', '명랑성', '지성' 등을 언급하고 있다. 그리고 이와 대립되는 전근대의 표상으로 '동양', '풍월', '애매성', '감상성', '감정' 등을

---

10) 김기림, 「모더니즘의 역사적 위치」, 『인문평론』 1권 1호, 1939.10.
11) 김기림, 「현대시의 肉感-감상과 명랑성에 대하여」, 『詩苑』 1권 2호, 1935.4.

제시한다. 이때 근대는 새로운 가치와 힘을 가진 역사 주체를 상징하는 반면 전근대로 나타나는 동양은 낡고 지나가버린 시간, 과거를 환기시키는 근대의 타자로 부각된다. 이처럼 김기림이 근대문학을 정립하기 위해 극복해야 할 타자를 '조선'의 정서라 하지 않고 '동양'의 정서로 표현하고 있는 것은 '근대'의 본질을 서구적인 관점에서 파악하고 있기 때문이며, 이에 따라 서양의 그것에 미치지 못하는 결여태로서 조선을 포함한 '동양' 전반을 인식하고 있었기 때문이다.

이처럼 서구 근대에 대한 선망과 '취(醉)'함은 모더니즘의 논리를 통해 근대문학의 정립에서 동양—전통에 대한 차별과 배제의 인식을 유도하게 된다. 뿐만 아니라 서구 근대의 기획을 따라 잡을 수 없는 무력감이나 결여가 동양을 여성적인 것으로 상상하도록 한다.

은둔적인 회상적인 감상적인 동양인은 새 문명의 개화를 목전에 기다리면서도 오히려 그 심중에는 허물어져 가는 낡은 동양에 대한 애수를 기르면서 있었다. 애란의 황혼과 십구세기의 황혼이 이상스럽게도 중복된 곳에 예—츠의 '갈대 속의 바람'의 매력이 생긴 것처럼 우리 신시의 여명기는 나면서부터도 황혼의 노래를 배운 셈이다. 이십년대의 처음에 이르러서는 이들 선구자와 및 그 말류들은 벌써 신문학의 건설이라는 위대한 목표를 바라보면서 돌진하기를 그치고 맞아드린 황혼의 기분 속에 자신의 여린 감상을 파묻는 권태에 잠겨버렸다.[12]

18세기적인 감정을 오늘도 오히려 19세기적인 모양으로 아무렇지도 않게

---

12) 김기림, 「모더니즘의 역사적 위치」, 『인문평론』 1권 1호, 1939.10.

노래하는 태평한 할미새도 있다. 시단의 한 구석에는 이조 오백년의 꿈이 그대로 자는 화평한 마음도 있다. (…중략…) 우리들의 감정은 'T.S 엘리엇'의 시보다도 '예-ㅅ쓰'의 울음소리에 얼마나 신통하게도 적응하느냐? 그처럼 떠드는 한 사람의 '발작'이나 한 사람의 '뜨라이서'-조차가 동양에서는 한 곤란한 피안인지도 모른다. 인간의 결핍이 아니라 지성의 결핍은 동양의 성격적 결함인 것 같다. 건축을 한 대도 밤낮없이 단간 초간이나 짓는데 익숙하다. 그러한 집은 '타고어'나 소월이 살기에 얼마나 알맞은 집이냐? (…중략…) 동양적인 것의 본질은 情的인데 있다는 자기도취로부터 의식적으로 그러한 방향에로 우리의 예술을 시들어버리게 하는 견해가 있다.[13)]

우리들 내부의 센티멘탈한 동양인을 깨우쳐서 우리는 우선 지성의 문을 지나게 하여야 할 것이다.[14)]

김기림은 동양인의 특성으로 지성 결핍과 감상 과잉을 명시하고 있다. 김기림이 선언하듯, 동양적 적멸과 감상의 배설로부터의 결별은 근대사회와 대응하는 모더니즘의 성격을 단적으로 드러내면서 동양, 적멸, 감상이 근대의 타자로 간주되고 있음을 시사해주고 있다. 언급했듯 이처럼 서양과 동양에 대한 이분법에 근거한 사유는 오리엔탈리즘에 기초해 있다. 동양을 서양 중심의 시선으로 바라보는 이 관점은 서양을 물질, 이성, 과학, 문명, 개방, 진보, 발전의 개념과 연결시키고, 동양을 정신, 감성, 미개, 미신, 폐쇄, 정체, 저발전과 관계 지움으로써 전자가 우월하고 후자가

---

13) 김기림, 「오전의 시론—동양인」, 『조선일보』, 1935.4.25.
14) 김기림, 「오전의 시론—고전주의와 로맨티시즘」, 『조선일보』, 1935.4.26~28.

열등한 지위를 갖도록 하며, 전자가 후자를 지배하고 계몽화시키는 정당한 구조를 만드는데 인식론을 제공해 왔다.15)

　김기림 역시 동양인은 사물을 전체적으로 통솔하는 지성이 결여된 것이 통폐라고 지적하고 있는데, 이런 인식의 근저에는 서구 근대 발전의 동력이라고 생각한 이성과 합리에 대한 믿음이 놓여 있다. 따라서 동양, 동양인, 동양적인 것을 서양, 서양인, 서양적인 것에 대한 결여태로 파악하는 오리엔탈리즘적 사유와 식민주의 타자성을 보여준다.16) 또한 이는 식민지 종주국인 '주체'와 식민지 '타자' 사이의 차별적 관계가 빈번히 성(the gender)에 의해 표현되었듯이 서양 근대의 남성성, 동양 전근대의 여성성 이라는 대립적 사유가 함축되어 있다.17) 즉 김기림이 제시하는 '서양－근대－진보－이성－남성성'이라는 모델에는 '동양－전근대－퇴락－감성－(여성성)'이라는 사유가 함축되어 있다. 그가 동양과 감상성에 여성성을 명시하고 있진 않지만 근대의 남성성을 강조하는 논리는 그런 구도 안에 포획되지 않는 차이들을 여성적인 것으로 파악하는 논리가 스며들어 있다. 김기림의 이런 인식은 동양이 현재의 전근대성을 극복, 발전하여 서구적 근대가 될 수 있으리라는 낙관적인 인식을 가능하게 하고 나아가 근대문학 역시 퇴영적이고, 복고적인 동양적 정서와 분위기의 지양을 통해 진정한 근대문학으로 발전을 기획하게 한다.

　이런 맥락에서 인용문에서 제시되었듯 이별과 정한의 여성적, 애상적 정서를 노래하는 소월의 시가 근대문학의 한 방향일 수 없음을 강조하는

---

15) 김택현, 「식민지 근대사의 새로운 인식」, 『당대비평』 13, 2000년 겨울.
16) 방민호, 「김기림 비평의 문명 비평론적 성격에 관한 고찰」, 『우리말글』 34권, 우리말글학회, 2005.
17) 이혜령, 「식민주의의 내면화와 내부 식민지」, 『상허학보』 8집, 상허학회, 2002.

논리가 만들어진다. 그리고 동양적 감상과 정지와 고요의 미학에 대한 비판적 관점에서 단조로운 동양의 시[18]를 극복한, 생동하는 근대문명의 풍속을 그리는 시 「태양의 풍속」을 발표한다. 김기림은 감상주의와 함께 동양적 정서, 낭만주의, 주관성, 전통과 농촌 등의 소재와 주제를 지양하고 있다. 이런 논리는 바로 이전 시대의 경향에 대한 분리를 강조하고 있는 것이며, 농촌과 향수와 감성과 전통을 다루는 시는 전근대적인 시요, 시대의 흐름에 대응하지 못하는 비역사적인 시라는 평가의 전제이기도 하다. 이런 관점에서 그는 선배시인들을 비판한다.

그것은 한 개의 산 전람회가 아니라 차라리 박물관을 연상시킨다. 이렇게 한개의 불가능이 현실적으로 가능한 곳에 조선시단의 특수성이 있는가보다. 우리는 1933년에 다시 등장하여 활동한 우리들의 오래인 선배 월탄, 안서, 늘샘, 여수, 동명 등의 시를 얻어 보고 기뻐하였다. 그러나 그들은 우리의 시대의 시에 아무것도 가할 수 없는 것을 발견하였을 때 우리는 과거의 대가들에 대하여 일종의 환멸을 느꼈다. 월탄에게서 본 것은 일찍이 『흑방비곡』이 짜내던 현란한 상징주의의 향기가 아니었다. 안서의 새로운 의장인 듯한 소위 평면시, 斛事叙(곡사서) 그것들이 발표될 적마다 그것은 오직 '뮤즈'의(詩神)이 떠난 뒤의 텅빈 상아탑의 잔해에 불과한 것을 더욱 깊이 인상시킬 뿐이었다. 불행하게도 그들은 벌써 시의 전선에서 항상 돌진하는 모험은 위험한 것임을 느끼기 시작한 모양이며 매우 안전한 '답보로'를 계속하거나 그렇지 않으면 때때로는 오히려 시대에서 멀리 뒷걸음을 치고 있는 것을 본다.[19]

---

18) 김기림, 「오전의 시론, 기초편, 속론—각도의 문제」, 『조선일보』, 1935.6.4.
19) 김기림, 「신춘조선시단 전망」, 『조선일보』, 1934.1.1.

근대의 가치를 미래로 향하는 시간에서 찾고 있는 김기림은 선배들의 시에서 보이는 전통의 요소와 향수가 박물관을 연상시키면서 전혀 변화하는 시대적 현실을 담아내지 못하고 있음을 비판하고 있다. 이에 김기림은 과거와 현재의 시를 확실히 개념화함으로써 근대시의 방향을 정초하고자 한다.

지나간 날의 시는 나의 정신세계의 일부분이었다. 새로운 시는 나를 感過하여 구성된 세계의 일부분이다. 그것은 새로운 세계다. 낡은 눈은 현실의 어떤 일점에만 직선적으로 단선적으로 집중한다. 새로운 눈은 작은 주관을 중축으로 하고 세계—역사—우주 전체로 향하여 곡선적으로 복선적으로 무한히 확대할 것이다.

　　과거의 시 : 독단적, 형이상학적, 국부적, 순간적, 감정적, 유심적, 상상적,
　　　　　　　소주관적
　　새로운 시 : 비판적, 즉물적, 전체적, 경과적, 이지적, 유물적, 체계적 구성적,
　　　　　　　객관적

이렇게 모든 점에서 있어서 금일과 명일은 명료하게 대○한다. 그래서 필연적으로 시는 새로운 일단에로 진전할 것이다.[20]

김기림은 새로운 가치를 지향하는 새로운 시를 쓰고자 하는데, 주요한 특성은 비판적이며, 이지적이고, 체계적, 구성적이라는 것이다. 이는 당

---

20) 김기림, 「포에시와 모더니티」, 『신동아』, 1933. 4.

대 문단의 감상주의나 낭만주의에 대한 직접적인 비판이자 현대시의 방향이기도 하다. 그는, 시는 감정의 통제와 조절에 의해 시인의 의식 하에 '제작'해야 하는 것임을 강조한다. 또한 눈여겨 볼 것은 '새로운'이라는 수식어의 잦은 사용이다. 이런 특성은 김기림이 근대성을 구성하는 성격 중 '새로움'이라는 가치에 얼마나 집중하고 있는가를 단적으로 보여준다.

문학에서의 근대성은 새로움이 가져오는 변화와 차이에 대한 열망이며,[21] 전통과의 결별, 새것에 대한 감수성과 연관된다[22]는 점에서 김기림은 문학의 근대성을 충분히 체현하고 있는 것으로 보인다. 그러나 새로움에 대한 과도한 집착은 오히려 주체를 소외시키고 타자화시킨다. 즉 조선의 근대문학의 정립에 있어서 당대 근대문학 자체에 대한 폭넓은 또 심도 있는 비판과 성찰이 없는 새로움의 추구가 근대문학 자체를 타자화시킴으로써 온전한 주체 구성에 있어서 문제적일 수 있다는 것이다.[23] 이런 의미에서 1930년대 중반을 전후하여 이루어지는 '전체시론'의 제안은 김기림의 인식변화를 분명히 보여주고 있다.

3. 근대에 대한 인식변화와 식민지 현실 인식

김기림의 초기 문학론이 서구 근대문학에 의존해 있는 것은 사실이지

---

21) Octavio Paz, 윤희병 역, 『낭만주의에서 아방가르드까지의 현대시론』, 현대미학사, 1995, 14~16면.
22) Michel Foucault, 장은수 역, 「계몽이란 무엇인가」, 『모더니티란 무엇인가』(김성기 편), 민음사, 1995, 351면.
23) 진보에 대한 자기 자신에 대한 성찰이 없는 자동화된 근대화 과정에 대한 추구는 궁극적으로 자신을 파괴하는 방식으로 진행된다는 의미이다. Anthony Giddens · Ulich Beck · Scott Lash, 임현진 · 정일준 역, 『성찰적 근대화』, 한울, 1998, 27면.

만, 1930년대 중반을 지나며 그는 우리 문학 내부 즉 주체 자신에 대한 재인식의 과정을 통해 근대문학의 정체성을 정립하고자 한다. 이는 1930년대 전후 김기림의 인식 변화와 밀접한 관련이 있다. 1930년대 중반 김기림은 자신이 예찬하고 동경했던 근대문명의 파국을 목도한다. 나치즘과 파시즘의 발흥을 보면서 자본주의가 이룩한 문명의 이면에 도사린 야만성과 비인간성을 간파하면서 자연스럽게 일본 제국의 파시즘과 식민지 현실에 눈을 돌리게 되는 것으로 이해할 수 있다. 그는 1930년대 중반이 근대사회의 명랑성을 잃은 역사적 진통기라고 명명하면서[24] 역사에 대한 새로운 시각이 필요함을 강조한다.

> 문명에게 시달려 맥빠져 자빠진 우리의 마음을 깨우쳐서 문명의 정체를 응시해야 할 것이었다. 그래서 그 본질을 발견함으로써 그것이 새로 향하여야 할 방향까지를 찾아보아야 할 것이었다. 그것은 생의 가능성의 광신이 아니고 발전하는 역사와 활동 속에서 생의 가능성을 찾아내는 일에 틀림없다. (…중략…) 인간적 감격을 늘 그 시작 속에 가진다고 하는 것은 기성의 모든 가치와 상식화한 인식에 대한 불만에서 끊임없이 그것의 비판에로 시인의 정신을 끌어가는 일이다.[25]

제국주의와 나치즘의 출현이 결국 근대문명이 만들어낸 산물임을 자각하는 김기림은 이제 그 '문명'의 정체를 인식해야 함을 강조한다. 이때 그가 인식하는 '문명의 정체'란 나치즘과 파시즘, 서구 제국주의의 발흥으

---

24) 김기림, 「시대적 고민의 심각한 축도」, 『조선일보』, 1935.8.29.
25) 김기림, 「돌아온 시적 감격」, 『조선일보』, 1935.5.1~2.

로 귀결된 '근대'의 이면이다. 이처럼 문명의 명랑성 밑에 도사린 문명의 암흑, 야만성에 대한 인식은 근대라고 하는 발전과 새로움에 대한 무모한 '광신'이 아니라 세계사적 변화 안에서 근대의 의미를 생각해 봄으로써 가능한 일이다. 김기림의 이런 변화는 이제 '근대'를 더 이상 발전과 진보의 수사로 표상하지 않도록 한다. 그에게 근대는 '야만'과 '암흑'으로 혹은 곤혹과 파산으로 설명된다. 이는 초기 모더니즘론에서 추구하던 이성과 진보의 근대와는 사뭇 다른 양상이다.

불란서를 중심으로 한 근대시의 특징은 그것이 일관해서 현실을 추악한 것으로 인정하고 그것을 초월한 곳에 아름다운 시의 세계를 상정하려는데 있었다. 우리 자신의 시의 전통을 가지지 못하고 주로 서양의 시에서 우리들의 자양을 더 많이 섭취하여 온 우리 신시가 그러한 영향을 강하게 받은 것은 피할 수 없는 일이었을 것이다. 그 위에 우리를 에워싼 현실이 시인을 기쁘게 하기에는 너무나 미웠다.

그러나 우리들 속의 현실도피의 태도 속에는 얼마나 강한 현실 증오의 감정이 흐르고 있는가? 서양의 초현실주의자들의 그것에 필적하다는 자신이 있을 수 있을까. 지난 해 유월에 파리에서 문화의 옹호를 위한 국제 작가회의가 열렸을 때 그들은 어떠한 문화를 옹호할 것인가? 하는 문제를 우선 고려하지 않으면 아니 되었다고 한다. 그것은 물론 오늘의 문명을 지지하는 문학은 아니다. 차라리 그것을 비판하고 극복하려는 문화일 것이다.[26]

어느덧 시인은 근대의 힘찬 돌진에서 뒤떨어진 한 힘없는 구경꾼이었고 부

---

26) 김기림, 「시인으로서 현실에 적극관심」, 『조선일보』, 1936.1.1~5.

질없이 중세를 그리는 비탄자가 되었다. 현대의 시인은 드디어 근대에 대한 격렬한 부정자요, 비판자요, 풍자자로서 등장했다. 그들은 정신적으로는 현대 그것 속에 관련을 두지 못한 영구한 망명자였다.[27]

위의 인용문에서 읽을 수 있듯이 초기 모더니즘론에서 동양적 은둔과 회피라고 비판했던 '신시(新詩)'의 현실도피적 성격이 사실은 서구시의 영향과 당대 현실의 열악함에서 비롯된 것이며, 그 안에 현실 증오의 감정이 함축되어 있음을 강조한다. 이런 평가의 변화는 근대와 동양, 외래와 전통에 대한 그의 인식변화를 시사하고 있다. 이런 맥락에서 시인 역시 근대문명에 대한 감수자가 아니라 '근대라고 하는 파렴치한 상업'의 시대에 반역하는 존재로 드러난다. 김기림의 평문 속에서 이런 역전 현상은 세계사적 현실에 대한 이해, 제국주의와 식민지의 관계에 대한 통찰로부터 비롯되고 있다.

한편 근대와 근대문명에 대한 새로운 이해는 시인에 대한 이해는 물론 서양의 근대와 대비되는 전근대적인 '동양'에 관한 이해 역시 구체화시킨다. 따라서 그에게 '동양'은 막연한 공간적 상징이 아니라 '조선'이라는 구체적인 역사적인 현실로 변화한다. 그에게 야만적 근대란 일본을 포함한 제국주의 파시즘과 나치즘의 발흥이며, 이에 대한 비판적 인식이 식민지 현실에 대한 자각을 일깨우면서 이런 문제의식 앞에 선 조선의 근대문학의 향방을 고민하면서 전체시론을 구상하게 된다.[28]

---

27) 김기림, 「시의 장래」, 『조선일보』, 1940.8.10.
28) 김기림은 현실과의 관련 속에서 늘 문학의 양식을 고민했던 사람이다. 즉 역사현실의 변화에 따라 창작 방법론 역시 변화해야 한다고 주장해 왔다. 이는 그가 근대를 고민했던 지식인이기도 하지만, 한편으로 문학을 통해 역사 현실에 대응하려했던 문학인이라는 사실을 강조한다.

나는 물론 右로부터 기울어지는 전체주의의 선을 그려보았다. 푸로시가 만약에 금후 전체주의의 선을 좇아서 발굴을 꾀한다고 하면 그것은 물론 左로부터의 선일 것이다. 이 두 선이 어떠한 지점에서 서로 만날까, 또는 반발할까는 이제부터의 과제다.[29]

1930년대 중반 임화, 김기림, 박용철 간의 기교주의 논쟁과도 관련되는 전체시론의 향방은 궁극적으로는 리얼리즘 문단의 위축과 모더니즘 문단의 현실과의 유리성을 어떻게 극복할 것인가의 문제였다. 이런 점에서 김기림이 제안한 전체시론은 모더니즘의 관점에서 현실에 대한 인식을 전제하는 근대문학의 방향을 설정한 것으로 이해할 수 있다. 즉 김기림은 서구의 문명에 대한 감수로부터 조선 현실에 대한 적극적 관심과 비판으로 자신의 문학 태도를 변화시키고 있으며 이것이 일정하게 문학 양식으로 드러나기를 기대했다.

1930년대 후반 만주 침략과 중일전쟁, 태평양전쟁으로 이어지는 일제 파시즘의 영향 아래 놓인 조선의 상황은 점점 열악해져 갔다. 1937년에 행해진 산사참배 강요와 일본어 사용 지시, 1938년의 지원병 제도 실시, 1940년 조선어 신문과 잡지의 폐간 등 일제는 야만적인 정책을 적극 실시, 확장시켰다. 이와 같은 세계정세와 제국주의의 폭력성을 인식하게 되는 김기림[30]은 제국의 식민지로 놓인 조선의 현실에 대한 자각에 이르게 되었으며, 그의 평문들은 이전과는 다른 인식의 변화를 보여주고 있다.

---

29) 김기림, 「시인으로서 현실에 적극관심」, 『조선일보』, 1936. 1. 1~5.

30) 신문기자이기도 했던 김기림은 세계정세에 민감했으며 나치즘과 파시즘의 발흥을 보면서 자본주의가 이룩한 근대문명의 이면에 놓인 야만성과 비인간성을 간파했다. 김유중 편, 『김기림』, 문학세계사, 1996, 152면.

과학과 새 산업 기구의 주인으로서 시민층이 멋대로 자라날 때에 19세기의
시는 슬픈 패배자의 노래였다. 궁정과 장원과 지나간 날의 신화에 대한 달콤
한 회고와 향수에서 언제고 깨려고 하지 않았다. 그것은 알지 못하는 이국에
대한 동경으로도 나타나서 세기말에는 동양에 대한 꿈을 불타게 했다. '타골'
이 등장한 것도 그러한 분위기 속이었다. '기탄자리'와 '오마카이얌'의 시가 영
국의 세기말 시인들과 끌어안고 우는 동안 인도와 근동에는 영국의 지배가 날
로 굳어갔다.[31]

이 시기에 이르러 김기림은 근대의 또 다른 국면과 만나게 된 것으로
이해할 수 있다. 동일한 하나, 완결된 주체로서 이성과 진보 그 자체의 역
사이기도 했던 '근대'는 사실 균열되고 모순적이며, 갈등하는 힘들이 혼재
하는 것으로 인식되고 있다.[32] 그런데 주목할 것은 서양 근대에 대한 환
상이 깨어짐으로써 동양에 대한 이해 역시 새롭게 구성된다는 사실이다.
김기림의 문학론에서 더 이상 동양은 막연한 감상과 열등의 대상으로 등
장하지 않는다. 그는 세계사적 '근대'의 현실에 대한 통찰을 통해 제국주
의의 폭력과 식민지의 현실, 구체적으로 조선의 현실에 대한 깨달음에 이
른다. 위의 인용문에서 김기림은 제국주의가 동양의 정서를 어떤 방식으
로 이용하고 있는가 비판적으로 설명하고 있다. 동양인이 즐겨 사용하는
애수와 애상의 정서가 제국주의 시인들의 센티멘털리즘을 충족시키면서
신비한 동양에 관한 환상에 기여했다는 것, 그러기에 타골의 '기탄자리'가

---

31) 김기림, 「과학과 비평과 시」, 『조선일보』, 1937. 2. 25.
32) 리타 펠스키는 근대성이 남성적인 것만도, 여성적인 것만도 아닌 여러 갈래의 계기들이 모순과
   갈등으로 복잡하게 뒤얽힌 비결정적인 것으로 이해한다. 리타 펠스키, 김영찬·심진경 역, 『근대성
   과 페미니즘』, 거름, 1998, 21~34면.

제국주의자에게 읽힌 것은 식민지인의 비애에 공감해서라기보다는 여전히 문명으로 낙후된 동양이 가진 원시성과 신비성 안에서 그들의 향수와 또 그들의 정복의 욕망을 충족시킬 수 있었기 때문이라는 비판이 들어 있다. 김기림의 이런 인식에는 제국주의와 식민지의 명백한 권력관계에 대한 이해가 전제되어 있으며 동양에 대한 서양의 오리엔탈리즘에 대한 비판적 시각이 함축된 것이기도 하다. 이는 서구와 진보―남성을 연결시키던 인식구조에도 균열을 가져옴으로써 여성성을 환기시키면서 배제시켜 왔던 동양 문화에 대한 새로운 국면을 마련한다. 즉 그는 식민지인으로서 자국의 문학을 제국으로부터 지킬 수 있는 방법은 무엇인가라는 고민을 하게 되고 이런 대안으로 동양, 구체적으로 조선의 문화, 민족 문화의 강조에 이르게 되는 것으로 이해할 수 있다.

4. 제국의 문화 이해와 탈식민 ― 근 대 문 학 의 기 획

1) 동양문화에 대한 비판적 이해와 민족 문화의 재인식

우리는 지금까지 문화인이라고 자부했고 우리가 가진 문화의 뒤에는 사천 년이라는 세계 역사에 비춰서조차 짧지 아니한 시일을 끄을고 있어서 벌써 세계문화사상에서 문화조선을 위하여 한 좌석을 요구하는 것은 당연한 권리고 그것을 말살하고 그 어떠한 폭거도 있을 수 없다고 생각했다.[33]

---

33) 김기림, 「시인으로서 현실에 적극관심」, 『조선일보』, 1936.1.1~5.

김기림은 조선주의가 가진 내셔널리즘을 경계하면서 센티멘털리즘만을 환기하는 소극적인 '조선주의'에 대한 비판을 견지해 왔다.[34] 조선주의에 대한 김기림의 생각은 1930년대 중반 이후 문단 내외의 '조선문학'에 대한 광범위한 관심의 확산과 연관되는 것이기도 하지만, 그의 근대문학의 논리 안에서는 '근대' 혹은 '근대문학'에 대한 주체적 반성과 깨달음을 통해 새롭게 인식할 수 있는 국면이었던 것으로 이해할 수 있다. 위의 인용문에서 김기림은 우리 민족이 가진 '전통'에 대한 자부심을 드러내면서 조선의 문화에 대한 말살과 폭거란 있을 수 없다고 강력하게 이야기하고 있다. 이런 인식은 바로 조선이 놓인 현실이 제국주의라는, 식민지 역사와 문화를 왜곡하는 시대 안에 놓여 있다는 자각에서 비롯된다. 이런 관점을 토대로 그는 식민지 시대, 이상(李箱)의 문학이 자신 안에 있는 동양인을 부정하고 넘어선, 동양에 대한 반역이라고 평가한다.[35] 즉 '동양이 더 높이 인류의 세계적인 역사의 단계에 자신을 살리기 위해서는 구라파적인 것의 철저한 파악과 소화가 필요함은 물론 철저한 자기 반역이 필요함'을 역설하고 있다. 이런 인식은 김기림에게 '동양주의'가 근대의 파국에 대한 대안의 의미보다는 식민지 조선에 대한 성찰과 관련되고 있음을 의미하면서 그가 주장하는 동양주의가 단순히 일본의 대동아공영설에 포획된 동양주의 담론의 일부라는 판단을 재고하도록 한다.

또 하나의 다른 감상주의가 있다. 오늘 와서는 서양은 돌아볼 여지조차 없는 것이라 속단하고, 그 반동으로 실로 손쉽게 동양문화에 귀의하고 몰입하려

---

34) 하재연, 「1930년대 조선문학 담론과 조선어 시의 지형」, 고려대 박사논문, 2007, 108면.
35) 김기림, 「이상문학의 한 모습」, 『태양신문』, 1949.4.26~27.

는 태도가 그것이다. 그것은 관념적으로는 매우 하기 쉬운 일이고 또 경솔한 사색 속에 즉흥적으로 떠오르기 쉬운 아름다운 포말이기는 하다. 이러함으로써 동양문화는 그 진가 있는 부면이 오히려 희미하게 보여지고 우리가 그 중에서 청산하여야 할 가치 없는 부분마저를 아름다운 감상의 연막으로 휩싸버릴 염려가 있는 때문이다. 서양문화가 일정한 거리에까지 물러선 것처럼 동양문화도 한번은 어느 거리밖에 물러가서 우리들의 새로운 관찰과 평가에 견디어야 할 것이다.[36]

위의 글에서 김기림은 서양문화에 대한 반동으로 동양문화에 귀의하는 태도가 감상적인 태도라고 지적하면서 동양문화에 대한 과학적, 객관적 관점에서의 이해가 필요함을 역설하고 있다. 그렇다면 이때 서양이 돌아볼 가치가 없다고 생각하는 그들은 누구인가. 하나는 조선 내의 동양주의자들이며, 또 하나는 서양을 대신해 세계사의 주체가 되려는 일본을 의미한다. 김기림은 이들이 추구하려는 동양문화 자체에 대해 회의적으로 반응한다. 이는 그에게 서양이나 동양 모두 세계사의 미래를 이끌 주체로 인식되지 않고 있다는 것이며 실제로 김기림은 역사적 비전을 설정하기가 힘들었을지도 모른다. 김기림의 마지막 글이기도 한 위의 인용문에서 이런 유보가 보인다.

갑자기 '동양'이라는 말이 사람들의 입 끝에 오르내린다. 진실로 '동양의 얼굴'은 한 폭 목계(牧谿) 속에 숨어 있는지도 모르겠다. 만약에 오늘 서양이 걸어가는 길이 단순히 인간 기계화의 길이라고 말하면 3, 4세기를 두고 꾸민 찬

---

36) 김기림, 「동양에 관한 단장」, 『문장』 3권 4호, 1941.4.

란한 의상을 두른 구라파보다는 차라리 한 폭 목계를 가릴 것이다. 참말로 오늘의 혼란을 구원할 예리한 교훈을 동양은 가지고 있느냐. 눈을 감고 숨을 죽이고 그윽히 지나오고 지나오는 바람 속에서 동양의 소리를 들으려고 귀를 기울여 본다.[37]

'사람들의 입에 동양이 오르내린다'는 표현으로 보아 동양문화의 유행에 대해 긍정적이지 않은 김기림의 태도가 느껴진다. 이는 서양의 현실에 대한 명확한 판단 역시 부재하기 때문에 더욱 그러하다. 김기림은 현재 동양이 인식하듯이 서양의 현실이 단순히 인간 기계화로 설명될 수 있다면, 동양의 한 폭 그림이 더 나을 것이라고 말한다.[38] 즉 서양의 문화가 비인간화와 물질만능주의에 국한된다고 확신한다면 그에 대비되는 동양 전통과 문화를 통해 근대─서양을 극복할 수 있으리라는 것이다. 그러나 그는 현재 진행되는 세계사적 전망에 대해서도 또 이에 대처하는 동양의 태도에 대해서도 확신할 수 없다. 그럼에도 '지나오고 지나가는 바람', 역사와 시대라는 바람 속에서 '동양'적 가치가 제시해 줄 수 있는 것이 무엇인지 사유하고자 한다. 이러한 김기림의 태도는 동양이나 조선에 대한 일방적인 경사를 지양하면서도 동양 안에서 문화의 주체를 찾고자 하는 것으로 읽힌다. 이런 태도는 그의 근대문학론의 기획에서 동양이 더 이상 배제되어야 할 타자가 아니라 주체의 재구성을 위해 성찰해야 할 타자로 인식되고 있다는 점에서 중요하다.

---

37) 김기림, 「산」, 『조선일보』, 1939. 2. 16.
38) 목계는 송대(宋代) 수묵화의 대표자인데, 이 글에서는 그의 그림 한 폭이 서양의 가치보다 낫다는 것이다.

그러나 한편으로 김기림이 보이는 동양문화에 대한 관심과 민족 문화의 강조는 당대 일본의 동양주의 담론과 유사성을 보임으로써 그의 동양에 대한 인식, 조선 민족에 대한 인식이 주체적인 것인가에 대한 문제가 제기되고 있다.39) 「동양에 관한 단장」(1941.4)보다 조금 이른 시기에 발표된 「조선문학의 반성」(『인문평론』, 1940.10)에서 김기림은 집단적 체험의 원형으로서 민족을 강조하고 있는데, 특히 이런 부분이 당대 일본의 철학, 사상가 미키 기요시의 아시아주의론과 유사성을 보이는 것으로 지목되고 있다.

오늘에 와서는 한 민족만을 구할 수 있는 원리라는 것은 벌써 있을 수 없다. 한 민족을 건질 수 있는 것인 동시에 그것은 세계적인 원리여야 한다. 그것은 한 민족의 창조적 의욕을 諸 民族의 지지 위에 실현할 수 있는 보편적인 원리여야 할 것이다. (…중략…) 한 민족의 문화는 늘 그 자신의 존엄과 독창성과 의욕을 가지는 것이고 따라서 거기로 통하는 길은 오직 愛와 尊重을 거쳐서만 뚫려진다. 한 민족이 세계에 향해서 실로 그 자신이 이해되기를 원한다면 그것은 자신의 문화를 버림으로써 얻어질 리는 만무하다. 보다도 그 전통 및 생리와 보편성과의 충격과 조화와 충격의 끊임없는 운동을 따라 그 자신의 문화를 더 확충하고 심화하고 진전시킴으로써 이루어질 수 있을 뿐이다.40)

---

39) 식민지 지식인으로서 김기림을, 일본의 시선을 가진 주체로 이해하는 논의는 일본 문화의 전통을 반성함으로써 신문화의 창조와 신동아 질서를 만들자는 일본 학자 미키 기요시의 논리와 유사성을 강조하고 있다. 이를 토대로 김기림의 동양 문화의 이해가 일본의 관점에서 이루어진 것이므로 문화의 주체로 내세우는 '민족'이 일본을 의미하는 것인지 조선을 의미하는 것인지 명확치 않다고 결론 내린다. 고봉준, 「모더니즘의 초극과 동양 인식」, 『한국시학연구』 13호, 한국시학회, 2005; 구모룡, 「김기림 재론」, 『현대문학이론연구』 33집, 현대문학이론연구학회, 2008.
40) 김기림, 「조선문학의 반성」, 『인문평론』, 1940.10.

오늘날의 세계는 단순한 민족주의에 머물 수 없으며 근대적 세계주의의 극복은 한 민족을 초월한 보다 커다란 단위로 세계가 분할, 형성되는 것으로 나타나지 않으면 안 된다. 동아 협동체는 이와 같은 세계의 신질서의 지표가 되어야 한다. (…중략…) 동양문화는 게마인샤프트적인 문화로서의 특색을 갖고 있기 때문에 새로운 협동체의 문화적 기반으로 적절하다.[41)

김기림이 주장하는 모든 민족을 아우르는 보편적 원리라든가, 동양 문화가 가진 전통에 대한 탐구 등은 미키 기요시가 주장하는 동아 민족의 협동체 이론과 유사한 지점들을 보인다. 그러나 이런 의미에서 김기림의 1930년대 말 논의들이 주체성이 결여된 식민성의 양상을 보인다고 결론짓는 것은 재고의 여지가 있다. 우선 위의 글보다 이후에 쓰인 「동양에 관한 단장」에서 언급했듯 근대와 세계사적 변화에 대한 대안으로서 동양 문화에의 몰입과 경사에 대한 비판적 입장을 분명히 하고 있으며, 둘째 1930년대 중반에 당대 유행하던 '조선주의 담론'의 연장선에서 그는 문화 창조의 주체로서 민족과 민족주의에 대한 성찰을 보이고 있기 때문이다.

우리는 조선 민족의 생활의 근저에서 물결치는 굳센 힘과 그 정신 속에서 새어오르는 특이한 향기를 파악하여야겠습니다. 우리가 나아가 세계에 기여할 것은 세계의 어느 구석에서도 찾을 수 없는 독특한 조선적인 것이 아니면 아니됩니다. 愛蘭의 문학 운동의 세계적, 문화사적 의의도 여기 있습니다. (…중

---

41) 미키 기요시, 유용태 역, 「신일본 사상의 원리」, 『동아시아인의 '동양' 인식―19~20세기』(최원식 · 백영서 편), 문학과지성사, 1997. 미키 기요시는 중일전쟁 이후 아시아주의에 철학적 기초를 제공한 학자이다. 당시 일본의 많은 지식인들이 서구 중심의 근대질서를 극복할 패러다임으로써 아시아주의론에 경도되었다.

략…) 우리는 이러한 반성운동을 가정하고 그것을 신민족주의 운동이라고 명명하고 싶습니다. 그러나 그것은 정치적 지도원리로서 사회주의에 대한 그러한 의미의 민족주의 제창이 아닙니다.[42)

김기림은 조선의 문학이 세계에 기여하기 위해 문학에서의 '민족성'이 중요하다는 점을 강조하고 있는데, 이때 그가 의미하는 '민족' 혹은 '민족주의'는 정치적인 의미를 가진 것이 아니라, 조선의 특수성을 살리면서 세계주의적 보편성을 갖는 것이다. 따라서 그가 아일랜드의 문학을 소개하는 것도 식민주의에 억압받는 약소국의 민족문학이기 때문이다. 민족문화에 대한 김기림의 관심은 식민지 현실에 대한 관심과 연관되며, 일본 제국주의에 대한 비판적 이해와 연결되어 있다.[43) 따라서 이런 인식에 근거하여 김기림이 근대의 파탄과 제국주의 일본에 대한 비판적 입장을 견지하며 전체시론을 제안했음을 전제할 때 조선이 처한 역사 현실에 대한 그의 현실인식에 주목할 수 있을 것이다.

2) 식민지 문화 텍스트의 다층성과 혼종성

본고는 이런 문제를 '문화와 제국주의의 상호침투'라는 관점에서 재고하고자 한다. 즉 제국주의와 식민지 문화는 단일하거나 순수할 수 없고, 혼혈적이며, 다층적이라는 사이드의 견해[44)가 이 지점에서 새로운 관점

---

42) 김기림, 「조선의 무대에서 세계문학의 방향으로」, 『조선일보』, 1934. 11. 15.
43) 하재연, 「1930년대 조선문학 담론과 조선어 시의 지형」, 고려대 박사논문, 2007, 108~109면.
44) 에드워드 사이드, 김성곤·정정호 역, 『문화와 제국주의』, 창, 1995, 63면.

을 제공할 수 있다. 서양과 동양의 이분법적 시각에 내재한 억압적, 폭력적 시선을 밝힌『오리엔탈리즘』이후 사이드는 식민과 탈식민의 단순한 이분법을 넘어 제국과 식민지 문화의 복잡성을 인식함으로써 좀 더 다원적이며 역동적인 방식을 문화연구에 실천하려 한다.[45] 따라서 제국이라는 중심부 역사와 주변부 역사를 대위법적으로 읽으면서 이들을 서로 유기적으로 이해한다. 이런 관점에서 김기림의 글을 읽으면 일본의 동양담론과 김기림 논의의 유사성은 어떤 의미에서 자연스러워 보인다. 유사성 때문에 주체성이 부재하다고 읽는 것은 순수한 문화를 전제한 관념일 수 있다. 즉 김기림을 일본의 시각에서 조선의 근대문학을 성찰한, 결국 자기 인식이 결여된 식민지 지식인으로 평가하는 것은 제국주의 문화와 식민지 문화 간의 단절을 전제하면서 식민지 조선 문화의 순수성을 확보했을 때만 가능하다. 식민지 지식인은 제국주의 문화를 통해 그들을 배우고 또 자신에 관한 의식을 갱신해 나갔으므로 두 문화 간의 혼종과 교차는 가능한 일이다. 김기림 역시 일본에서 진행되는 동양주의 담론에 주목하고 있었으므로 그의 논리에서 일본의 흔적을 찾을 수 있을 것이다. 그러므로 비슷한 사유와 유사한 언표 안에서 제국주의의 논리를 비껴가는 식민지인의 텍스트가 가진 또 다른 의미를 찾는 작업이 필요하리라 생각한다.[46]

따라서 김기림의 텍스트를 영향관계 속에서 일방적으로 평가하기보다는 식민지 문화의 맥락 안에서 그리고 김기림의 문학적 발전이라는 전반적

---

45) 정정호,「오리엔탈리즘, "탈"식민주의, "타자"의 문화윤리학」,『영미어문학』제65호, 한국영미어문학회, 2002.
46) 에드워드 사이드, 앞의 책, 138면.

인 지평 안에서 다성적인 방법으로 읽음으로써 탈식민의 가능성을 확인할 수 있다. 김기림은 1930년대 초 모더니즘론을 발표하면서부터 근대의 타자로서 '동양'에 대한 탐구를 지속해 왔다. 또한 동양의 구체적인 표상으로 '조선', '조선적인 것', '조선 문학' 등에 대한 논의를 1930년대 중반 이후부터 지속적으로 개진하면서 조선 문화의 주체로서 '민족'의 의의를 강조해 왔다. 또한 동양의 감상성을 극복하고자 했고, 센티멘털리즘을 환기하는 소극적 의미의 조선 문화를 지양하려 해 왔다. 이런 일련의 과정들은 1930년대 말 동양문화의 재인식과 민족의 소환을 가능하게 한다. 더불어 그가 1930년대 중반 전체시론을 통해 식민지 현실에 대한 적극적인 인식의 필요성을 강조했음은 식민지 조선의 문화주체로서의 의식을 정립해가고 있었음을 시사한다. 더군다나 집단 주체로서 '민족'은 해방 이후 문학의 논리에 중요한 근간이 되고 있다.[47] 이런 의미에서 그가 강조하는 '민족'과 '문화'가 일본 민족주의와 아시아주의에 기여하는 것이라기보다는 자신이 추구하던 근대문학론의 발전과정에서 도출된 것임이 분명해진다.[48]

이러한 경우에 표면의 동면상태로써 곧 한 민족의 창조력의 고갈의 표징을 삼는 것은 속단이다. 그러한 경우일수록 도리어 문학이나 예술에 이렇게 뒷골목으로 몰렸던 그들의 창조력이 집중적으로 표현될 수도 있는 것이다. 그러므로 진정한 동양의 거처를 제도나 인습의 외곽에서 찾지 못하였을 때 그는 외

---

47) 방민호, 「김기림 비평의 문명 비평론적 성격에 관한 고찰」, 『우리말글』 34권, 우리말글학회, 2005.
48) 사이드는 서양고전 음악의 대위법처럼 여러 주제들이 유기적으로 상호작용하는, 다성적인 텍스트 읽기를 강조하는데, 식민지인의 텍스트를 대위법으로 읽을 때 제국주의 논리 / 제국주의에 대한 '저항'의 논리를 함께 읽을 수 있다고 한다. 에드워드 사이드, 앞의 책, 115면.

곽에서 만난 것이 본인의 얼굴이 아닌 듯한 경우에는 우리는 마땅히 문학 또는 예술의 침실로 그를 찾아 들어가야 할 것이다. 제도나 인습은 집단 생활의 유지를 위한 의식 또는 방편으로서 작용하는 것이 통례다. 그것은 늘 기존의 형태를 보존하려는 일종의 보수주의를 그 의도로 삼는다. 그와 반대로 예술은 한 집단이나 개인의 창조력을 가장 아낌없이 개방할 수 있는 영역이다. 인습 속에서 한 집단은 자주 거짓말을 하나 그 예술에서나 문학에서는 자기를 속일 수 없는 것이 보통이다.[49]

김기림은 민족의 고유한 체험이 문화 창조에 중요한데, 이것을 가능하게 해주는 것이 각 민족의 언어이며 문학과 예술임을 강조하고 있다. 그는 민족이라는 집단을 주체로 하는 근대문학의 개념을 설정하고 있는데, 이때 민족이라는 주체는 제국주의에 맞서는 식민지 정체성 구성의 한 방식이며 그들의 전통문화 역시 같은 맥락에서 기능한다.[50] 민족문화와 전통을 강조하는 김기림의 논리는 초기 모더니즘에서 동양—전통을 근대문학의 타자로 설정하여 극복해야 할 가치로 인식했던 것과 많은 차이를 보인다. 이는 서구와의 대비적 관점에서 조선의 현실을 인식하던 그가 서구 전반이 아니라 서구—제국주의 일본이라는 좀 더 구체적인 현실 안에서 자신과 민족이 놓인 현실을 인식함으로써 가능했던 변화이다. 즉 그에게 동양 문화는 더 이상 서양—이성—발전—남성성에 대비되는 낙후된, 감

49) 김기림, 「동양에 관한 단장」, 『문장』 3권 4호, 1941.4.
50) 사이드는 식민지 문화의 민족주의나 문화적 특수주의에 대해 긍정적인 입장을 취하지는 않는다. 그럼에도 대부분의 식민지에서 문화적 저항의 일환으로 민족주의적 정체성을 탈식민 전략으로 사용하고 있음을 인정한다. 릴라 간디, 이영욱 역, 『포스트식민주의란 무엇인가』, 현실문화연구, 2000, 129~130면.

성적인, 여성적인 타자가 아니다.

  김기림은 제국주의의 폭압 아래서 민족 문화가 말살되지 않고 계승되려면 그들의 언어를 통해 예술이나 문학이 창조되어야 함을 강조한다. 이러한 문화가 바로 '진정한 동양의 거처'임을 강조하는 그의 논리는 동양-조선-민족 문화의 전통을 통해 근대문학은 물론, 제국주의와 맞서는 식민지 문화의 정체성을 기획하도록 한다. 그는 문학예술은 제국의 권력이 직접 작동하는 제도나 관습과는 달리 그 권력이 미치는 사회 문화적 현실을 진실하게 드러내 줄 수 있다고 생각하고 있다. 문학 작품이 시대적 진실을 말할 수 있다는 이런 생각은 문학 창작 행위를 작가 개인의 윤리가 아니라 집단의 윤리와 연관지어 이해하고 있음을 알 수 있게 한다. 따라서 작가의 행동이 민족이라는 집단에 커다란 영향을 주는 행위라는 점에서 그는 침묵을 선택할 수밖에 없었을 것이다.

  김기림은 1940년대 절필할 때까지 조선의 식민지 현실과 제국주의의 억압을 의식하면서 근대문학의 방향과 정립에 대한 고민을 놓지 않았던 지식인이다. 1930년대 초반에서 이후 10여 년에 이르는 기간 동안 김기림이 보인 근대문학에 대한 모색은 식민지 조선, 그리고 식민지 조선의 지식인으로서 제국의 주변, 타자임을 인식하는 과정이었으며, 이를 통해 근대 / 전근대, 서양 / 동양이라는 이분법에 기초한 오리엔탈리즘을 극복하고, 조선의 현실과 문화에 대한 주체적 성찰을 통해 식민지 조선의 문화를 이해하고 나아가 식민지인으로서 탈식민성을 획득하려는 과정이었다. 해방 이후의 문학 활동 역시 이런 인식의 발전과정 속에서 이해할 수 있다. 이런 의미에서 1930년대 후반 문학론은 근대문학의 역사성을 획득하려는 김기림의 실천의 한 양상을 보여주고 있다.

낭만적 이미지스트, 김광균의 시선과 사유

1. 내면을 그리는 이미지스트

'분수처럼 흩어지는 푸른 종소리', 공감각적 이미지를 구체화시키고 있는 이 한 구절은 한국 현대시사에서 이미지스트로서의 김광균을 각인시키는 대표적인 시구로 애송되어 왔다. 그러나 김광균의 시인으로서의 행보나 시세계의 변화는 1930년대 함께 활동했던 정지용, 김기림, 서정주, 유치환 등에 비해 덜 알려져 있다. 때문에 시세계에 대한 이해 역시 1930년대 이미지즘에 집중되어 있음 역시 사실이다. 이는 물론 김광균이 1950년대 중반에 개인적인 사정으로 절필하였다가 1980년대 다시 문단에 복귀했던 사실과 무관하지 않겠지만, 이를 감안하더라도 김광균 시에 대한 이해는 보다 전체적으로 이루어질 필요가 있다.

열네 살 때 죽은 누나에 대한 그리움을 처음 시로 썼던 김광균은 개성

상업학교에서 동호인 단체인 '연예사'를 중심으로 습작활동을 시작했으며 이후 군산에서 직장 생활을 하면서도 많은 작품을 중앙 일간지와 월간지에 발표하면서 주목을 받기 시작했다. 그러다 서울 본사로 직장을 옮기면서는 중앙문단으로부터 본격적인 주목을 받으면서 왕성한 시작(詩作)활동을 펼친다.

김광균 시의 이미지즘적 특성이 나타나기 시작한 것은 1933년 전후로 보인다. 습작기 이후 김광균의 시는 주로 개인적 서정을 바탕으로 쓰여지고 있으며 간혹 임화의 단편서사시를 모방한 현실비판적인 작품들도 발표하고 있기 때문이다.[1] 1930년에 발표했던 작품을 끝으로 3년의 공백을 거친 그가 발표한 작품이 「창백한 구도」(1933)인데 이 작품부터 이미지즘적 특성이 드러나고 있다. 이를 보면 김광균은 자신의 시적 행보에 대한 탐색을 통해 이미지즘에 대한 세계를 발견하게 된 것으로 이해할 수 있다.

이미지스트로서의 김광균의 특성은 무엇보다 회화적, 시각적 이미지의 조형성에 있다. 이를 두고 김기림은 '소리조차도 모양으로 번역하는 기이한 재주'라고 찬탄했는데,[2] 이런 특성은 1930년대 당대로서는 주목할 만한 것이었다.

하이한 모색(暮色)속에 피어 있는

산협촌(山峽村)의 고독한 그림 속으로

파―란 역등(驛燈)을 달은 마차(馬車)가 한대 잠기어 가고

바다를 향한 산마룻길에

1) 김광균, 「소식―우리들의 형님에게」, 『음악과 시』, 1930.8.
2) 김기림, 「시단의 동태」, 『인문평론』 1권 3호, 1939.12.

우두커니 서 있는 전신주(電信柱) 위엔
지나가던 구름이 하나 새빨간 노을에 젖어 있다

바람에 불리우는 작은 집들이 창을 내리고
갈대밭에 묻히인 돌다리 아래선
작은 시내가 물방울을 굴리고

안개 자욱―한 화원지(花園地)의 벤치 위엔
한낮에 소녀들이 남기고 간
가벼운 웃음과 시들은 꽃다발이 흩어져 있다.

외인묘지의 어두운 수풀 뒤엔
밤새도록 가느란 별빛이 내리고

공백(空白)한 하늘에 걸려 있는 촌락(村落)의 시계가
여윈 손길을 저어 열시를 가리키면
날카로운 고탑(古塔)같이 언덕 위에 솟아 있는
퇴색(退色)한 성교당(聖敎堂)의 지붕 위에선
분수(噴水)처럼 흩어지는 푸른 종소리.

―「외인촌」(1935) 전문

위의 시는 회화적 이미지즘이 잘 드러난 시로 평가받는 대표적 작품 중
하나이다. 구조 상 5연으로 구성된 이 시는 화자의 주관성은 배제된 채

회화적, 감각적 이미지에 주력하면서 공간적 구도를 중심으로 다섯 개의 장면을 보여주고 있다. 1연은 저물어 가는 황혼을 배경으로 달리는 마차, 2연은 돌다리 아래로 흐르는 물방울, 3연은 화원지 벤치에 놓인 시들은 꽃다발, 4연은 외인 묘지에 내리는 별빛, 5연은 높은 탑 위로 울려퍼지는 푸른 종소리. 이런 장면들은 모두 외인촌을 바라보는 화자의 고독한 시선을 전제하고 있는 것이겠지만 김광균 시의 매력은 무엇보다 고독함이나 외로움이라는 관념이 구체적인 형상을 통해 드러남으로써 주관성에 함몰되지 않는 데 있다.

이를 구체적으로 살펴보면 1연에서 시인이 말하고자 하는 '산협촌의 고독한 그림'은 '하이한 모색'과 '파란 역등을 단 마차', '전신주와 새빨간 노을'을 통해 감각적으로 제시되고 있다. 이국적 풍경을 떠올리게 하는 이 장면은 '고독한', '잠기어 가는', '우두커니 서있는' 산촌의 고즈넉하고 정적인 분위기가 흰색, 파란색, 빨간색의 선명한 색채 대비를 통해 강조되고 있다. 강렬한 색감을 가진 사물들은 서로 융합하기보다는 각기 다른 존재로 한 공간을 차지하고 있는 느낌을 만들어 내고 있다. 2연에서도 창을 내린 작은 집이나, 갈대 밭, 그리고 그 밑을 흐르는 물―이때 시인은 시내를 '물방울'이라는 형태로 바꾸고 있다―이들은 모두 산골마을의 적막함을 표현한다. 3연에서는 시들은 꽃다발이 지난 시간의 여운을 구체화시켜주는 사물로 등장하며 4연에서는 어두운 수풀과 가느란 별빛이 대조되면서 어둠이 강조되고 있다. 5연의 어둔 밤하늘에 분수처럼 흩어지는 푸른 종소리는 밝은 느낌을 주기보다는 시리고 우울한 푸름의 이미지를 강화하고 있다. 이에 따라 외인촌은 이국적이고 고독한 공간으로 형상화되고 있는 것이다.

김광균이 보여준 이런 작업은 시에서 시인의 과도한 감상을 극복하고 현실을 그대로 반영하지 않아야 한다는 1930년대 모더니즘의 기본 방향과도 일치하는 것이었다. 이런 의미에서 김광균의 시는 현대시의 새로운 방향성을 충분히 보여주었다.

한편 김광균은 1938년에 신춘문예에 「설야」(1938)를 출품하여 당선한다. 활동을 시작한지 10년이 넘은 시인이라는 점에서 의아스럽긴 했지만 김광균 나름대로는 중앙문단의 정식인정을 받고 싶었을 것이라는 추측도 가능할 것이다. 이런 과정을 통해 「설야」는 문단에 등장했는데, 이 작품 역시 관념과 심상이 훌륭하게 조화를 이루는 대표적인 작품이 되었다.

어느 머언 곳의 그리운 소식이기에
이 한밤 소리없이 흩날리느뇨.

처마끝에 호롱불 여위어 가며
서글픈 옛 자췬 양 흰 눈이 내려

하이얀 입김 절로 가슴이 메어
마음 허공에 등불을 켜고
내 홀로 밤깊어 뜰에 내리면

머언 곳에 女人의 옷벗는 소리

희미한 눈발

이는 어느 잃어진 추억(追憶)의 조각이기에

싸늘한 추회(追悔) 이리 가쁘게 설레이느뇨.

한줄기 빛도 향기도 없이

호올로 찬란한 의상(衣裳)을 하고

흰눈은 내려 내려서 쌓여

내 슬픔 그 위에 고이 서리다.

—「雪夜」(1938) 전문

위의 시에서 '눈'은 시인에게 지난 시절의 그리움을 촉발시키는 한 계기가 되고 있다. 그리고 이를 바탕으로 그리움의 정감과 눈의 사물이미지가 일체화되고 있는데, 눈과 시인의 정감은 '어느 먼 곳의 그리운 소식', '서글픈 옛자취', '먼 곳에 여인의 옷벗는 소리', '어느 잃어진 추억의 조각' 등으로 서로 교차되면서 비유되고 있다. 이 시에서도 역시 관념이 시각적, 회화적 이미지를 중심으로 구체화되고 있다. 예를 들어 1연에서 '그리운 소식'이라는 추상적 관념이 내리는 눈발로 시각화되는 것이나 3연에서 눈 내리는 소리를 어딘가 있을 여인의 옷 벗는 소리로 청각화시킴으로써 관능적 감각을 일깨우는 것, 또 4연에서 잃어진 추억의 조각을 희미한 눈발에 비유하는 것 등이다. 이를 통해 독자들은 눈 내리는 풍경을 통해 시인의 마음속에 있는 그리움의 풍경을 읽어내게 된다.

김광균이 보여주는 이미지즘이 관념을 구체화시키는 중요한 시적 인식이자 방법론이었음은 틀림없지만 한편으로 그의 시는 서구의 이미지즘과 달리 주관적인 정감이 노출됨으로써 정서적 압축이 부족한 것으로 평

가받기도 한다. 「설야」에서도 시인의 슬픔이나 서글픔이 직접 진술되고
있음은 이런 평가를 가능케 한다.[3] 그러나 한편으로 이런 특성이 김광균
시세계의 핵심이 되고 있다는 점에서 서구 이미지즘과는 다른 각도에서
의 이해가 필요하다.

2. 서러운 삶을 흐르는 애상성

긴 여름해 황망히 나래를 접고
늘어선 고층(高層) 창백한 묘석(墓石)같이 황혼에 젖어
찬란한 야경(夜景) 무성한 잡초(雜草)인양 헝클어진채
사념(思念) 벙어리 되어 입을 다물다.

피부(皮膚)의 바깥에 스미는 어둠
낯설은 거리의 아우성 소리
까닭도 없이 눈물겹고나

공허(空虛)한 군중(群衆)의 행렬에 섞이어

---

3) 김윤식은 이 시에 대하여 '「설야」 같은 시가 진짜 시다'라고 극찬을 하지만, 문덕수의 경우는 감
정과 사물 일치에서 실패한 작품이라고 비판한다. 김윤식, 「모더니즘의 한계」, 『한국 근대작가론
고』, 일지사, 1974, 101면; 문덕수, 「김광균론」, 『한국모더니즘시 연구』, 시문학사, 1981, 261면. 이
런 극단적인 평가의 차이는 김광균의 시를 서구 이미지즘의 관점에서 평가하는가, 혹은 시인 개인
혹은 한국 이미지즘의 특수성 속에서 이해하는가라는 연구자의 시각과 관련되어 있다. 모더니즘에
관한 연구의 초창기에 대부분의 연구자들은 한국 모더니즘을 서구와의 엄격한 비교를 통해 평가하
고 있었으므로 한국 모더니즘은 늘 결핍 혹은 부재로 의미화되었다.

내 어디서 그리 무거운 비애(悲哀)를 지니고 왔기에

길—게 늘인 그림자 이다지 어두워

—「瓦斯燈」(1938) 부분

김광균 시 중 가장 잘 알려진 위의 작품에서도 역시 시인의 비애와 애상은 표출되고 있다. 우선 시인은 시각적 이미지인 '창백한 묘석', '무성한 잡초', '공허한 군중의 행렬', '그림자' 등을 통해 도시의 공허함과 고독감을 구체화시키면서도 한편으론 '까닭도 없이 눈물 겹고나', '내 어디서 그리 무거운 비애를 지니고 왔기에' 등을 통해 직접적으로 자신의 정감을 표출한다. 그러나 주목할 것은 이처럼 시인 자신의 목소리가 드러나긴 하지만 주관적 감성을 뒷받침하는 구체적인 사물 이미지가 놓여 있기 때문에 이 시가 감상의 수준으로 떨어지지 않는다는 사실이다. 이런 의미에서 김광균의 이미지즘 시는 서구 이미지즘의 시각에서라기보다 한국적인 특수성이나 시인의 개성 속에서 이해해야 할 것이다.

낙일(落日)의 경성(慶城) 우에

저녁까치가 운다

북악의 저물어오는 가을 저녁

안개긴 옛 성(城)에 떠도는 설움아

성대(盛大)의 덧없는 옛 꿈을

지금 어느 곳에서나 찾아보랴

영락한 운명의 가을 한숨은

임자없는 고루(高樓)에 저녁 바람뿐.

한때는 일국을 호령하던

구중의 옛 궁터에

지금 비장한 설움을 가슴에 안고

무리지어 헤매는 흰옷 입은 이들아

낙일(落日)의 안개ㅅ 속에 찾아낸 옛 자최가

눈물어린 네 눈에 얼마나 애닯으냐.

─「경회루(慶會樓)에서」(1929) 전문

찬바람이 뼈들붙던 눈 나리는 석양

한 많은 세상을 등진 내 아버님이

구슬피 울리어오는 피리소리에

회고의 노래를 부르던 달 밝은 밤

꿈 같은 아지랑이 피어오르는

종다리 소리도 가이 없는 봄날의 들가

사랑하는 누나와 함께 노래부르던

나 어린 때의 나의 지나간 꿈

그러나 지금은 돌아오지 못할 옛날의 자최

이지러지려는 석양 햇발이 마지막 빛을 던지는

불어오는 바람도 쓸쓸한 가을의 들가

바람에 속살이는 가랑닢의 노래를 들으며

나혼자 눈물에 젖는 사고(思古)의 석양입니다.

—「옛 생각」(1929) 부분

김광균의 시에는 '서러움', '애달픔', '서글픔' 등의 시어가 직접 표출되기도 하고 이런 정서를 환기시키는 시어나 이미지 등이 많이 사용된다. 그렇다면 이런 비애와 애상의 정서적 근원은 무엇일까. '경회루'를 바라보며 망국민의 설움을 드러내고 있는 「경회루에서」는 저물어가는 하루와 영락해 가는 국가의 운명이 겹쳐지면서 그 애달픔과 서러움이 구체화되고 있다. 나라를 잃은 주체인 시인은 비장한 설움을 가슴에 안고 한숨을 쉴 수 있을 뿐, 무엇을 할 수 있는 존재가 아니다. 이는 흰옷을 입고 헤매는 우리 민족의 현실이기도 하다. 이런 무력하고 나약한 존재에의 자각은 시인에게 비애와 애상의 정서적 원천으로 작용한다.

두 번째 시에 나타나는 돌이킬 수 없는 과거, 즉 한 많은 죽음을 맞이했던 아버지와 어린 시절 죽은 누이 역시 이미 지나가 버린 꿈이라는 인식은 시간에 대한 시인의 무력감을 환기시키면서 쓸쓸함과 서러움을 강조하고 있다. 김광균이 어린 시절 겪었던 아버지와 누나의 죽음은 지속적으로 그를 슬프고 서럽게 만드는 경험이었으며 죽음과 소멸에 대해서도 천착하게 만드는 계기로 작용한다.

본격적인 이미지즘 시를 발표하기 전의 시들은 대부분 개인적인 서정을 바탕으로 한 애상적인 정서를 담고 있다. 이는 1920년대 선배시인들이었던 김억, 김소월, 한용운 등의 영향을 짐작케 하며 이런 문단 분위기가 개인적인 기질과 겹쳐진 것으로 이해할 수 있을 것이다.[4] 따라서 김광균은 이미지스트로서 시를 쓸 때도 역시 그의 애상성에의 지향을 지속시키고 있었을 것이다. 김광균이 가진 이런 특성에 주목하여 연구자들은 그를 '엘레지의 시인'이나 '낭만적 서정의 시인'이라 부르기도 한다. 그만이 가진 독특한 낭만성이 이미지즘과 만나 아래의 시와 같이 아름다운 시를 낳기 때문일 것이다.

> 서울의 어느 어두운 뒷거리에서
>
> 이 밤 내 조그만 그림자 우에 눈이 나린다.
>
> 눈은 정다운 옛이야기
>
> 남몰래 호젓한 소리를 내고
>
> 좁은 길에 흩어져
>
> 아스피린 분말(粉末)이 되어 곱—게 빛나고
>
>
> 나타—샤 같은 계집애가 우산을 쓰고
>
> 그 우를 지나간다
>
> 눈은 추억의 날개 때묻은 꽃다발
>
> 고독한 도시(都市)의 이마를 적시고
>
> 공원(公園)의 동상(銅像) 우에
>
> 캬스파처럼 서러운 등불 우에
>
> 밤새 쌓인다
>
> —「눈오는 밤의 詩」(1940) 전문

---

4) 정태용은 김광균의 애상적 서정성을 전통과 맞닿아 있는 것으로 파악하면서 민족의 비애와 망국의 한이 반영되고 있다고 한다. 서구 모더니즘기법을 전통서정성으로 승화시키고 있다는 관점은 본고의 문제의식과 유사하다. 정태용, 「김광균론」, 『현대문학』, 1970.10.

시적 소재로 '눈'을 자주 이용하고 있는 김광균은 「설야」(1938)나 「장곡천정에 오는 눈」(1941)에서도 추억과 관련된 눈을 그리고 있는데, 위의 시에서도 역시 그것은 정다웠던 옛 추억을 환기시키면서 서러운 현실과 대조되고 있다. '아스피린'이나 '나타샤', '캬스파'라는 이국적 시어는 눈의 신비감과 아름다움을 강조하면서도 이와 대비되는 고독한 도시, 서러운 시인의 비애를 강화시키는 역할을 하기도 한다. 이와 같이 쓸쓸함, 서러움, 애달픔이라는 애상의 정서는 결국 시인의 시적 태도이자 삶의 태도이기도 한데, 이후 시세계에서도 이런 시적 특성은 지속적으로 나타난다.

쓸쓸하고나
구의리(九宜里) 모래밭에
나리는 밤비
비인 들에 가득한
물소래 찾아
갈대밭 헤치고
내려가 볼까.

광나루 십릿벌에
누가 우느냐
눈물에 어린 길을
등불이 간다.
저 등불 사라지면
밤이 새는지

—「九宜里」(1946) 부분

비인 들에 내리는 비, 갈대밭, 흐르는 물 등의 이미지는 모두 쓸쓸한 시인의 심정을 드러내 주고 있다. 끊임없이 흐르는 비—물은 삶의 덧없음과 무상함을 일깨우고 있다. 이를 깨달으며 시인은 눈물에 어린 길을 걷는다. 이 시는 인생이란 결국 눈물에 어린 길이라는 인식을 보여주고 있다. 이제 김광균은 가버린 시간이나 과거뿐만 아니라 삶 자체의 쓸쓸함과 덧없음으로 인한 애상감을 드러내고 있다. 그는 중국의 문인인 노신을 생각하며 쓸쓸한 삶에 대한 연민과 피곤함으로 괴로워하고(「魯迅」), '살기가 왜이리 고달프냐'던 소월을 떠올리며 고단한 인생에 관해 생각한다(「영도다리—소월에게」). 6·25전쟁 이후 동생의 죽음, 식구들을 거느리기 위해 생업에 종사하기 위해 절필해야 했던 그에게 삶이란 고달프고 쓸쓸한 것이었음을 짐작할 수 있다.[5] 따라서 이런 현실과 맞물려 그의 애상적 정서가 지속되었던 것으로 보인다.

> 저마다 쓸쓸한 생각을 하며
> 말 없이 앉아 듣는 빗소리
> 돌아갈 고향도 없는 사람들에게
> 빗소리는 서러운 생각을 가져다 준다.
> 가을 가까운 고향집 초가지붕에
> 옛날에도 이런 비가 내렸더랬지.
>
> —「昏雨」(1986) 부분

때문에 다시 시를 쓰기 시작했던 1980년대의 시에서도 역시 서러움과

---

5) 김유중, 『김광균—회화적 이미지와 낭만정신의 조화』, 건국대 출판부, 2000, 31~32면.

쓸쓸함은 주요 정서로 나타난다. 이처럼 인생의 덧없음과 허무함에 관해 사색하며 삶 자체의 비애를 깨닫는 시인에게 죽음의식은 자연스러워 보이기도 한다. 하여 그는 "물결은 어데로 흘러가기에 / 아름다운 목숨 싣고 가느냐. / 먼―훗날 물결은 다시 되돌아오리 / 우리 어데서 만나 손목 잡을까"(「反歌」, 1942)라며 인간 목숨의 유한성과 덧없음을 노래하기도 한다. 이 시는 이후 『현대문학』에 재발표되고 시인의 묘비에도 새겨져 있는 것으로 보아 시인의 핵심적 시의식이 잘 투영된 작품으로 보인다. 특히 후기 시에는 죽음에 관한 사색이 드러나는 시들이 많은데, 그의 연륜이 죽음을 사색하고 받아들일 준비를 해야 할 때이기도 하겠지만 소멸이나 죽음에의 애착이 그의 시작 초기부터 애상성과 함께 존재했었음을 기억해야 할 것이다.[6]

3. 죽음을 사유하는 삶과 시

저녁 바람이 고요한 방울을 흔들며 지나간 뒤
돌담 위의 박꽃 속엔
죽은 누나의 하―얀 얼굴이 피어 있고
저녁마다 어두운 램프를 처마끝에 내어 걸고
나는 굵은 삼베옷을 입고 누워 있었다.

―「남촌」(1935) 전문

---

6) 이재오, 「김광균 시에 나타난 죽음의 이미지」, 『심상』, 1982.7.8; 김창원, 「김광균의 소멸의 시학」, 『한국현대시인론』(김은전 · 이승원 편), 시와시학사, 1995.

김광균의 시작품 중에서 죽음과 소멸의식을 다루고 있는 시는 꽤 많은 편이다. 다만 초기 시에서는 이런 소멸과 죽음의식이 이미지를 통해 감각적으로 드러나고 있다면 후기로 오면서는 직접 진술을 통해 정서가 표출되는 쪽으로 변화하고 있다. 그는 지인들이나 가족의 죽음에 바치는 조시(弔詩)는 물론 그들의 죽음을 생각하는 시들을 많이 발표하였다. 특히 그에게 가족의 죽음은 시세계에도 많은 영향을 주고 있는데, 어린 시절 겪었던 아버지와 누나의 죽음은 그리움의 정서로 초기 시에 많이 등장하면서 비애의 근원이 되고 있으며 후기 시에는 어머니의 죽음에 대한 안타까움이 절절히 드러나고 있다.

한편 이처럼 김광균이 죽음이나 소멸에 관심이 많은 것은 그가 즐겨 쓰는 시적 제재를 통해서도 확인할 수 있는데 황혼 무렵, 어둠, 눈 등 소멸을 향해가는 존재들은 그가 드러내려는 주제를 강화시키는 이미지를 제공하고 있다.

위의 시는 죽은 누나를 그리는 노래로 짧지만 그 이미지가 선명하다. 돌담 위에 핀 박꽃과 누나의 얼굴이 오버랩 되고, 그 하얀 얼굴의 누나를 떠올리며 저녁마다 시인은 램프를 켜고 누나를 그리워한다는 것이다. 어둔 밤을 밝히는 박꽃 같은 누나를 생각하는 시인은 삼베옷을 입고 있다. 이는 삶 속에서 누나의 죽음을 의식하고 나의 몸으로 직접 느끼고자 한다는 것이다. 김광균의 첫 작품이 죽은 누나를 위한 시였음을 생각한다면 누나의 죽음에 대한 그의 안타까움을 짐작할 수 있다.

목련은 어찌 사월에 피는 꽃일까
창문을 열고 내다보시던

어머니 가신 지도 이제는 10여년

목련은 해저문 마당에 등불을 켜고

지나는 바람에 조을고 있다

―「목련」(1976) 부분

김광균은 아버지 없이 자식들을 뒷바라지 하며 일생을 사셨던 어머니에 대한 연민과 사랑이 깊었던 것으로 보인다. 어머니를 추억하며 한 여름을 울며 지내기도 하고(「수반의 노래」) 시간이 지나도 어머니의 부재가 믿기지 않아 생전에 기거하시던 방문을 열어 보고야 '아 어머님은 세상을 떠나셨나보다'라고 깨닫는다(「안방」). 위의 시에서 그는 생전에 어머니가 좋아하셨던 목련이, 안 계신 어머니를 대신해 마당을 환하게 비추이는 등불로 빛나고 있음을 이야기하고 있다.

후기 시 중 「노시(老詩)」(1984)라고 이름을 붙인 시에서 김광균은 어두운 밤 고개를 떨어뜨리고 죽은 친구들을 생각한다. 일찍이 박목월이 청마와 지훈과 수영이 떠나간 서울의 거리를 이상한 바람을 맞으며 걸어갔듯이(박목월,「일상사」) 김광균 역시 '어찌하여 나의 친구들은 차례차례로 먼저 떠나가는 것일까', '나와 그 친구 사이엔 칠만리 하늘이 가로 놓여' 있다고 비장하게 절규하며 죽음과 삶의 거리를 인식하고 있다(「양석성군 장례식날 밤에 쓴 詩」, 1985). 인간에게 이런 사실은 가장 고통스런 것이기도 하지만 한편으론 삶에 대한 통찰과 사유를 통해서만 도달할 수 있는, 그래서 진정 삶의 소중한 의미를 깨닫게 되는 계기가 되기도 한다. 김광균 역시 이런 사실에 대해 숙고한다. 그러기에 그는 "다시 돌아올 수 없는 정지된 시간 속으로 / 오늘은 몇 사람의 시민이 떠나갔을까 / 언젠가는 모두 그곳으로 떠나가기 위하여 / 사람들은 괴로운 日曆을 한 장씩 떼고 있는 것일까"(「沙漠都市」, 1986)라며 죽음을 자연스런, 삶의 한 과정으로 인식하려 한다.

> 어느날 밤 아내가 조용한 목소리로
> 생각다 못하여 수의(壽衣) 두벌을 지었다 한다.
> 수의란 무엇일까
> 누가 등 뒤에 와서 나에게 그 옷을 입히는 것인가
> 역광(逆光)이 기울어진 천정을 쳐다보며
> 새벽이 다 되도록 괴로워했다.
>
> 그날 밤 꿈에 나는 수의를 입고
> 공중을 날고 있었다.
> 언젠가는 두고 가야 할
> 정다운 서울과 나의 동네를 등 뒤에 두고
> 판문점(板門店)넘어
> 떠나온 지 오랜 아버님 묘소(墓所)와
> 어렸을 때 놀던 산과 들을 향하여
> 끝없는 공중을 날아가고 있었다
>
> ─「壽衣」(1985) 부분

그러나 이것은 쉬운 일이 아니다. 시인 역시 자신이 입을 수의를 통해 죽음이 조만간 나와 한 몸이 될 것임을 절실하게 깨닫는다. 그러나 이를 받아들임은 괴롭고 고통스런 일이다. 저물어가는 역광 속에서 나이든 노시인은 새벽까지 괴로워하다 꿈속에서 죽음 이후의 세계를 만난다. 이승의 땅을 벗어난 그 영혼은 생전에 가보지 못했던 어린 시절의 고향을 향해 날아간다. 마치 그가 생전에 좋아했던 마르크 샤갈 그림의 주인공처럼. 고향이 인간에게 원초적인 시·공간이라면 그곳은 우리의 생이 시작되고 또 마감되는 그런 곳이다. 김광균 역시 죽음을 통해 이를 꿈꾸고 있다.

　김광균 시인은 80세가 되던 1993년에 자신이 바라는 그 고향으로 떠났다. 세상을 떠나기 전 그가 마지막으로 쓴 작품은 「수풀가에서」(1990)이다. 이 작품에서, 애상과 비애의 이미지스트였던 김광균은 '보랏빛 노을이 펼쳐진 가을 수풀 밭'에서 "새벽을 기다리는 行者와 같이 / 동녘을 바라보며" 안식과 평화를 위해 기도하고 있다. 그 모습은 한국시사에서 낭만적 서정을 지닌, 뛰어난 이미지스트이자 죽음에 관해 치열하게 사색했던 한 시인의 영혼을 드러내고 있다.

저항시와 시인의 선택-윤동주론

1. 한국 근대시와 저항시의 위상

한국 시문학사에서 윤동주 시인은 학문적으로나 대중적으로 가장 많은 관심을 받은 시인으로 평가할 수 있다. 그에 관한 중요한 연구의 목록은 300여 편에 이르며,[1] 시작품은 해방 이후 1970년대까지 꾸준히 베스트셀러의 자리를 차지하고 있다.[2] 뿐만 아니라 그는 현재에도 한국인이 가장 좋아하는 시인이며,[3] 중·고교 국어교과서에도 가장 많은 시가 실린 시인이기도 하다.[4] 이런 점들을 종합해 보면 한국 근대사에 윤동주의

---

1) 이명찬, 「윤동주 시에 나타난 '방'의 상징성」, 『국어국문학』 137집, 국어국문학회, 2004.9.
2) 이은정, 「한국 근현대 베스트셀러문학에 나타난 독서의 사회사」, 『한국시학연구』 13호, 한국시학회, 2005.8.
3) 1998년 11월 한국 현대문학관(구 동서문학관)에서 개최한 '일제하 한국시 100인전'에서 윤동주의 「서시」가, 한국인이 가장 좋아하는 시로 선정되었다.
4) 7차 교육과정 이후 중학교 국어 교과서에는 이육사, 심훈과 비교하여 저항시인으로 소개되어 있

영향력이 큰 것임을 실감할 수 있으며, 문학사적으로도 중요한 위치에 자리매김되고 있음을 알 수 있다. 그러나 이러한 연구 성과의 집적에도 불구하고, 문학사적으로 여전히 평가가 유보되고 있는 부분이 있는데 그것이 바로 윤동주 시에서 저항, 혹은 저항시의 문제이다.

한국 시문학사에서 윤동주의 시사적 위치만큼이나 '저항시'라는 시 장르는 시사적으로 중요한 장르이다. 왜냐하면 한국 근대문학사에 대한 논의는 한국 근대 정치, 역사와 밀접한 관계를 유지하면서 이루어져 왔기 때문이다. 일제 강점과 한국전쟁, 유신독재와 군사독재라는 험난한 근대사는 근대문학 역시 이 파란(波瀾) 속에서 자신의 정체성을 끊임없이 갱신하도록 했는데, 특히 이 과정 중에 '저항'이라는 주제는 신문학 초기에서 1980년대까지 끊임없이 제기되었던 개념이다. 이런 문학사적 맥락을 고려할 때 윤동주 시와 저항시와의 관련성을 따져 보는 것은 한국 시문학사에서 저항시라는 장르에 대한 문제의식을 환기시키는 중요한 계기가 되리라 생각한다.5)

으며, 18종 고등학교 문학 교과서 중 11종에 총 7편이 실려 있는데, 이 편수는 김소월과 같은 것으로 문학사적으로 중요한 다른 시인들에 비해서도 2~3편이 많은 편이다. 시 교육의 방향 역시 저항시가 압도적으로 선택되고 있다(남민우, 「일제 강점기 시의 교육 쟁점과 방법」, 『한국시학연구』 13호, 한국시학회, 2005.8).

5) 학문적으로 저항시에 대한 개념의 정초 작업은 이루어지지 않았다. '저항시' 역시 시문학의 한 갈래임은 사실이지만, 그 장르적 특성이나 개념 설정에 대해서는 일관성이 없이 이어져 왔다. 대부분의 시문학사에서 '저항시'라는 시양식이 일제 강점기의 중요한 것이었음을 언급하고 있지만, 그 내용은 일제에 대한 저항의지를 담은 시라는 소박한 평가로 일관해 왔다. 저항시 선집이 묶이고, 저항시와 더불어서 참여시, 민중시, 노동시 등이 중요한 장르로 거론되면서도 정작 저항시 자체에 대한 이론적 논의는 부재한다. 그러나 본고에서는 저항시에 관한 포괄적인 장르 규정을 시도하지 않고 차후의 과제로 남겨둔다. 다만 윤동주의 시를 저항시의 관점에서 이해하려는 시론(試論)이 저항시 일반을 이해하는 단초가 되길 기대한다.

2. 정치적 저항과 시인의 문학적 선택

한국 문학사에서 저항시를 포함한 개념인 저항문학이란 일제 36년 동안 이루어진 문학의 한 흐름으로 일제에 대한 저항을 그 내용으로 한다[6]고 일반화되어 있는데, 저항시의 전통은 그보다 좀 더 거슬러 19세기말 개화기부터 시작되는 것으로 볼 수 있으며,[7] 나아가 그 전개 역시 일제 식민지시기에 국한되는 것이 아니라 1980년대까지 이어진다고 할 수 있다.[8] 저항시는 일제 식민지시기의 민족과 국가라는 절대 명제를 전제로 식민지 현실에 대한 도전과 비판의 의미를 생산한 것으로 개념화되기도 하고,[9] 억압과 착취에 대항하는 언어의 압축과 정서적 표현이라고 포괄적으로 정의되기도 한다.[10] 이런 정의들은 저항시가 억압적인 현실에 대한 내용을 담고 있는 작품이라는 점을 확인시켜주고는 있으나, 보다 정치한 관점에서 구체적으로 작품을 분석, 평가할 수 있는 저항시의 개념으로는 미흡하다는 생각이 든다. 따라서 구체적 작품을 통해 저항시의 개념을 이끌어내는 연구에 주목해 볼 필요가 있는데, 이를 위해 문학사에서 저항시 논쟁의 중심에 있어 왔던 윤동주 시 연구를 통해 귀납적으로 저항시의 개념을 유추해볼 수 있을 것이다.

윤동주 시에 있어서 저항시냐 아니냐의 문제는, 그간 각기 다른 관점을

---

6) 편집부 편, 『한국 현대문학 작은 사전』, 가람기획, 2000.
7) 1876년 개항 이후 외세의 도전에 대한 저항의 시가들이 많이 창작되었다. 선비들은 전통적인 유학적 세계관에 의거, 지조 높은 선비의식과 현실에 대한 탄식을 표현하고 있다. 권영민, 『항일저항시 감상』, 독립기념관 한국독립운동사연구소, 1991.
8) 실천문학 편집위원회 편, 『저항시 선집』, 실천문학사, 1984.
9) 권영민, 앞의 책.
10) 김종철, 「한국 저항시 소론」, 『저항시 선집』(실천문학 편집위원회 편), 실천문학사, 1984.

가진 연구자들에 의해 각기 다른 결론으로 규명된 바 있다. 그러나 최근의 연구에서 저항시에 대한 논의는 더 이상 진행되지 않은 채, 윤동주 연구에서 여전히 남겨진 문제라는 유보적인 평가를 내리고 있다.[11]

윤동주의 시를 '저항시'인가에 대한 문제의식을 토대로 가장 집중적으로 논의하고 있는 글은 우선 「윤동주의 시는 저항시인가」이다.[12] 연구자는 윤동주의 시가 저항시가 아니라고 밝히는데, 그 이유는 우선 식민치하에서 발표되지 않았고, 그의 부끄러움이 실제 행동이나 시대성과 관련이 없는 것이기 때문으로 설명한다. 그럼에도 한국 시문학사에서 윤동주를 저항시인의 반열에 올려놓은 것은 그의 옥사(獄死)를 미화한 감상적 비평의 오류와 저항시인에 대한 우상화, 참여문학론의 우세 때문이라고 주장하고 있다.

이 논의에서 연구자는 저항시가 되기 위해서는 당대에 반드시 출판되어 독자가 그 시를 읽었어야 한다는 점을 강조하는데, 당대가 일제의 검열이 악랄하게 자행되던 때였으며, 친일문학의 회오리 속에 문인들의 절필과 침묵 역시 저항의 한 수단이 되었던 시대임을 감안한다면[13] 출판 유무로 저항시 여부를 규정하는 것은 재고할 필요가 있다.

다음으로 연구자는 저항시의 조건으로 작품 내용의 시대성을 제시하고 있다. 이는 작품의 내용이 당대의 문제적 현실에 저항하고 있는 내용

---

11) 윤동주에 관한 연구는 이 부분에 관한 평가를 생략하는 경우도 많고, 저항의식에 관해 논의할 때에도 소극적, 내면적 등의 수식어를 통해 저항의 성격을 규정하든가, 실제적 저항은 안했어도 시의 저항성을 가장 치열하게 보여주었다는 식의 추상적인 평가들이 대부분이다. 이런 의미에서 오세영과 김용직의 연구는 저항시와 관련된 기존의 연구들을 포괄하는, 1970년대 김현·김윤식이 『한국문학사』에서 규정한 저항시로서의 윤동주론에 대한 가장 적극적인 답이자 논의의 확장이라 생각한다. 본고는 이 두 연구자들의 논의를 비판적으로 검토하면서 저항시의 개념을 유추하고 있다.
12) 오세영, 「윤동주의 시는 저항시인가」, 『윤동주 연구』(권영민 편), 문학사상사, 1995.
13) 김재용, 『협력과 저항―일제말 사회와 문학』, 소명출판, 2004, 185~204면.

을 담고 있어야 한다는 것이다. 이런 설명은 시 작품 자체에 주목하게 하는데, 결국 작품을 형상화하는 작가의 현실인식을 고려하게 한다는 점에서 본고의 문제의식과 맞닿아 있다.

한편 윤동주의 시를 항일 저항시로 자리매김하는 연구14)는 무엇보다 그가 실제 활동을 통한 저항을 하지 않았다는 견해에 대한 반증으로 도일 전 · 후의 행적, 집안 분위기와 교육, 사촌 송몽규와의 관련성에 대해 집중적으로 설명하면서 저항시인으로서의 면모를 부각시킨다. 이 연구에서 '저항시'는 실제 저항활동과의 컨텍스트 속에서 놓인 것으로 이해된다.

이상에서와 같이 두 연구자의 입장은 다르지만 결국 저항시를 만족시키는 조건은 실제 저항활동의 경력과 작품이 환기시키는 역사 현실의 적실성이다. 이런 의미에서 본다면 저항시란 작가의 저항활동을 전제로, 저항하는 대상에 대한 저항의 내용을 담고 있는 시가 된다. 그러나 우선 생각해 볼 것은 작품의 저항성을 판단하는데 작가의 저항활동이 반드시 필요한 것인가를 생각해 볼 필요가 있다.15) 뿐만 아니라 작가의 정치적 활동으로 작품을 평가하는 것은 문학작품을 보는 적절한 관점이 아님은 주지의 사실이다. 이런 맥락에서 작품이 당대의 시대성이나 당대 현실의 문제를 환기시켜야 한다는 사실은 저항시 판별에 중요한 사안으로 보인다. 그런데 한편으로 작품을 통해 독자들이 어떻게 시대성을 읽게 되는가의 문제가 생긴다. 즉 작가가 사용하는 비유나 상징의 저항적 의미를 어떻게 읽어내는가이다.16)

---

14) 김용직, 「암흑기의 십자가」, 『한국현대시사』 2, 한국문연, 1995.
15) 예를 들어 시문학사에서는 김소월, 이상화, 심훈, 김영랑 등의 시들 중 일부를 일제에 대한 저항시로 규정하는데, 작가의 실제 저항활동이 저항시의 조건이 된다면 이들의 시 역시 문학사에서 저항시로 규정될 수 없을 것이다.

'저항' 문학이든, '저항' 운동이든 저항하는 주체와 그 주체가 저항하는 대상에 대한 인식은 중요하다. 저항시의 경우 역시 시대성과 현실의 문제에 저항하고 고민하는 시적 주체의 인식은 중요하다. 이것은 역사 현실에 대해 사유하는 작가의 인식으로, 작품 형상화의 근간으로 작용하면서 비유적 언어를 통해 작품의 주제의식을 만들어 내는 동력이 된다. 이런 의미에서 작품을 이루고 있는 언어 분석을 통해 시인의 현실인식을 읽어내는 것은 그 작품이 당대 역사에 대응하는 저항시인가 아닌가를 판별하는 중요한 기준이 될 수 있을 것이다. 다만 이때의 현실인식이란 작가의 정치적 삶에 기대어 해석되는 것이 아니라 작품에 드러난 비유와 상징을 통해서이며 이것을 현실인식과 연결시키는 것은 당대 역사에 대한 참조를 통해서다. 이런 과정을 통해서 저항시가 정치적 활동이 아니라 작가의 문학적 선택임이 강조될 수 있으리라 생각한다.

이런 맥락에서 본고는 윤동주 시에서 시적 주체의 현실인식을 구체적 시작품을 통해 규명해 보려한다. 특히 이때 윤동주에게 중요한 시 의식으로 평가되어 온 '부끄러움'이나 시적 소재인 '길'에 주목해 보려 한다. 윤동주는 후기의 많은 시에서 자신의 삶과 운명에 관해 치열하게 반성하고 성찰하면서 자신이 가야할 길에 관한 모색을 하는 것으로 평가받는데, 이런 특성이 현실인식을 표상하는 비유와 상징의 근간으로 작용한다.

---

16) 이런 곤혹스러운 지점 때문에 문학사에서 시인이 실제 저항활동을 한 사람인가, 아닌가가 시의 저항성을 판단하는 용이한 기준점이 될 수밖에 없었으리라 생각한다. 그러나 작품을 통해 시대성이나 현실의 문제를 분석, 평가할 수 있어야만 저항시를 작가의 문학 활동으로 이해할 수 있을 것이다.

3. 반성과 성찰 – 역사적 주체로의 성장과 저항의 동력

1) '부끄러움'의 실천적 의미와 시인의 '길'

현실을 인식하는 시적 자아의 관점에서 윤동주의 시세계는 크게 두 시기로 대별될 수 있는데, 연희전문학교에 입학한 이후인, 1939년 전·후로 나누어 볼 수 있다. 초기 시(1934~1938)에서도 현실에 대한 고민의 흔적들을 만날 수 있긴 하지만, 다분히 관념적인 분위기로 나타나며 1936년대 후반부터 1938년까지는 집중적으로 동시들을 발표한다. 연희전문학교에 입학(1938)한 후의 시와 산문들에는 현실에 대한 윤동주의 실제적인 고민과 자아성찰이 드러나고 있다. 초기 시와 후기 시의 이런 차이는 저항시 논의에 있어서 중요하다.

잘 알려진 윤동주의 시들 거의가 1939년 전후에 쓰인 것들이며, 연구자들이 저항시로 언급하고 있는 시들의 대부분이 이 시기에 쓰인 것들이라는 사실은 현실에 대한 문제의식이 주로 이 시기에 집중되어 있음을 보여준다. 따라서 윤동주 시에서 저항시에 대한 논의는 1939년 전후의 시들로 국한시킬 필요가 있다.[17] 이런 맥락에서 볼 때 도일(渡日) 전후 윤동주 시의식의 변모를 살피고 있는 연구들은 윤동주의 실제적인 현실에 대한 의식 변화와 이를 바탕으로 한 저항시로서의 가능성을 확인시킨다.[18]

---

[17] 본고에서는 윤동주 시의 창작 시기를 최대한 존중하면서 논의를 이끌어 가려 한다. 왜냐하면 윤동주의 내면의식의 변화가 연희전문학교 입학 이후 섬세하게 계속 변화하고 있는데, 시기의 구분 없이 이들을 판단한다면 자아 성찰이나 현실인식의 변화에 주목할 수 없기 때문이다.

[18] 남송우, 「윤동주 시에 나타난 공간 인식의 한 양상–일본 유학시절의 시를 중심으로」, 『한국문학논총』 40집, 2005.8; 류양선, 「윤동주의 산문과 시의 관련 양상–산문 「종시」와 시 「길」을 중심으로」, 『한국 현대문학연구』 16, 2004; 이명찬, 「윤동주 시에 나타난 '방'의 상징성」, 『국어국문학』

윤동주는 연희전문 문과에 입학한 후 다양한 방면의 독서와 교우관계, 또 수업을 통해 문학적으로 성숙하는 한편 당대의 역사와 현실에 대한 인식을 확장시켜 나간다. 서울에서 대학 생활을 하면서 직접 체험하는 일제의 억압적 현실로 인해, 정신적으로 사유의 폭과 깊이가 성숙되어 가는 윤동주의 내면에는 그 이전[19]과는 또 다른 차원에서 현실과 자아에 대한 고민이 시작되었으리라 생각한다.

고향에서와는 다른, 일제에 의한 구체적인 억압과 굴욕의 현장들을 경험하면서 윤동주의 내면은 더욱 더 복잡해지고 어떻게 살 것인가에 대한 고민과 함께 현재 자신에 대한 반성과 성찰이 제기되고 있다.

나는 어둠에서 배태되고 이 어둠에서 생장하여서 아직도 이 어둠 속에 그대로 생존하나 보다 (…중략…) 가령 새벽이 왔다 하더라도 이 마을은 그대로 암담하고 나도 그대로 암담하고 하여서 너나 나나 이 가랑지길에서 주저주저 아니치 못할 존재들이 아니냐 (…중략…) 행동할 수 있는 자랑을 자랑치 못함에 뼈저리는 듯하나 나의 젊은 선배의 웅변이 왈 선배도 믿지 못할 것이라니 그러면 영리한 나무에게 나의 방향을 물어야 할 것인가. 어디로 가야 하느냐. 동이 어디냐, 서가 어디냐, 남이 어디냐, 북이 어디냐. 아라! 저 별이 번쩍 흐른다. 별똥 떨어진 데가 내가 갈 곳인가 보다. 하면 별똥아! 꼭 떨어져야 할 곳에 떨어져야 한다.

— 「별똥 떨어진 데」(1939.1) 부분

137집, 국어국문학회, 2004.

19) 윤동주의 성품자체가 바르고 곧은 사람이었으며, 또 기독교의 영향으로 늘 착하고 바르게 살려는 의지를 가진 사람이었다는 점에서 현실과 이상과의 괴리감을 느낄 수 있었으리라 생각한다. 이런 성향은 초기 시세계의 바탕이기도 하다.

연희전문 입학 후 「새로운 길」(1938.5)에서 자신이 가야 할 인생의 길에 대한 활기에 차 있던 윤동주는 얼마 지나지 않아 자신이 가야 할 길에 대한 고민을 시작한다. 시와 비교해 볼 때 위의 산문에서는 개인적 방황과 고민이 보다 직접적으로 드러나고 있다.[20] 그 고민의 내용은 이 시대를 어둠으로 인식하고 있다는 것이며, 이런 현실에서 내가 선택할 길이 '행동'인가라는 질문을 하고 있는 것이다. 서가 어디냐, 남이 어디냐며 '어디로 가야 하느냐'를 절규하듯 묻는 윤동주의 질문은 마치 동시대 서정주가 '길은 항시 있지만, 길은 결국 아무데도 없기에 아라스카로 가라, 아라비아로 가라'(「바다」, 1938)는 처절한 주문을 연상시킨다. 이처럼 그는 민족이 처한 현실을 자신의 시적 현실로 끌어들이면서 그 안에서 고민하는 시적 자아의 모습을 보여준다. 하숙집 가까이 있었던 우물을 배경으로 쓰였다는 「자화상」은 당시 윤동주 시인이 겪었을 자아의식의 혼란스러움과 이를 극복하고 투명한 내면의식에 이르고자 하는 시인의식의 일단을 보여준다.

산모퉁이를 돌아 논가 외딴 우물을 홀로 찾아가선 가만히 들여다 봅니다.

우물 속에는 달이 밝고 구름이 흐르고 하늘이 펼치고 파아란 바람이 불고 가을이 있습니다.

그리고 한 사나이가 있습니다.
어쩐지 그 사나이가 미워져 돌아갑니다.

---

20) 류양선, 앞의 글.

돌아가다 생각하니 그 사나이가 가엾어집니다. 도로 가 들여다 보니 사나이
는 그대로 있습니다.

다시 그 사나이가 미워져 돌아갑니다.

돌아가다 생각하니 그 사나이가 그리워집니다.

우물 속에는 달이 밝고 구름이 흐르고 하늘이 펼치고 파아란 바람이 불고 가
을이 있고 추억(追憶)처럼 사나이가 있습니다.

—「자화상」(1939.9) 전문

위의 시에 등장하는 '우물'은 자신의 내면을 비추어줌으로써, 반성과
성찰을 이끌어 내는 역할을 하고 있다. 시적 자아에 의해 스스로 이루어
진 자아의 성찰 과정은 그에게 미움과 연민이라는 자아에 대한 양가의 감
정을 갖게 한다. 그러나 자기반성과 성찰의 과정을 통해 자신이 원하지
않는 자아를 추억 속으로 떠나보내려는 마음이 시화되고 있다. 즉 시인에
게 이상적(理想的)이지 않은 자신의 모습은 우물 들여다보기로 비유되는,
반복적인 반성과 성찰이라는 행위를 통해 과거의 시간 속에 존재하게 된
다. 이런 의미에서 이 시는 윤동주의 의식 변화에 분수령 같은 역할을 하
는 것으로 평가받기도 한다.[21] 즉 윤동주는 이 시를 계기로 자신이 선택
할 길에 대한 성찰과 모색을 지속적으로 하게 되고 나아가 실천적인 삶의
지표를 설정하게 되는 것이라는 의미이다. 그리고 이런 삶을 위해서 현실

---

21) 류양선, 「윤동주의 산문과 시의 관련 양상—산문 「종시」와 시 「길」을 중심으로」, 『한국 현대문
학연구』 16, 2004.

에 대한 인식은 물론 의지적인 행위가 있어야 함을 깨달아 간다. 그러나 이런 인식 상의 변화는 열악한 현실을 목도하면서, 방황하고 갈등하고 고뇌하는 기간을 거쳐 얻게 되었을 것이다. 왜냐하면 「자화상」을 쓴 이후 윤동주는 1여 년의 절필 기간22)을 갖기 때문이다. 이후 그는 자신이 민족을 위해 무엇을 할 수 있을지 구체적인 고민을 시작하게 되면서23) 시를 통해 현실과 마주선 자아의 고통과 성찰을 드러낸다. 이런 과정을 거치면서 윤동주는 자아에 대한 성찰적 의식이 적극적인 행동으로 전환되어야 함을 믿고 있었던 것으로 보인다.24)

순이가 떠난다는 아침에 말못할 마음으로 함박눈이 내려, 슬픈 것처럼 창밖에 아득히 깔린 지도위에 덮인다.

방 안을 돌아다 보아야 아무도 없다. 벽과 천장이 하얗다. 방 안에까지 눈이 내리는 것일까, 정말 너는 잃어버린 역사처럼 홀홀이 가는 것이냐, 떠나기 전에 일러둘 말이 있던 것을 편지를 써서도 네가 가는 곳을 몰라 어느 거리, 어느 마을, 어느 지붕 밑, 너는 내 마음속에만 남아 있는 것이냐, 네 쪼그만 발자국을 눈이 자꾸 내려 덮여 따라 갈 수도 없다. 눈이 녹으면 남은 발자국 자리마다 꽃이 피리니, 꽃사이로 발자국을 찾아나서면 일년 열두 달 하냥 내 마음

---

22) 송우혜는 이 절필 기간에 대해 연구자들이 아무도 주목하지 않고 있음을 지적한다. 이 시기 윤동주는 신앙생활에 회의를 느끼기 시작했으며, 창씨개명의 법령 공포라는 굴욕을 겪어야 했으며, 친지(라사행)가 경찰에 검속되어 1개월간 고생을 하다 풀려났는데, 그가 운영하던 감리교 신학교가 폐교 당했다. 1930년대 말이 일제의 억압정책이 극에 달했던 시대임은 주지의 사실이다.

23) 절필 후 윤동주는 「위로」, 「팔복」, 「병원」을 썼다. 이 중 「위로」와 「병원」은 우리 민족이 처한 현실적 공간을 병원으로 비유하면서 자신이 할 수 있는 일이란 그들을 위로하고 그들의 아픔이 되어 보는 것밖에 없음을 표현하고 있다. 이런 식의 위로가 현실적으로 어떤 힘이 될 수 있을 지 윤동주 역시 회의적이었던 것으로 보인다.

24) 김우창, 「손들어 표할 하늘도 없는 곳에서—윤동주의 시」, 『윤동주』, 문학세계사, 1992.

에는 눈이 내리리라.

―「눈 오는 지도」(1941.3) 전문

「눈 오는 지도」는 당시 윤동주 시인의 내면풍경을 여실히 드러내주는 시이다. 일반적으로 '지도'는 길을 한눈에 볼 수 있도록 약호화해 놓은 것을 말한다. 그렇다면 비유적으로 이 시에서 '지도'는 시인이 가야할 길, 혹은 목적지를 기호화해 놓은 것으로 이해할 수 있을 것이다. 그런데 그 지도 위에 눈이 내린다는 것은 그 길 찾기가 그리 쉽지 않음을 의미한다.

이 시의 전체 구조는 공간적으로 창문을 중심으로 순이가 떠나는, 눈이 내리는 창밖과 화자가 있는 방안으로 이분된다. 의미상으로는 창밖에 내리던 눈이 방안으로 들어오고 마지막에는 시인의 마음을 덮음으로써 물리적으로 길을 덮고 있었던 현실이라는 장애물, '눈'을 시인이 자신의 삶의 조건으로 받아들이는 것으로 이해할 수 있다. 한편 떠나간 순이를 잃어버린 역사에 비유하는 이 구절은 예사롭지 않다. '역사'라는 구체적 시어를 통해 순이를 찾는 것이 역사적인 맥락에서 의미화되고 있기 때문이다. 이런 의미에서 시인의 의식이 떠난 '순이'를 역사에 비유하기보다는 오히려 잃어버린 '역사'를 순이에 비유하고 있는 것으로 읽힌다.

시인은 떠나간 역사를 어디에서 찾아야할지 모른다. 실제로 역사란 '어느 거리', '어느 마을', '어느 지붕 밑'에나 존재해야 하는 것임에도 오히려 이들에게 역사는 부재한다. 찾아야 할 그 역사는 오로지 역사를 떠나보낸 화자의 마음속에만 존재한다. 그러나 시인은 눈이 그치고 봄이 오면 발자국 자리마다 꽃이 필 것이라고 예견하고 있다. 그가 강조하는 진정한 역사는 그 꽃 사이로 난 발자국을 찾아 자신이 주체가 되어 나서야만 얻을 수 있는 것이라는 인식을 보인다. 이런 인식은 그가 1930년대 말 끊임없이 고민해왔던 주제이기도 하다. 식민지인으로서 역사의 주체가 된다는 것은 그 현실의 문제를 자신의 것으로 받아들이고 적극적으로 현실에 참여하는 것을 말한다. 이와 같은 윤동주 시인의 비장한 각오는 식민지 시대 시인의 '슬픈 천명'을 비극적으로 각인시킨다. 이런 의미에서 잃어버린 역사를 찾아가는 시적 자아의 태도는 일제의 식민 지배에 대한 저항의지를 뚜렷하게 보여주고 있다.

한편 아래의 글은 그리움의 대상을 찾기 위해 현실 속으로 들어가야 함을 말하고 있다.

> 인간을 떠나서 도를 닦는다는 것이 한낱 오락이요, 오락이매 생활이 될 수 없고, 생활이 없으매 이 또한 죽은 공부가 아니랴. 하여 공부도 생활화하여야 되리라고 생각하고 불일내에 문안으로 들어가기로 내심으로 단정해버렸다. 그뒤 매일같이 이 자국을 밟게 된 것이다. (…중략…) 그 젊은이들 낯짝이란 도무지 말씀이 아니다. 열이면 열이 다 우수 그것이요, 백이면 백 다 비참 그것이다. 이들에게 웃음이란 가물에 콩싹이다. (…중략…) 이제 나는 곧 종시를 바꿔야 한다. 하나 내 차에도 신경행, 북경행, 남경행을 달고 싶다. 세계일주행이라도 달고 싶다. 아니 그보다 진정한 내 고향이 있다면 고향행을 달겠다. 다음 도착하여야 할 시대의 정거장이 있다면 더 좋다.
>
> —「종시(終始)」(1941) 부분

위의 글은 윤동주의 산문으로 현실 생활에 관심을 가지라는 친구의 권유로 사람들의 실제적인 삶의 모습을 관찰하고 그 속에서 자신의 삶의 방

향을 정립하는 글이다. '종시(終始)를 바꾸어야 한다'는 윤동주는 자신의
길의 방향을 바꾸어야 한다는 생각을 내비치면서, '다음 도착하여야 할
시대의 정거장이 있다면 좋겠다'는 소망을 피력한다. 당대 역사와 시대가
도착해야할 미래의 정거장을 현실의 삶속에서 찾으려는 윤동주의 다짐은
'미구(未久)에 우리에게 광명(光明)의 천지(天地)가 있다'는 신념을 낳는다.
    그러나 윤동주가 걸어갈 세상은 여전히 피로와 울분과 어둠으로 점철
된 곳이다「돌아와 보는 밤」, 1941.6). 그는 이런 현실 앞에서 능금처럼 단단한
사상, 내면의 견고함을 견지하려 한다. 그리고 이런 강건한 의식을 안고
'또 다른 고향'의 길을 선택한다. 이런 선택은 당대 현실에 비춰볼 때 시인
으로서 험난하고 고통스런 운명의 수락을 의미하는 것으로 볼 수 있다.

    고향에 돌아온 날 밤에
    내 백골이 따라와 한 방에 누웠다.

    어두운 방은 우주로 통하고
    하늘에선가 소리처럼 바람이 불어온다.

    어둠 속에 곱게 풍화 작용하는
    백골을 들여다보며
    눈물짓는 것이 내가 우는 것이냐
    백골이 우는 것이냐
    아름다운 혼이 우는 것이냐

지조 높은 개는

밤을 새워 어둠을 짖는다.

어둠을 짖는 개는

나를 쫓는 것일 게다.

가자 가자

쫓기우는 사람처럼 가자.

백골 몰래

아름다운 또 다른 고향에 가자

— 「또 다른 고향」(1941.9) 전문

　이 시는 항상, '나', '백골', '아름다운 혼'에 대한 해석이 난해한 작품으로 평가받아 왔다. 유종호는 이런 해석의 모호성이 기술적 미숙성이나 주제의 본질적 심오성에서 온다기보다는 정치적, 사회적 통제가 가중되어 가는 사회조건 아래서 식민지 출신 청년으로서 자기보호적 자기 검열이 불가피했기 때문이라고 본다. 따라서 1941년 전후, 「또 다른 고향」, 「서시」, 「눈 오는 지도」, 「별혜는 밤」 등의 해석은 정치적 암유가 사용된 작품들이므로 시대 상황에 대한 참조 없이는 이해하기 힘든 작품이라고[25] 한다.

---

　25) 유종호, 「청순성의 시, 윤동주의 시」, 『시란 무엇인가』, 민음사, 1995. 한편 윤동주는 1941년 6월에 연전문과 학생회인 '文友會'의 문예부가 발행한 잡지 『文友』에 「새로운 길」과 「자화상」을 실었다. 이 잡지 역시 일제의 검열을 받고 발행되었다. 또 같은 해 11월 자선 시 19편을 묶어 스승인 이양하 교수와 후배 정병욱에게 주었고, 시집 출판을 계획했다. 이때 시고를 본 이양하 교수는 일본 검열을 통과할 수 없을 것 같으며, 시로 인해 윤동주의 신변에 위험이 따를 것이니 때를 기다리라고 했다(정병욱 증언). 송우혜, 『윤동주 평전』, 푸른역사, 2004, 300~317면. 이런 사실은 이양하 교수

'백골'이 순수하고, 본원적인 자아라면 '나'는 현재의 나, '아름다운 혼' 은 내가 되고 싶어 하는 이상적 자아로 설명할 수 있다. 내가 존재하는 어 두운 현실 안에서 고향의 나, 어린 시절의 자아, 순수한 자아인 백골은 그 의미가 사그라져 갈 수밖에 없다. 이런 자아의 모습을 보면서 눈물짓는 것은 곧 여러 자아의 모습을 가진 나(백골+아름다운 혼+일상의 나)이므로 이 들은 모두 나에 대해 눈물짓는 것이라 생각한다. 그런데 시적 자아의 의 식을 깨우는 것은 '아름다운 혼'이다. 나를 둘러싼 어둠에 대해 눈물짓고 있는 내게, 지조 있는 개는 어둠을 쫓아내며 짖는다. 어둠을 몰아내려는 개의 짖음은 결국 어둠 속에 묻혀 눈물을 흘리는 나의 의식을 일깨워 또 다른 고향으로 가게 한다. 시적 자아는 마치 자신이 가려는 것이 아니라 백골 몰래 쫓겨서 가는 사람처럼 가자고 했는데, 이는 백골의 자아가 현 실의 자아에 대한 구속력이 그만큼 크다는 것을 의미한다.[26] 이런 점에 서 이 시는 시인이 순수자아와 현실의 자아를 극복, 지양하여 자신이 가 야할 진정한 고향의 길로 들어섰음을 의미한다. 그 '길'은 바로 '잃어버린 역사'를 찾아가는 것이다.

잃어버렸습니다.

무얼 어디다 잃었는지 몰라

두 손이 주머니를 더듬어

나 지인들 역시 윤동주의 시에서 시대적 상징을 읽고 있었기 때문이라고 생각한다.

26) '백골'은 흔히 고향과 관련된 자아로 설명되기도 한다. 백골은 순수한, 본원적인 자아로 윤동주의 의식, 무의식 속에 존재하는 어린 시절부터 간직해 왔던 신념, 가치관, 세계관 등을 환기시킨다는 의미에서 '고향과 관련된 자아로 읽을 수도 있다. 이런 의미에서 송우혜(『윤동주 평전』, 푸른역사, 2004)는 '백골'이 고향가족들의 현실적 소망이 투사된 자기라고 설명하고 있는데, 그런 현실적인 비 유도 가능하겠지만 단순화시킨 감이 없지 않다.

길에 나아갑니다.

돌과 돌과 돌이 끝없이 연달아
길은 돌담을 끼고 갑니다.

담은 쇠문을 굳게 닫아
길 위에 긴 그림자를 드리우고

길은 아침에서 저녁으로
저녁에서 아침으로 통했습니다.

돌담을 더듬어 눈물짓다
쳐다 보면 하늘은 부끄럽게 푸릅니다.

풀 한 포기 없는 이 길을 걷는 것은
담 저 쪽에 내가 남아 있는 까닭이고,

내가 사는 것은, 다만,
잃은 것을 찾는 까닭입니다.

―「길」(1941.9) 전문

위의 시는 '잃어버렸습니다'라는 절박한 시구로 시작된다. 이는 시적 자아가 길을 나선 이유가 잃어버린 것을 찾기 위한 것임을 강조하고 있다.

이러한 1연의 의미는 마지막 연에서 '내가 사는 것은 잃은 것을 찾는 까닭이다'와 의미상 대구를 이루고 있다. 잃어버린 것을 찾아야 하는 삶이란 본질적으로 무엇인가 결여된 삶을 의미한다. 시적 자아는 이런 결핍을 채우기 위해 길을 걷는다. 그런데 그 길은 돌담을 중심으로 내가 잃어버린 것이 존재하는 저쪽과 평행하게 놓여 있는 길이다. 저쪽에 가고 싶지만 쇠문으로 굳게 잠긴 돌담은 현실의 길에 어두운 그림자만을 드리우고 있다. 내가 원하는 저쪽으로 갈 수 없는 슬픔에 눈물짓는 시적 자아의 내면은 자신의 무력감에 대한 성찰과 반성을 통해 부끄러움을 느낀다. 그러나 시적 자아의 의식은 부끄러움 그 자체에 머물지 않고 '풀 한포기 없는 이 길', 불모의 현실의 길을 걷겠다고 다짐한다. 그것은 담 저쪽에 아름다운 혼, 이상적 자아인 내가 있기 때문이며, 그것이 바로 내가 찾고자 하는 또 다른 고향이기 때문이다. 시대적 상징으로 읽을 때 '잃어버린 것'은 국권이며, 나라일 것이다. 그렇다면 시인의 삶의 목적은 잃어버린 조국을 찾기 위해 불모의 길 위에 서게 됨을 받아들이겠다는 의미로 읽힌다.27) 이런 태도는 그의 희생적이며 대속적인 의식의 세계를 드러낸다. 「서시」(1941.11)에서 윤동주가 「길」에서와 마찬가지로 부끄러움이라는 성찰을 바탕으로 자신에게 주어진 길을 가야겠다고 했을 때 그의 '길'은 자신과 우리 민족이 잃어버린 것을 찾는 길을 상징하는 것으로 이해할 수 있을 것이다.

이런 의미에서 윤동주의 부끄러움은 진정한 성찰과 반성의 계기가 되

---

27) 류양선(「윤동주의 산문과 시의 관련 양상—산문 「종시」와 시 「길」을 중심으로」, 『한국 현대문학 연구』 16, 2004)은 소재와 발상의 유사성을 바탕으로 산문 「종시(終始)」와 시 「길」의 관련성을 분석한다. 시에서 돌담은 윤동주가 등하교 하던 곳에 있던 경복궁의 돌담인데, 이 실제성을 받아들인다면, 시에서 돌담 안에 있는 것은 민족적 정체성으로 읽을 수 있을 것이다. 따라서 시인의 「길」은 시대적, 민족적 의미를 충분히 담고 있는 작품으로 의미화된다.

는 것으로 이해할 수 있다. 반성이란 단순히 자신을 반사하는 반복행위를 의미하는 것은 아니다. 그 반성은 자신이 살아가는 현실 삶과 관계할 때 실천성을 부여받는다. 헤겔에 의하면 반성이라는 것은 객관적 세계와의 관계 속에서 자신을 발견하는 주체의 자기 인식의 형식이다.[28] 이런 의미에서 윤동주에게 부끄러움의 기반이 되는 반성과 성찰이라는 의식은 현실과의 대응 속에서 주체의 실천적인 인식으로 변화, 발전되면서 작품을 통해 저항의지를 형상화시키는 동력으로 작용하고 있다. 즉 윤동주 시에서 '부끄러움'은 작가 내면의 양심을 비유하는 데 그치지 않고, 시대와 작가의 관계 속에서 문학사적 상징의 의미를 갖게 된다.

같은 시기 윤동주는 프로메테우스를 주인공으로 하는 「간」(1941.11)을 쓴다. 불을 훔친 죄로 목에 맷돌을 달고 끝없이 침전하는 프로메테우스는 윤동주 자신이다. 윤동주는 자기 동일성으로 프로메테우스를 선택했다. 자기희생적 인간, 고통을 감내하며 제우스에 대항하는 저항적 인간으로 프로메테우스를 내세운다.[29] 이러한 프로메테우스의 설정 자체가 권위에 대한 거부로서 정치적 함의를 지닌다.[30] 「십자가」에서도 역시 자기희생의 이미지가 드러나지만 「간」은 시적 자아의 의지가 훨씬 더 저항적이고 남성적인 톤으로 드러남으로써 시인의 각오와 자기희생의 정신을 강조하고 있다.[31]

---

28) Jurgen Habermas, 이진우 역, 『현대성의 철학적 담론』, 문예출판사, 1994, 63면 참조.
29) 박호영, 「저항과 회생의 남성적 톤」, 『윤동주 연구』(권영민 편), 문학사상사, 1995.
30) 유종호, 「청순성의 시, 윤동주의 시」, 『시란 무엇인가』, 민음사, 1995.
31) 박호영은 이 작품이 보여주는 남성적 톤이, 기존에 윤동주의 시를 저항적 성격의 시로 규정짓는 데 보여주었던 망설임을 없애주고 있다고 평가한다.

2) 식민지 현실과 해방의 문학사적 상징

윤동주가 도일(渡日) 이후32) 처음 쓴 작품은 「흰 그림자」이다.

> 이제 어리석게도 모든 것을 깨달은 다음
> 오래 마음 깊은 속에
> 괴로워하던 수많은 나를
> 하나, 둘 제 고장으로 돌려보내면
> 거리모퉁이 어둠 속으로
> 소리없이 사라지는 흰 그림자,
>
> 흰 그림자들
> 연연히 사랑하던 흰 그림자들,
>
> 내 모든 것을 돌려보낸 뒤
> 허전히 뒷골목을 돌아
> 황혼처럼 물드는 내 방으로 돌아오면
>
> 신념이 깊은 의젓한 양처럼
> 하루 종일 시름없이 풀포기나 뜯자.
>
> ─「흰 그림자」(1942.4) 부분

---

32) 윤동주는 1942년 4월 동경의 입교대학 문학부 영문과에 입학한 후, 그해 10월 경도 동지사 대학 영문학과 전입학했다. 그리고 다음 해 7월에 송몽규, 고희욱과 함께 독립운동 혐의로 검거되었다.

낯선 이국의 땅, 그것도 일본에서 윤동주가 깨달은 모든 것은 무엇일까. '괴로워하던 수많은 나'를 제 고장으로 돌려보냈다는 의미는 윤동주가 나름대로 내면에 어떤 결단을 했음을 의미하는데, 그것은 마지막 연에서 '신념'이라는 시어로 나타난다. 그러나 괴로워하던 그 수많은 나의 흰 그림자는 윤동주가 역시 연연히 사랑하던 것이었기에 허전함을 느낄 수밖에 없다. 새로운 삶을 살기로 하고 그런 삶과 다른 나의 모습들을 하나둘 버려야 하지만 그런 행위가 유발하는 쓸쓸함과 슬픔 역시 가능하기 때문이다.

흰 그림자를 거느리는 수많은 나는 「또 다른 고향」에서와 같은 백골의 이미지를 환기시킨다. 보편적으로 흰색은 도덕적 정당성, 육체적 순결, 결백 등을 상징한다. 그러나 한편으론 많은 문학작품 속에서 흰색은 죽음이나 불모, 무기력의 증거로 채택되어 창백함, 어슴푸레함의 등의 이미지를 거느리기도 한다.[33] 따라서 흰 그림자의 자아는 신념을 내면화한 자아와는 다른 무력하고, 외로운 본원적인 내면의 자아를 말하는 것으로 이해할 수 있다. 이처럼 윤동주는 서로 갈등하고, 길항하는 자아들의 지양과 극복을 통해 신념을 가진 자아상을 정립하게 되는 것으로 이해할 수 있다.[34] 그런데 그럼에도 이 시에서 신념을 갖게 되는 시적 자아에게서 비애감이나 쓸쓸함이 느껴지는 것은 이런 의식의 성장과정이 갖는 고통과 힘겨움을 독자 역시 경험할 수 있기 때문이라고 생각한다.

---

33) 아지자·올리비에리·스크트릭, 장영수 역, 『문학의 상징·주제 사전』, 청하, 1989, 132면.
34) 이런 의미에서 박현수는 윤동주의 신념이 이육사의 의지와 다르다고 설명한다. 이육사에게는 확고한, 단일한 자아의 세계가 그 상태를 더욱 견고하게 만들어가는 단련의 여정만이 있을 뿐이지만, 윤동주의 신념은 수많은 나의 길항 작용 속에서 내적 갈등을 통해 얻어진 것이며, 그 신념은 자기반성을 통해 나오는 것이기 때문이다. 박현수, 「수많은 나'의 운명과 신념」, 『시와 시학』, 2005년 봄.

그러나 한편으로 이런 의미에서 윤동주가 실천적 지식인으로 거듭나고 있음을 확인하게 된다. 그는 자신의 어리석음과 괴로움에 대한 반성의식을 통해 항상 어딘가를 지향해 나간다. 그의 부끄러움은 새로운 길을 찾아나가도록 하는 동력이며, 자신의 삶을 적극적으로 성찰하고 외화(外化)시키는 동인이 되고 있다. 이런 의미에서 그의 반성은 실천을 매개하는 주체적인 인식의 한 과정인 것이다.[35]

아래의 시는 감상성과 동화적 비유를 사용하면서, 이국에 사는 시인의 우수(憂愁)를 표현한 것으로 읽히기도 한다. 그러나 동화적 상상력을 가로지르는 시어들에 주목해 볼 필요가 있다.

으스름히 안개가 흐른다. 거리가 흘러간다.

저 전차, 자동차, 모든 바퀴가 어디로 흘리워 가는 것일까? 정박할 아무 항구도 없이, 가련한 많은 사람들을 싣고서, 안개 속에 잠긴 거리는,

거리 모퉁이 붉은 포스트 상자를 붙잡고, 섰을라면 모든 것이 흐르는 속에 어렴풋이 빛나는 가로등, 꺼지지 않는 것은 무슨 상징일까? 사랑하는 동무 박

---

35) 폴 리쾨르는 철학의 출발을 반성으로 보면서, 반성은 자기 자신을 발생시키고 드러내는 끊임없는 노력들의 이해라고 한다. 이런 의미에서의 반성은 인간이 주체로서 대상 활동을 통해 세계를 받아들이고 자기화하는 것을 가능하게 하는 정신력의 하나이자 동시에 인식과 반영의 개념을 포함하면서, 인식되고 반영된 것을 특수하게 변형해내는 주관적 능력임을 의미한다. 인간의 반성성은 절대적인 초월적 존재자로부터 부여받거나 혹은 관념적 절대이념으로 수렴되거나 객관진리의 부차적 산물이 아니라 인간이 사회문화를 형성하고 발전시키는 역사적인 형태로 드러내는 정신활동이다(이기웅 · 변현태 · 이강은 외, 『해석적 패러다임으로서의 반성과 지향』, 경북대 출판부, 2006, 25면). 이런 의미에서 윤동주에게서의 부끄러움이나 반성성은 어린 시절의 종교적, 전통적인 의식으로 출발하고는 있으나, 이후 현실과 마주선 의식 주체의 반성과 성찰을 통해 현실성, 실천성을 획득하게 되는 것으로 이해할 수 있다. 따라서 시에서 읽을 수 있는 저항의식 역시 당대 역사에 대한 윤동주의 역사적 실천성을 통해 얻을 수 있었던 것이라 생각한다.

이여! 그리고 김이여! 자네들은 지금 어디 있는가? 끝없이 안개가 흐르는데,

　　"새로운 날 아침 우리 다시 정답게 손목을 잡아보세" 몇 자 적어 포스트 속
에 떨어트리고, 밤을 새워 기다리면 금 휘장에 금단추를 삐였고 거인처럼 찬
란히 나타나는 배달부, 아침과 함께 즐거운 내림(來臨),

　　이 밤을 하염없이 안개가 흐른다.

—「흐르는 거리」(1942.5) 전문

시적 자아는 안개 속에 잠긴 거리에 서 있다. 자신이 가는 길도 사람들
이 가는 길도 알지 못한다. 거리가 흐른다는 것은 결국 시간의 흐름을 의
미하고, 어디로 가는지 모른다는 것은 미래의 시 · 공간에 대한 불투명함
을 의미한다. 시적 자아는 현재도 미래도 전망할 수 없는 현재의 시 · 공
간에 서 있다. 그러나 시적 자아는 2연에서 '어렴풋이 빛나는 가로등'이
꺼지지 않는 것은 무슨 '상징'이냐고 묻고 있다. 그리고 그는 친구들에게
편지를 쓴다. '새로운 날 아침'에 만나자는……. 그리고 밤을 새워 '기다린
다'. 일제 식민지하에서 '새로운 날', '꺼지지 않는 가로등', '새로운 날 아
침'의 시어를 개인적인 시정(詩情)으로만 읽을 수는 없을 것이다. 한용운,
이육사, 심훈에게서 '새로운 날의 기다림'이란 익숙한 항일의 상징이기 때
문이다.
　　특히 '아침과 함께 즐거운 내림(來臨)을 하는, 금 휘장에 금단추를 한 거
인같은 배달부'의 이미지는 동화적이지만, 그 내용은 진지하다. '내림'이란
거인같은 큰 배달부가 온다는 뜻이기도 하지만, 한편으론 내려온다는 의

미를 환기시키기도 하는데, 이는 마치 예수의 재림처럼 새 아침을 밝힐, 어떤 존재를 기다리는 것으로 읽히기도 한다. 또 '내림(來臨)'이라는 한자가 미래에 임할 것이다, 혹은 미래에 올 것이라는 뜻으로 새 역사의 날을 기약하는 것을 의미한다. 이육사의 '초인'과 같은 이미지는 아니지만, 윤동주는 이런 동화적 상상력 속에 해방에의 염원을 비밀스럽게 담고 있다.

윤동주는 이런 기다림의 태도로 "오늘도 나는 누구를 기다려 정거장 가까운 / 언덕에서 서성거릴 게다"(「사랑스런 추억」, 1942.5)라고 말하고 있다. 당대 문학사적 전통 속에서 '기차'가 주로 새로운 시간, 새로운 역사를 싣고 오는 것으로 비유되듯이, 그가 기다리는 것은 바로 '시대처럼 올 아침' (「쉽게 씌어진 시」, 1942.6)인데, 그는 이를 위해 등불을 밝혀 자신의 내면(방)을 밝히고, 지난 시·공간에 속한 최후의 나와 새로운 주체로 정립된 최초의 내가 악수를 함으로써 자신의 삶을 방 밖으로 확장시킨다.[36] 이런 의식의 저변에는 힘든 인생살이, 식민지 현실 하에서의 시 쓰기에 대한 무력감과 반성이 내재해 있는 한편, 시인으로서가 아니라 또 다른 인생의 길에 대한 고려가 놓여 있다. 그 인생의 길이 무엇인지는 그 시기 윤동주의 행적을 통해 유추해볼 수 있을 것이다.[37] 그러나 현실 삶의 정치성을 따지기 전에, 시 작품을 통해 그가 시대와 역사를 향해 저항의지를 명확

---

36) 이명찬, 「윤동주 시에 나타난 '방'의 상징성」, 『국어국문학』 137집, 국어국문학회, 2004.

37) 송우혜의 책에 실린 「판결문」에 의하면 도일 이후 일본의 징병제 비판, 민족의 언어 문화수호의 필요성, 한국 고전예술의 우수성 피력 등의 죄목이 있다. 송몽규, 고희욱 등과 자주 만나 이런 시안들에 대해 토론하고, 일제의 패망을 예견하고, 민족독립의 실현방안에 대한 논의를 했다는 내용 등이 실려 있다. 한편 하야시 시게루는 「경도시대의 윤동주―남병헌 씨에게 듣는다」(『문예운동』 67호, 문예운동사, 2000.9)에서 윤동주가 일본에서 다양한 회합에 참여했던 것, 그리고 타고르의 시를 즐겨 낭송했다는 것, 동지사 대학의 회합에서는 민족 문제가 화제에 올랐을 때 일본 선생에게 감정적으로 의견을 개진했다는 점, 찬드라 보스를 지도자로 하는 인도 독립 운동에 대해 관심이 있었다는 사실 등을 기록하고 있는데, 도일 이후 윤동주가 한반도에서보다 훨씬 더 동적으로 움직였다는 생각이 든다.

히 보여주고 있음을 판단할 수 있다. 그는 "등불을 밝혀 어둠을 조금 내몰고 / 시대처럼 올 아침을 기다리는 최후의 나"(「쉽게 씌어진 시」, 1942.6)로 살아가려 했던 시인이다. '등불로 밝힐 어둠'과 '아침'이 환기시키는 역사적 상징을 생각하면서, 시 제목이 주는 아이러니를 헤아려 본다. 그의 시는 언어를 통해 식민지 시대와 어둠의 역사에 관한 치열한 현실인식을 보여주며 나아가 이런 시대를 살아가는 지식인의 인식 변화를 극명하게 보여준다. 이런 의미에서 39년 전, 후를 기점으로 그의 시는 문학사 안에서 일제에 대한 저항시로서 충분히 읽힐 가치가 있는 것이다.

4. 윤동주의 저항시와 근대문학의 과제

윤동주의 시를 저항시로 보는 데에 회의적인 태도에는 윤동주 시의 향유와 감상, 평가가 굳이 '저항시'라는 개념이 아니더라도 충분히 이루어질 수 있기 때문이다. 이런 사실은 실제 윤동주 시를 좋아하는 대다수 사람들의 기본적인 정서를 반영하고 있다. 그의 시가 여전히 스테디셀러일 수 있는 이유는 순수한 내면의식과 염결한 자의식의 추구가 한국인의 정서와 가장 맞기 때문이기도 하다. 그러나 우리 문학사를 올바로 이해하기 위해서 윤동주 시에서 '저항시'라는 개념은 분명 필요하다.

1930년대 말, 열악해져가는 일제 식민정책으로 인해 일제에 대한 협력으로 방향을 바꾼 지식인들이 증가하던 시대, 윤동주의 변화는 오히려 가장 양심적인 지식인의 변화와 실천을 보여준다. 그것이 무엇보다 값지게 느껴지는 것은 그의 이런 변화가 현실과 대응하면서 부단히 자신을 반성하고, 성찰하는 과정 중에서 힘겹게 획득한 변화이기 때문이다. 따라서 근대문학사는 역사와 현실에 대한 철저한 고민과 인간적 성숙을 바탕으로 하는 윤동주의 작가적 선택에 주목해야 할 것이다. 그의 저항시는 일제 말기 열악한 현실에 맞서야 했던 근대문학의 과제를 뚜렷하게 보여주기 때문이다.

2
부

문학사의 전환과 서정시의 변화

단편서사시 양식과 시의 리얼리즘

1. 작가의 세계관과 새로운 양식의 탐구

한국 시문학사에서 임화의 단편서사시는, 당대의 개념적이고 서술적인 프로시들과는 달리 구체적이고 현실적인 생활의 감정을 노래함으로써 리얼리즘 시의 성과를 보여준 작품으로 평가받아 왔다.[1] 특히 이 양식은 당대 문학사적 상황에 대한 시인의 실천적 양식이었다는 점에서 새로운 시 양식을 선택하게 되는 카프문단 내외의 상황과 작가적 선택의 긴밀함을 보여준다. 왜냐하면 장르란 작가에게는 인식과 실천의 틀이며, 사회적

---

[1] 김기진, 「단편서사시의 길로—우리 시가의 양식 문제에 대하여」, 『조선문예』, 1929. 5; 김두용, 「우리는 어떻게 싸울 것인가」, 『무산자』, 1929.7; 권환, 「무산 예술 운동의 별고와 장래의 전개책」, 『중외일보』, 1939. 1. 19; 권환, 「시평과 시론」, 『대조』, 1930. 6; 안막, 「조선프롤레타리아 예술운동약사」, 『사상월보』, 1932. 10; 김성윤, 「1920~1930년대 경향시의 전개양상」, 연세대 석사논문, 1988; 이경훈, 「임화 시 연구」, 연세대 석사논문, 1988; 이승훈, 「한국 프로시의 한 양상」, 『다시 네거리에서』, 고려원, 1989; 정재찬, 「1920~1930년대 한국 경향시의 서사지향성 연구」, 서울대 석사논문, 1987.

으로는 당대의 미의식과 문학적 규범을 담아내는 그릇의 기능을 하기 때문이다.

이런 의미에서 단편 서사시 양식이 갖는 양식적 특성과 그 의미는 중요하게 검토되어야 할 문학사적 과제이다. 특히 시의 리얼리즘 문제와 장르적 특성이 어떠한 관련을 갖고 있는가라는 문제의식은 장르라는 문학 원론적인 개념이 고정되거나, 보수적인 것이 아니라 역사적 현실과 시인의 선택에 의해 다양하게 변화할 수 있는 유동적인 실체임을 보여준다.

임화의 시는, 감상적인 내면의식을 노래하던 초기 시를 거쳐 1927년부터 발표되던 다다이즘 계열의 시들에서 다다시의 혁명적 본질을 보여주었다고 평가된다.2) 특히 「화가(畵家)의 시(詩)」(1927)와 「지구와 빡테리아」(1927)는 다다적 기법들을 통해 계급적 대립에 의한 역사적 전망의 획득을 암시하고 있다. 초기 시에서 임화가 지니고 있었던 현실에 대한 예술적 저항의식은 마르크시즘을 만나면서 뚜렷한 계급의식과 역사적 방향성을 획득하게 되는데, 카프 가입 후 1차 방향 전환을 맞이하면서 사상적 전환을 다지는 임화에게 「담―일구이칠(曇――九二七)」은 당시 그의 사상과 문학의 수준을 보여주는 중요한 작품이다. 그러나 한편으론 마르크시즘에 기초한 그의 세계관을 뚜렷하게 드러내고는 있지만 주제의식이 관념적으로 진술되고 있기 때문에 정서적 울림을 주지 못하고 있다.3)

이런 맥락에서 단편서사시는 임화의 사상적, 문학적 변화과정과 밀접한 관련을 갖고 있는 양식이다. 즉 관념적인 계급의식으로부터 벗어나 구

---

2) 조은희, 「한국 현대시에 나타난 다다이즘, 초현실주의 수용양상에 관한 연구」, 서울대 석사논문, 1989.
3) 김진희, 「임화시 연구―단편서사시를 중심으로」, 이화여대 석사논문, 1989.

체적인 계급의식으로 진전하는 임화의 사상적 변모는 문학에서도 구체적인 계급의 생활을 통한 리얼리티의 확보가 필요했기 때문이다. 그러므로 생활의 반영이라는 내용과 그것을 표현하는 형식의 추구가 단편서사시라는 양식을 탄생시키고 있음을 알 수 있다.

2. 카프의 대중화운동과 단편서사시의 양식적 특성

1920년대 이후 시문학사에서 장편서사시는 그리 낯선 장르가 아니었다. 유엽의 「소녀의 죽음」(1924), 김동환의 「국경의 밤」(1925), 「승천하는 청춘」(1925), 「우리 사남매」(1925) 등이 발표되었는데 이 시들은 모두 과거의 이야기가 아니라 당대의 역사적 현실의 이야기를, 영웅이 아니라 그 시대를 살아가는 사람들을 통해 보여주면서 집단적인 정서를 지향하고 있다. 이런 문학사적 맥락에서 '장편'을 의식한 '단편' 서사시는 기존의 장편서사시와의 차이를 통해 그 양식의 의미를 명확히 할 수 있었다.4)

1) 현실적 이야기의 도입과 서사적 주인공

임화의 시 「우리 오빠와 화로」에 대한 평문 「단편서사시의 길로−우리 시가의 양식 문제」에서 김기진은 「우리 오빠와 화로」가 자아의 단순한 주관적인 감정을 노래한 것이 아니라 객관적이고 구체적인 사회적 사실들의

---

4) 단편서사시에 관한 최초의 평문인 「단편서사시의 길로」에서 팔봉 김기진은 주로 장편 서사시와의 비교, 대조를 통해 단편서사시 양식을 설명하고 있다.

'이야기'를 통해서 시인의 감정을 전하며 독자의 정서에 호소하고 있다고 평가했다. 즉 일반적으로 시문학에서 얻을 수 없는 현실에 대한 객관적 인식을 시에 이야기를 도입함으로써 얻고 있으며 그 효과는 인간의 정서에 호소하는 서정 장르의 특성 때문에 훨씬 크다고 강조했다. 이때 김기진이 지적한 '정서에 호소하는 면'이란 단편서사시 양식의 서정적 특성이라 할 수 있다. 이야기가 갖고 있는 서사성이, 서정성이 환기시키는 집약적인 감정을 통해 순간적으로 확산되면서 정서적 효과를 줄 수 있다는 의미이다.

단편서사시에서는 서사장르에서와 같이 인물, 행위, 사건을 통한 서사구조를 보이지 않는다. 단편서사시에서 서사적 특징은 단순한 구조를 가진 이야기의 도입이다.[5] 이는 인상적이고 암시적이며 비약적인 사건의 진술을 가져온다. 이런 점은 단편서사시가 소설이나 장편서사시와 다른 점이다. 따라서 단편서사시에서 이야기 자체는 지속성을 갖지만 완결된 사건들이 화자에 의해 채택되어, 화자의 감정 속에서 표출되는, 서사와 서정이 통합된 양식의 특성을 보인다. 이는 서사장르에서 볼 수 있는 이야기의 시간(story time)과 서술의 시간(discourse time)과도 연관된다. 이야기의 시간은 과거로, 주로 완결된 이야기가 서사의 대상이 되고 있으며 화자가 놓인 서술의 시간은 현재로써, 과거의 사건들과 유기적 관련을 가지면서 완료된 이야기를 현재의 경험 속으로 가져와 생생하게 반응시키는 역할을 하고 있다. 즉 서정의 순간성 속에 서사적 완결성을 가진 이야기가 도입되어 작품의 메시지를 정서적 울림 속에서 전달해 주고 있다.

---

5) 임화가 쓴 다른 단편서사시들에서도 이야기의 도입은 중요한 장치로 나타난다. 이야기를 가진 시들은 다음과 같다. 「어머니」, 『조선지광』, 1929.4; 「봄이 오는구나」, 『조선문예』, 1929.5; 「다 없어졌는가」, 『조선지광』, 1929.8; 「병감에서 죽은 녀석」, 『무산자』, 1929.7; 「우산받은 요꼬하마의 부두」, 『조선지광』, 1929.9; 「오늘밤 아버지는 퍼렁이불을 덮고」, 『제일선』, 1933.3.

사랑하는 우리 오빠 어저께 그만 그렇게 위하시던 오빠의 거북무늬 질화로가 깨어졌어요

언제나 오빠가 우리들의 '피오닐' 조그만 기수라 부르는 영남(永男)이가

지구에 해가 비친 하루의 모―든 시간을 담배의 독기 속에다

어린 몸을 잠그고 사 온 그 거북무늬 화로가 깨어졌어요

그리하야 지금은 화젓가락만이 불쌍한 우리 영남이하구 저하구처럼

똑 우리 사랑하는 오빠를 잃은 남매와 같이 외롭게 벽에가 나란히 걸렸어요

오빠……

저는요 저는요 잘 알았어요

웨―그날 오빠가 우리 두 동생을 떠나 그리로 들어가실 그날밤에

연거푸 말은 궐련[卷煙]을 세 개씩이나 피우시고 계셨는지

저는요 잘 알았어요 오빠

언제나 철없는 제가 오빠가 공장에서 돌아와서 고단한 저녁을 잡수실 때 오빠 몸에서 신문지 냄새가 난다고 하면

오빠는 파란 얼굴에 피곤한 웃음을 웃으시며

……네 몸에선 누에 똥내가 나지 않니―하시던 세상에 위대하고 용감한 우리 오빠가 웨 그 날만

말 한 마디 없이 담배 연기로 방 속을 메워 버리시는 우리 우리 용감한 오빠의 마음을 저는 잘 알았어요

천정을 향하야 기어올라가든 외줄기 담배 연기 속에서―오빠의 강철 가슴

속에 백힌 위대한 결정과 성스러운 각오를 저는 분명히 보았어요

　그리하야 제가 영남이의 버선 하나도 채 못 기었을 동안에

　문지방을 때리는 쇳소리 마루르 밟는 거치른 구두 소리와 함께―가 버리지

않으셨어요

　그러면서도 사랑하는 우리 위대한 오빠는 불쌍한 저의 남매의 근심을 담배

연기에 싸 두고 가지 않으셨어요

　오빠―그래서 저도 영남이도

　오빠와 또 가장 위대한 용감한 오빠 친구들의 이야기가 세상을 뒤집을 때

　저는 제사기(製絲機)를 떠나서 백 장의 일전짜리 봉통(封筒)에 손톱을 뚫어

트리고

　영남이도 담배 냄새 구렁을 내쫓겨 봉통 꽁무니를 뭅니다

　지금―만국지도 같은 누더기 밑에서 코를 고을고 있습니다

　오빠―그러나 염려는 마세요

　저는 용감한 이 나라 청년인 우리 오빠와 핏줄을 같이 한 계집애이고

　영남이도 오빠도 늘 칭찬하든 쇠 같은 거북무늬 화로를 사온 오빠의 동생이

아니에요

　그리고 참 오빠 아까 그 젊은 나머지 오빠의 친구들이 왔다 갔습니다

　눈물나는 우리 오빠 동모의 소식을 전해주고 갔어요

　사랑스런 용감한 청년들이었습니다

　세상에 가장 용감한 청년들이었습니다

　화로는 깨어져도 화젓갈은 깃대처럼 남지 않았어요

우리 오빠는 가셨어도 귀여운 '피오닐' 영남이가 있고
그리고 모—든 어린 '피오닐'의 따뜻한 누이 품 제 가슴이 아직도 더웁습니다

그리고 오빠……
저뿐이 사랑하는 오빠를 잃고 영남이뿐이 굳세인 형님을 보낸 것이겠습니까
슬지도 않고 외롭지도 않습니다
세상에 고마운 청년 오빠의 무수한 위대한 친구가 있고 오빠와 형님을 잃은
수 없는 계집아이와 동생
저의들의 귀한 동무가 있습니다

그리하여 이 다음 일은 지금 섭섭한 분한 사건을 안고 있는 우리 동무 손에
서 싸워질 것입니다

오빠 오늘 밤을 새워 이만 장을 붙이면 사흘 뒤엔 새 솜옷이 오빠의 떨리는
몸에 입혀질 것입니다

이렇게 세상의 누이동생과 아우는 건강히 오늘마다를 싸움에서 보냅니다

영남이는 여태 잡니다 밤이 늦었어요
　　—누이동생
　　　　　　　　　　　　　　—「우리 오빠와 화로」 전문

이 시는 화자가 현재에서 과거의 사건을 편지글 형식을 사용하여 이야

기하는 방식으로 구성되어 있다. 이야기를 듣는 청자를 설정하여 청자와의 대화를 이끌어 나가는 편지글 형식에서 시간성은 늘 현재를 지향한다. 이러한 형식은 서정장르라는 현재성의 문학 속에 줄거리를 가진 완결된 과거 경험의 서사가 도입되고 있는 상황과 밀접히 연관된다. 따라서 이 시는 서정과 서사의 원리가 함께 작품 전체를 이끌어가고 있다.

1연에서 질화로가 깨어졌다는 발화는 과거의 사건에 관한 것이지만 과거의 사건과는 다른 맥락으로 현재 시적화자의 정서적 반응과 밀접히 관련되어 있다. 즉 서정적 순간 속에 포착되는 화자의 정조는 '깨어짐'에서 오는 외로움과 슬픔이다. 이런 감정은 감옥에 간 오빠에 대한 상실감과 교차하면서 과거의 이야기가 현재의 정서와 함께 드러나고 있다.

3연부터는 이야기가 진행되는데 기본적인 줄거리를 이루는 이야기는 3~5연이며 6~9연은 앞으로의 결의와 관련된 이야기이다. 이 시에 도입된 이야기를 간추리자면, 인쇄직공인 오빠와 제사 공장에 다니는 누이 그리고 남동생 셋이서 외롭게 고아로 살고 있는데, 오빠가 어느 날 파업을 주도하다가 감옥에 가게 되었다는 내용이다.

리얼리즘의 문제가 객관적 현실 반영의 문제라고 할 때 이 시에 도입된 이야기가 현실을 얼마만큼 담아내고 있는가, 그리하여 이야기의 진실성은 어떠한가 등의 문제는 매우 중요하다. 이 시가 발표되는 1929년 당대의 노동자들의 삶과 현실은 일제의 탄압과 착취, 저임금 등으로 계속 악화일로를 걷고 있었다. 이러한 정세 속에서 노동 운동은 급격히 성장하게 되었는데, 특히 1928년 9월 제유공 파업에서부터 시작된 원산총파업 (1929. 1~4)은 전국 노동자들의 호응을 받았던 민족적인 운동으로 반제 민족해방운동의 일환이 되었다.[6] 일제의 탄압 아래 빈곤 속에서 죽음을 맞이한 조선인들은 헤아릴 수 없이 많았으며 땅을 잃고 이주한 사람들, 부모와 자식을 잃고 헤어진 사람들 또한 적지 않았다. 마찬가지로 일제에 항거하지 않고는 저임금으로 생존권마저 박탈당할 위기에 처해 있는 노동자로서 노동파업에 참여하지 않을 수 없었다. 그러므로 이와 같은 현실을 고려할 때 이시에 나타나는 고아들의 삶과 공장에 다니는 삼남매의 생활, 그리고 파업에 참여했다가 감옥에 가게 되는 과정은 현실적으로 익숙한 체험이었으리라 생각한다. 그러므로 시의 주인공인 '어린 삼남매'가 처한 상황은 당대 보편적인 체험의 반영이며, 객관적 현실의 반영으로 이해할 수 있다. 이런 의미에서 시적 이야기의 진실성이 확보되며 단편서사시로서의 리얼리티가 가능하게 된다.

한편 주목할 점은 이야기가 진행되면서 화자의 변모가 나타난다는 점이다. 처음 2연에서 현재의 화자는 외롭고 불쌍한 화자였지만 이야기가 진행되면서 결말에 이르러 화자의 태도는 달라진다. 화자는 6연에서부터 변모하기 시작하여 '모든 어린 피오닐의 따뜻한 누이품'이 되어야 할 자신을 깨닫게 되면서 슬픔과 외로움을 극복하는 모습을 보인다. 이러한 양상은 대부분의 서정시에서 일인칭의 화자가 일관적 정서적 태도로 자아 고백적 표현을 하고 있음과 비교할 때 정서적, 인식적으로 변화되는 독특한 모습을 드러낸다. 서사장르에서 인물들이 행위를 통해서 인식 상의 변모와 새로운 전망을 획득함을 고려할 때 움직이지 않는 화자가 시 속의 이야기의 진행에 따라 태도의 변화를 갖는다는 것은 단편서사시가 갖는 장르적 특성이라 할 수 있다.

이상에서와 같이 이 시는 개인적 사건인 '질화로의 깨어짐'에서 시작되

---

6) 김윤환, 『한국노동운동사』, 청사, 1981, 162~176·204면.

는 화자의 인상적인 반응, 즉 슬픔과 외로움이 당대의 현실 사회의 문제였던, 노동운동을 하다 끌려가게 된 오빠의 이야기로 심화, 확대되면서 주관적인 슬픔의 정서를 넘어선다. 이런 의미에서 단편서사시에서 이야기의 도입은 당대적 현실을 보여주기 위해 사용되고 있음을 알 수 있다. 특히 시에 도입된, 암시적이며 단편적인 사건들을 연결시키는 서정적 비약과 상상력이 작용하여 이야기는 표면화되지 않지만 그 자체로 논리적 연관성을 갖게 된다. 따라서 이야기는 현실의 모습을 반영하면서 리얼리티를 창출하면서도 서정적 특성들과 결합하여 정서적 울림을 주고 있다. 특히 단편서사시에서는 이야기를 매개로 하여 화자의 인식상의 변모라든가 정서적 태도가 중요시 다루어지고 있는데, 이는 문학작품 속의 화자란 그 시대의 바람직한 인간상의 제시이며, 그 시대 독자들의 기대와 무관할 수 없음을 전제할 때[7] 단편서사시 양식이 화자를 통하여 노동 대중들이 추구해야 할 삶의 모습을 보여주려 하고 있음을 알 수 있다.

2) 서간체 화법과 독자의 수용

문학 작품이 작가와 독자를 전제하며, 작품 속에서 화자와 청자가 존재한다는 사실은 그들이 특정한 존재가 아니더라도 이미 문학이 서간문적 성격을 띠고 있다고 할 수 있다. 서간문의 특성은 무엇보다도 수신자를 상정하고 있으며 그에게 전달될 이야기, 즉 메시지가 중요하게 다루어진다는 점이다. 그러므로 서간문의 성격은 수신자와 전달하는 내용에 밀접

---

7) George T. Wright, 김준오 역, 『가면의 해석학』, 이우, 1985, 295~302면.

히 연관되어 있다. 이런 서간문의 특성이 단편서사시에 많이 쓰이고 있다는 점은 작가의 의도적 전략으로 이해된다.[8]

서간문은 원래 교환을 목적으로 하여 쓰이는 것이지만, 단편서사시 양식에서 서간문 형식은 언술적인 장치로 사용되고 있다. 서간문에서는 발신자가 수신자에게 전하려는 메시지가 중요시 다루어진다. 이런 의미에서 단편서사시에서 메시지, 즉 시의 이야기가 독자에게 감응력 있게 전달되기 위해 서간기법이 필요했음을 알 수 있다. 또 이야기를 도입할 때 단편서사시 양식 자체가 복잡한 서사구조를 채택할 수 없었기 때문에 단순한 서사구조를 포용할 수 있는 서간체 화법의 사용은 가장 적절한 것이다.

그리고 시의 이야기를 전달하는 방식으로서 서간체 화법은 시 안의 청자(수신자)뿐만 아니라 광범위하게 작품 밖의 청자, 즉 독자를 상정할 수 있다는 점에서 독자와의 관련성이 고려된다. 독자의 심미적 경험을 통해 작품의 내용과 의미는 활성화되고 구체화될 수 있는데, 단편서사시의 서간체화법은 광범위한 독자의 수용을 꾀한다. 이는 카프의 문학 대중화 운동의 지향점이기도 하다.

눈보라는 하로종일 북쪽 찰창을 따리고 갔다

우리들이 그날―회사 뒷문에서 '피케'를 모든 그 밤같이……

---

8) 임화를 비롯하여 당대 프로시인들의 단편서사시들도 서간체 화법을 중요한 시적 장치로 쓰고 있다. 주요 작품은 다음과 같다. 권환, 「이꼴이 되다니!」, 『무산자』, 1929.6; 김창술, 「오월의 훈기」, 『조선지광』, 1929.9; 김대준, 「누나의 임종」, 『대중공론』, 1930.7; 박세영, 「산골의 공장―어떤 여공의 모습」, 『신계단』, 1932.10; 이귀일, 「누나에게 주는 편지」, 『비판』, 1932.10; 민고영, 「오늘 새벽에도 영자를 보내며」, 『조선중앙일보』, 1933.10.25~29.

멫번, 멫번 그것은 왔다 갔다 팔 다리 코 꾸녕 손꾸락에―

그러나 나는 그것이 아푸고 쓰라린 것보다도 그 뒤의 일이 알고 싶어 증말 견딜 수가 없었다

늙은 어머니들 굶은 안해들이

우리들의 마음을 풀리게 하지나 안었는가 하고

그러나 모두들 다―산아히 자식들이다

언제나 우리는 말하지 안었니

너만이 늙은 어메나 아베를 가진 게 아니고

나만이 사랑하는 게집을 가진 게 아니라고

어메 아베가 다 무에냐 게집 자식이 다 무에냐

세상의 산아히 자식이 어떻게 ××이 보기 좋게 패북하는 것을 눈깔로 보느냐

올해 같이 몹시 오는 눈도 없었고 올해 같이 치운 겨울도 없었다

그래도 우리들은―게집애 어린애까지가

다―긔계틀을 내던지고 일어나지 안었니

동해 바다를 거쳐오는 모지른 바람 회사의 뽐푸, 징박은 구두발 휘몰아치는 눈보라―

그 속에서도 우리는 이십일이나 꿋꿋이 뻗대오지를 안었니

해고가 다 무에냐 끌려가는 게 다 무에냐 그냥 그대로 황소같이 뻗대이고 나
가자

보아라! 이 치운날 이 바람부는 날—비누궤짝 짚신짝을 실코

우리들의 이것을 이기기 위하야

구루마를 끌고 나아가는 저— 어린 行商隊의 少年을……

그리고 기숙사란 문 잠근 방에서 밥도 안 먹고 이불도 못 덮고

이것을 이것을 이기려고 울고 부르짖는 저—귀여운 너의들의 계집애들을……

감방은 차다 바람과 함께 눈이 되리친다

그러나 감방이 찬 것이 지금 새삼스럽게 시작된 것이 아니다

그래도 우리들의 선수들은 멧번ㅅ재나 멧번ㅅ재나 이 치운 이 어두운 어두
운 속에서

다—그들의 쇠의 뜻을 달구었다

참자! 눈보라야 마음대로 밋처라 나는 나대로 뻗대리라

기쁘다 ××도 ×××군도 아직 다 무사하다고?

그렇다 깊히 깊히 다—땅 속에 들어들 백혀라

으—ㅇ 아모런 때 아모런 놈의 것이 와도 뻗대자—

나도 이냥 이대로 돌멩이 부처같이 뻗대리라

　　　　　　　　—「양말 속의 편지—1930.1.15 남쪽 항구의 일」 전문

이 시는 1930년 1월 부산의 조선 방직 공장 파업을 제재로 하여 쓴 작

품이다. '편지'라는 제목에서 느낄 수 있는 것처럼 이 시의 화자가 수신자와 메시지의 존재를 중요시 인식하고 있음을 느낄 수 있다. 특히 부제로 '1930.1.15 남쪽 항구의 일'이라는 시간과 장소를 밝히고 있는 것을 보면 이 시의 메시지를 시인이 사실처럼 전하려 한다는 것을 알 수 있다.

서간문은 화자가 수신자를 상정하면서 대화하고 있다는 의미에서 그 시간성은 늘 현재성을 띠고 있다. 이 글도 현재, 발화자가 지나간 투쟁에서 일어났던 일들을 수신자에게 전하고 있다. 그 이야기를 전하면서 발화자가 그 수신자에게 끝까지 참아내자고 권유하고 있다는 사실은 화자가 현재의 시간에 위치하고 있음을 나타낸다. 또 청유형의 발화들이 나타나고 있음은 수신자의 일정한 역할을 기대하게 만든다. 이 시에서는 발신자와 수신자가 특정한 인물이 아니라 '우리'라고만 나타나 있다. 어떠한 언술도 단 한사람만의 발화자와 청취자에게만 속한 것이 아니며, 현실적인 대화자가 없을 경우 발화자가 속한 사회적 집단이 평균적인 대화자가 될 수 있음을 받아들인다면[9] 이 시 속의 '우리'는 당대의 독자로까지 확대될 수 있을 것이다. 발신자와 수신자를 모두 '우리'라는 집단적 인물로 나타내었기 때문에 독자는 '우리'에 가까이 가기가 훨씬 용이해진다. 그러므로 독자에게 이 시의 감응력은 훨씬 빠를 수 있을 것이다. 이 시가 그 당시의 파업 현장에서 실제로 열렬한 환영을 받았었다는 사실[10]은 독자들의 정서에 시가 깊이 침투할 수 있었음을 의미하며 이런 역할을 담당했던 것이 수신자의 집단성이었다. 이 시에서 작품 내적 수신자가 노동운동에 참여했던 '우리'로 상정되어 있기 때문에 이 시가 파업현장에서 낭독되었

---

9) Tzvetan Todorov, 최현무 역, 『바흐찐—문학사회학과 대화이론』, 까치, 1987.
10) 김남천, 「임화에 관하여」, 『조선일보』, 1933.7.21.

을 때 작품 내적 수신자와 작품 외적 수신자가 동일화되면서 많은 사람들이 공감하면서 열렬히 환호할 수 있었을 것이다.

이와 같이 「양말 속의 편지」에서 서간체 화법은 발신자와 수신자를 상정하여 그 이야기를 수신자에게 전달하는 기능을 함으로써 시가 독자를 향해 열려 있음을 보여준다. 서간체 화법을 사용함으로써 작품 안에 자연스럽게 수신자로 독자를 참여시키며, 또한 파업현장에서 독자와의 참여하에 그 작품의 의미가 역동화될 수 있다는 의미에서 이 작품은 독자를 필수적 존재로 간주하게 된다. 당시의 카프 비평문들에서 이 시가 임화의 단편서사시 중 가장 뛰어난 작품으로 평가할 수 있었던 근거는 이 시의 분위기가 애상성에서 벗어났다는 사실뿐만 아니라 실제로 파업현장에서 싸우는 노동자들의 모습을 그리고 있다는 점, 그리고 노동자들이 정서적으로 호응할 수 있도록 쓰였기 때문이다. 이는 카프가 추구하는 작품의 대중화를 임화의 시가 실천적으로 보여주고 있음을 의미한다.

3) 집단적 정서와 민족적 삶의 표출

일반적으로 서정시가 독백적이고 자기 표현적이라 할지라도 그 시세계는 시적 자아를 둘러 싼 외적 세계, 즉 사람들의 실제 생활이 그들에게 불러일으킨 사상과 감정으로 이루어졌다고 할 수 있다. 그러므로 서정시의 세계가 개인적으로 독특한 색채를 띠고 있더라도 그것은 주어진 순간에 대한 동일한 경험을 간직한 집단의 보편적인 정서에 기초하여 개별화되어 나타난 것으로 이해할 수 있다.[11] 이런 의미에서 시는 작가 개인의 체험에서 비롯된 것이면서도 그가 속한 집단의 정서와 무관할 수 없으며,

이때 시의 내용은 단순히 개인의 감동과 체험의 표현만이 아니라 그런 것들을 미적 형태로 가공함으로써 개별적 서정시에 보편성을 가능케 하는 당대의 '집단적 저류(ein kollektiver unterstorm)'의 정서로 이루어져 있다.[12] 시인의 개인적 목소리에는 늘 집단의 보편적인 목소리가 깔려 있으며 이 집단성이 개별성 속에서 울려 나오고 있는 것이다.

그런데 시에서는 이러한 문제가 시의 리얼리즘과 밀접히 관련된다. 즉 주어진 상황의 객관적 의미와 인간의 상상 속에서 주관적으로 경험된 상황에의 일치가 어떠한가 그리고 현실 자체의 실제적인 규모와 비율이 시 작품에서는 어느 정도 수용되고 있는가 등에 따라 리얼리즘과 비리얼리즘으로 판단될 수 있다.[13] 이런 맥락에서 살펴보면 임화의 단편서사시에는 순간적 경험 속에 당대 역사적 상황에 대한 집단적 경험이 집약되면서 개별적인 삶을 통해 집단적인 정서가 표출되고 있다.

특히 단편서사시는 그 당대에 가장 빈곤한 삶을 살았으며 억압받았던 집단인 하층민들, 특히 1920~1930년대 일제 자본주의 침탈에 의해 착취의 대상이 되었던 노동자들의 생활과 정서를 반영함으로써 시적 리얼리티와 역사적 의의를 획득하고 있다. 임화는 그 사회의 문제를 가장 첨예하게 드러내는 집단의 삶을 그림으로써 그 사회의 전체성이 자신의 시에 나타나도록 했으며 모든 개개인이 스스로에 대해 절대적이며 압제적인 것으로 느끼는 상황을 설정함으로써 작품을 통해 당대의 사회적 문제를 인식 가능케 하고 있다.

---

11) 게오르그 프리들렌제르, 이환재 역, 『리얼리즘의 시학』, 열린책들, 1986, 236면.
12) T. W. 아도르노, 김주연 역, 「시와 사회에 관한 강연」, 『아도르노의 문학이론』, 민음사, 1985.
13) 게오르그 프리들렌제르, 앞의 책, 236면.

한편 독자는 시에 나타나는 인물을 통해 작가의 사상과 감정 그리고 그가 어떤 존재이며, 어떤 존재가 되고자 하는가를 짐작할 수 있으며, 또한 그 인물들을 받아들이는 청중들을 예상할 수 있게 된다. 임화의 단편서사시에 등장하는 인물들은 대부분 공장에 다니는 노동자로, 노동운동을 하다가 수감되거나 일본으로 건너가 노동운동을 전개하는 인물로 그려진다. 실제적인 당대의 역사적 현실을 고려할 때 이런 인물들이 현실을 반영하는 전형적인 인물임을 알 수 있다. 1920~1930년대 식민지 조선의 현실은 일제의 토지조사 사업과 산미증식계획으로 인한 농촌의 피폐화가 가속화되었고 농민의 이농현상에 따라 농민들이 한국, 일본, 만주 등지에서 임금노동자로 전락해 가는 상황이었다. 이러한 사정은 가족의 파괴를 가져와 부모 없는 청소년들이 실질적인 가장으로 저임금의 열악한 상황에서 노동을 하였다. 일제의 탄압이 심해지자 노동운동이 이에 맞서 폭력화됨으로써 많은 노동자가 검거, 구속되는 사태가 벌어지기도 했으며 공산주의와의 연계 속에서 노동운동은 국제적 연계성을 보이기도 하였다. 이런 의미에서 시의 인물들은 당대의 현실을 반영하는 전형적 인물이면서 한편으론 그런 현실을 극복하려는 시인의 소망이 투사된 인물들로 이해할 수 있다.

한편 단편서사시에 드러난 노동자들의 생활이나 정서는 곧 당대 민족의 삶과 정서라고 할 수 있다. 노동자들은 바로 일제에 의해 땅을 잃은 민중들 자신이었기 때문이다. 그리고 이들과 혈연관계로 맺어진 인물들(오빠와 누이, 어머니와 아들, 연인, 친구 등)을 통해 노동자들의 삶은 전 민족으로 확장되어 나간다. 이는 단편서사시에 나타난 집단적 정서가 노동자 계급의 삶을 투영하고 있지만 결국 그들의 정서가 혈연이나 민족에의 지향을 보이는, 즉 민족적인 정서를 구현하고 있음을 의미한다.

3. 리얼리즘 양식으로서 단편서사시

　단편서사시 양식은 이야기의 도입과 서간체 화법, 그리고 집단적 정서의 표출로 시문학에서 리얼리즘의 미학을 추구하고 있다. 이런 시도는 당대의 카프 문학에서는 볼 수 없었던 새로운 시도였다. 최초의 단편서사시 「우리 오빠와 화로」가 발표된 1929년만 하더라도 1927년 카프가 1차 방향 전환을 거친 목적의식기로 카프 시인들의 작품에서는 구체적인 생활이 드러나지 않은 추상적이고 관념적인 마르크스주의적 세계관이 그대로 표출되고 있었다. 과도한 정치적 내용과 직설적인 계급투쟁의 서술은 실제 생활의 생생한 모습이나 문제적 상황을 담아내지 못하고 있었다.

　　오오 동무여 바로 이때로세

　　우리의 새 삶의 기록에 굵은 선을 그을 때는 바로 이때로세

　　―용광로의 불길처럼 젊은 혈구는 맹렬히 타오르지 않나?

　　―새 삶에 급박한 숨결은 火心에 불 붙은 폭탄처럼 왼 몸을 달구지 않나?

　　　　　　　　　　　　　　　　　　　　―김대준, 「大盜上으로」 부분

　　그러면 동무들아!

　　1929년의 메―데는 무엇을 준비하며

　　어떠한 우리의 행동으로 의식있게 할려느냐?

　　옳다! 우리는 우리 열악한 노동조건! 생활조건!

　　이에 대한 도×의 항쟁으로 메―데를 지키자!

　　원산 쟁의의 무참한 실패의 보복을 1929년의 메―데의 투쟁으로 작정하지

않으려느냐?

　이날에의 우리의 전국제적 전계급적 휴업과 데모는 다시 겹처 우리가

　우리의 ××을 얻어 쌓는 ××적 행동으로—

　　　　　　　　—적포탄, 「동무들아! '메—데'는 준비되었느냐!」 부분

　임화의 단편서사시 전후에 발표된 프로시인들의 작품들은 주로 관념
의 서술성과 도식적인 내용이 주를 이루고 있다. '대도'로 나오라는 화자
의 목소리가 강하게 울리긴 하지만 독자들에게 정서적 울림을 주지는 못
하고 있다. 마찬가지로 '메이데이'를 지키자는 당위성이 선전식으로 나열
되고 있을 뿐 시적 생동감은 느껴지지 않는다.

　한편 단편서사시는 기존의 장편서사시와 변별되면서 문학사적 의의를
확보할 수 있었다. 1920년대에는 김동환의 「국경의 밤」을 필두로 장편서
사시가 쓰이고 있었으므로 문단에서 '서사시'라는 양식 자체가 그리 낯 설
은 것이 아니었다. 김기진은 「단편서사시의 길로」에서 단편서사시가 장
편서사시와 다른 점을 명확히 하고 있는데, 그것은 바로 묘사의 차이다.
장편서사시는 소설처럼 장황한 묘사지만, 단편서사시는 비약적, 암시적
묘사여야 한다는 것이다. 무엇보다 이 지적에 관한 일차적 의미는 단편과
장편의 길이의 차이로 인해 묘사가 길게 이루어지면 안 된다는 것이겠지
만, 나아가 단편서사시가 장편서사시에 비해 인상적이고 비약적인 서정
적 상상력과 연결되어 있음을 드러내는 것이다. 그러므로 장편서사시를
읽으면서 이완되는 정서적 상태와는 달리 단편서사시는 시적 긴장감을
통해 강한 정서적 감응력을 획득한다.

　이처럼 단편서사시의 순간 집중적인 정서효과는 독자의 문제와 분리시

켜 생각할 수 없다. 독자에게 빠르게 파고들어 감정과 정서에 호소해야하는 대중화 전략은 장편서사시로는 부적절하다. 짧은 시를 통해서도 객관적 현실을 노래하면서, 순간적으로 독자의 인식적 변화를 이끌어내야 하는 것이 카프 문학의 대중화 운동의 과제였기 때문이다. 이와 같이 단편서사시 양식은 당대의 다른 서정시와 비교할 때 뚜렷하게 서사적 특성을 보임으로써 현실반영의 리얼리티를 획득하며, 장편서사시와 비교할 때 서정적 특성이 보다 강조됨으로써 독자들의 정서적 감응력을 높이고 있다.

시문학 속에 서정과 서사의 장르적 특성을 통합, 구현하고 있는 단편서사시 양식은 서정장르와 타 장르 간의 다양한 혼합 가능성을 시사해 주고 있으며 특히 서사성의 도입이 서정성과 맞물려서 시문학의 리얼리티를 확보하고 있다. 따라서 단편서사시는 서정 장르의 새로운 지평을 보여주는 최초의 시도였으며 서정장르를 통해 리얼리즘을 구현하려 했던 중요한 양식이었다.

단편서사시 양식이 제기했던 현실 반영과 리얼리티의 문제는 문학사에서 시의 장형화와 서사화 경향과 함께 지속적으로 논의되어 왔다. 즉 서정시를 둘러싼 부조리한 현실의 문제에 대한 시인의 비판의식은 시의 리얼리즘 문제와 늘 연관되어 왔다. 따라서 서정시를 위협하는 정치, 경제, 사회, 문화 전반의 상황은 시적 자아와 세계의 동일화를 파괴하면서 자아와 세계 간의 대립의 미학에 바탕을 둔 서사의 정신을 시 안에 끌어들이게 된다. 이런 의미에서 단편서사시 양식의 기능과 의의는 여전히 유효한 시창작방법론으로 의미화된다. 단편서사시 양식은 결코 자아와 세계의 동일화를 꿈꿀 수 없었던 서정적 체험의 수난기였던 식민지 현실에서 자아와 세계의 대립을 지양하고자 한 최초의 장르적 시도였으며 새로운 양식적 특성으로 시문학에서 리얼리즘 논의의 단초가 되는 지점이다. 이는 작가의 세계관적 변모와 현실의 변화가 장르의 선택과 밀접히 관련됨을 보여주면서 작가의 창조적 전략이 실천적 의미를 갖게 되는 지점이기도 하다.

모더니즘 창작방법론과 전체시론

1. 모더니즘문학론의 변화와 창작방법론의 모색

문학사에서 1930년대 중·후반은 '전형기'라는 시기로 언급되어 왔다. 1920년대 중·후반이나 1930년대 초반과는 달리 문단을 이끌어 갈 주조(主潮)의 부재를 의미하던 이 시기를 문학 주체의 입장에서 생각해보면 자신에 대한 반성의 계기가 되는 지점이라고 할 수 있다. 즉 이전과는 다른 문학적 현실 앞에서 문학주체들이 새로운 문학 창작 방법론에 관해 고민하게 되는 시점이라 할 수 있다. 특히 1930년대 후반에 접어들면서 일제 파시즘의 강화는 문학 주체에게 역사인식과 전망에 대한 강한 회의와 두려움을 불러일으키게 되었는데, 이런 인식의 변화는 역사의 주체, 근대의 주체에 대한 위기감을 불러일으킨다. 보이지 않는 전망과 비극성이 생존의 조건임을 체감하는 작가들은 이런 상황을 타개할 근대문학의 방향에 대해 모색하게 된다. 따라서 이때 새로운 실천적 의지로서 대두하는 문학 주체의 근대문학 탐구는 당대 문학사의 객관적인 필연성 속에서 탄생되는 것으로 이해할 수 있다.[1]

이런 맥락에서 1930년대 문학에 관한 연구들 역시 비평에서의 주체 문제를 논의의 핵심으로 삼고 있는 경우가 많은데, 이는 당대 역사적 상황 속에서 반성적 자기 인식을 가진 문학인들의 근대적 주체로서의 실존적 근거에 대한 연구이기도 하다.[2] 이처럼 1930년대 중·후반 문학 주체들의 반성을 통한 새로운 창작 방법론의 지향은 근대문학에 대한 탐구와 맥락을 같이한다. 즉 각 유파들은 1930년대 중반의 정세 속에서 근대문학이 나아갈 향방을 고민하면서 창작방법론을 탐구하는데, 이런 활동은 당대 사회역사적 현실에 대한 인식과 대응의 결과물로 드러나는 것이라 평가할 수 있을 것이다.

구체적으로 모더니즘 계열이나 카프문단에서는 새로운 시의 방향을 논의하기 시작했는데 이는 자신에 대한 반성은 물론 다른 유파에 대한 비판을 그 내용으로 하고 있다. 특히 1930년대 중반 모더니즘과 리얼리즘 간의 '기교주의 논쟁'은 각 유파들의 특성을 명확히 하면서 당대 문학이 나아갈 방향을 분명히 했다는 점에서 문학사적으로 의미 있는 논전이었다.[3] 임화, 김기림, 박용철 간에 벌어진 논전은 임화가 1935년 12월 「담

---

1) 김우창, 「구체적 보편성에로─역사와 문학의 관계에 대한 일고찰」, 『심미적 이성의 탐구』, 솔, 1992.

2) 이현식, 「한국 근대문학사론과 근대성의 담론들」, 『한국 근대문학연구』 3(한국 근대문학회 편), 태학사, 2001년 상반기. 연구자는 이런 문제의식의 틀이 중요한 것이긴 하지만 한편으론 당대의 문제를 보편화시켜버린 것은 아닌가라는 우려를 나타내고 있다. 그러나 한편으론 주체로서의 작가가 당대 역사 속에서 무엇을 반성하고 있으며 어떤 가치를 지향하고 있는가를 문제 삼는다면 역사적, 실천적 의미 역시 도출될 수 있으리라 생각한다.

3) 이런 논지는 임화의 「담천하의 시단 1년」(『신동아』, 1935.12), 박용철의 「을해시단 총평」(『동아

천하의 시단 1년」이라는 글에서 김기림을 염두에 두고서 조선 시단에서의 기교파의 발흥을 문제 삼은 것에서부터 촉발되었다. 이런 지적에 대해 김기림은 오히려 임화의 논지에 동조하는 글을 발표함으로써 자신의 입장 역시 기교파를 문제 삼고 있으며, 문학에서의 현실 반영 문제를 적극적으로 모색하고 있음을 드러내고 있다.

우리들 속에 현실도피의 태도 가운데는 강한 현실 증오의 감정이 어느 정도까지 흐르고 있었던가. 서양의 초현실주의자들의 그것에 필적한다는 자신이 있을 수 있을까. 1935년 6월에 파리에서 문화의 옹호를 위한 국제 작가회의가 열렸을 때 그들은 어떤 문화를 옹호할 것인가 하는 문제를 우선 고려하지 않으면 아니 되었다. 그것은 물론 근대문명의 현실을 지지하는 문학은 아니었다. 차라리 그것을 비판하고 초극하려는 문학이었다. 과연 우리들의 기교파는 옹호되어야 할 문학 중에 들었을까.[4]

현실─시적 내용의 중요점─에 대한 접근의 이러한 직접적인 반성의 노선은 기교주의에서 성장한 성실한 시인이 자기 완성의 길 우에서 걷는바 거의 전형적인 코스일 것이다.[5]

김기림은 당대 기교주의자들의 문학이 현실에 대한 도피와 긍정을 통

일보』, 1935.12.24~28), 김기림의 「시인으로서 현실에 적극관심」(『조선일보』, 1936.1.1~5), 박용철의 「기교주의설의 허망」(『동아일보』, 1936.3.18) 등 일련의 평문을 통해 드러난 것이었다. 이 논쟁은 김기림과 임화가 가진 문학관의 접점 가능성을 시사해주는 것이었으나 한편으로 박용철과 김기림의 거리를 확인시켜주는 과정이기도 했다.
4) 김기림, 「시인으로서 현실에 적극관심」, 『조선일보』, 1936.1.1~5.
5) 임화, 「기교파와 조선시단」, 『중앙』, 1936.2.

해 근대 문명의 현실을 지지하고 있음을 비판하면서 오늘의 작가는 현실을 비판하고 초극해야 함을 역설하고 있다. 임화와 김기림이 당대 현실 속에서 근대시가 나아갈 방향에 어느 정도 합의점을 찾은 것에 비해 박용철은 여전히 시의 순수성을 주장하면서 현실과 원칙적으로 거리를 둔 시를 상정하였다.

기교주의 논쟁을 통해 보면 1930년대 중반을 넘기면서 문단의 문제가 무엇이었는가 가늠해 볼 수 있다. 리얼리즘 문단에서는 기교파의 발흥에 따른, 상대적으로 리얼리즘의 진보적인 시가의 쇠퇴가 문제시되며 모더니즘 문단에서는 기교주의의 말초화를 경계하면서 현실을 반영해야 할 문제에 직면하고 있음을 보여준다. 이를 종합해보면 결국 현실을 어떻게 작품 속에 담아낼 것인가의 문제로 집약된다. 리얼리즘에서는 객관적인 정세의 변화에 따른 현실 반영의 위축성이 문제시되고 모더니즘 문단에서는 현실과 유리된 자신의 문학을 좀 더 현실과 가까이 위치시키려는 노력과 관련되는 것이다.

이런 모색 속에서 김기림은 리얼리즘과 모더니즘의 종합을 염두에 둔 전체시론을 정립한다.

나는 물론 右로부터 기울어지는 전체성의 선을 그려보았다. 경향시가 만약에 금후 전체성의 선을 좇아서 발전을 꾀한다고 하면 그것은 물론 左로부터의 선일 것이다. 이 두 선이 어떠한 지점에서 서로 만날까, 또는 반발할까는 그 뒤의 과제다.[6]

6) 김기림, 「시인으로서 현실에 적극관심」, 『조선일보』, 1936.1.1~5.

김기림은 우파적 문학인들은 현실이라는 쪽으로 기울고 좌파적 문학인들은 형식 쪽으로 기울어짐으로써 현실에 대한 관심과 비판이 제대로 형상화된 전체성의 시를 상정하고 있는 것이다. 이런 의미에서 김기림의 전체시론은 1930년대 중반을 거치면서 변화하는 국내외 정세와 열악해만 가는 식민지 현실과 문학 현실 앞에선 모더니즘 문학의 변화를 대표적으로 보여주고 있는, 의미 있는 창작방법론7)이다.

2. 반성과 실천의 형식 – 전체시론의 시도

문학사 속에서 시론가로서 김기림은 서구 모더니즘에 대한 추수자였다는 평가를 시작으로 최근에는 한국적 모더니즘의 특수성을 이해하는 과정 속에서 김기림 문학의 모더니티를 논의하는 방향으로 나아가고 있다.8) 일반적으로 김기림의 시론은 자신의 문학관을 중심으로 시기별로 대별된다. 초기(1930년~1935년 전후)의 주지주의적, 반낭만주의적 시론을 거쳐 중기(1935년 전후~1939년)의 전체시론과 해방정국의 시론으로 나누어 볼 수 있다.

---

7) 작가가 가진 현실에 대한 인식 변화는 작가의 의식을 어떻게 구현할 것인가라는 창작방법의 문제에 대해 고민하게 만든다. 1930년대 중·후반 김기림의 경우 이런 변화의 방향이 문학 주체의 역할이 커지고 현실에 대한 실천성의 의미가 강조되고 있다. 김기림의 창작방법론이 그의 의도처럼 모더니즘 문단에서 얼마만큼 생산적인 논의를 이끌어 낼 수 있었는가는 숙고해보아야 할 문제이다. 다만 1930년대 초·중반 리얼리즘 문단에서의 창작방법논쟁과 견주어 본다면 모더니즘 시가 나아갈 방향을 구체적인 시 창작방법론을 통해 제시하고자 했다는 측면에서 의미 있는 시도였다.
8) 최근의 연구들은 김기림 시와 시론을 외국 시와 시론과의 대비적인 연구를 통한 평가를 지양하고 일제 강점기 하에서의 김기림의 시와 시론이 갖는 근대문학적 의의에 주목하려 하고 있다. 김유중, 「김기림 문학연구의 문제점」, 『김기림』(정순진 편), 새미, 1998.

대부분의 연구들은, 김기림이 프로시의 내용 편중 주의에 반발하면서 본격화된 1930년대의 시운동이 '기교주의'에 빠졌음을 반성하면서 그 대안으로 내용과 형식이 통일된 전체시를 제안하는 것으로 설명한다. 그러나 이러한 평가를 전제하고 김기림의 전체시에 관한 좀 더 깊이 있는 논의가 필요하다. 즉 전체시라는 개념은 단지 시 장르와 형식상의 문제만이 아니라 당대 역사와 근대문학사적 맥락에서 새로운 형식의 필요성을 고찰하는데서 더 효과적으로 논의될 수 있을 것이며[9] 전체시론을 발표하게 되는 1935년 전후의 평문들을 통해서 보다 상세하게 규명되어야 할 것이다. 이런 논의를 통해 김기림의 변모가 갖는 개인적 의미뿐만 아니라 한국 모더니즘 문학론의 변화와 그 의의 역시 밝혀질 수 있으리라 생각한다.

　　김기림은 새로운 시대의 사고는 새로운 표현 양식을 요망한다고 주장했다. 이는 현실의 변화와 함께 시의 스타일도 변화해야 함을 의미하는데, 역으로 시 스타일의 변화에서 현실의 변화나 현실 인식의 변화 역시 읽을 수 있음을 뜻한다.

　　김기림은 분명 전체시를 통해 역사적, 문학적인 의미에서 이전과는 다

---

9) 대부분의 연구들은 전체시론의 문학사적 의미보다는 그것의 형식성과 「기상도」와의 관련성을 문제 삼는다. 한편 하정일(「1930년대 후반 문학비평의 변모와 근대성」, 『민족문학과 근대성』(민족문학사연구 편), 문학과지성사, 1995)은 김기림의 전체시론 제안이 모더니즘의 자기반성이며 '조선적 구체화'의 일환으로 민족적 위기에 대한 자각을 의미하는 것으로 설명한다. 진영복(「반파시즘 운동과 모더니즘—김기림의 모더니즘관을 중심으로」, 『근대문학과 구인회』, 깊은샘, 1996) 역시 김기림이 제시한 '전체시론'이 광폭한 파시즘의 위협에 대한 대응으로 붕괴과정에 이른 근대문학을 초극하기 위한 반파시즘 연대의 일환이었다고 설명한다. 손정수(「1930년대 한국문학비평에 나타난 모더니즘 개념의 내포에 관한 고찰」, 『한국학보』 88집, 1997년 가을)는 김기림의 전체시론이 새로운 문제의식의 구도로 개편된 1930년대 후반 문학의 인식론적 상황에서 비롯된 것으로 평가하고 있다. 또 윤여탁(「역사적, 사회적 실천으로서의 시론—김기림 문학론의 선택과 변모」, 『김기림 문학비평』(윤여탁 편), 푸른사상, 2002)은 전체시론이 역사적, 사회적 맥락에서 시도된 시론이었음을 밝히고 있다. 위의 연구들은 김기림의 전체시론에 문학사적, 역사적 의미를 부여하고 있다는 점에서 의의를 둘 수 있으나 전체시론만을 대상으로 한 논의가 아니므로 상세한 논의가 필요하다.

른 창작방법론을 내세우고 있다. 이는 지난 시대의 문학 장르에 대한 반성과 함께 당대 역사 속에서 시 문학이 무엇을 할 수 있는가 혹은 해야 하는가에 대한 적극적인 반성을 통해서 이루어진 것으로 이해할 수 있을 것이다. 그리고 이런 관점에서만이 김기림의 전체시론은 단지 '내용과 형식을 절충한 방법론'[10] 그 이상의 의미를 부여받을 수 있을 것이라고 생각한다.

그리고 나아가 전체시론이 문학의 현대성을 일관되게 추구해온 김기림에게 어떤 의미를 갖는 것인지, 그리고 당대의 현대시의 방향성을 파악하는데 어떤 의미가 있는지에 대한 논의의 단초를 제공할 수 있을 것이다.

시문학사에서 김기림의 의의는 무엇보다 시의 현대성을 추구했다는 사실이다. 그는 1930년대 초반 새로운 시문학론을 세우면서 과거의 시가 자연발생적인 순간의 감정을 노래한 것이라면 오늘날의 시는 의식적으로 지어진 구성적인 작품임을 강조했다.

> 시인은 시를 제작하는 것을 의식하지 않으면 아니 된다. 시인은 한 개의 목적=가치의 창조로 향하여 활동하는 것이다. 그래서 의식적으로 의도된 가치가 시로서 나타나야 할 것이다. 이것은 소박한 표현주의적 방법에 대립하는 전연 별개의 시작상의 방법이다. 사람들은 흔히 그것을 주지적 태도라고 불러왔다.[11]

그는 자연발생적으로 쓰여진 시는 현대와 거리가 먼 시이므로 오늘날

---

10) 김윤식, 「전체시론」, 『한국 근대문학 사상사』, 한길사, 1984; 정희모, 「김기림 모더니즘론의 전개와 근대성의 문제」, 『한국 근대비평의 담론』, 새미, 2001.
11) 김기림, 「시의 방법」, 『조선일보』, 1932.4.

새로운 시의 모습은 정의와 지성이 종합되어 경험이 재구성된, 의도된 가치의 창조물이어야 함을 강조한다. 이때 주지적 태도는 감성의 즉자적인 발현을 제어하여 절제된 방법을 통해 언어화시키는 방법이기도 하다. 시라는 양식이 자연발생적인 것이 아니라 문학적 주체의 의도된 기획물이라는 점에서 그것은 현대적이다. 그는 자연발생적인 시는 '자인(sein, 存在)'이며 주지적 시는 '졸렌(sollen, 當爲)'이라 하면서 시인은 시를 통해 가치를 창조해야 함을 강조한다. 이때 그가 의도하는 가치란 '시대정신'이다. 초기 시론에는 이러한 시대정신을 명랑한 근대문명의 세계로부터 파악하고자 했다. 이런 의미에서 1930년대 초 김기림이 탐구하는 현대시는 근대문명사회와 관련된 양식이었다.

'모더니즘'은 우선 오늘의 문명속에서 나서 신선한 감각으로써 문명이 던지는 인상을 붙잡았다. 그것은 현대의 문명을 도피하려고 하는 모든 태도와는 달리 문명 그것 속에서 자라난 문명의 아들이었다. 그 일은 바꾸어 우리 신시 사상에 비로소 도회의 아들이 탄생했던 것이다. 제재부터 우선 도회에서 구했고 문명의 뭇면이 풍월 대신에 등장했다. 문명 속에서 형성되어 가는 새로운 감각, 정서, 사고가 나타났다.[12]

김기림에게 새로운 시는 '과거의 모든 법률과 모랄리티, 선, 판단'에서 벗어나 '아스팔트'와 '렐' 위에서 호흡하는 것으로 드러난다. 도시적 문명과 새로운 감수성을 표현하는 것이 현대적인 시임을 강조하고 있음을 읽을 수 있다. 그의 시에서는 현대문명을 시각적인 것으로 표현한 이미지즘

---

12) 김기림, 「모더니즘의 역사적 위치」, 『인문평론』 1권 1호, 1939.

이 집중되어 나타난다. 이런 의미에서 김기림이 문제 삼는 '현실'이란 근대문명이 펼쳐진 풍경이거나 그 풍경에 대한 예찬일 가능성이 농후하다. 그런데 1930년대 중반을 넘기면서 그의 글에 나타나는 근대문명은 그것의 명랑성을 상실하고 있다.

이러한 허무를 허무로서 긍정하기만 하면 그것은 허무에 그치고 마는 일이었다. 문명에게 시달려 맥빠져 자빠진 우리의 마음을 깨우쳐서 문명의 정체를 응시해야 할 것이었다. 그래서 그 본질을 발견함으로써 그것이 새로 향하여야 할 방향까지를 찾아보아야 할 것이었다. 그것은 생의 가능성의 광신이 아니고 발전하는 역사와 활동 속에서 생의 가능성을 찾아내는 일에 틀림없다. 13)

1935년 6월에 파리에서 문화의 옹호를 위한 국제 작가회의가 열렸을 때 그들은 어떤 문화를 옹호할 것인가 하는 문제를 우선 고려하지 않으면 아니 되었다. 그것은 물론 근대문명의 현실을 지지하는 문학은 아니었다. 차라리 그것을 비판하고 초극하려는 문학이었다. 과연 우리들의 기교파는 옹호되어야 할 문학 중에 들었을까. (…중략…) 만약 그렇다면 그것은 바로 시의 명예가 아니고 굴욕일 것이다. 14)

김기림이 언급하고 있는 근대문명이란 무엇일까. 초기 시 세계에서 김기림이 의식하고 있었던 문명이 문화적, 풍속적인 근대의 풍경을 의미하고 있었다면 이 시기에 와서 김기림이 말하는 근대문명은 정치·현실적

13) 김기림, 「돌아온 시적 감격」, 『조선일보』, 1935.5.1~2.
14) 김기림, 「시인으로서 현실에 적극관심」, 『조선일보』, 1936.1.1~5.

인 의미를 띠고 있다. 루이 아라공을 비롯한 초현실주의자들의 변화를 언급하는 김기림은 당대 나치즘과 제국주의적 파시즘에 대항하는 문학인들의 새로운 변모를 강조하고 있다. 이런 의미에서 우리 시문학에서 김기림이 문제 삼는 근대 문명 역시 당대 조선이 당면한 사회, 역사적 현실을 의미하는 것으로 읽을 수 있다. 그는 본인이 추구했던 근대문명의 명랑성에 회의를 나타내면서 사실은 그 명랑성 밑에 도사리고 있는 문명의 암흑, 야만성을 시인들이 잊어버리기 쉬움을 경계하고 있다. 1930년대 초반에 근대문명에 대한 예찬과 감수성을 보여주었던 김기림은 1930년대 중반에 이르면서 근대의 파탄을 목격하면서 현대시인들이 이러한 근대사회에 대한 열렬한 부정자요 비판자요, 풍자자로 등장하고 있음을 진술한다. 이런 맥락에서 김기림과 임화는 하나의 접점을 만들 수 있었으리라 생각한다. 때문에 임화는 김기림의 이런 변화를 '성실한 시인의 자기완성'이라는 말로 극찬했던 것은 아니었을까.

1930년대 초반 근대문명과 세계풍속을 지향하면서 관념적인 현실을 추구했던 김기림의 시나 평론에는 식민지 현실에 대한 인식이 드러나지 않는다. 그러나 1930년대 중반 그는 그가 예찬해마지 않았던 근대 문명의 파국을 목격하게 된다. 신문기자이기도 했던 김기림은 세계정세에 민감했을 것이므로 나치즘과 제국주의적 파시즘의 발흥을 보면서 자본주의가 이룩한 근대문명의 이면에 도사린 야만성과 비인간성을 간파했을 것이다.[15] 이런 인식이 자연스럽게 조선의 현실에 눈뜨게 하면서 관념적인 현실이 아니라 구체적으로 식민지 근대의 모순들이 만든 현실에 대해 비판하고 분노해야 함을 문학론을 통해 강조하게 되는 것으로 이해할 수 있다.

---

15) 김유중 편, 『김기림』, 문학세계사, 1996, 152면.

김기림의 이런 인식적 변화는 당대 역사에 직면한 문학주체로서의 반성을 통한 새로운 창작방법 모색과 맞물려 있음을 확인할 수 있다.

> 그는 시대의 조류의 복판에서 일을 하지 안으면 아니 된다. 그런데 시대의 조류는 半洋舘의 서재의 부근을 흐르는 것이 아니라 실로 띠끌에 싸인 가두를 흐른다. 이 시대의 조류가 매우 명랑하고 순조일 때는 우리는 그러케 심각하게 그것을 인식하지도 안으며 또 그럴 필요에 절박되지도 안는다. 그러나 어떤 때에는 그것은 말할 수 업시 거츨고 혼돈하며 그것을 에워싼 기상배치가 또는 지극히 균형을 일허서 험악한 경우가 잇다. 한 개의 역사적 진통기다. 그러한 시대에는 작가는 두 가지 방면으로부터 제약을 바들 수 박게 업다. (…중략…) 작가로서 밧는 제약도 오직 막연한 분위기에서 오는 것하고 더 구체적인 직접적인 것이 잇슬 것이다. 그런데 문학은 작가의 신념을 표현할 수 잇슬 뿐 아니라 고민이나 모순도 그릴 수 잇다는 것은 문학의 명예가 아니면 안 된다.[16]

김기림은 당대를 근대사회의 명랑성을 잃은, 역사적 진통기라고 명명하고 있다. 명랑한 근대문화를 지향하며 시각적 이미지즘의 시를 추구하던 김기림에게 당대의 현실은 험악하고 절박하게 느껴지고 있음을 알 수 있다. 그는 이런 정세를 의식하는, 또 의식하여 창작해야 하는 작가의 실천을 문제 삼고 있다. 그는 작가가 이런 상황 속에서 제약을 받는 것은 당연한 것이며, 작가는 이 시대의 고민을 직접적이고 구체적으로 표현해야 함을 역설하고 있다.

주체에게 실천의 의지는 주어진 상황에 대한 선택과 결정이라는 형식

---

16) 김기림, 「시대적 고민의 심각한 축도」, 『조선일보』, 1935.8.29.

을 취하게 된다. 문학주체로서 김기림은 새로운 시 양식을 선택하고 있는데, 이는 당대 역사가 제기하는 문제에 대한 적극적인 대답의 형식이라 평가할 수 있을 것이다.[17] 특히 모더니즘 문학의 대표적 이론가였던 김기림의 변화를 통해 역사와 마주한 모더니즘 문학의 고민과 향방을 가늠하게 된다.

김기림은 역사적 현실과 마주한 시의 창작방법론으로서 '전체시론'을 제안한다. 이런 의미에서 김기림이 생각하는 시의 현대성은 시문학의 자율성을 전제로 근대 사회의 나아갈 방향을 제시하는, 새로운 가치의 세계를 통해 발현되는 것으로 이해할 수 있다. 이처럼 초기와는 달리 중기에 보이는 현실과 시의 향방에 대한 인식의 차이가 결국 전체시라는 새로운 시 양식을 모색하게 만든 동인으로 작용하고 있음을 알 수 있다.

3. 전체주의 시론의 전개과정

1) 기교와 내용의 종합과 극복

전체시론은 일반적으로 기교와 내용의 종합이라는 차원에서 논의되고 있다. 그러나 이것은 단순히 평면적인 절충이나 종합을 의미하지는 않는다. 이 점을 보다 상세히 규명해야 전체시론의 실상을 제대로 이해할 수 있을 것이다.

---

17) 김우창, 「주체의 형식으로서의 문학」, 『심미적 이성의 탐구』, 솔, 1992.

기술의 일부면만을 부조하는 것은 확실히 명징성을 획득하는 일이다. 그러나 그것은 어디까지든지 시의 기술의 일부면에 그쳐야 할 것이다. 전체로서의 시는 훨씬 그러한 것들을 그 속에 통일해가지고 있는 더 높은 가치의 체계가 아니면 아니된다. (…중략…) 순수시는 음악 속에, 형태시는 회화 속에 각각 시를 상실해버리고 말지나 않았을까. 근대시의 순수화과정은 시의 상실의 과정인 느낌이 있다. (…중략…) 전체로서의 시는 우선 기술의 각 부면을 그 속에 종합 통일해 가지고 있어야 할 것이다. 그러한 전체로서의 시는 그 근저에 늘 높은 시대정신이 연소하고 있어야 할 것이다.[18]

오직 이 내용과 기교의 통일 가운데는 양자가 등가적으로 균형되는 것이 아니라 이 통일은 우선 전체로서의 양자를 가능케 하는 물질적, 현실적 조건으로 성립하고 그것에 의존하며 동시에 내용의 우위성 가운데서 양자가 스스로 형식 논리적이 아니라 변증법적으로 통일되는 것이다.[19]

김기림은 시에서 기술적인 측면과 함께 내용이 통일을 이룬 것이 전체시임을 강조한다. 이때 내용의 도입은 카프시에서처럼 편내용주의를 의미하는 것은 아니다. 김기림이 의도하는 내용이란 사상의 차원이 아니라 시대 현실에 대한 적극적 관심이라는 사실이다. 그는 초기문학론에서 개념적이고 원칙적인 차원에서 '현실'을 언급하고 있지만 중기 이후에 이르러서는 시대적 현실에 대응하는 구체적이고 적극적인 차원으로 변모한다. 이는 식민지 상황 속에서 파시즘에 맞서야 하는 당대의 시대적 과제

---

18) 김기림, 「시에 있어서 기교주의의 반성과 발전」, 『조선일보』, 1935.2.10~14.
19) 임화, 「기교파와 조선시단」, 『중앙』 제28호, 1936.2.

에 정면으로 대응하고 있음을 의미한다.

그렇다면 시에서 내용과 형식, 기교와 내용은 어떻게 종합되는 것일까. 김기림의 전체시에 대해 긍정적인 입장을 보이는 임화는 변증법적 관점에서 이를 설명하고 있다. 즉 그는 계급주의적 문학인으로서 '내용'의 우위를 강조하면서 변증법적 통일의 방법을 제시하고 있다. 그러나 김기림이 중시하는 것은 '내용' 그 자체는 아니다.

이에 시를 기교주의 말초화에서 다시 꺼내내고 또 문명에 대한 시적 감수에서 비판으로 태도를 바로잡아야 했다. 그래서 사회성과 역사성으로 이미 발견된 말의 가치를 통해서 형상화하는 일이다. 이에 말은 사회성과 역사성에 의하여 더욱 함축이 깊어지고 넓어지고 다양해져서 정서의 진동은 더 강해야 했다. 전체시단으로 보면 그것은 전대의 경향파와 모더니즘의 종합이었다. (…중략…) 그러나 그것이 어떤 길이던지 간에 모더니즘을 쉽사리 잊어버림으로써 될 일은 결코 아니다. 무슨 의미로던지 모더니즘으로부터의 발전이 아니면 아니 된다.[20]

내 의견은 곳 기교주의에 대신해서 내용주의를 가저오려는 것이라고 이해되어서는 아니 된다. 내용의 편중은 벌서 1930년 이전의 오류였다. 내가 주장하였든 것은 차라리 이 내용과 기교의 통일―전체주의적 시론이였다.[21]

기교주의의 말초화 현상이 현실로부터 문학을 괴리시키는 결과를 가

20) 김기림, 「모더니즘의 역사적 위치」, 『인문평론』 1권 1호, 1939.10.
21) 김기림, 「시인으로서 현실에 적극 관심」, 『조선일보』, 1936.1.1~5.

져왔다고 김기림은 지적했지만 자신이 제안하는 '전체주의적 시론'이 기교를 버리고 내용을 가져오라는 것이 아님을 강조하고 있다. 기교주의가 1930년대 초반에 모더니즘 문단에 풍미했었으나 이제는 시대착오적인 경향이 된 것처럼 내용주의 역시 이미 그전에 문제적인 것으로 인식되었다는 것이다. 그렇다면 김기림이 주장하는 기교와 내용의 종합통일은 어떻게 이해해야 하는 것일까. 1930년대 말 「모더니즘의 역사적 위치」에서 그는 근대시의 방향으로 모더니즘을 역설하고 있다. 그는 모더니즘이 근대 사회에 대응하는 바람직한 문학의 방향임을 강조하고 있다.

발견된 말의 가치를 통해서 사회성과 역사성을 담보해내야 한다는 김기림의 논지는 문학의 자율성을 전제한 상태에서 한편으론 문학의 매개적 기능을 강조하고 있는 것으로 이해할 수 있다.[22] 김기림은 문학사를 통해 모더니즘이 문학의 자율성에 대한 인식의 계기가 되었음을 알고 있었으며, 카프 문학을 통해 문학의 사회적 기능 역시 당대 역사 속에서 중요한 가치임을 인식하고 있다. 때문에 '기교'와 '내용'이라는 용어로 표현되는─모더니즘과 리얼리즘이라는 함의를 갖는─전체시로의 종합은 형식논리적인 측면에서 이루어진 것이 아니라 문학에 대한 인식론적 변화 속에서 시도되고 있음을 알 수 있다. 이처럼 1930년대 초반 모더니즘의 순수화, 형식주의화를 비판하면서 모더니즘의 나아갈 방향을 사회적인 문제의식과 연결시키고 있는 김기림의 통찰은 주목할 만하다. 나아가 이런 문제의식은 문학사 속에서 리얼리즘만이 아닌 모더니즘의 실천성을 논의하는데 중요한 단초를 제공하고 있다.[23]

---

22) 서준섭, 『한국모더니즘 문학 연구』, 일지사, 1988, 87면.
23) 김준오, 「한국모더니즘 시론의 사적 개관」, 『현대시사상』 8권, 1991년 가을.

2) 식민지 근대에 대한 비판과 '인간'의 추구

1930년대 초 김기림에게 근대는 맹목적인 긍정의 대상이었다. 그러나 1930년대 중·후반의 정세 변화를 거치면서 그는 근대 자본주의 사회가 가져온 전체주의와 파시즘의 횡포를 의식하면서 식민지 근대의 비극적 역사와 대면한다. 이런 변화 속에서 그의 인식과 실천 활동의 의미를 살펴볼 수 있을 것이다.

그는 전체시론에서 '더 광범위하고 심오한 인간성', '더 고귀하고 완성된 인간성' 등의 표현으로 인간성을 강조하고 있는데, 그의 인간성 옹호는 비인간화된 근대성에 대한 반성에서 얻어진 것으로 이해할 수 있다. 기존의 연구에서는 김기림이 기계문명에 대한 비판을 통해 그것과 반대되는 인간성을 옹호하고 있는 것으로 설명하는데, 당대 조선의 현실을 놓고 볼 때 김기림의 인간성 옹호가 순수한 인간에의 지향이었다고 보기는 어렵다. 그가 추구하는 인간성이라는 가치가 야만적인 식민지 근대의 체험과 더 밀접하다고 여겨지기 때문이다.

김기림의 인간성 강조는 당대 휴머니즘 논의와도 연관된다. 1930년대 이후 일본과 유럽의 문단으로부터 영향을 받으며 주도적인 사상적 경향으로 떠오르는 휴머니즘은 문단에서 백철이 1935년을 전후하여 '인간 탐구'를 강조하면서 주목받기 시작했다. 카프문단을 포함하여 많은 논자들이 참여하여 확대 재생산된 휴머니즘 비평론은 당대 역사 속에서 일본의 군국주의와 파시즘으로부터의 인간 옹호, 해방의 논리로 이해될 수 있었다.[24] 김기림 역시 이런 문단의 주요한 문제의식에 동참하고 있는 것으로 보이는데, 그 함의를 상세히 규명할 필요가 있다.

이윽고 세기의 새로운 색채로서 나타날 새로운 휴매니즘은 그러나 공상적인 로맨티시즘은 물론 아닐 것이고 종교적, 미온적 톨스토이즘은 더욱 아닐 것이다. 그것은 이미 20세기적인 리얼리즘의 연옥을 졸업한 더 광범하고 심오한 인간성의 이해 위에 서서 더 고귀하고 완성된 인간성을, 집단을 통하여 실현할 것을 목적으로 하리라고 생각되었다. 집단은 20세기의 귀중한 발견의 하나라고 생각한다.[25]

그러한 기술에의 새로운 인식은 능동적인 시정신과 그리고 또한 불타는 인간정신과 함께 있지 아니하면 안 된다. 20세기의 시는 많은 경우에 그의 기술적 발달과 그 배후의 치열한 시정신에도 불구하고 단순한 기술적 운동에 그치고 더 근원적인 인간적인 정신을 紛失되고 있는 것이 사실인 것 같다. 잃어버렸던 인간정신을 어디가서 찾을까. 물론 생활 속에서 아름다운 행동 속에서 밖에는 찾을 데가 없다.[26]

김기림은 근대시가 시를 상실하고 인간을 상실하는 방향으로 나아갔음을 비판적으로 고찰하면서 생활 속에서 인간성을 되찾아야 함을 강조하고 있다. 그가 의미하는 '생활'이란 리얼리즘 문학이 추구하였던 현실 반영과 전형적인 상황 하의 전형적인 인간이 아니라 살아있는 생활 속에서의 인간성을 의미한다. 그가 의도하는 것은 카프문학에서 보여주었던 사상이나 관념에 압도된 인간의 이해를 지양하자는 의미로 읽힌다.

---

24) 오세영, 「1930년대 휴머니즘 비평과 '생명파'」, 『20세기 한국시 연구』, 새문사, 1989.
25) 김기림, 「새인간성과 비평정신」, 『조선일보』, 1934.11.16~18.
26) 김기림, 「시의 회화성」, 『시원』, 1934.5.

인간적 감격을 늘 그 시작 속에서 가진다고 하는 것은 기성의 모든 가치와 상식화한 관념에 대한 불만에서 끊임없이 그것의 비판에로 시인의 정신을 끌어가는 일이다. 그래서 그것은 인간의 사고발전에 늘 한 변혁을 준비하는 것이다.[27]

비인간화한 수척한 지성의 문명을 넘어서 우리가 의욕하는 것은 지성과 인간성이 종합된 한 세계가 아니면 아니 된다. (…중략…) 만약에 시가 피동적으로 현대문명을 반영함으로써 만족한다면 흄이나 엘리엇의 고전주의가 바른 것이 될 것이다. 그러나 우리의 시 속에 현대 문명에 대한 능동적인 해석−비판을 구한다면 그것은 그 속에 현대문명의 발전의 방향과 자세를 제시하고야 말 것이다. 그러나 오늘의 우리들의 시는 대체로 얼마나 문명 그것보다도 뒤떨어져 있느냐.[28]

위의 예문에서 김기림은 고전주의 예술이 투명한 지성에 이르겠지만 인간성이 소실됨으로써 허무에 귀착될 것이라고 주장한다. 그리고 낭만주의는 고전주의에 비해 인간이 드러나 있지만 사람의 본질과 감정을 그대로 숭배하는 소박한 야만주의를 보임으로써 이도 현실적으로 허무에 이르게 된다고 한다. 따라서 새로운 시는 인간성과 지성이 적절하게 조화되고, 종합된 세계여야 한다고 결론 내린다. 즉 낭만주의와 고전주의의 변증법적 종합을 염두에 두고 있는 것이다. 이와 같이 김기림은 감상을 극복한다는 점에서는 고전주의를 수용하지만 반인간주의적인 태도로서

---

27) 김기림, 「돌아온 시적 감격」, 『조선일보』, 1935. 5. 12.
28) 김기림, 「오전의 시론−고전주의와 로맨티시즘」, 『조선일보』, 1935. 4. 26~28.

는 부정하며 휴머니즘의 전제로서 낭만주의를 수용하면서도 감정의 직접적 표출은 지양하고 있다.

예술은 육체의 참가—다시 말하면 "휴매니즘"의 조력에 의히야 비로소 생명성을 획득한다는 것은 어떠한 고전주의자도 부정할 수 업슬 것이다. "로맨티시즘"은 질서 속에 조직되므로써 고전주의에 접근해가지고 고전주의는 또한 그 속에 육체의 소리를 끌어드리므로써 「로맨티시즘」에 가까워간다. 이 두선이 연결되는 그 일점에서 위대한 예술은 탄생되는 것이라고 생각한다. 시에 잇서서도 문제는 물론 마찬가지다.[29]

낭만주의와 고전주의가 연결되는 일점에서 위대한 예술이 탄생된다는 것, 시에서도 마찬가지라는 김기림의 논지는 전체시를 통해 인간성과 지성이 종합된 시를 추구하려 했음과 의미상 같은 맥락에 놓인다. 또한 이는 인간의 현실을 문제 삼던 리얼리즘과 지성을 강조하던 모더니즘과 접점 속에서 전체시를 구상하던 그의 창작방법론의 시도와 같은 의미를 지닌다. 고전주의와 낭만주의의 함의를 단순화시킨 감이 없진 않지만, 김기림은 고전주의로부터 지성의 극단적인 형태의 기술주의 혹은 우리 문단에서의 기교주의를 확인하고 있으며 낭만주의를 통해 감성에 기대인 현실 토로형의 시들을 경계하고 있다. 이런 점에서 로맨티시즘과 고전주의의 만남은 마치 기교와 내용의 종합에의 의도와 맞물려 있는 것으로 이해할 수 있다.

김기림도 언급했듯 당대의 근대문명은 인간의 이성과 지성이 만들어

---

29) 김기림, 「오전의 시론—고전주의와 로맨티시즘」, 『조선일보』, 1935. 4. 26~28.

낸 근대문명의 결과물로 비인간성과 야만성을 그 특징으로 한다. 이런 시대에 대응하는 의미에서 김기림은 인간성을 추구하지만 이는 소박한 의미에서의 인간성이나 본성을 의미하지는 않는다. 그에 의하면 시에 인간성을 회복하는 것은 기성의 모든 가치와 관념에 대한 비판적인 힘을 실어주는 것이며 인간의 사고발전에 한 변혁의 계기가 되는 것이다. 이런 의미에서 현실에 대한 '비판력'으로서의 지성과 비인간화된 현실에 대한 '가치'로서 인간성이 종합된 전체시를 의도하고 있음을 알 수 있다. 이런 시만이 그는 현실의 시이고 살아있는 시라고 생각했다.

> 시인의 정신 속에서 일어나는 관념의 부단한 파괴와 건설, 기술, 영역에 있어서의 근기있는 탐험, 이러한 일은 다만 활동하는 정신에서만 기대할 수 있는 일이다. 결국은 시적 감격이란 정신의 활동 속에 깃드는 것이라 함은 명백한 일이다. 고정된 관념, 고정된 사상, 고정된 논리, 고정된 인식, 고정된 교리의 해석에 시종하는 고정된 시 속에 있는 것은 감격이 아니고 타성이오 태만이오 死일 것이다.[30]

김기림은 비인간화한 근대문명에 인간적인 방향을 제시하는 것이 자신의 세대가 담당해야 할 일이라고 생각하고 있다. 이는 구체적으로 직면한 문명의 정체를 파악하고 그 방향을 찾아나가야 하는 사명으로 이어진다. 이런 태도는 현실의 허무감을 극복하고 생의 가능성을 찾는 일인데, 이를 위해서는 인간적인 감격, 즉 활동하는 인간의 정신성을 되찾아야 된다는 것이다. 문학 주체에게 인간적 감격, 시적 감격을 복귀시키는 일은

---

30) 김기림, 「돌아온 시적 감격」, 『조선일보』, 1935.5.2.

현실 역시 시 안에 갇힌, 관념적인 것이 아니라 살아있는 현실로 파악하는 것을 의미한다.

김기림이 '인간성'을 강조하는 이유는 지성 속에 갇혀 있던 구체적인 현실을 문제 삼자는 것으로 이해할 수 있다. 이는 휴머니즘의 관념성을 극복하기 위해서도 필요한 문제의식이었던 것으로 보인다. 구체적인 현실의 문제가 사상되었을 때 휴머니즘은 보편과 추상의 차원으로 떨어질 수 있기 때문이다. 이는 작가의 고민의 대상이 서재에서 이루어지는 것이 아니라 길거리여야 함을 강조하는 것과 같은 인식 선상에 놓여 있다. 이처럼 시에서 관념성을 극복하기 위해서는 극단화된 지성을 극복해야 되며 이를 위해서는 사람들의 실생활과 만나 관념의 해체를 겪고 인간적 감격을 회복해야 한다는 김기림의 논리는 사유와 실천의 주체에 대해 반성하고 새로운 방향을 모색하게 한다.

3) 지식인의 한계의식과 새로운 주체

김기림의 전체시는 '인생'에 토대를 둔 '새로운 인간'과 '집단'이라는 '주체' 개념을 제기하고 있는데, 구체적으로 현실을 담당할 새로운 주체로서 민중을 제시하고 있는 점이 눈에 띈다. 그는 피상적이고 단순화된 관찰이지만 민중이 지식계급에 비해 인간성을 잃지 않았음을 강조한다. 이는 파행적인 근대화의 주체로서의 지식인에 대한 한계의식으로부터 비롯된 것으로 생각된다. 그렇다면 당대 사회와 지식인에 대한 어떤 구체적인 반성의 과정 속에서 민중이라는 새로운 계급이 그의 시학에 등장할 수 있었는지, 또 이런 변화는 이후 그의 변화와 어떤 관련을 갖는 것인지 살펴볼 필요가 있다.

근대의 지식 계급을 형성하는 층은 인간을 떠난 기계적인 교양을 쌓은 사람들이며 그들은 또한 도회에 알맞도록 교육되어 왔다. 전원은 벌써 그들의 고향도 현주소도 아니다. 그들의 메카는 더욱 아니다. 지식계급의 도회 집중의 경향은 이일을 가장 밝게 설명해준다. 현대문학의 집중지대인 도회에서는 그들의 생활은 노골하게 인간을 떠나서 기계에 가까워 간다. 인간에서 멀어지는 비례로 또한 그들과 민중과의 거리도 멀어지고 있다.[31)]

위의 글에서 김기림은 도시―기계―지식 계급, 전원―인간―민중의 틀을 세우고 있다. 다소 도식적이긴 하지만 주목할 점은 그가 민중을, 지식계급을 대체할 새로운 주체로 상정하고 있음이다. 그 이유는 민중이 지식계급에 비해 인간성을 지니기 때문이다. 이는 민중들의 삶이 당대 사회의 구체적 현실을 이루고 있음을 의미한다. 김기림의 이런 주장은 1930년대 초반 근대 도시 문명에 치중했던 자신의 문학에 대한 일종의 반성을 시사해 주고 있다. 모더니즘이 추구했던 도시적, 기계적 미학과 비인간화의 경향이 실제적인 조선 민중의 삶과 얼마나 유리된 미학이었는가를 읽을 수 있는 글이기도 하다.

이런 관점에서 그가 추구하는 전체시는 민중이 주체가 되는, 집단이 인간성의 주체가 되는 양식이기도 하다. 이런 태도는 그가 시의 용어를 탐구하는 데에서도 드러난다.

지식계급의 말은 물론 이러한 유한계급의 말과는 다르다. 그러나 그들이 걸머진 문화의 피로는 그들의 말에 심각하게 영향하여 많이 활기를 잃어버리고

31) 김기림, 「신휴매니즘의 요구」, 『조선일보』, 1934.11.16.

있다. 그래서 오늘의 시에 쓰여지는 말에는 다소의 피로와 무기력이 섞여 있음을 면치 못할 것이다. 그러나 조만간 시인은 그들이 구하는 말을 찾아서 가두로 또 노동의 일터로 갈 것은 피하지 못할 일이다. 거기서 오고 가는 말은 살아서 뛰고 있는 탄력과 생기에 찬 말인 까닭이다. 가두와 격렬한 노동의 일터의 말에서 새로운 문체를 조직한다는 것은 이윽고 시인내지 내일의 시인의 즐거운 의무일 것이다.[32]

그는 유한계급, 즉 부르주아의 말을 부정하며, 지식계급의 말도 문화의 피로 때문에 활기를 상실했으므로 거부한다. 따라서 시를 쓰기 위한 새로운 말을 위해서 길거리와 일터로 나아가야 됨을 말한다. 이런 공간은 대중이나 노동자, 민중 등의 존재를 일깨우는데 이런 맥락에서 그가 새로운 시의 주체로 지식인이 아닌 노동자를 중심으로 한 민중을 상정하고 있음을 알 수 있다. 같은 글에서 그는 지식 계급의 말이 '머리'에서 나오고 하층 계급의 말이 '심장'에서 나온다며 그들의 말을 살아있는 인간의 말로 긍정하고 있다. 이런 의미에서 하층계급은 인간성의 주체요 담지자라고 할 수 있다.

김기림이 하층계급을 새로운 시, 현대문학의 주체로 상정하고 있음은 지식계급인 시인으로서의 반성과 파행적인 식민지 근대를 초래한 지식계급 전반에 대한 반성에 기초해 있다. 그렇다면 지식인은 무엇을 해야하는가. 1930년대 중반에 이르러서 이런 위기감을 느끼는 문학인들은 '태도의 문학'을 모색하였다. 그것은 현실과의 관련 속에서 작가의 주관과 양심에서 출발한 '고민'의 문학을 중시하는 것이다. 이 '포오즈'는 김남천의 '고발

---

32) 김기림, 「오전의 시론─시의 용어」, 『조선일보』, 1935.9.27.

문학론'에 이르러 창작방법론으로 발전 심화되면서 모랄의 문제와 함께 논의되기 시작했다. 사회주의 리얼리즘 소설가인 김남천에게 작가의 모랄은 언제나 사회 및 일반대중 생활과의 관계 속에서 만들어지는 것이며 자기성찰을 하면서도 끝내 사사(私事)에 떨어지지 않는 것이며 실천을 의미했다.[33] 따라서 당대에 작가의 모랄은 현실에 대한 반성과 실천과 관련된 개념이었다.

4) 풍자와 모랄─반성과 비판의 형식

김기림은 문학에서 '인생'과 '생활'이라는 시대적 현실을 다루어야 함을 역설하면서 그런 현실을 포착하는 문학 주체가 풍자라는 창작 방법론을 지향할 것을 강조하고 있다. 그는 풍자의 문학이 주관적 태도로 현실을 초월하거나 도피하는 낭만주의를 극복할 수 있으며 현실에 대한 면밀한 관찰과 이해 없이 실천에 매진하는 편내용주의를 극복할 수 있다고 생각했다.

풍자라는 창작 방법론은 지성을 중시한다는 점에서 낭만주의와 내용주의에 대한 비판의 의미를 띠지만 초기의 주지주의 시론 역시 지나친 주관과 내용에 대한 비판에서 비롯되었음을 상기한다면 전체시론에서 문제삼는 풍자는 그 이상의 의미를 내포하고 있는 것은 아닌가라는 의문을 제기해 볼 수 있다. 이는 그가 문학을 통해 현실에 대해 '개입'하고 '비판'하고자 하는 의지의 한 방법으로 이해할 수 있을 것이다. 그는 '현실을 붙잡고 몸부림할 용기는 없으나 현실의 싸움터에서 한걸음 물러서서 변환하

---

33) 김남천, 「일신상 진리와 모랄」, 『조선일보』, 1938. 4. 24.

는 현실의 모순, 허위, 가면에 대해 조소를 퍼붓는 문학'이 풍자라는 형식
이라고 했다. 이는 풍자가 현실에 직접 개입하지 않으면서도 한 걸음 물
러서서 현실에 대해 비판할 수 있기 때문이다. 이런 의미에서 풍자라는
것이 열악한 현실에 맞선 문학인의 반성적 태도가 만들어 낸 문학 양식임
을 알 수 있으며, 초기와는 다른, 양식이 갖는 현실에 대한 실천적 의미를
강조하고 있는 것을 알 수 있다.

> 아무리 반시대적인 예술일지라도 자연발생적으로는 시대의 어느 부분적인
> 병증일망정 대표하는 것이 사실이다. 이에 반하여 시속에서 시인이 시대에 대
> 한 해석을 의도적으로 기도할 때에 거기는 벌써 비판이 나타난다. 나는 그것
> 을 문명비판이라고 불러 왔다. 이 비판의 정신은 어느새 '새타이어'(풍자)의
> 문학을 배태할 것이다.[34]

비판의 동인으로서 지성을 토대로 시인에게는 '풍자'가 가능해진다. 그
것은 초기 시론에 나타난 유동적 '현실'이 중기 이후 '인생'과 '생활'로 표
현되는 시대적 현실로 구체화되는 것과 맥락을 같이한다. 이는 지식인의
지성이 일종의 반성을 통해 현실과 연관되면서 '새타이어'라는 양식 혹은
기법으로 전개된 것으로 이해할 수 있을 것이다.[35]

> 애상, 비탄, 절망, 단념 그것들은 허무의 나래 밑에서 길러난 얼마나 殘弱한
> 병든 병아리들이냐. 그것은 모두다 드디어 삶의 의욕을 단념한 상태다. 이것

---

34) 김기림, 「시의 시간성」, 『조선일보』, 1935.4.21~23.
35) 오형엽, 『한국 근대시와 시론의 구조적 연구』, 태학사, 1999, 121면.

들보다도 조금 진보된 병아리가 있다. 그것은 조소다. 어떠한 시대이고 간에 그 시대의 '새타이어'의 문학의 근저를 흐르고 있는 저류는 이것이다. '엘리엇', 헉슬레, 웨스트 등의 오늘의 새타이어 문학에서 울려 나오는 것도 문명에 대한 이 조소의 소리임에 틀림없다. 하나 그들은 분노의 소리까지는 가지 못하였다. 그것은 보다 더 적극적인 것이다. 그것은 다음 순간에 가질 행동의 준비자세이거나 그렇지 않으면 적어도 행동에의 가능성을 가지고 있다.[36]

엘리어트, 헉슬리의 풍자가 문명에 대한 조소에 그치고 있지만 자신이 의도하는 풍자는 행동에의 준비자세 혹은 그 가능성을 의미하는 것이라는 김기림의 논지는 현실에 대한 분노와 적극적인 실천의 의지를 읽게 한다. 김기림에게 이 기법이야말로 인간적인 것이고 인간주체의 적극적인 의지가 문학의 중심부로 들어올 수 있게 하는 것이다. 그에게 풍자는 소시민적 지식인이 자기분열을 조소하는 것과 구별되는 적극적인 의미로 받아들여지고 있다. 이 풍자는 실천의 가능성까지 내포하는 양식인 것이다.[37] 이처럼 김기림에게 풍자는 현실에 참여하는 적극적인 양식으로 인식되고 있으며 실제로 그는 「기상도」를 통해 이를 구체화시키려 했다. 이런 점에서 풍자라는 양식은 전체시론을 통해 모더니즘 문학의 사회적 기능을 구체화시키는 중요한 방법론으로 사용되고 있다. 동시대 풍자문학론의 중요한 논자였던 모더니스트 최재서가 자기 분열에 입각한 자기 풍자문학을 주장했던 것에 비해[38] 김기림의 풍자는 그 사회적 의도를 분

---

36) 김기림, 「속 오전의 시론—몇 개의 단장」, 『조선일보』, 1935.6.4~12.
37) 문혜원, 『한국현대시와 모더니즘』, 신구문화사, 1996, 318~319면.
38) 임명진, 「1930년대 풍자문학론 고찰」, 『1930년대 민족문학의 인식』, 한길사, 1990.

명히 하는 사회 풍자의 일환으로 이해할 수 있다.

이처럼 풍자가 현실에 대한 지식인의 반성적인 양식일 때 그 풍자의 모랄을 생각해 볼 수 있다. 김기림은 풍자문학의 토대를 정직한 인텔리겐챠의 정신에서 찾고 있다. 그리고 그는 오늘의 시인에게 요구되는 포즈(態度)는 문명에 직면하는 강인한 감성과 건실한 지성이라고 전제하면서 굳센 비판을 요구하는데39) 이때 포즈는 작가의 현실에 대한 태도, 즉 모랄의 문제와 직결된다.40)

> 작가가 그의 작품을 통하여 가지는 '모랄'을 결코 강단에서나 서재에서 배운 것이어서는 아니 된다. 그러한 관념적인 모랄은 작품 속에서는 대개는 枯死한 상태에서 잠깐 입원해 있는 정도의 효과밖에는 얻지 못한다. 작품 속에 나타나는 모랄은 작가가 그 속에서 진지하게 냉정하게 리얼리티를 추구할 때 거기서 자연스러운 상태에서 나타나야 할 것이다.41)

1930년대 초반 김기림은 풍자와 함께 작가의 모랄을 거론하는데, 이때 모랄은 작가가 작품 속에서 진지하고도 냉정하게 '리얼리티'를 추구할 때 자연스럽게 나타나야 하는 것이라고 한다. 작가가 드러내려고 하는 모랄이 그대로 생경하게 드러나는 경우 그것은 고사(枯死)한 상태일 것이라고 주장한다. 이런 생각의 근저에는 분명 편내용주의에 대한 경계가 놓여 있음을 알 수 있다. 그는 작품의 리얼리티를, 현실을 고정된 물리적 대상으

---

39) 김기림, 「시인의 포즈」, 『조선일보』, 1935.6.8.
40) 문혜원, 앞의 책, 307~308면.
41) 김기림, 「예술에 있어서의 '리얼리티', '모랄' 문제」, 『조선일보』, 1933.10.21~24.

로 보지 않고 주관과 객관의 상호교섭 속에서 생성되는 '의미적 현실'을 뜻하는 것으로 보고 있다.[42] 이때 김기림이 추구하는 의미적 현실이란 당대 현실에 대한 시인의 적극적인 관심과 비판이 적절하게 시로 형상화되어 발현되는 리얼리티를 말하는 것으로 1930년대 후반의 평문에서 이런 논지는 강조된다.

시에서 모랄을 거세하려는 모든 예술지상주의자의 변설은 결국은 그들이 변호하려는 시가 인생을 도피하려는 태도를 지지하는 시라는 것을 그릇 고백했음에 지나지 않는다. 우리는 시와 인생 태도에 관계를 역사적으로 회고하자 어떠한 시대에도 사람은 그가 사는 우주에 대해서 한 세계상을 가지고 잇섯고 그것과 조화된 인생태도를 선택한다.[43]

시의 의미에 시인의 志向이 참여할 여지가 있다고 하면 그것은 모랄일 수 잇고 그런 한도 안에서는 시의 '푸로파간다'성은 성립한다. 물론 모든 시가 '푸로파간다'래야 할 것도 아니고 그런 것도 아니지만 여하간에 시의 '푸로파간다'성은 가능한 것이다. 그러치만 그 작용은 시인의 전 인격을 통하야 그 모랄이 작열하고 또 그것이 시가 독자의 마음에 일으키는 구체적, 전체적, 직접적인 반응을 통해서 감수될 때에만 비로소 시의 가치의 문제와 상관한다.[44]

위의 글에서 김기림은 예술지상주의를 비판하면서 작가는 세계에 대한

---

42) 오형엽, 앞의 책, 123면.
43) 김기림, 「과학과 비평과 시」, 『조선일보』, 1937. 2. 21~26.
44) 김기림, 「현대와 시의 르넷상스」, 『조선일보』, 1938. 4. 10~15.

한 세계상을 가지고 있어야 하며 그것이 작가의 지향으로 전 인격을 통해 드러날 때 작품은 프로파간다성을 자연스럽게 띨 것이라고 말하고 있다. '프로파간다'라는 의미는 선전, 선동이라는 뜻으로 카프 문단에서 주로 사용되었던 용어이고 그 내용은 주로 현실에 대한 고발이나 행동에의 촉구 등을 담고 있었음을 상기한다면 김기림이 분명 시인의 적극적인 현실 참여를 염두에 두고 이런 논지를 강조하고 있는 것을 알 수 있을 것이다.

즉 김기림이 의미하는 작가의 모랄은 당대 현실에 대한 작가적 지성의 관심과 참여에 대한 강조와 맞물려 있을 것으로 이해할 수 있다. 이때 그는 문학적 반성의 주체를 '모랄' 즉 현실에의 적극적 의지로 삼고 있다. 그 모랄을 통해 그가 지향하는 대상은 문학을 통한 현실 참여이다. 이런 의미에서 '모랄'이란 자기 성찰과 반성을 통해서 내면으로 돌아오는 것이 아니라 사회와 현실과의 관계를 환기시키는 것이다. 이런 점에서 김기림의 모랄은 동시대 김남천의 '모랄'과 차이를 갖는다. 김남천의 경우 '모랄'은 자기 고발의 정신과 같은 맥락에서 요구되는 것이었던 반면[45] 김기림의 경우 모랄은 작가가 사회와 역사, 문학에 대해 가져야 하는 올바른 세계관이나 가치관을 의미하고 있다. 이는 김기림의 풍자가 자기 조소의 형태가 아니라 사회 풍자의 양식으로 드러나고 있음과도 연관되는 것이다.

---

45) 정호웅, 「김남천론—주체의 정립과 리얼리즘」, 『한국 근대리얼리즘 작가연구』, 문학과지성사, 1988.

4. 실천적 창작방법론으로서 전체시론

김기림은 어떤 문학인보다 근대적인 문학의 발전을 고민하고, 문학의 가치와 기능에 대해 생각한 사람이다. 식민지 근대의 사회 문화가 보다 열악해지기 시작한 1930년대 중반에 그가 생각한 문학은 어떤 것이었을까. 우리는 겸허하게 이런 시대에 대한 고민부터 그와 함께 시작해야 할지 모른다.

명랑하고 태양 같은 근대문명의 풍속을 추구하던 김기림은 1930년대 중반에 전체시론을 발표하면서 현실에 대한 적극적 관심과 비판의식을 촉구한다. 기교주의자요, 모더니스트였던 그의 변화를 통해 당대 역사의 열악함을 느낄 수가 있다. 그리고 이런 역사적 변화에 따른 한 지식인의 양심과 반성이 새로운 시 양식을 탄생시키고 있음을 목도한다. 그리고 그를 통해 1930년대 중반 이후 우리 현대시의 방향이 현실로 향해 있음을 확인하게 된다.

전체시론은 문학사적으로 1920년대 카프가 이룩한 리얼리즘의 '내용', 즉 '현실' 삶에 대한 존중과 모더니즘이 추구한 문학의 자율성을 통합시킨 창작방법론으로 1930년대 후반 열악한 식민지 근대에 대응하려는 문학 주체의 실천적인 양식으로 평가할 수 있다. 모더니즘 비평가였던 김기림은 모더니즘이 근대사회에 대응하는 바람직한 문학론임을 강조하는데, 이는 근대사회 속에서 문학이라는 영역이 자율성을 가진 독자적 영역이고 또 문학은 그만의 독자적인 양식으로 사회에 대응해야 한다는 예술의 자율성에 대한 인식을 전제하고 있었기 때문이다. 그러나 모더니즘이 자신의 자율성을 강조하다보면 기술과 기교에 치우치게 되고 공소해질 수 있기 때문에 김기림은 이를 경계하는 한편 모더니즘이 역사적으로 변화하면서 그 사회성을 표현해야 함을 강조하는데 이런 인식의 결과물이 바로 전체시론이라 할 수 있다. 이런 의미에서 김기림의 변화는 1930년대 후반 모더니즘의 역사적 의의와 함께 당대 현대시에 사회성과 역사성 담보의 문제가 중요한 쟁점이었음을 확인해준다. 모더니스트로서의 현실에 대한 적극적 관심, 근대 사회와 새로운 역사에 대한 주체로서 민중과 노동자 등 하층계급에 대한 관심은 자연스럽게 해방 이후 사회주의 리얼리즘의 진보적인 시인의 선택으로 이어진다. 이런 변화는 해방 이전 실천의 결여를 만회하기 위한 것이었다고 평가받기도 하지만 이는 1930년대 중·후반, 전체시론을 포함한 평문들을 통해 보이는 현실 사회에 대한 그의 관심을 엄밀하게 읽는다면 재고될 수 있을 것이다.

김기림에게 시란 가치를 만들어내는 당위의 양식이다. 그런 그에게 전체시론이라는 창작 방법론은 파행적인 식민지 근대에 대응하는, 문학 주체의 반성에 기초한 실천의 한 양식이었음을 강조할 수 있을 것이다.

반성과 거울의 양식—1930년대 후반 임화의 시

1. 역사와 현실에 대한 실천의 한 양식

임화 시에 관한 연구의 대부분은 1920년대 단편서사시를 중심으로 이루어져왔다. 이는 '단편서사시'라는 새로운 시양식이 시문학사적으로도 의미 있는 것이었으며, 계급주의적 이념을 지향하는 시인 임화나 당대 카프 시문학의 관점에서 중요한 실천의 한 양식이었기 때문이다. 이런 이유로 1930년대 이후 시에 관한 연구 역시 '단편서사시'에 의존적으로 논의되어왔다. 구체적으로는 1920년대 이후 변화하는 현실에 대응하는 시인의 인식과 이에 따른 시 세계의 변화가, 담론양식이나 시적 주체의 태도 등을 중심으로 고찰되어 왔다. 임화 시의 많은 부분이 1930년대 후반에 창작되었음에도 불구하고 이처럼 1920년대 후반 작품에 관한 연구가 중점적으로 깊이 있게 이루어져 왔음은, 계급주의적 이념과 운동의 실천가였던 임화를 염두에 둘 때, 1930년대 후반의 시는 계급주의적 이념의 탈각과 사상적 변화라는 관점으로부터 자유롭지 못했기 때문이라 생각한다.

1930년대 후반 임화 시에 관한 기존의 연구들은 『현해탄』 연작들을 기점으로 1930년대 중반으로부터 1930년대 후반에 이르는 시 세계를, 주체 재건의 의지를 담은 시적 주체의 목소리로부터 내면을 향하는 자기표현의 담론이나 시인의 격렬한 감정과 생명력을 담은 작품으로부터 운명의 독백으로, 또 영웅적 낭만주의와 존재론적 인정투쟁으로부터 절망의 형상화 등으로 평가[1]하고 있다.

임화가 1930년대 후반 시에서 보여준 절망과 허무에 가득 찬 운명에의 경사는 언급했듯, 이념과 사상적 변화를 암시하는 것으로 읽히기도 한다. 그러나 서정시가 고백적이고 주관적인 장르라 할지라도 그것은 시인에 의해 만들어진 세계라는 점에서 임화의 내면화된 목소리의 표면적인 의미가 아니라 이면적인 의미를 읽어내야 한다.

일제의 파시즘적 억압이 강화되는 1930년대 후반, 문학이론가로서 임화는 주체 재건의 의지를 강조하면서 리얼리즘론을 심화시키고 본격 소설론을 이론적으로 성숙시켰다.[2] 그의 이러한 이론화 작업은 당대 역사와 현실에 대한 실천적 의지의 발현으로 평가된다. 임화는 자신의 이념을 포기하지 않았고 또 현실 속에서 구체화하려는 노력을 평문을 통해 드러내기도 했다. 이처럼 당대 임화의 이론가로서의 실천적 활동에 주목하고, 또

---

1) 김진희, 「임화시 연구─단편서사시를 중심으로」, 이화여대 석사논문, 1990; 남기혁, 「임화시의 담론구조와 장르적 성격 연구」, 서울대 석사논문, 1992; 김명인, 「1930년대 중·후반 임화 시의 양상과 성격」, 『민족문학사연구』 5호, 1994; 송기섭, 「서정의 힘과 이념」, 『어문연구』 31호, 1999; 김정훈, 『임화시 연구』, 국학자료원, 2001.
2) 임화, 「주체의 재건과 문학의 세계」, 『동아일보』, 1937.11.11~16; 임화, 「최근소설계 전망」, 『조선일보』, 1938.5.18~25; 임화, 「사실의 재인식」, 『동아일보』, 1938.8.24~28.

단편서사시와의 대비적 연구에서 벗어나 1930년대 후반의 시 텍스트를 엄밀하게 읽으면서 그의 내면의식에 주의를 기울인다면 한 시대를 살아가는 동일한 작가의 각기 다른 실천의 양식을 찾아볼 수 있으리라 생각한다.

이 글은 임화의 1930년대 후반의 시가 당대 현실의 극악함과 그런 시대를 살아가는 임화의 반성적 내면을 비추어주는 거울의 양식이며, 또 암울한 시대를 살아가는 시인 임화의 반성적 사유를 토대로 한 실천적인 양식이라 생각한다. 이때 반성이란 단순히 자기를 반사하는 반복행위를 의미하는 것은 아니다. 그 반성은 자신이 살아가는 현실 삶과 관계할 때 실천성을 부여받는다. 헤겔은 '반성'을 객관적 세계와의 관계 속에서 자신을 발견하는, 주체의 자기인식의 형식이라 했는데,3) 1930년대 후반 임화의 시에서 이런 의미를 발견하게 된다. 임화는 일제의 파시즘적 억압이 강화되는, 절망적인 현실 때문에 갈등하고 고통 받으며, 미래와 역사에 대한 불안감과 무력한 지식인으로서의 삶에 대해 시를 통해 반성한다. 비극적인 현실에 놓인 시인은 반성을 통해 현실 앞에 놓인 시인으로서 굴욕스럽고, 무력한 존재성을 인식하게 된다. 따라서 이런 반성의 한 양식인 1930년대 후반의 시4)는 당대 현실의 열악함을 강조하며 식민지 시인의 삶을 반영하는 거울의 역할을 하고 있다.

---

3) Jurgen Habermas, 이진우 역, 『현대성의 철학적 담론』, 문예출판사, 1994, 63면.
4) 짧은 시기지만 1930년대 중·후반을 통과하는 임화의 의식은 변화를 보인다. 따라서 시들의 발표 연대를 중시하면서 그 변화의 흐름을 세심히 살펴보아야 한다.

2. 낭만적 정신과 민족의식

1) 현실상징으로서의 '현해탄'

지금

우리들 靑年의 세대의 괴롭고 긴 역사의 밤,

검은 구름이 비바람 몰고 노한 물결은 산더미 되어,

비극의 검은 바다 위를 달리는 오늘

그 미덥던 너도 돛을 버리고 닻줄을 끊어,

오직 하늘과 땅으로 소리도 없는 절망의 슬픈 노래를 뜯어,

가만히 내 귓전을 울린다.

오오, 이것이 청년인 내 주검의 자장가인가?

나는 참을 수 없는 침묵에서 몸을 빼어 뒤척일 때,

거칠 손에 닿는 조그만 옛 冊子를 머리맡에서 집었다.

(…중략…)

저 긴, 긴 北國의 어두운 밤,

얼마나 더럽고 편하게 그자들은 살고

얼마나 깨끗하게 괴롭게 그들은 죽었는가?

밝은 것까지도 밤의 질서로 운행되어 가는

이 괴롭고 긴 밤,

주검까지도 사는 즐거움으로 부둥켜안은 청년의 아픈 행복을,

나는 두눈을 감아 아직도 손바닥 밑에 고요히 뛰고 있는,

내 情熱의 옛 집에서 똑똑히 엿들었다.

—「옛 册」(1935) 부분

1930년대 중반을 넘어서는 임화의 내면의식은 어떠했을까. 국내외 정세의 악화, 그리고 무엇보다 카프의 해산과 중중이상의 결핵에서 오는 절망감이 위의 시에 투영되고 있다. 주검같은 깊은 어둠 속에서 헤매는 시적 자아, 즉 '청년'에게 현실은 비극적인 것이다. 이런 깊은 시름에 잠겨 있는 '내'가 발견한 것은 '옛책'이다. '나'는 그 책을 통해 편하지만 더럽게 살다 간 사람들을 비웃고, 괴롭지만 깨끗하게 살다간 러시아의 청년들을 생각하며 괴롭고 긴 밤의 현실을 견디는 '열정'을 환기한다. 시인 임화에게 이 책은 계급주의적 이념을 담지하고 있는 책이자 사상을 의미한다. 그런데 시에서 보듯이 '이념'은 현실을 구체적으로 해결해주는 힘으로 존재하는 것이 아니라 시인의 고통을 견디게 하는 상징적인 역할을 하고 있다.

시에서 드러난 이런 현실이 바로 임화가 마주하고 있는 1930년대 후반의 역사적 상황이었으리라 생각한다. 이념과 현실을 매개하는 것은 주체의 실천이겠지만 현실적 조건 속에서 실천의 불가능성은 위의 시에서 보듯 치열한 정신을 통해 상쇄되고 있다.

임화가 지향하는 고도의 정신성 추구는 「낭만적 정신의 현실적 구조」,[5] 「위대한 낭만적 정신」[6]을 통해 강조되고 있다. 그는 낭만성을 '역사주의적 입장에서 인류사회를 장대한 미래로 이끌어주는 정신'으로 파

---

5) 임화, 「낭만적 정신의 현실적 구조」, 『조선일보』, 1934.4.19~25.
6) 임화, 「위대한 낭만적 정신」, 『동아일보』, 1936.1.2~4.

악하면서 '이상을 향하여 현실을 개조하는 힘으로, 꿈 또는 몽상의 힘'을 가진 것으로 강조한다.

이런 임화의 입장은 시 평문에서도 일정하게 반영된다. 「진보적 시가 (詩歌)의 작금(昨今)」[7]에서 임화는 뼉다귀 시의 결함을 낭만주의적 시들이 타개해 주었다고 지적하면서 '현실에 대해 도처에서 제재를 발견하여 그것을 새로이 전진하고 있는 계급의 생생한 감정으로 노래하는 것'이 진정한 리얼리즘 시의 모습이며, 이것은 현실적인 혼란 가운데서도 희망과 미래를 노래하는 낭만주의적 정신으로 가능한 것이라 했다.

이상과 같은 임화의 의식 변화는 1936~1637년에 발표되는 현해탄 연작들을 통해 집중적으로 시화(詩化)되고 있다. 임화의 도일(渡日)은 1929년의 일이었다. 그 당시 그는 연극공부를 위해 현해탄을 건넜고 이듬해는 카프의 실제적인 책임자의 위치로 돌아왔다. 돌이켜 보면 임화에게 이때는 청년의 꿈과 이상이 가장 열정적이었던 때였을 것이다. 카프가 해소된 이 시점에서 이상과 꿈을 지향하는 낭만적 정신을 드러내주는 테마를 위해 임화는 도일(渡日)의 체험과 꿈을 되살림으로써 암울한 현실에 생기를 주려한다. 이때 '바다'라는 공간 역시 끊임없이 움직이는, 생명의 공간으로 의미화된다.

그러나 임화가 궁극적으로 드러내려는 것은 현해탄이 내포하는 청년들의 꿈과 이상만은 아니다. 오히려 청년들의 치열한 정신은 암울한 현실과의 대비 속에서 의의가 강조된다. 따라서 그의 시에서는 영웅적인 청년의 목소리와 함께 현실의 중압감과 고통 역시 중점적으로 진술되고 있다.

---

7) 임화, 「진보적 시가의 작금」, 『풍림』, 1937.1.

'반사이'! '반사이'! '다이닛'……
이등 캐빈이 떠나갈듯한 아우성은,
감격인가? 협위인가?
깃발이 '마스트' 높이 기어올라갈 제,
靑年의 가슴에는 굵은 돌이 내려앉았다.

어떠한 불덩이가,
과연 충계를 내려가는 그의 머리보다도
더 뜨거웠을까?
어머니를 부르는, 어린애를 부르는,
南道 사투리,
오오! 왜 그것은 눈물을 자아내는가?

정말로 무서운 것이……
불붙는 신념보다도 무서운 것이……
靑年! 오오, 자랑스런 이름아!
적이 클수록 승리도 크구나.

—「해협의 로맨티시즘」(1936) 부분

　　일본의 식민지인으로서 그 적국으로 신학문을 배우러 떠나는 '이상한 운명'을 매개하는 현해탄의 배위에서 청년 시인은 일본말을 듣는다. 일본으로 향한다는 감격으로, 그러나 적국으로 간다는 위협처럼 들리는 그 소리는 식민지 청년의 현존을 '굵은돌'을 통해 무겁게 각인시킨다. 그리고 나아가 일본말과 대비되는 무력한 동족의 사투리를 듣는 순간 그는 눈물을 흘린다. 이런 경험을 통해 시인은 진정으로 무서운 것은 신념이 아니라 그 신념을 강화시키는 '적'에 대한 적의임을 확인한다. 일반적으로 낭만주의가 이상과 현실간의 괴리에 기초해 있듯이 청년이 가진 이상의 순정함에 비해 현실의 부정함은 청년 주체의 낭만적 비극성을 강화시킨다.

아아! 벌써 한 개 宿命인 얼굴에,

그 메마른 피부 위에

어둔 해협의 바람들이 부딪친다.

앞에도 뒤에도 얼굴

아낙네, 아이, 어른 한줌의 얼굴들

─눈들은 제각각 알지 못할 運命에 초불처럼 떨고 있다.

─「다시 인젠 天空에 星座가 있을 필요가 없다」(1938) 부분

현해탄 연작들에서 시인이 문제 삼고 있는 것은 배 위에서 만나는 동족들의 모습을 통해 드러나는 당대 조선의 현실이다. 그는 식민지인의 불안한 처지를 바람 불면 꺼지고, 시간이 지나면 서서히 자멸해가는 촛불로 그리고 있다. 당대 민족의 얼굴은 모두 이런 숙명을 간직한 메마른, 생명성을 상실한 얼굴들인 것이다. 임화는 낭만주의 시를 통해 현실의 여러 모습을 생생한 감정으로 노래하고, 또 현실적인 혼란 가운데서도 희망과 미래를 노래하고자 했다. 그러나 그의 시는 전진하는 계급의 관점이나 감

정이 생생하고 구체적으로 드러나지 않는다. 오히려 당대 민족이 처한 현실에 대한 임화의 태도는 다분히 감상적이고 애상적이다. 그럼에도 그의 시는 현해탄이라는 바다 위에 오른, 식민지 현실이라는 운명을 부여받고 불안과 고통에 시달리는 동족들의 삶을 그림으로써 현실의 참담함을 전하려 한다는 점에서 의미 있다.

임화는 풍전등화 같은 민족 전체의 운명을 노래하고 있으며, 이런 운명이 청년 주체들의 힘을 통해 극복될 것이라는 믿음을 견지하려 했다. 이를 위해 단순히 현해탄의 과거가 서술되는 것이 아니라 현재적 관점에서 기억됨으로써 현재 주체의 역할이 강조되는데, 이는 조선의 운명을 정시하면서 당대 현실을 타개하고 바다의 긍정적 생명력을 되살려 현실에 대한 응전력을 강조하려는 의도와도 연관된다. 즉 1930년대 후반을 맞이하는 임화에겐 이론적으로나 문학적으로, 비극적 현실 속에서 계급주의적 이념을 잃지 않으면서도 일정하게 현실에 대해 말할 수 있는 창작방법은 시적 주체의 강건함을 강조하는 방향밖에 없었다는 것이다.

그러나 시를 통해 드러나는 현실은 단순하지 않고, 청년들은 순진하다. 바다의 탐욕과 죽음의 그림자를 알아채지 못하고 잠들어 있는 청년은 기적의 손길을 기다리는 어린 아이와 같다. 어머니의 젖에 매달린 어린 아이처럼 현실의 바다 위에 매달린 아이, 청년의 눈에 눈물만이 흐른다. 그것은 패배에서 오는 눈물이다. 청년은 자신이 싸워야 하는, 깊이도 넓이도 알 수 없는 바다에서 패배의 아픔을 죽도록 알게 된다(「눈물의 해협」, 「너하나 때문에」).

따라서 순정한 청년의 정신이 싸워야 할 간악한 현실의 승리를 인정할 때 시인은 다음처럼 노래한다.

詩人의 입에

마이크 대신

재갈이 물려질 때,

노래하는 열정이

침묵 가운데

최후를 의탁할 때,

바다야!

너는 몸부림치는

肉體의 곡조를

伴奏해라.

— 「바다의 찬가」(1937) 부분

　임화는 이 시가 새로운 시의 출발점이라고 밝히고 있다. 어떤 점에서 이 시는 새로운 것일까. 시의 전반부의 원문을 보면 "바다야 / 너의 가슴 속엔 / 思想이 들었느냐 / 억센 反抗은 / 무슨 意味이냐 / 나는 하늘을 向한 / 너의 意味보다도 / 날뛰는 肉體를 / 사랑한다"라고 진술하고 있다. 이 구절에서 그는 사상과 의미의 반대편에 육체를 놓고 있다. 이념과 사상을 노래하고 전달하는 마이크 대신 재갈이 물리고, 낭만적 정신을 강조하던 노래의 열정도 침묵해야 할 때 시인은 무엇을 노래해야 하는가. 이 시에서는 혁명적 낭만주의의 생명력이 강조된다. 즉 임화는 낭만적 정신에서 생명력을 강조했는데, '바다'라는 공간이나, '날뛰는', '몸부림치는' 등의 시어는 생동하는 육체의 이미지와 역동적인 바다의 움직임을 통해 생생한 현실을 드러내고자 한다. 이런 의미에서 이 시는 현해탄 연작 시편들의 연장선에 놓여 있다. 다만 현해탄 연작들이 과거의 경험을 바탕으로 바다의 공간을 그리면서 현실의 삶을 다분히 감상적으로 그리고 있다면, 위의 시를 기점으로 임화는 현실의 생생한 감정과 생명력을 통해 살아있는 현실의 곡조를 노래하고자 했던 것으로 이해할 수 있다.

2) 낭만적 주체의 현실대응

낭만주의적 시를 통해 암울한 현실과 싸우려는 임화의 내면에는 아래와 같은 고민이 자리 잡고 있었다.

> 희망을 갖는다는 것은 어려운 일이다
>
> 더욱이 옳은 희망을 실천한다는 것은……
>
> 그러나 희망을 버린다는 것은 일층 더 어려운 일이다.
>
> 비록 죽엄이 일체를 무덤속에 파묻는 때라도……
>
> ―「斷章」(1936) 부분

이 시 역시 당대의 현실 속에서 이념과 실천의 괴리를 느끼면서 죽음이 오더라도 자신의 신념과 희망을 버리지 않겠다는 의지가 표현되고 있다. 일체가 무덤 속에 묻히더라도 자신의 희망을 버리지 않겠다는 시인의 태도는 순교적이기까지 하다. 그렇다면 자신을 억압하고, 속이는, 간악한 현실을 견디는 힘은 어디서 비롯되는가.

패배의 이슬이 찬 우리들의 잔등 위에 너의 참혹한 육박이 없었더면,

적이여! 어찌 우리들의 가슴 속에 사는 청춘의 정신이 불탔겠는가?

오오! 사랑스럽기 한이 없는 나의 필생의 동무

적이여! 정말 너는 우리들의 용기다.

―「敵」(1936) 부분

　현실의 정세 속에서 움츠러드는 주체의 의식을 강건히 하기 위해 시인은 '적'을 상정하는 고도의 정신성을 지향한다. '적'은 나에게 사랑과 미움의 양가성을 가진 대상이다. '적'이 나를 미워하고 벗을 죽이고 우리 모두를 죽이려 할 때 나는 적에 대한 미움, 증오심, 복수심을 갖게 된다. 이러한 인식들은 모두 적에 대한 부정적 인식의 결과이지만, 적이 가장 적답다는 것은 내게 있어서 적의 본질을 가장 확실히 각인시킴으로써 배움을 주는 교사이다. 이런 의미에서 적은 내게 긍정적인 대상이다. 그러나 적은 현실의 구체성이 사상된 추상적인 존재이며, 이때 임화는 자신의 의식 속에 존재하는 투쟁의 대상인 적에게 의존하여 자신의 실존을 지탱하는 길을 선택하게 된다.[8)]

　한편 임화가 시를 통해 고도의 정신성과 의지를 실현시키기 위해 만들어내는 긍정적 대상은 '청년'이다. 그는 낭만주의 시에서 어떠한 어려움이나 고통에도 굴복하지 않고, 도리어 용기를 갖게 되는 인물로 청년을 그린다. 이들은 역사와 현실의 힘이자 희망이다.

---

8) 김명인, 「1930년대 중후반 임화 시의 양상과 성격」, 『민족문학사연구』 5호, 1994.

누구나 역사의 거센 물가로 다가서지 않으면,

영원히 진리의 방랑자로 죽어버릴지 누가 알것인가?

청년의 누가 과연 이것을 참겠는가? 두말말고 강가로 가자.

넓고 자유로운 바다로 소리처 흘러가는 저 강가로!

—「강가로 가자」(1936) 부분

　역사와 현실에 대한 책임과 열의가 만들어낸 '청년'이라는 인물과 자신의 내면의식의 견고함을 위해 상정된 '적'은 모두 구체적인 대상이 아니라 임화의 정신이 만들어낸 추상적인 관념이다. 그러나 현실의 열악함에 맞서, 시인 임화가 자신의 시를 통해 민족의 미래와 역사에 대한 전망을 보여 주려했을 때 그에게는 쇠락하는 역사를 일으킬 젊은, 역사의 주체, 청년의 이미지만큼 효과적인 비유는 없었을 것이다. 그러나 현실은 갈수록 속악해지고 교묘해지기에 순정한 청년들의 열정과 의지를 내세운 시가 그러한 현실에 대응하기에는 적절하지 않다는 것을 임화는 인식할 수 있었으리라 생각한다. 따라서 이런 인식은 "말을 행위로, / 행위를 말로, / 자유로 번역할 수 있는 기능, / 그것이 시의 최고의 원리"(「地上의 詩」, 1937)를 추구하는 임화의 시관(詩觀)과 배치된다. 즉 이전의 단편서사시에서 그가 추구했던 계급주의적 이념과 사상의 표현 매체로서의 시를 떠올린다면, 시인의, 말하려는 자유가 제한되고, 시 쓰는 행위가 억압당하고 있었던 당대 현실이 시인 임화에게 고통과 갈등의 원인이 되었음을 알 수 있다.

3. 비극적 실존과 운명의 인식

임화는 1937년 「사실주의의 재인식」[9]을 통해 자신의 주관주의적 낭만주의론을 비판한다. 즉 시적 리얼리티를 현실에서 찾지 않고 오히려 정신을 가지고 현실을 규정하려는 전도된 방법을 썼다는 것이다. 따라서 자신의 창작 방법론이 사실주의로부터의 주관주의적 일탈이었음을 진술한다. 문학에 있어서 사실주의와 주체성의 문제는 이후 「현대문학의 정신적 기축」이나 「사실의 재인식」 등을 통해 언급되고 있다. 그런데 이 평문들에 내재된 임화의 의식을 따라가다 보면 그가 현실의 중요성과 낭만적 정신, 즉 현실과 대결하는 고도의 정신성을 견지하고 있음을 보여준다.

현실은 주체의 성질을 분석하는 시금석이고 성격의 운명을 결정하는 객체다. 현실과의 상관에서 주체가 시련된다는 것은 우리가 시험을 통하여 운명을 만들어가는 과정이다. 현실은 절대로 묘사 대상 이상이다. 우리는 현실과의 갈등에서 운명을 만들기 위하여 문학하는 것이다. 그러므로 우리는 이 속에서 일어나는 모든 것을 생의 목적으로 긍정한다.[10]

그러기 위하여는 우리가 실천적으로나 문학적으로나 사실과의 拮抗 가운데로 들어가지 않을 수 없다. (…중략…) 그것은 새로운 사실 앞에 우리의 온갖 것을 시련의 행위로서 성질을 밝혀두는 것이다. 시련의 정신! 이것이 비로소 우리의 지성에겐 결여된 정열을 부여하고 육체의 內省에겐 부족한 理智의 힘

---

9) 임화, 「사실주의의 재인식」, 『동아일보』, 1937. 10. 8~14.
10) 임화, 「현대문학의 정신적 기축」, 『조선일보』, 1938. 3. 23~27.

을 회복시켜주는 것이 아닐까 한다.[11]

임화는 주체에게 있어서 현실의 중요성과 고도의 정신성을 강조하는
데, 한편 주목할 것은 '운명'이나 '시련의 정신'이라는 표현이다. 운명이라
거나 시련의 정신이란 것은 현실에 대한 과학적 인식을 필요로 하는 개념
이라기보다는 그것을 받아들이고 극복하려는 정신이나 의지를 강조하는
것으로 읽힌다. 시련의 정신은 주어진 부정적 현실을 받아들이고 그것을
견디어내는 힘을 의미한다. 임화에 의하면 그것은 지성에게 결여된 정열
을 부여하고 육체에겐 이지(理智)의 힘을 회복시켜주는 역할을 한다. 그렇
다면 임화가 강조하는, 현실의 갈등 속에서 일어나는 생의 목적을 긍정하
는 운명, 이것을 받아들이는 시련의 정신이란 어떤 맥락에서 이해할 수
있는 진술일까. 임화의 이런 내면의식은 시를 통해 더 구체적으로 이해할
수 있을 것이다.

1) 절망적 현실과 죽음의식

「바다의 찬가」에서 임화가 의도하는 것은 삶과 생명의, 살아있는 현실
로서의 육체를 노래하려는 것이었다. 그러나 시에 나타나는 현실 앞에 놓
인 육체는 소멸과 죽음의식을 강요받는, 생존을 위협받는 육체의 이미지
로 드러난다. 이는 낭만주의에서 강조했던 미래와 희망이 가득 찬 현실,
그리고 생동하는 생명력이 가득 찬 현실을 노래하려던 임화의 의지와는

---

11) 임화, 「사실의 재인식」, 『동아일보』, 1938.8.24~28.

달리 1930년대 말기에 이르는 현실이 훨씬 더 억압적이고 암울한 것이었음을 의미한다. 이런 시인의 의지와 현실의 간극 사이에서 비극성과 허무의식이 생성한다. 이에 따라 시에 나타나는 육체의 이미지는 생성과 힘의 원천으로서의 몸이 아니라 죽음에 위협받는 주체의 의식을 드러내는 공간이며, 이 죽음의 육체가 부르는 곡조는 장송곡이다.

개 한 마리 안 짖고
등불도 꺼지고
가슴 속
숲이
호을노
흐득이는 소리
도깨비라도 만나고 싶다

죽는 게
살기보다도
쉬웁다면
누구가
벗도 없는
깊은 밤을……

참말 그대들은 얼마나 갔는가

발자욱을

눈이 덮는다

소리를 하면서

말소리를 듣재도

자꾸만

바람이 분다

오 밤길을 걷는 마음……

—「밤길」(1937) 부분

　임화 스스로도 언급하듯 1930년대 후반은 불안과 혼돈 속에서 헤매이고 있었으며, 누구나 다 불확실하고 불안한, 우연밖에 기다리지 않는 절망의 시대에 처해있다는 인식에 공감하고 있었다. 1930년대 후반 일본의 파시즘적 억압과 이에 따른 정세변화로 인해 사회, 문화적 분위기는 비관적인 염세 사상이나 순간적인 향락생활이 전 조선의 도회를 지배하였으며 현재의 세상을 저주하는 음악이 공장 근처의 카페에서 유행하였다. 모든 예술적 유형은 자멸적이며 타락으로 빠지는 길을 밟았으며,[12] 문학 역시 환멸주의적 세계인식과 허무주의가 팽배해 있었다.[13]

　이런 문단 내외의 정세를 의식하는 임화의 내면에는 죽음의식이 자리 잡고 있다. 1930년대 후반으로 가는 임화의 시는 형식적으로 단형화되어 나타나며, 화자의 목소리는 내면으로 향해 있다. 즉 현해탄을 중심으로

---

12) 김경일, 「한국근현대사에서 근대성의 경험과 근대주의」, 『현대사상』, 1997년 여름.
13) 류보선, 「환멸과 반성, 혹은 1930년대 후반기 문학이 다다른 자리」, 『민족문학사연구』 4권, 1993.

하는 낭만시들이 청년을 주인공으로, 혹은 시의 목소리를 듣는 청중으로 상정하여 장형화 되었다면 이 시기의 시들은 시인의 내면의식을 드러내 주기 위해 시인자신이 자신에게 이야기하는 목소리로 울린다.

「밤길」역시 시인의 내면의식의 표현이며 현실적인 행위로 나아가는 세계가 아니라 의식자체에 머물러 있는 세계이다. 1연에서 바람과 눈보라가 치는 밤은 아무것도 보이지 않는다는 시인의 진술을 통해 동적인 세계를 정적인 것으로 바꾸어주고 있다. 정적인 세계에 동적인 생동감을 주는 것은 시인의 목소리인 '아 몹시 춥다'라는 진술뿐이다. 2연에서는 숲의 적막감을 청각적 심상을 통해 드러내준다. 도깨비라도 만나고 싶다는 시인의 진술은 시인의 고독과 적막을 잘 나타내준다. 이런 고요 속에서 모든 존재는 배경으로 서 있고 시인의 의식만이 또렷하게 남아있다. 3연에서는 시인의 의식이 구체적으로 진술된다. 즉 죽을 만큼 외롭고 적막한 밤길로 비유된 현실의 길을 걸어야 하는 자신의 고통스런 내면을 보이고 있다. 이 구절은 '죽는게 살기보다 쉽다면', 즉 쉽게 죽을 수 있다면 이런 고통스런 밤길을 걷지 않겠다는 뜻이기도 하고 또 이런 밤길의 고통은 끊임없이 시인에게 죽음의식을 일깨운다는 의미로 읽힌다.

이렇듯 고통스러운 현실 속에서 임화는 자신의 동지들에게 '그대들은 얼마나 갔는가'라고 묻고 있다. 이는 자신만이 이런 현실 속에서 고통 받고 있는 것인지, 아니면 함께 했던 사상적 동지들은 역사의 길을 의연히 가고 있는 것인지에 대한 불안의식을 드러낸다. 이는 나아가 그들과의 연대감을 통해 자신의 존재이유를 찾으려 하는 것이기도 하다. 그러나 그들의 발자국은 눈에 묻히고 대답은 바람에 날아간다. 이런 상황 속에서 시인의 내면은 밤길을 걷는 마음으로 침잠한다.

혼령도 죽고

奇蹟도 죽고

승리한

적의 눈앞에서

너의 가슴이

彈奏하는

葬送의 曲을 따라

걸어가는 앞길에는

무덤 이상의 운명이 있다

—「慟哭」(1939) 부분

    무덤 같은 현실이 환기시키는 죽음의 그림자들, 그리고 승리한 적의 앞
에 펼쳐진 너의 죽음과 그 죽음을 인정하고 묵묵히 따라가야 하는 그 밤
길의 운명이 시인에게는 단순하지 않다. '앞길'이란 시인 앞에 펼쳐진, 즉
미래의 길을 뜻한다. 그런데 그 미래의 길이란 단지 죽음을 강요받는 길
이상의 운명이 놓여 있다는 것이다. 임화가 의식하는 그 이상한 운명이란
고통스런 적막의 '밤길'에서 드러나듯 쉽게 죽을 수도 그렇다고 쉽게 타협
하며 살아갈 수도 없는 존재성을 의미한다. 이런 운명 앞에서 임화는 자
살의 충동을 느끼기도 한다.[14] 이와 같은 임화의 실존적 고민을 통해 당
대 지식인의 삶이 갖는 험난함을 이해할 수 있을 것이다. 당대를 '생활에
대한 확신도 없고 명일(明日)에 대하여 우연을 기다리는 외엔 절망밖에 없

---

14) 임화, 「일기초—우수의 서」, 『동아일보』, 1938. 2. 13.

는 시대'로 인식하는 임화의 내면의식을 헤아려 보면 양심을 지키는 것과 올바른 역사의식을 갖기 어려운 정세에 대한 불안과 그러나 어떻게 살아야 할 것인가에 대한 고민이 놓여 있다.

자고 새면
異變을 꿈꾸면서
나는 어느 날이나
무사하기를 바랬다

행복되려는 마음이
나를 여러차례
주검에서 구해준 은혜를
잊지 않지만
행복도 즐거움도
무사한 그날그날 가운데
찾어지지 아니할 때
나의 생활은
꽃 진 장미넝쿨이었다

푸른 잎을 즐기기엔
나의 나이가 너무 어리고
마른 가지를 사랑키엔
더구나 마음이 애띠어

그만 인젠

살려고 무사하려든 생각이

믿기 어려워 한이 되어

몸과 마음이 상할

자리를 비어주는 운명이

애인처럼 그립다.

─「자고 새면」(1939) 전문

'벗이여 나는 이즈음 자꾸만 하나의 運命이란 것을 생각코 있다'라는 부제를 붙인 위의 시는 1930년대 후반을 마감하는 임화의 내면의식을 잘 드러내주고 있다. '운명'이라는 단어는 임화 자신의 평문들에서도 등장하는데, 1930년대 후반 시에서 이 '운명'이라는 시어는 자주 등장한다. 그런데 낭만시에서 표현되는 '운명'에는 민족 공동체로서의 숙명성이 느껴지지만 역사적 전망이 상실된 이즈음 시에 나타나는 운명은 한 개인 앞에 놓인 실존적 조건으로서의 성격이 강하다.

임화가 꿈꾸는 이변(異變)이란 무엇인가. 그것은 '쓰러져 가는 것과 태어나는 것' 사이의 새로운 전도를 의미하는 것이라 생각한다. 조국의 해방이 당시 역사적 상황 속에서는 이변(異變)처럼 느껴질 수밖에 없는 일이었을 것이다. 그러나 시인은 그런 이변을 꿈꾸면서도 자신의 무사함을 바라며 살아간다. 그런 바람이 자신을 죽음으로부터 구해주는 것이긴 하지만, 푸른 잎을 즐기며 살기엔 젊은이로서 역사에 대한 책임을 느껴야 하고, 그렇다고 마른 가지를 사랑하기에는 마음도 약하고 용기도 없다. 무사와 행복을 추구하려는 마음과 그런 마음을 치욕으로 생각하며 목숨을 지탱해야 하는 삶을 임화는 '운명'이라 이름 지을 수밖에 없었다.

2) 비극적 운명과 허무의식

운명을 삶에 이미 주어진 것, 돌이킬 수 없는 존재로 받아들일 때 현실 긍정이 나타날 수 있을 것이다. 그러나 임화는 이런 운명을 강조하는 현실 때문에 갈등을 느끼며 시련으로 상정하면서 이겨내려 한다. 그러나 이런 의지와 함께, 한편으론 영원히 이런 현실을 제압할 수 없다는 절망감 속에서 비극성이 싹튼다.

>   승리란 싸움이 부르는 영원한 진리다
>   그러나 나는 또한 패배를 후회하지 않는다
>   승패란 자고로 싸움의 어찌할 수 없는 운명이 아니냐
>   (…중략…)
>   그러나 회한의 오솔길로
>   쓸쓸히 걸어간 일생을 돌아볼
>   부끄러운 먼날을 위하느니보단
>   아! 차라리 내일 아츰 깨어지는 꿈을 위해설지라도
>   꽃과 애인과 승리와 패배와 원수까지를
>   한 정열로 찬미할 수 있는 우리의 청춘을 위하여
>   벗들아 ! 축복의 붉은 술잔을 들자
>
>   ─「한잔 포도주를」(1939) 부분

위의 시에서 임화는 싸움에서 이기는 자가 있다면 지는 자가 있는 법이고, 그 패배하는 자가 자신이 된다 해도 후회하지 않겠다고 한다. 왜냐하면 승자가 있고, 또 그 반대편에 패자가 있다는 것을 삶의 자명한 이치요, 주어진 운명으로 받아들인다면 이기고 지고는 별 문제가 아니기 때문이다. 따라서 패배로 얼룩진 인생의 회한으로 삶을 부끄러이 만들기보다는 자신에게 주어진 현실을 긍정하고 열정적으로 찬미하자고 한다.

단편서사시나 낭만시에서 불의와 싸워야 함을 강조하던 시인의 태도를 생각한다면 꽃과 애인, 승리, 패배, 원수와 적까지 자신의 현실로 받아들여 사랑하라는 임화의 태도는 극심한 변화를 보인다. 그러나 이런 변화를 임화의 사상적인 변화나 당대 현실에 대한 수락으로 읽지 않기 위해서는 당대 임화의 다른 실천과 함께 내면의식에 주목해야 한다.

언급했듯 1930년대 후반 임화는 리얼리즘론과 본격소설론 등의 이론화 작업을 주체 재건의 의지를 구체화시키려 했으며, 억압적인 현실에 저항하는 실천을 행하려 했다. 그러나 그렇다 하더라도 일제의 파시즘적 통치 아래서 굴욕적으로 살아갈 수밖에 없는 삶에 대한 반성적 인식은 양심을 일깨우고 자살에의 유혹을 늦추지 않았다. 임화의 일련의 시들은 이런 내면의식을 반영하고 있다. 임화가 현실에 대해 갖는 이런 복합적인 인식을 바탕으로 위의 시를 읽을 때 시의 표면적인 의미 그대로를 이해해서는 안 될 것이다. 당면한 현실이 축복할 수 없는 현실임이 자명할 때 축복의 술잔을 들자는 시인의 진술에서 강력한 허무주의와 페이소스가 느껴진다. 실제적으로 임화의 이즈음의 시에는 비극적 운명, 불안감, 허무의식, 시련의 정신 등 1930년대 후반의 불안문학의 기류와 허무주의적이고 환멸적인 문학의 색채가 드러난다.[15)

1930년대 후반의 시적 동향은 소멸과 몰락에의 불안감을 주조로 한다. 이런 몰락에의 숙명성과 비극성을 느끼는 자리에서 데카당스의 미학이 탄생한다. 많은 시인들은 애상과 애수로서 이런 몰락의 파괴성을 맞이했다. 유럽이나 특히 프랑스에서 데카당스는 사회적 모더니티가 대 파국을 향해 가고 있다는 느낌을 음미하면서 문명의 안락을 약속하는 모더니티 사회에 대립하는 미적 모더니티의 의식적인 선동자였다. 그들은 의식적인 면에서나 도덕적인 면에서 그들 자신의 소외의식을 배양하면서 혁명적인 신념을 견지했기 때문에 아방가르드의 대표자들로 인식될 수 있었다.

　　그러나 식민지 조선의 사회와 문화는 몰락과 파국에 대해 저항적 힘을 생산해낼 만한 여건을 갖추지 못한 채 '중심의 상실', '무와의 조우', '권태로부터의 탈출 불능', '적합한 생활 철학의 결여' 등, 의식과 목적의 상실, 모든 가치의 평가절하, 허무감 등을 경험하고 있었으며, 만성적인 환멸의 상태 속에 놓여 있었다.16)

　　쓰러져 가는 날과

　　이로부터

　　生誕하는 날과의

　　보이지 않는

　　그러나 불타는 갈등 속에

　　아

　15) 백철,『조선신문학사조사』, 백양당, 1947, 194~195면; 신범순,「1930년대 문학에서 퇴폐적 경향에 대한 논의―불안사조와 니체주의의 대두」,『한국현대시의 퇴폐와 작은 주체』, 신구문화사, 1998.
　16) John Goudsblom, 천형균 역,『니힐리즘과 문화』, 문학과지성사, 1988, 36면.

밤은

얼마나

아름다웁고

신비로우냐

(…중략…)

나는

태양과 더불어

별들을

낮과 더불어

밤 밤을

사랑하고

한밤중

죽어가는

낡은 세계를 위하여

미칠 듯

弔鍾을

亂打한다

—「밤의 찬가」(1939) 부분

「밤의 찬가」는 소멸 이후에 오는 생성에 주목함으로써 소멸하는 지금
을 신비화시킨다. 낡은 세계 이후에 새로운 세계가 도래할 것이라는 믿음
은 이 밤을 사랑하지 않을 수 없도록 한다. 따라서 시인이 처한 밤을 위
한, 현실의 죽음을 위한 미칠 듯한 조종의 난타, 죽음의식의 확대는 생명

에 대한 희구와 맞물려 있다. 죽음과 소멸의식에의 경사를 보이는 이 시에서 시인의 허무주의나 데카당스한 태도를 읽을 수 있다.

임화는 당대 시에 대한 평문에서도 이런 허무주의적이고, 데카당스한 관점을 보여준다.

> 거듭 말하거니와 한 시대는 이미 종언했다. 거기에서 이찬의 〈분향〉, 윤곤강의 〈만가〉가 스러지는 시대의 장송의 곡으로 울렸다. (…중략…) 조화되지 않고, 그들의 정신을 구속하고 있는 현대에서 죽엄과 더불어 비로소 그들은 해방될 따름이다. (…중략…) 현대에 生을 향유한 것 자체가 비극의 알파요 오메가인 심징, 바꾸어 말하면 生이 그냥 슬픔인 현대 서정시의 중요한 측면의 표현이다. (…중략…) 이러한 제 경향들은 적어도 우리시의 신세대를 예언하는 각양의 계시다. 일체를 믿지 않는 정신, 그러면서도 一切을 믿을 수 없는 슬픔, 그것은 이교도의 생래의 비애다.[17]

시단의 새로운 경향을 설명하는 이 글은 당대의 페시미즘이나 회한의 서정, 믿음과 진리의 상실과 삶의 비극성과 운명 등이 신세대의 정신이자 미의식임을 밝히고 있다. 시대의 종언과 삶의 소멸을 의식하는 데카당스와 당대 현실 속에서는 산다는 것 자체가 비극이라는 허무주의적 관점을 읽을 수 있다. 임화는 당대 문학의 주도적인 조류로서 위와 같은 특성들에 주목하고 있었고, 자신의 역시 이런 흐름 속에 있었다. 그러나 그는 곧 이어 시 쓰기를 그만둔다. 식민지의 상황 속에서 자신의 시가 허무주의와 죽음의식이 가득 찬 내면을 드러내는 역할 그 이상을 하지 못한다는 판단

---

17) 임화, 「시단의 신세대」, 『조선일보』, 1939.8.18~26.

이 그를 절필하도록 한 것이라 생각한다. 시인으로서의 절필 선택은 그가 자신의 이념을 철회하지 않았음을 시사해준다.

1920년대 이후 시인으로서의 임화는 자신의 이념을 시적으로 형상화시키도록 노력해왔다. 그러나 1930년대 후반으로 갈수록 시를 통해 현실을 말한다는 것의 어려움을 절실히 깨닫는 임화는 자신이 말하려는 것과 현실 사이의 분열 속에서 시를 쓸 수 없었다. 따라서 이론가로서 임화가 아니라 시인으로서 임화의 시 쓰기는 멈출 수밖에 없었으며, 이는 양심적인 선택이었으리라 생각한다.

> 최후의 순간
> 자기의 노래를 위하여
> 잉크 대신
> 피를 선택한
> 어떤 시인의 故事는
> 총총한 눈알들아
> 얼마나
> 아름다운 전설이냐
>
> —「한 여름밤」(1939) 부분

임화에게 잉크 대신 피를 선택한다는 것은 시인으로서의 죽음을 의미한다. 죽음을 강요받는 상황이지만 행복되려는 마음으로 삶을 유예시켜왔던 임화는 죽음을 각오하고 "우러나오는 / 제 소리를 / 감추지 못하는 / 큰 소리로 / 우는 詩人"(「慟哭」, 1939)이기를 꿈꾸며 시작(詩作)을 중단한다.

'통곡'이야말로 가장 본능적이고 육체적인 소리이다. 암울한 현실에 맞서 임화가 쓰려던 시는 피가 솟구치는 통곡의 소리였지만 오히려 죽음과 마주한 육체의 치욕스런 장송곡만을 의식해야 했던 1930년대를 마감하며 임화는 시를 쓸 수 없었다. 시가 어떤 양식보다 주관적이고 고백적인 내면의 양식임을 감안할 때 임화의 선택은 필연적인 것이었다.

4. 역사적 비극과 실천적 양식

1937년 이후, 일제의 파시즘적 억압이 강화되는 1930년대 말기로 갈수록 임화의 시편은 절망적이고 비극적인 성격을 띠게 된다. 특히 시에 대한 그의 바람은 구체적인 현실을 시 속에서 생생하게 그리고 싶었지만, 그가 발 딛은 현실은 그의 생각과 시 쓰기의 분열을 가져온다. 죽음의식과 산다는 것의 치욕감 사이에서의 갈등이 마치 운명처럼 느껴지는 상황 속에서 임화는 절필한다. 계급주의적 이념을 지켜온 그에게 시를 통해 더 이상 자신의 이념과 자유를 실천할 수 없는 시 쓰기는 불가능할 수밖에 없었으리라 생각한다.

이런 의미에서 1930년대 후반 임화의 시는 치열한 내면의식에 대한 성찰이며 당대 현실의 극악함과 그런 시대를 살아가는 반성적 내면을 비추어주는 거울의 양식이다. 이는 한 시대를 살아간 지식인이 현실에 대응하는 또 하나의 실천의 양식이다.

『청록집』의 '자연' 전통과 정전화 과정

1. 서정 – 자연시의 정전, 『청록집』의 문학사적 위상

청록파는 한국 시문학사에서 '자연'에 관한 전통적인 서정을 구현한 주요한 유파로 평가되어 왔으며, 『청록집』 역시 자연시의 '정전'으로 인식되어 왔다. 이는 청록파가 1930년대의 순수문학을 계승하여 한국시에서 '순수서정'을 심화, 발전시켰다는 문학사적 평가의 적극적 계승에 의해 지속되어 왔다. 특히 해방 이후, 또 한국전쟁 이후 일종의 공백기를 경험하는 순수 문단의 실세로서 살아있는 정전이기도 했던 시인들의 영향력은 한국 시문학사에서 후배 시인들이, 또 문학 전공자들이 그들의 시를 일종의 규범으로 인식하는데 의식, 무의식적으로 강력하게 작용해 왔다. 뿐만 아니라 해방 후 각 시인들이 산문을 통해 『청록집』에 실린 작품들이 일제에 대한 저항의 의미를 가지고 있었음을 밝힘에 따라 그들의 '자연'은 민족적 저항의 공간적 의미를 지니게 되었다. 이런 사실은『청록집』이 민족 문학의 정전으로 자리매김 되는데 중요한 역할을 하였다.

『청록집』에 관한 중요한 평가는 김동리에 의해 시작되었는데 그는 『청록집』의 특징으로 '자연의 발견'[1]을 언급하며 그들이 '세기적 심연에 직면하여 절대절명의 궁경(窮境)에서 부른 신의 이름'이 자연이었다고 의미화하면서, 이를 생에 대한 구경적 의욕과 연관시킨다. 박목월의 향토적 자연, 조지훈의 선(禪)적 감각의 자연, 박두진의 메시아적 상상력과 자연을 연관시키면서, 이들이 의식하고 표상하는 자연이 1930년대 시문학파와 생명파를 종합, 계승하는 차원에서 탐구되고 있다고 설명하고 있다.

김동리 이후 문학사의 평가는 김동리의 견해를 보충, 확장하는 수준에서 이루어져 왔다. 조지훈은 한국 시문학사에서 '자연파'로서 청록파를 언급[2]함으로써 '자연'이라는 주제를 시사의 중요한 한 흐름으로 자리매김 시켰으며, 문덕수[3]는 한국시의 전통, 주류가 소월, 생명파, 청록파로 이어지고 있음을 밝히고 있다. 또한 서정주 역시 1940년에서 1942년간의 시사의 공백을 메운 시인들이 '자연파'였던 청록파라고 언급하고 있다.[4] 특히 정한모[5]는 청록파의 시사적 의의를 구체적으로 논의하고 있다. 그들의 자연이 고향을 잃어버린 민족에게 하나의 아름다운 고향을 마련해 주었으며, 그때까지 있었던 시사적 여러 갈래 흐름을 계승하고 거부함으로써 시사적 청산을 해주었다는 측면에서 의미 있는 것임을 밝히고 있다.

---

1) 김동리, 「자연의 발견—三家詩人論」, 『예술조선』 3, 1948. 4.
2) 조지훈, 「한국 현대시의 반성」, 『사상계』, 1962. 5.
3) 문덕수, 「한국의 현대시정」, 『사상계』, 1968. 9.
4) 서정주, 『한국의 현대시』, 일지사, 1969, 24면.
5) 정한모, 「청록파의 시사적 의의」, 『현대시론』, 민중서관, 1973.

정한모의 논의 중 시문학파와 인생파를 계승하면서 순수문학의 전통을 계승, 발전시켰다는 부분은 김동리의 견해에 기대고 있으며, 시를 통해 민족에게 고향을 마련해주었다는 부분은 김동리가 제시하는 세기적 심연의 극복 양상을 구체화시켜주고 있다. 일찍이 이루어진 이 연구들의 내용은 크게 보아 김동리의 평가를 보완하는 수준에서 이루어진 것으로 평가할 수 있다.

이후 청록파에 관한 논의들은 김동리와 정한모의 평가에서 사용된 자연, 민족, 전통, 순수 서정 등의 용어와 개념을 토대로 이루어져 왔다. 김준오는 청록파가 1930년대 순수문학을 더욱 심화, 발전시킨 것을 전제하면서 소월, 영랑, 지용 등이 개발한 리듬이나 이미지 형성법 등 문학적 기교와 이 기교에서 창조된 서정이 자연시로 표상되고 있다고 설명한다.[6] 김재홍은 청록파가 인간탐구론과 예술성에 근거한 민족문학의 길을 제시했다고 평가하고[7] 오세영도 청록파가 암흑기 문학사에서 모국어를 지켰고, 전통 탐구와 자연에 대한 감수성을 통해 새로운 서정시의 지평, 민족문학의 맥을 계승했음을 강조하고 있다.[8] 김용직 역시 청록파가 역사나 사회, 현실을 배제한 차원 높은 순수시의 제작을 지향했으며,[9] 조지훈은 유학, 한시, 선 등 전통주의적 관점에서 작품을 썼다는 측면에서 전통 서정의 계승자이며 박목월은 민요조 서정시를 통해 민족과 역사를 생각하게 하며, 박두진은 자연의 생명력을 강조하고 있음을 밝히고 있다.[10] 최

---

6) 김준오, 「상황과 발상법」, 『시론』, 문장사, 1986.
7) 김재홍, 『한국현대시인연구』, 일지사, 1986, 346면.
8) 오세영, 『20세기 한국시 연구』, 새문사, 1989, 251면.
9) 김용직, 「해방기시단의 청록파」, 『외국문학』, 1989년 봄.
10) 김용직, 『한국현대시인연구』, 서울대 출판부, 2000, 234~322면.

근의 시사(詩史) 역시 『청록집』이 우리 현대시사에서 가장 주목되는 시집의 하나로 자연이 박목월, 조지훈에게 전통적인 것으로 박두진에게는 낭만적이고 이상적인 공간으로 드러난다고 한다.[11] 이상에서와 같이 거칠게 훑어본 시문학사에서 청록파에 관한 평가들을 종합해보면, 자연이라는 전통서정을 계승하고 있으며, 순수 문학을 통해 민족 문학의 발전에 중요한 역할을 하고 있는 것으로 정리할 수 있다.

그러나 한편으로 청록파의 자연을 '도피'와 '자족'의 세계로 평가하면서 민족, 전통, 고향 등이 시대를 초월해 있는 어떤 관념으로 의미화되고 있음에 주목하기도 한다.[12] 또한 청록파에서 수용하고 있는 자연의 표상을 통해 문학과 현실 간의 관계가 소박하고 단조로운 것으로 귀결됨으로써 식민지 시대 한국시의 기능이 위축되고 폐쇄적이 되었다는 논의가 이루어지기도 했다.[13] 이런 평가는 청록파가 표상하는, 자연의 환상성과 관조적 성격, 구원의 성격이 현실의 삶을 반영하지 못하고 있음에 대한 비판을 내포한다. 즉 청록파의 시가 역사성을 갖고 있지 않으며, 따라서 문학사적으로도 일정한 한계를 갖는다는 것이다. 최근의 논의 역시 청록파의 '자연'이 현실을 초월한 관념의 세계임에 동의하는데, 비현실적인 자연을 표상하는 청록파의 시가 민족과 전통의 서정시로 강조될 수밖에 없었던 이유를 해방 후의 특수한 문단 사정 하에서 김동리의 문단 정치의 일환으로 설명하고 있다.[14]

---

11) 오세영 외, 『한국현대 詩史』, 민음사, 2008, 228~235면.
12) 김우창, 「한국시의 형이상－하나의 관점」, 『궁핍한 시대의 시인』, 민음사, 1978.
13) 김주연, 「시에서의 한국적 허무주의」, 『사상계』, 1968.12.
14) 심선옥, 「청록파의 문학사적 의의와 박목월의 초기 시 연구」, 『반교어문연구』 제6집, 1995. 이런 관점에서 보면 청록파에게 부여된 민족, 전통, 서정 등의 가치의 진정성 및 그 내용의 실재성을 생각해볼 필요가 생긴다. 청록파라는 명칭이 『청록집』 발간에 따라 붙여진 이름이었으며, 세 시인의

한국 시문학사에서 청록파가 자연시의 규범으로 1930년대의 자연시를 계승하고, 1950~1960년대의 자연시에 영향을 주었다는 평가는 문학사의 상식으로 일반화되어 왔다. 그러나 실제적으로 어떤 측면에서 청록파가 전통과 관련되고,15) 1930년대 자연시의 연장선상에 있는 것인지, 또 어떤 미학을 통해 후대에 이어지고 있는지, 나아가 이런 모든 문학사적 의의를 통해 궁극적으로 그들의 시와 자연이 근대시문학사에서 갖는 의미16)는 무엇인지에 대한 보다 생산적인 논의가 필요하다.17)

2. 자연시의 전통과 근대적 변화

한국 시문학사의 전통을 말할 때 '자연'은 중요한 대상으로 인식되어 왔다. 이때 자연의 전통은 소재의 계승만으로 논의될 수 있는 것은 아니므로 '자연'을 대상으로 하는 작품에서 전통의 문제를 어떻게 논의할 것인

유사성에 바탕을 둔 것은 아니라는 점, 또 원래는 『문장』 추천 시인 다섯 명의 공동시집을 기획하다가 사정 상 세 시인으로 축소되었다는 사실 등은 민족과 전통의 정전으로서의 청록파의 위상에 대한 정치적 이해의 필요성을 제기한다.

15) 김문주는 청록파를 포함하여 한국 근대시에 나타난 자연형상을 전통과의 연관 속에서 살피면서, 자연형상의 심미성이 근대적 자아의 인식을 반영한 역사적인 것으로 평가하고 있다. 이 연구는 청록파의 시가 전통적인 자연관을 계승하면서 근대적으로 변모하고 있음을 규명하고 있다. 김문주, 「한국 근대시의 자연 형상과 전통적 성격」, 『한국시학연구』 제16호, 한국시학회, 2006.

16) 최승호는 청록파의 자연이 일제 말기 파시즘 체제에 대항하는 생명시학을 구현함으로써 순수서정시의 정치적, 미학적 의의를 갖는 것으로 평가한다. 최승호, 『『청록집』에 나타난 생명시학과 근대성 비판」, 『한국시학연구』 제2호, 한국시학회, 1999.

17) 본 연구에서 다루는 자연에 관한 접근 관점은 최근 근대문학연구에서 자연을 연구하는 주요 방법론인 생태주의적인 것도, 또 에코 페미니즘적인 것도 아님을 밝힌다. 이 연구는 자연에 관한 전통적인 관점을 살피고, 이를 토대로 자연시 장르로 정전화된 『청록집』을 비판적으로 재고하려는 것이 목적이다. 이에 따라 기존에 청록파와 관련된 연구들을 비판적으로 이해한다는 측면에서 메타비평적 성격을 가지며, 이와 아울러 논의의 진전을 위해 작품 분석을 병행할 것이다.

가는 중요하게 보인다. 청록파의 경우도, '전통'을 무엇으로 볼 것인가. 또 전통이 어떤 방식으로 드러나는가에 대해서는 정치하게 논의되어야 할 것이다.[18]

지금까지의 동양시인들이 대부분 자연을 노래하게 된 것은 서양시인들에게 있어서의 신(이에 관련된 영혼 혹은 천국)의 지위와도 같이 그들의 정신세계에 있어서의 절대적 대상이 되어 있었기 때문이다. 다시 말하면 그것(자연 혹은 신)이 그들(동양 혹은 서양의 시인들)의 아주 마지막 귀의처가 되어 있기 때문이다. 陶 · 王이고 李 · 杜고 그들이 그들의 悲喜哀樂과 이념의욕을 모조리 자연을 통해서만 표현하게 된 것은 그들의 究竟的 依據가 거기 있었기 때문이다.[19]

동양의 자연관은[20] 자연의 순리와 개체 간의 조화에 근거해 있다. 이런 점에서 김동리가 언급하고 있는 '동화법칙', '구경적 의거'로서의 자연관은 자연을 인간의 절대적인 귀의처로 보고, 이와 합일함으로써 자연과 조화를 이루고 존재의 불완전성을 극복한다는 사유에 근거한다. 이런 의미에서 김동리는 청록파가 자연의 재인식을 통해 근대가 겪는 세기의 심연을 극복할 수 있으리라 생각한다. 김동리가 '동양'이라고 굳이 표현하고 있는 것은 서구 근대를 염두에 둔 표현이다. 그는 동양의 자연이라는

---

18) 청록파와 자연에 대해 문제를 세심하게 제기하는 연구들은 그리 많진 않지만, 본 연구가 주목한 것은 박현수, 「초기 시의 기묘한 풍경과 이미지의 존재론」, 『박목월』, 새미, 2001; 심선옥, 「청록파의 문학사적 의의와 박목월의 초기 시 연구」, 『반교어문연구』 제6집, 1995; 김문주, 「한국 근대시의 자연 형상과 전통적 성격」, 『한국시학연구』 제16호, 2006 등이다.
19) 김동리, 「자연의 발견―三家詩人論」, 『예술조선』 3, 1948.4.
20) 김경수 외, 『동서양 문학에 나타난 자연관』, 보고사, 2005, 10~11면.

육체를 통해 서구 근대의 파국에 맞설 수 있으리라 생각했으며, 나아가 해방 후 문단 정세에서 순수문학의 정통성을 지킬 수 있으리라 생각했다. 이는 김동리가 해방 이전부터 주장해 왔던 순수문학에의 지향과 동일한 관점에 근거한 것으로 이때 동양적 자연은 서양적 정신에 대한 유구한 승리를 의미하는 동양정신의 상징물이다.[21]

자연을 인식하는 것이 현실을 인식하는 것과 별개의 것이 아니라는 것이 전통적으로 자연시 장르가 갖는 특성이다. 자연을 인식하는 패러다임이란 실상, 인간과 세계를 바라보고 해석하는 패러다임과 동일한 것이기 때문이다.[22] 그렇다면 이런 지점에서 김동리의 논의처럼 청록파의 자연이 동양적 자연관, 또는 한국자연시의 전통을 계승하고 있는지는 엄밀히 따져봐야 한다. 김우창은 청록파의 자연이 전통적인 자연과는 거리가 있음을 강조한다. 그는 박목월이나 조지훈의 시는 동양의 정온과 조화의 전통에 깊은 뿌리를 박고 있는 것처럼 보이지만, 이러한 전통이 건재한 것으로 이해하는 것이 사실을 왜곡하는 것이라는 점, 이들에게 자연은 일방적인 감정주의에 의해 표현되고 있다고 한다.[23]

이런 논의는 결국 전통적으로 자연을 어떻게 인식, 표현하는 것이 자연시인가라는 물음에 직면하게 한다. 이숭원은 한국시의 전통에서 자연이 시적 소재로서의 의미가 크다고 전제하면서 자연시의 전통을 조선조 시가문학에서 찾고 있다.[24] 그런데 이처럼 자연시를 자연을 대상으로 한

21) 김동리, 「신세대의 정신」, 『문장』 16호, 1940. 5.
22) 엄경희·유정선, 「자연시의 전통과 세계관의 변모」, 『한국시의 미학적 패러다임과 시학적 전통』 (성기옥·김수경·정끝별·엄경희·유정선 편), 소명출판, 2004, 317면.
23) 김우창, 「한국시의 형이상—하나의 관점」, 『궁핍한 시대의 시인』, 민음사, 1978.
24) 이숭원, 『근대시의 내면구조』, 새문사, 1988, 9면.

시라는 식의 정의를 내리는 것은 정작 자연시의 특성에 대해 말해줄 수 없다. 언급했듯 전통적으로 자연시는 어떤 방식으로든 자연의 존재론적 의미가 시의 의미를 형성하는데 중심이 되어야 한다. 고전시의 경우, 형상화된 자연이 당대의 삶과 본원적인 성격을 띠고 밀착되어 있으면서 자연의 원리를 구현하고 있다. 그리고 현실적인 삶과의 연계 속에서 우주적 세계의 일부로 놓여 있는 자연과의 조화로운 합일을 노래하고 있다.[25] 그리고 이때 자연이란 억지로 꾸미거나 왜곡하지 않은, 사물의 원래 상태이거나 사물이 마땅히 되어야 하는 상태를 의미한다. 따라서 세상 만물의 이치가 자연에서 도래하므로 그 자연의 상태를 충실히 따르는 것이 우주 만물의 원리를 충실히 따르는 것이 된다. 시인이 인식하는 자연은 우주 만물의 원리를 담지한 존재로서이다.

그러나 근대 이후 전통적 자연관은 변화하여 자연과 인간은 분리되고, 자연은 인간에 의한 인식의 대상으로 변화한다.[26] 이런 의미에서 '자연'을 인식주체의 외부에 경험적 지각의 대상으로 존재하는 자연 경관 및 자연물을 일컫는 개념[27]으로 한정한 자연시는, 인식과 경험의 주체가 된 인간과 그 대상이 된 자연 간의 분리를 전제하면서 근대적 의미의 자연시의 정의를 명확히 보여주고 있다.[28] 따라서 근대 이후의 자연시 연구는

---

25) 최진원, 『국문학과 자연』, 성균관대 출판부, 1981, 115면; 김대행, 『시조유형론』, 이화여대 출판부, 1986, 242~259면.
26) 장회익은 이런 사유가 자연을 탐구하는 서구적, 근대적 시각의 중심이었다면, '생' 즉 삶의 세계와의 연관성 하에 탐구하려는 것이 동양적 자연학의 중심이라고 설명한다. 이는 자연을 통해 대생지식(對生知識)을 얻으려 한다는 점에서 전통적으로 자연이 인간 삶의 규범이나 가치로 의미화 되었음을 말한다. 장회익·최종덕, 『이분법을 넘어서−물리학자 장회익과 철학자 최종덕의 통합적 사유를 향한 대화』, 한길사, 2007, 209~221면.
27) 이숭원, 앞의 책, 16면.
28) 시인의 주관적 정서나 관념을 토로하기 위해 자연이미지를 표상화하는 경우는 자연을 표현의 수단물로 도구화하고 있는 것이므로 전통적 의미에서 자연시라고 할 수 없다고 한다. 엄경희·유정

전통적 자연의 규범적 의미로부터 자유로운 혹은 비판적인 의식이 필요하리라 생각한다.[29]

문학적으로 자연에 관한 전통적인 사유란 시에 자연을 중심에 두는 것이지, 시적 주체의 정서나 감정을 투영하는 것을 말하는 것이 아니다. 따라서 이처럼 '나'의 정서를 투영하는 것은 근대적인 것이지 전통적인 것은 아니다. 이런 의미에서 청록파의 시에 드러나는 자연이 동양적, 전통적 자연이 아니라 작가의 감정이 투영된 주관적인 것이라는 설명은 설득력을 얻는다. 그들이 시화하는 자연은 자연 그 자체의 본질을 통해 인간과 관련된 생에 대한 윤리나 삶의 가치를 드러내기보다는 시인 자신의 정서를 투영하기 위한 대상으로 등장시키고 있다는 점에서 근대적이다.

강나루 건너서
밀밭길을

구름에 달 가듯이
가는 나그네

길은 외줄기
남도 삼백리

선, 앞의 글.

29) 왜냐하면 전통적 자연과의 거리가 분명한데도 전통의 수용과 변용을 강조함으로써 이를 통해서 민족 문학의 정통성을 강조하려는 문단의 역학이 작용할 수 있기 때문이다. 최근의 많은 연구들은 개별 작가들의 자연을 연구하면서, 전통과는 다른 지점에 놓인 자연을 분석, 평가하고 있다.

술익는 마을마다

타는 저녁놀

구름에 달가듯이

가는 나그네

―박목월, 「나그네」 전문

다락에 올라서

피리를 불면

만리 구름길에

학이 운다.

이슬에 함초롬

젖은 풀잎

달빛도 푸른 채로

산을 넘는데

물 우에 바람이

흐르듯이

내 가슴에 넘치는

차고 흰 구름.

다락에 기대어
피리를 불면

꽃비 꽃바람이
눈물에 어리어

바라뵈는 자하산
열두 봉우리

싸리 나무 새순 뜯는
사슴도 운다.

—조지훈, 「피리를 불면」 전문

산새도 날아와
우짖지 않고,

구름도 떠가곤
오지 않는다.

인적 끊인 곳
홀로 앉은

가을 산의 어스름.

호오이 호오이 소리 높여
나는 누구도 없이 불러보나,

울림은 헛되이
빈 골 골을 되돌아 올 뿐.

산그늘 길게 늘이며
붉게 해는 넘어가고

황혼과 함께
이어 별과 밤은 오리니,

생은 오직 갈수록 쓸쓸하고,
사랑은 한갓 괴로울 뿐

그대 위하여 나는 이제도 이
긴 밤과 슬픔을 갖거니와

이 밤을 그대는 나도 모르는
어느 마을에서 쉬느뇨.

—박두진, 「도봉」 전문

박목월의 「나그네」는 나그네가 존재하는 강나루, 밀밭길, 남도 삼백리 등이 외롭고 쓸쓸하게 펼쳐져 있는 자연 공간이 제시된다. 이 공간은 외롭고, 쓸쓸하고, 서러운 시인의 정서를 드러내고 있다. 전통적인 의미에서 자연 자체의 의미나, 자연과의 합일에 대한 소망 등을 읽을 수 없다. 시인 자신이 이야기하듯 '남도 삼백리'는 '서러운 꿈을 펼쳐 놓은 감정의 거리'로서의30) 자연 공간이다. 하염없이 펼쳐진 삼백리 외줄기 길을 구름에 달가듯이 가는 나그네는 외로움과 단절감을 환기시킨다. 이것이 바로 향토적 자연물을 통해 시인이 드러내려는 내면의식이다. 술익는 마을, 남도, 나그네 등의 이미지가 향토적 현실을 의미하는 것으로 논의되기도 하지만 시인이 의도하는 것이나 독자들이 읽을 수 있는 것은 향토성이라기보다는 자연을 통해 비유되는 시인의 정서이다.

조지훈의 「피리를 불면」 역시 마찬가지다. 시적 소재들이 고전적이고 구름과 산, 물 등 전통 산수의 자연이 등장하지만 그것은 피리를 불면 나타나는, '자하산'으로 상징되는 환상의 자연 공간이다.31) 시인의 정서는 '운다'와 '눈물'을 중심으로 슬픔과 애상으로 흐르고 있다. 박두진의 「도봉」역시 전통적인 '산'의 공간을 시화하고 있지만, 산봉오리를 통해 시인이 처한 외로움과 쓸쓸함이 강조되고 있다. 앞의 두 시인에 비해 '도봉'이라는 제목 때문에 공간의 실재성이 느껴지지만 이 공간 역시 시인의 정서가 투영되면서 재구성된 대상이다.

---

30) 박목월, 「시작 노우트―청록집 주변」, 『청록집』, 심중당, 1976, 109~110면.
31) 박목월을 중심으로 청록파의 시에 나타나는 자연 공간의 실재성에 대한 의문과 이에 대한 시인들의 설명이 이루어져 왔다. 이런 이유는 그들의 작품에 드러나는 자연이 인공적이고 환상적인 공간임에도 불구하고 '자연이라는 공간 자체가 인간의 삶과 현실적으로 밀접한 공간이라는 보편적 인식 때문이다. 청록파의 경우 자연 공간의 인공성을 밝히고 있다는 점에서 그들의 시가 전통적이고, 일반적인 의미에서 자연시와는 다른 접근을 필요로 한다.

이와 같이 청록파의 시에서 고전문학에서 많이 사용되어 왔던 전통적, 고전적 이미지가 전경화된 까닭에 동양의 전통적 자연을 연상하게 되지만, 작품 안에서 자연은 주체의 상상 속에서 변용된 이상태로 드러난다.[32] 그들에게 자연은 사실적 자연이 아니라 정신적 공간, 즉 미학적 공간으로 의미화된다.[33] 때문에 작품에서 전통이나 민족의 특성을 읽는 것은 가능하겠지만, 작품의 리얼리티와는 거리가 있어 보인다. 이런 의미에서 청록파의 자연은 자연을 소재로 근대적 주체의 고민과 정서를 투영한 새로운 인공 자연의 모습을 보여준다고 할 수 있다. 들판과 산, 국토 등 구체적인 공간으로 상상되던 자연이 환상적이고 인공적인 자연의 이미지로 그려지고 있다. 이는 근대 사회가 되면서 자연에 대한 생각이 바뀌었을 뿐만 아니라 인공적으로 꾸며 놓은 자연의 모습을 통해 자연에 대한 미의식 역시 변화하는 것과 관련된다.[34] 이는 문학을 통해서도 가능한데, 있는 자연의 모습을 반영하는 것이 아니라 작가의 경험이나 주관에 의해서 전혀 새로운 자연의 모습을 그려낼 수 있는 것이다. 이런 맥락에서 전통적 자연의 사유를 통해 세기의 심연을 극복하고 있다는 김동리의 논지는 설득력을 잃는다. 청록파가 자연을 만나는 방식은 전통적이라기보다 근대적이기 때문이다. 이런 의미에서 청록파의 시와 그들을 추천한 정지용을 중심으로 하는 1930년대 자연시와의 관련성을 살펴볼 필요가 있다.

---

32) 정수자, 「박목월 시의 산에 나타난 미학적 특성」, 『한국시학 연구』 16호, 2006.
33) 이남호, 「한국현대문학에 나타난 자연의 모습」, 『현대한국 문학 100년』(유종호 외편), 민음사, 1999.
34) 조해옥, 「도시공간과 빈민의 시-김기림의 시」, 『한국문학이론과 비평』 23집, 2004.6.

3. 『청록집』의 정전화와 서정 – 자연시의 탈역사화

1) '신자연'과 '신고전'의 세계와 '조선시'의 경지

앞에서 고찰한 청록파 자연의 특성은 그들을 추천한 정지용이 추구하는 자연과도 다른 것이라 할 수 있다. 정지용의 후기 시에서 자연은 동양의 고전정신과 엄격한 자기절제가 투영된 정신주의와 이데아의 공간으로 드러난다. 특히 조선의 자연풍토와 조선적인 정서 감정을 통해 식민지인으로서 위축된 정신을 극복하려 했던[35] 정지용은 산수시를 통해 자연과의 친화를 통해서 세속사의 더러움을 잊는다는 고전적인 은일정신과 이에 근거한 인간적 번민의 극복과 힘겨운 고투를 보여주고 있다.[36] 정지용의 시가 내포하는 은일의 정신이란 자연에 숨어 자신을 나타내지 않는 정신, 자연에 대한 깨달음으로부터 이루어진다. 만물과 한덩어리가 되어 자연과 친화하여 세속에 물든 현실을 벗어날 수 있다[37]는 이런 인식은 자연에 대한 전통적이고, 동양적인 관념에 근거하고 있다. 이러한 정지용의 인식은 조선의 자연과 정감 등을 통해 '조선적인 것'을 강조하던 1930년대 조선주의 담론과도 관련된다.

특히 박목월, 조지훈, 박두진이 등단한 『문장』의 경우 문인으로 이병기, 정지용, 이태준이 주도하면서 선비의 고고한 정신성과 단아한 기품을 동양문화의 정수로 여기고 자연과 일체가 되는 사상, 선과 명상을 중시하

---

35) 정지용, 「조선시의 반성」, 『문장』 27호, 1948.10.
36) 황종연, 「정지용의 산문과 전통에의 지향」, 『한국문학연구』 제10집, 2001.
37) 최동호, 「산수시의 세계와 은일의 정신－지용시가 나아간 길」, 『하나의 道에 이르는 詩學』, 고려대 출판부, 1997.

는 동방의 정취를 숭상하였다.[38] 이런 경향은 당대 동양 화단과도 연관되는 것인데, 동양화단은 1930년대 들어서면서 조선미술의 나아갈 방향으로 서양화와 구별되는 조선화의 중요성을 강조하면서 조선화의 정신으로 '절대적 무위적 대자연과 일치 조화하여 정숙한 고향에서 고요히 생장하며 창조하는 아세아주의', '조선의 향토적 정서와 율조를 노래하는 진정한 조선예술', '정통 동양적 원시적 자연주의' 등을 제시하면서 조선적인 자연과 정서 등을 강조하였다. 『문장』은 당대 화단과 문단의 매개 역할을 하면서 조선적 자연과 조선 향토를 드러내는 주요 매체가 되었다. 정지용의 후기 시 역시 『문장』이 추구한 자연관에 기반하고 있다.

그러나 정지용이 추천한 박목월, 조지훈, 박두진의 경우 그들이 추구하는 자연이 『문장』이나 정지용이 지향했던 자연과 동일한 것인가에 대해서는 생각해보아야 한다.[39] 즉 그들이 『문장』을 통해 등단했으며, 정지용이 추천했다는 사실이 그들의 자연을 전통의 연장선이나, 혹은 1930년대 중·후반의 조선적 향토와 조선심의 표현의 연장선에서 이해하는 것과는 다른 차원에서 논의되어야 할 것이기 때문이다.[40]

정지용은 박두진의 시 추천을 완료하면서 시적 체취가 삼림에서 풍기는 식물성이며, 이들이 인류와 친밀한 자연어로 등장하고 있음을 설명하면서 박두진의 시가 '신자연'을 보여주고 있다고 평가하고 있다.[41] 조지훈

---

38) 김현숙, 「김용준과 『문장』의 신문인화운동—동양주의 미술과의 관련성을 중심으로」, 『미술사연구』 16호, 2002.
39) 청록파에 대한 정지용의 영향을 시어와 형식의 측면에서 논의한 연구는 있으나(남송우, 「정지용 시가 청록집에 미친 영향」, 『한국문학논총』 제5집, 1998) 자연에 대한 관점에서 세밀하게 논의하고 있는 연구는 없었다.
40) 이런 의문은 그들의 시를 '자연'이라는 주제로 묶은 김동리의 견해에 대한 일차적인 비판을 의미한다.
41) 『문장』 제2권 1호, 1940.1.

의 경우는 회고적 에스프리를 거론하면서 그의 시가 자연과 인공의 극치를 보여준다고 평가하고, 이것이 '신고전'이라고 소개하고 있다.[42] 박목월은 민요풍의 시에서 시에 전진하기 까지 목월의 고심이 크다고 평가한 뒤, 요적(謠的) 수사를 정리하면 목월의 시가 '조선시'라고 극찬하고 있다.[43]

위와 같은 정지용의 평가에 주목해 보면 정지용은 세 차례의 추천 후 소감에서 '자연'에 맞추어 이들을 평가하고 있지 않다.[44] 마지막 소감에서 박두진에게 '신자연', 조지훈에게 '신고전', 박목월에게 '조선시'라고 극찬하고 있다. 마지막으로 추천받은 작품에 해당하는 비평이 중심을 이루고 있는 이 평가에서 김동리는 '자연'만을 강조적으로 인용하여 '자연의 발견'이라는 주제로 이 세 시인을 포괄하고 있다. 그러나 정지용의 애초에 평가는 이들의 시세계를 자연으로 한정시키고 있지도 않으며, 오히려 '신(新)'이라는 수식어를 통해 이들의 미학이 기존의 미학과는 다르다는 점을 강조하고 있다. 이는 정지용이나 『문장』이 추구하는 자연에 관한 관념과 시인들이 추구하는 자연의 관념이나 작품 안의 이미지가 달랐기 때문이다.

향토성도 마찬가지로 이해할 수 있다. 정지용도 강조했지만 조선의 향토를 드러내고자 한 것은 그것이 민족의 정서를 드러내는데 용이하기 때문이다. 그런데 청록파의 시는 향토적 소재를 통해 시인 내면의 회고적이

---

42) 『문장』 제2권 2호, 1940.2.
43) 『문장』 제2권 7호, 1940.9.
44) 정지용의 추천 후 소감을 정리하면 다음과 같다. 조지훈 : 생활과 호흡과 年齒와 생략이 보고 싶다. 언어의 남용이 시의 에스프리를 해소, 시의 미적 근로는 구극에 생활과 정신에 타도할 것이다. 회고적 에스프리, 자연과 인공의 극치, '신고전'을 소개함 / 박두진 : 시상이 낡았고, 변설이 길다. 시적 체취가 삼림에서 풍기는 식물성, 다옥한 삼림, 인류와 친밀한 자연어 사용 신자연을 소개하게 됨. / 박목월 : 울고 싶은 리리스트, 험악한 세상에 愛隣 惻惻한 리리시즘, 시인은 강해야 한다. 민요풍에서 시에 전진하기 까지 목월의 고심이 크다. 謠的 수사를 정리하면 목월의 시가 조선시다.

고 애상적인 정서를 표출하고 있다. 이는 당대 향토성이 지향했던 조선심이나 조선정서와는 다소 거리가 있다.

> 복사꽃이 피었다고 일러라. 살구꽃이 피었다고 일러라. 너이 오래 정드리고 살다간 집 함부로 함부로 짓밟힌 울타리에 앵도꽃도 오얏꽃도 피었다고 일러라. 낮이면 벌떼와 나비가 날고 밤이면 소쩍새가 울더라고 일러라
>
> —박두진, 「어서 너는 오너라」 부분

> 보리 이삭 밀 이삭
> 물결치는 이랑 사이
> 고요한 외줄기 들길 위로
> 한낮 겨운 하늘 아래 구름에 싸여
> 외로운 나그네가 흘러가느니
>
> —조지훈, 「律客」 부분

> 산이 날 에워싸고
> 씨나 뿌리며 살아라 한다
> 밭이나 갈며 살아라 한다
>
> —박목월, 「산이 날 에워싸고—南嶺에게」 부분

위의 세 작품에서 모두 향토성을 환기시키는 소재들이 등장하고 있긴 하지만 그것은 소재적 측면에서는 향토적이지만 궁극적으로 시인이 추구하는 것은 자신의 외로움이나 슬픔이다. 이것이 세 시인이 구현한 신자

연, 신고전, 조선시의 세계이며, 정지용은 이런 차이의 미학을 높이 산 것이란 생각한다.

이런 관점에서 보면 청록파의 시에서 민족, 향토 등이 환기하는 '자연'은 시 자체가 말하는 의미를 넘어 정치적으로 이념적으로 관념화된 해석과 평가가 무비판적으로 계승되어 온 것은 아닌가 하는 의문을 갖게 한다. 그렇다면 전통적 논의를 넘어 청록파가 형상화한 '자연'은 어떤 특성을 갖고 있는지 기존에 청록파 자연의 성격을 규정지어왔던 연구들에 대한 비판적 이해와 함께 논의해 보아야 할 것이다.

2) 민족과 향토의 탈역사성

김동리가 '세기의 심연'을 극복할 수 있는 힘이 청록파에게 있다고 한 것은 해방 전의 근대 사회의 변화와 근대문학 방향을 염두에 두고 한 지적이었으며, 나아가 근대문학의 정립시기에 민족과 전통을 강조함으로써 문학사의 정통으로 순수문학을 내세우기 위한 전략의 일환이기도 했다.[45] 김동리에게 문학이란 인간과 자연의 공통 운명을 발견하는 것이며, 이것이 곧 구경탐구이며, 구신(求神)의 경지이다. 이는 현실 초월적이며, 초역사적인 것으로 의미화되고 있다.[46] 김동리는 이런 관점에서 청록파의 시세계를 평가하고 있는데, '자연'에 대한 관점 역시 이로부터 비

---

45) 『청록집』의 발간은 1946년이다. 김승희(「『청록집』과 탈식민화의 저항」, 『한국문학이론과 비평』 33집, 2006)는 『청록집』을 민족 정체성을 복원하기 위한 탈식민화의 욕망에서 기획, 구성된 시집으로 논의하고 있다. 그러나 본 연구는 이 시집이 기획되었다기보다는 추후적으로 계획, 생산된 것으로 이해하고 있다.
46) 김미영, 「김동리 문학에 있어서 자연의 의미」, 『어문학』 84집, 2004.

롯된다. 그는 청록파의 '자연'이 '남의 몸으로 지키는 세기적 심연에 직면하여 절대 절명의 궁경(窮境)에서 불러진 신의 이름이었다'고 설명함으로써[47] 신과 자연의 경지를 같은 것으로 보고 있는데, 이를 구현할 것이 동양정신, 동양자연임을 강조한다. 이런 관점을 토대로 그는 세기의 심연, 즉 근대의 파국에 맞서는 자연의 구체적 환기물로 동양, 전통, 민족 등을 내세운다. 특히 민족과 고향의 상징은 전통과 맞물려 청록파의 문학사적 위치를 확고히 하는데 큰 역할을 한다.

기존에 이루어진 대부분의 연구 역시 자연을 민족과 고향, 향토성과 연관시켜 논의하고 있다.[48] 이는 자연이라는 공간이 갖는 성격이 고향과 향수, 향토성에 근거해 있으므로 이런 정서의 주체인 민족을 환기시킬 수 있다는 논리이다. 즉 농촌 사회에서 자연이라는 공간은 일상의 삶이 영위되는 공간이기 때문에 향토성과 쉽게 만날 수 있기 때문이다.

한편 한국 근대문학에서 향수, 향토적 정조가 중요한 비중을 차지해 온 것은 한국사회의 특수성과 관련된다. 식민지 근대의 수탈과 훼손의 경험 속에서 농촌, 향토는 '민족'의 가치를 환기시키는 이상화된 공간이다. 따라서 작품에서 향토에의 기억을 환기시키는 것은 민족의 상상을 좀 더 견고한 것으로 만든다.[49] 그러나 한편으로 고향과 향수는 초역사적인 가치

---

47) 김동리, 「자연의 발견—三家詩人論」, 『예술조선』 3, 1948.4.
48) 청록파의 시가 민족 서정의 원형이 될 수 있었던 것은 우선 시인 자신의 해석을 평가에 적극 수용했기 때문이며, 또 순수문학의 전통을 만들고자 했던 연구자들의 노력에 의해서라고 생각한다. 예를 들어 『문장』과 관련한 평가들은 문장의 성격과 청록파의 성격을 함께 논의하고 있다. 박두진의 아래와 같은 회고 역시 이에 해당한다(『문장』이 창간된 그 시대적 배경이 이러한 일본 제국주의 정책이 가열하고 악랄하게 압착되어 올수록 우리의 그러한 지중한 민족적 명맥과 생명을 유지하려는 최후의 염원은 강했던 것이며 민족의 예지와 민족의 자연적이고 본원적인 의욕이 저절로 정신문화의 고유한 전통과 민족 생명의 문화적 문학적 표현에 대한 일반적이면서도 공고한 의지로 나타나게 되었던 것이다. 「사십 년간의 문예지」, 『사상계』, 1960.2).
49) 오성호, 「「향수」와 「고향」, 그리고 향토의 발견」, 『한국시학 연구』 제7호, 한국시학회, 2002.

와 의미를 지닌, 본능적이고 자연스러운 감정으로 여겨져 왔다. 이런 의미에서 김동리나 정한모가 지적하고 있는 자연−고향의 성격을 재고 할 필요가 있다.

청록파의 자연은 '영원한 생명의 고향', '내적 생명력의 공간', '생명의 원천' 등으로 평가되어 왔다.[50] 이런 평가는 '자연=생명=고향'이라는 관념에 의거해 있다. 이들이 제시하는 현실을 초월한, 영원한 인간 본성의 고향과 향수를 환기시키는 자연의 향토성은 개별 민족이 갖는 향토성에 근거한 향수가 아니라 인류 공통으로 갖는 생명에의 지향, 그 근원으로서의 고향의식을 환기시킨다. 이런 논리는 김동리 비평의 핵심, 즉 문학은 시대와 사회를 초월하여 인간이 영원히 가지지 않을 수 없는 인간의 가장 보편적이고 근본적인 문제에 대한 고도의 해석이나 비평이어야 한다는 일종의 '정신주의'와 맞물려 있다. 이런 점에서 김동리가 강조하고 싶었던 것은 청록파의 자연에서 현실과의 관련성이 아니라 보편적이고 원초적인 생명이었던 것이며, 이것을 순수문학의 전통으로 세우고자 했던 것이다. 이런 의미에서 '자연'은 식민지 조선의 민족 현실이라기보다 '유토피아'로 인식되는데,[51] 이런 인식을 근거로 청록파의 자연에 생명을 연결시켜 민족의 현실 극복을 논의하는 것은 자연−생명이라는 관념에 근거한 평가인 경우가 많다.

머언 산 靑雲寺

---

50) 정한모, 「청록파의 시사적 의의」, 『현대시론』, 민중서관, 1973; 최승호, 「『청록집』에 나타난 생명시학과 근대성 비판」, 『한국시학연구』 제2호, 한국시학회, 1999; 이숭하 외, 『한국현대시문학사』, 소명출판, 2005, 129면.
51) 최승호, 앞의 글.

낡은 기와집

산은 자하산
봄눈 녹으면

느릅나무
속 ㅅ 잎 피어나는 열두구비를

靑노루
맑은 눈에

도는
구름

―박목월, 「청노루」 전문

北대이래도 금잔디 기름진대 동그란 무덤들 외롭지 않어이

무덤 속 어둠에 하이얀 촉루가 빛나리. 향기로운 주검의 ㅅ내도 풍기리.

살아서 설던 주검 죽었으매 이내 안 서럽고, 언제 무덤속 화안히 비춰줄 그
런 태양만이 그리우리.

금잔디 사이 할미꽃도 피었고 삐이 삐이 배, 뱃종! 뱃종! 메ㅅ새들도 우는데
봄볕 포근한 무덤에 주검들이 누워있네

―박두진, 「묘지송」 전문

닫힌 사립에
꽃잎이 떨리노니

구름에 싸인 집이
물소리도 스미노라

단비 맞고 난초잎은
새삼 치운데

볕바른 미닫이를
꿀벌이 스쳐간다

바위는 제 자리에
움쩍 않노니

푸른 이끼 입음이
자랑스러라

아스럼 흔들리는
소소리 바람

고사리 새순이
도르르 말린다

— 조지훈, 「山房」 전문

박목월의 작품은 고요하게 정지된 공간에서 피어나는 열두 구비 속잎의 거대한 생명의 약진을 그리고 있다. 조지훈의 「산방」 역시 닫히고, 움쩍 않는 정(靜)의 세계와 떨리고, 흔들리는 동(動)의 세계를 대비시키면서 작은 존재인 고사리 새순의 생명성을 강조하고 있다. 박두진의 시는 죽음의 역설성에 주목하면서 부활에의 꿈을 무덤−자궁공간의 상징과 연관시키고 있다. 이 작품들은 모두 생명의 시간을 상상하고 있는 작품들인데, 이들이 보여주는 생명성이 죽음 같은 현실에 처한 민족에게 생명성을 부여하는 현실적인 의미를 지향하고 있는지는 재고할 필요가 있다. 청록파의 자연이 환기하는 생명의식은, 생명이 근거한 원초적이고 근본적인 상징의 세계이다.[52] 이런 의미에서 자연=생명의 공간, 혹은 소재로 논의되어온 민족과 전통, 향토는 초역사적이고, 초현실적인 공간으로 탈역사성을 환기시킨다.

3) 내면세계 환상성과 '자연' 공간의 여성성

앞에서 살펴본 바와 같이 『청록집』에 드러난 자연의 이미지에서 생명력과 생명의식의 원천을 읽어내고 이를 민족의 생명과 연결시키는 것이 작품의 리얼리티와는 차이가 나는 해석임에도 불구하고 청록파의 '자연'은 '민족'과 쉽게 연결되어 상상되어 왔다. 이는 자연이 환기시키는 여성성이 상징적으로 고향과 민족의 상상과 만날 수 있었기 때문이다. 보편적

---

52) 이런 의미에서 보면 김동리가 말하는 순수 생명의 세계에 근거한 해석이 타당하다. 다만 이것을 민족의 현실을 구원하는 현실적이고 정치적인 문맥에서 평가하는 것은 작품의 리얼리티와 거리가 있다. 김동리는 순수 생명의식을 통해 문학의 순수성을 강조하면서도 이를 민족 문학의 앞자리에 놓음으로써 사실 순수문학의 정치성을 확실히 보여주고 있다.

으로 '생명'은 여성성, 특히 모성성과 관련되어 왔으며, 고향은 인간이 태어나고 회귀하려는 곳이라는 의미에서 어머니의 공간으로 자연스럽게 비유되어 왔다. 이런 의미에서 '자연=생명=고향'은 연관된다. 그런데 주목할 것은 청록파에게 자연 공간은 '고향'을 직접 환기시킨다기보다 오히려 여성성을 부각시킴으로써 원초적 생명성을 강조하고, 나아가 고향이라는 원형적 공간을 상상하게 만든다는 것이다.

> 송홧가루 날리는
> 외딴 봉오리
>
> 윤사월 해 길다
> 꾀꼬리 울면
>
> 산지기 외딴집
> 눈먼 처녀사
>
> 문설주에 귀대이고
> 엿듣고 있다
>
> ─박목월, 「윤사월」 전문

> 그대는 어느 나라의 고전을 말하는 한 마리 호접
>
> 호접인 양 사푸시 춤을 추라 아미를 숙이고……

나는 이밤에 옛날에 살아

눈감고 거문고 줄 골라보리니

가는 버들인 양 가락에 맞추어

흰손을 흔들어지이다.

—조지훈, 「고풍의상」 부분

진달래 붉게 피고
두견새며 녹음 따라
꾀꼬리도 와서 울고 하면,
숲은, 새색시같이
즐거웠다.

우거진 녹음 위에 오락가락
검은 구름떼가 몰리고, 이어, 성난 하늘에,
우르르르 천둥이며, 비바람에, 파란 번갯불이 질리고 하면,
숲은 후들후들 무서워서 떨었다.

—박두진, 「숲」 부분

「윤사월」은 따로 떨어진 쓸쓸한 공간에 놓인, 눈먼 처녀의 비극적 운명이 강조되고 있다. 「고풍의상」에서는 나비에 비유되는 여성이 전통의

주인공으로 등장한다. 박두진의 「숲」은 폭력적인 힘에 시달리는 자연공간을 여성으로 상징하고 있다. 시집 전체로 볼 때 자연 공간은 유약하고, 부드럽거나 혹은 모성성을 강조한 여성성으로 표상된다.[53] 예를 들어 박목월의 시에는 방초봉 한나절을 달리는 고운 암노루(「삼월」), 갑사댕기를 남끝동을 단 처녀들(「갑사댕기」) 짧은 저녁답을 말없이 우는 박꽃 아가씨(「박꽃」) 슬픔의 씨를 뿌려 놓고 떠나는 가시내(「연륜」)의 이미지가 애달픈 자연과 함께 등장하면서 전체적으로 자연의 여성성을 환기시키고 있다. 조지훈 시의 자연과 전통은 화관몽두리와 채의 입은 아가씨(「무고(舞鼓)」) 승무를 추는 여승(「승무」) 등의 이미지로 드러나며, 유연하고 부드러운 문체를 통해 섬세한 여성적 정조를 표출하고 있다. 박두진의 경우 문체는 조지훈이나 박목월에 비해 호방하지만 자연이 꽃과 나비, 새가 평화롭게 공존하는 여성적인 공간으로 드러난다.

   왜 이렇게 나는 산만 찾아 나서는 겔까?―내 영원한 어머니……내가 죽으면 백골이 이런 양지 쪽에 묻힌다. 외롭게 묻어라.

   꽃이 피는때 내 푸른 무덤엔 한 포기 하늘빛 도라지꽃이 피고 거기 하나 하얀 산나비가 날아라. 한 마리 멧새도 와 울어라. 달밤엔 두견! 두견도 와 울어라

   언제 새로 다른 태양 다른 태양이 솟는 날 아침에 내가 다시 무덤에서 부활할 것도 믿어 본다

                                                    ―박두진, 「설악부」 부분

<hr />

53) 『청록집』에 실린 39편의 시 중에서 직접적으로 여성화자나 여성성을 느낄 수 있는 작품은 14편이며, 문체나 어조, 정감 등을 통해 여성성을 느낄 수 있는 것이 대부분이다.

박두진의 시에 자주 나타나는 '산'은 상징적으로 남성적인 공간으로 인식되는 곳이다. 그러나 그의 작품에서 '산'은 자연이라는 큰 존재 안에 포함되는 것으로 여성적인 것으로 자주 묘사된다. 특히 모성이 강조되는 이유는 그가 자연을 통해 새로운 생명과 부활을 꿈꾸기 때문이다. 꽃과 새와 나비가 날아다니는 공간은 평화로운 낙원의 이미지를 연상시킨다. 그런 공간은 인간의 부활을 가져오는 생명의 공간이요, 어머니의 자궁 같은 안락한 공간으로 의미화된다. 이는 언급했던 작품인 「묘지송」과도 연관되는 공간이다. 이처럼 청록파 시인의 작품에서 자연은 모성을 강조함으로써 생명의 공간을 상징하기도 하고, 한편으로 이런 공간을 상상하는 무력하고, 슬픈 시적 자아의 내면공간을 환기시킨다. 자연은 슬픔과 애상의 공간으로 상상되고 있는 것이다.

근대시에서 고향, 땅과 관련된 자연은 수탈된 여성성으로 비유되어 왔다. 이런 관점에서 청록파의 자연이 환기하는 나약하지만 평화로운 여성성의 세계는 조선 민족이 처한 현실과 관련되면서 민족적 자연의 상징으로 해석되어 왔다. 동시대에 쓰인, 자연—고향이 드러난 시에서 보이는 척박함과 불모성보다 환상과 평화로움, 구원의 생명성으로 드러나는 이런 특성은 그러나 동일한 젠더 상상력에 기초해 있다.54) 즉 무력하고 유약하고 부드러운 존재로서의 여성성은 수탈과 훼손의 현실로서의 여성성과 동일한 존재이다. 박두진의 시는 이런 지점을 잘 보여주고 있다. 부드

---

54) 김홍진은 자연에 대한 인식 방법론을 두 가지로 나누는데, 하나는 자연을 재신화화하여 원초적 자연의 세계를 원형그대로 보존하는 방법으로 자연이 갖는 모성의 안락한 세계로 돌아가고자 하는 욕구를 반영하는 자연의 재신화화가 있고, 또 하나는 파괴되고 훼손된 자연의 모습을 그대로 드러내는 탈신화화가 있다고 한다. 이 둘은 표면적으로는 다르게 나타날 수 있지만 근본적으로는 동일한 사유에 근거하고 있다(김홍진, 「자연의 재신화화와 탈신화화」, 『한국언어문학』 제58집, 2006). 자연과 여성을 관련짓는 사유 역시 이와 유사하다.

럽고 평화로운 여성성으로서의 원초적 자연공간과 그것이 파괴되어 폭력이 지배하는 현실의 자연 공간이 그것이다. 이런 특성은 식민지 억압을 경험하며 자연을 상상하는 시인의 무의식을 드러내고 있다. 그들은 민족의 현실을 초월한 유토피아적인 자연을 꿈꾸었으며, 이런 공간의 주체로서 살아가는 평화로운 민족을 소망했다. 그러나 그 주체들은 무력한 존재들이며 특히 여성적인 것으로 상상되고 있음은 기존의 문학적 관습과 맥락을 같이 한다. 즉 식민지 현실에서 즐겨 사용하던 민족, 고향, 땅, 국토 등에 대한 여성성 부여라는 젠더적 도식화가 청록파에게도 그대로 계승되고 있기 때문이다. 특히 식민지인의 관점에서 읽을 때 청록파에서 드러나는 환상적인 자연은 강력한 근대와 제국주의의 공격성에 무방비로 노출된, 무력한 여성성을 환기시키며, 이는 다시 민족으로 환원된다.[55] 이는 리얼리즘이나 모더니즘을 포함하여, 민족문학 담론에서 여성성의 다양한 차이를 무시하고, 모성과 희생, 핍박의 상징으로 여성성을 사용해 온 것과 맥락을 같이 한다.[56]

---

55) 임호준, 「국가로서의 여성―혁명 후 쿠바 영화에서의 페미니즘과 민족주의」, 『이베로아메리카 연구』 11호, 2000, 111면.
56) 최현식은 1920년대 이후 어머니 또는 누이의 모습으로 형상화되는 수탈당하는 국토의 이미지가 제국주의의 침략과 간섭 아래 지속적으로 놓이게 되는 한반도 현실을 은유하는 일종의 클리셰가 되어 왔다고 지적한다. 또 순수문학뿐만 아니라 신동엽을 필두로 한 1960년대 이후 민족 문학 진영의 국토의 심미화 역시 이 범주를 크게 벗어나지 않는다고 한다(최현식, 『신화의 저편―한국 현대 시와 내셔널리즘』, 소명출판, 2007, 198면).

4. 미학적 자연공간과 새로운 전통의 창조

　김동리가 '자연'의 재발견을 내세우며 자연시의 정전으로 청록파를 극
찬한 후, 문학사는 청록파가 자연을 통해 순수—민족 문학의 정통성을 계
승한 유파라는 평가를 재생산해 왔다. 또한 민족과 전통의 자연 공간의
성격을 순수와 생명의 이름을 가진, 여성적인 것으로 규범화한 것은 물
론, 이 세계가 현실이나 역사와는 괴리된 순수라는 이념을 정통 문단의
정치학으로 내세웠다. 순수문학의 입장에서 현실에 초연한 환상적이고
여성적인 감성의 자연을 순수 서정의 원형으로 재생산함으로써 현실에
대한 대응력을 상실한 초월적 공간으로서의 자연을 강조하고, 역사적 시
간이 무화되는 초자연적인 자연과 시인 주관과의 만남을 자연시의 전통
으로 각인시켰다. 이런 과정은 한국 근, 현대시문학사에서 자연을 다루는
서정시의 탈역사화를 정당화하는 규범을 만듦으로써 자연 서정시 장르의
탈역사화에 기여했다.

　나아가 이러한 사실은 현실과 유리된 자연 공간과 여성성을 관습적으
로 연결시킴으로써 여성성을 탈역사화, 탈정치화 시키고 있으며, 이와 함
께 '자연—여성' 공간을 외세와 근대, 남성의 수탈 공간으로 정당화할 수
있었다. 때문에 1950년대 이후 시문학사에서 서정—자연시는 역사나 현
실사회의 변화와는 유리된 지점에 위치하게 만들었다. 즉 자연을 다루는
서정시의 경우 반드시 '순수'의 이름으로 정치, 사회적 현실과는 유리된,
내면화되고, 여성화된 미학적 표현이라는 장르적 특성을 만드는데 기여
했다.57)

---

57) 생태주의 서정시가 등장하는 1970년대 이전까지 자연을 다루는 서정시는 주로 순수 서정, 여성

해방 이후 문단의 실세이기도 했던 박목월, 박두진, 조지훈 그리고 김동리나 서정주 등은 청록파와 자연의 이름으로 순수이데올로기를 생산하였다. 또한 순수 자연을 통해 민족의 생명을 구원한 유파로 청록파를 규범화하고 계승하는 데 주요한 역할을 하였다. 그들이 주목한 것은 자연이 가진 무한한 생명력이었지만, 그러나 그것은 정치적으로는 중심에서 배제된 여성성과 모성성의 공간이었다. 이처럼 '비정치적 순수'라는 이념과 타자화된 '여성성'으로서의 자연을 통해 근대 민족 문학의 정통성을 계승하고 확립하려는 시도는 문단 권력의 정치적 이데올로기 은폐 전략의 일환으로 이해할 수 있다.

청록파에게서 발견하게 되는 새로운 '전통'은 고전적 소재나 향토적 소재의 차원에서 논의될 수 있는 것이기 보다 오히려 근대 서정시, 리리시즘의 원천이었던 애상성과 슬픔이며, 이런 정서를 동반한 자연 공간이다. 즉 김소월에게 보이는 애상성과 슬픔의 정서는 청록파의 시에서도 주요한 정서적 흐름이 되고 있다. 즉 자연을 환기하는 소재나 이미지는 다르더라도 기본적으로 자연을 시적 대상화하는 화자의 태도나 정서적 측면에서 유사성을 보인다. 더불어 민족과 여성성을 관련짓는 관습적 상상력이다. 이런 특성은 그들이 출발한, 그리고 기반한 식민지 문학 장(場)의 성격이 그들의 내면과 만나는 지점이기도 하다. 이는 그들을 추천한 사람이 모더니스트 정지용이었지만 그와는 다른 자연의 감각을 가진 이유이기도 할 것이다.

전통적인 의미에서 자연은 삶의 가치를 내면화한 공간이다. 특히 조선

성, 한, 비극, 고향 등의 주제와 밀접하게 관련되어 있다(황인원, 『한국 서정시와 자연의식』, 다운샘, 2002).

시대 자연은 유가적 이념이 지배하는 원리가 투영된 공간이었다. 이런 의미에서 그 공간은 상징적 규범과 원리가 지배하는 남성적 공간이라 할 수 있다. 이런 의미에서 청록파의 자연은 고전적 전통으로부터 벗어난 그들만의 자유로운 상상의 자연공간을 만들어내고 있다. 그들은 자연을 통해 삶의 규범을 찾기보다는 주체 자신의 생각과 정서를 투영함으로써 시인 주체로서의 자유로운 의식을 드러내고 있다.[58] 자연은 그들에게 삶의 가치나 도덕으로 합일해야 하는 대상이 아니라 자신의 정서를 투영시키는 유토피아적 환상의 공간으로 상상되는 것이다. 여기에는 없지만 상상 속에는 존재하는 인공의 낙원을 만들고 있다는 점에서 이들은 낭만성에 기반한 모더니스트들이며 동시대와는 전혀 다른 새로운 자연을 만들어낸 시인들이다.[59] 박목월이 제시하는 청노루의 공간, 조지훈이 노래하는 피리소리 들리는 공간, 모든 존재들이 어우러지는 박두진의 공간은 그 이전의 문학사에서 볼 수 없었던 개성적인 신자연, 신고전의 환상공간으로 한국시에 또 다른 의미에서의 '자연'의 전통을 창조한 것으로 평가할 수 있을 것이다.

58) 강영안, 『자연과 자유사이』, 문예출판사, 1998, 33면.
59) 이남호 편, 『박목월 시전집』, 민음사, 2003, 923~925면.

생명의식의 역사성과 민족문학의 도정 — 해방 문단의 '생명파'

1. 근대문학의 계승과 과제

일본의 식민 지배 아래서 말과 글을 빼앗겼던 시인들에게 해방이란 어떤 것이었을까. '곧이 들리지 않던' 그 해방을, 시인들은 모국어를 통해 그들의 시심(詩心)을 자유롭게 노래할 수 있을 때 비로소 실감할 수 있었으며, 한편으론 달라진 현실에서 무엇을 어떻게 노래해야 하는가라는 문학사적 과제 안에서 해방의 의미를 되새길 수 있었다.

해방 이후의 문단에 대해서 우선 문학운동론이나 문학이론 연구들은 문학이 좌우 이데올로기의 대립 속에서 창작 자체의 성숙보다는 이념 투쟁의 강조로 흘러갈 수밖에 없었으며 때문에 진정한 의미의 민족문학 건설은 실패하고 있음을 밝히고 있다. 그리고 한편 이런 이론 연구를 토대로 이루어진 개별 작품 연구들은 논의의 대상들을 주로 진보적인 리얼리즘 시 작품들에 집중하고 있다.[1] 그러나 진보적 시인들의 시가 해방기 한 국사회의 문제들을 치열하게 노래하고 있음은 사실이지만 해방기 시단의 전체적 조망에는 아쉬운 감이 있다. 따라서 해방기 시의 현황을 보다 구 체적으로 밝히기 위해서는 우익 측의 시인들, 또 양측 모두에 속하지 않 았던 시인들의 시들도 보다 적극적으로 연구되어야 한다.

그렇다면 해방기 시인들은 구체적으로 어떤 시작(詩作)들을 통해 근대 문학의 과제를 수행하였는가. 더군다나 식민지 현실 속에서 시를 쓰던 시 인들의 면면은 해방을 맞이하여 어떻게 변화하고 있으며 어떤 문학적 실 천을 담당하고 있었을까. 이런 문제의식은 1930년대 이루어 놓았던 현대 시의 성과들이 해방기 시인들에게 어떻게 연속, 계승되고 있는가를 밝히 는 것이기도 하다.

이런 맥락에서 1930년대 말까지 활발하게 시를 쓰면서 식민지 현실에 대응해 온 생명파 일원들의 해방기 활동을 주목할 필요가 있다. 조선인의 삶을 유린하던 식민지배 아래에서 민족의 생명성을 강조했던 생명파의 주제의식은 해방을 맞으면서 새로운 역사성을 부여받으며 해방 이후 시 단에서 절실하게 추구되어야할 가치이기도 했다.[2] 그렇다면 그 시인들 은 어떤 길들을 갔는가. 이들의 변화된 도정을 통해 해방기 시단의 한 양 상을 추측해볼 수 있을 것이다.

서정주, 유치환, 오장환은 1930년대 후반의 생명파로 같은 주제의식을 추구하던 시인들이었지만 해방시단에서 서정주와 유치환은 우익문단, 오

---

1) 오현주, 『해방기의 시문학』, 열사람, 1988; 김승환, 『해방공간의 문학, 시』, 돌베개, 1988; 김윤식 외, 『해방공간의 문학운동과 문학의 현실인식』, 한울, 1989.
2) 김진희, 『생명파시의 모더니티』, 새미, 2003, 61~66면.

장환은 좌익문단의 시인으로 활동했음은 주지의 사실이다. 이는 식민지 시대에 그들이 파악했던 현실과 문학의 개념이 해방기를 맞이하며 변화하고 있음을 의미한다. 이런 관점에서 이들 세 시인들의 좌표는 좌우로 나뉜 당대 문인들의 지형도를 대표하는 것으로 읽을 수 있으리라 생각한다.

2. 해방의 환희와 민족의 생명 예찬

「병(病)든 서울」에서 오장환은 해방이라는 소리가 곧이들리지 않았다고 고백한다. 이런 상황은 시인뿐만 아니라 우리 민족 모두에게 해당되는 것이었으리라 생각한다. 그러기에 한치 앞도 내다볼 수 없는 암울한 식민 시대를 거친 그들에게 해방이란 '가슴을 터치는 사실'로 다가왔다. 오장환 뿐만 아니라 시인들은 모두 이런 감격을 노래하고 있다. 각 시인들의 이념이나 사상을 넘어서는 곳에 민족 해방의 환희는 존재하고 있었다. 생명파 시인이었던 서정주, 오장환, 유치환 역시 해방의 기쁨을 민족의 미래와 관련시켜 노래하고 있다.

우리는 노래가 없었다.
그래서
이처럼 부르짖는 아우성은
일찍이 끓어오던 우리들 정열이 부르는 소리다.

아 손에 손에 깃발들을 날리며

큰길로 모이는 사람아

우리는 보았다.

이곳에 그냥 기쁨에 취하고, 함성에 목매인 겨레를……

그리고

뒤끓는 환희와 깃발의 꽃바다 속에

무수히 따러가는 이동과 근로하는 이들의 행렬을……

춤추는 깃발이여!

나부끼는 마음이여!

—오장환,「八月 十五日의 노래」부분

　오장환은 해방을 맞이한 민족의, 환희에 들뜬 현장을 생생하게 전달하고 있다. 나라를 되찾은 감격에 취해 거리로 나온 사람들의 열정과 함성, 그 마음의 격렬한 움직임을 시인은 깃발에 비유하고 있다. 춤추는 깃발과 나부끼는 마음은 환희의 현장이 갖는 역동성을 생생하게 표현해주고 있다. 오장환은 해방의 순간을, 감격에 막혀 언어도 잊어버리고 춤추며 노래하는 축제의 시간으로 묘사하고 있다(「聯合軍入城 歡迎의 노래」). 그는 이런 감격의 순간을 민족의 생명력이 약동하는 시·공간으로 시화하고 있는 것이다.

　이런 의미에서 식민지배로부터 벗어난 민족의 '생명' 탐구는 의미 있는 시작(詩作)이었다. 1930년대 후반 식민지배의 폭압 속에서 생명파가 보여준 육체와 생명의 강조가 문학적으로 의미 있는 대응이었다면 해방기의 민족문학 과제 앞에서 '생명'의 문제는 새롭게 자리매김 되고 있다. 이는 민족이 놓인 현실을 올바르게 파악하고 진정한 의미에서의 민족의 생명성이란 어떻게 추구되어야 하는가에 대한 치열한 모색이었을 것이다.

　해방의 감격을 노래하는 위의 시는 우선 해방이 민족의 생명력 회복과 관련되는 것임을 이야기하고 있다. 오장환의 1930년대 후반 작품들이 병든 육체를 통해 민족 생명의 소진을 강조했음을 상기할 때[3] 춤과 노래를 통해 환희의 순간을 축하하고 있는 위의 시는 육체성의 긍정과 생명력의 약진을 느끼게 한다.

　　　이땅 아들딸의 눈물과 한숨이

　　　속속들이 사모친 애달픈 산천이기에

　　　한줌 흙 한포기 풀인들

　　　어찌 제 피나 살인 양 허술히하랴

　　　이렇게 한줄기 나무를 국토에 심음으로

　　　지낸 날 무릅쓴 절치(切齒)를 다시 맹서하고

　　　엎드려 심으는 포기 포기 단성(丹誠)이 엉키었나니

　　　뜻있는 나무여

　　　지낸 날엔 그 불측한 능멸과

　　　자신의 분노에 차라리 자라지 못했거니

　　　오늘은 이 호호(浩浩)한 반도의 대기 속에

　　　백성의 지성한 축원을 받들어

　　　일월성신과 더불어 울창하여

　　　아아 우렁찬 대국(大國)의 동량이 되라

　　　　　　　　　　　　　　　　　　　　　─유치환, 「植木祭」 부분

---

3) 김진희, 『생명파시의 모더니티』, 새미, 2003, 222~230면.

유치환에게 해방의 의미는 무엇보다 모국어로 시를 쓰는 자신의 삶이 의미 있고 보람 있는 존재가 되었음으로 다가왔다. 때문에 그는 해방 직후 수년 동안 해마다 시집을 낼 만큼 많은 시를 썼다.[4) 나라를 찾은 역사적 감격은 그에게 애국적인 주제의식을 강조하는 방향으로 드러나고 있는데, 위의 작품 역시 해방 후 맞이한 식목일에 나무를 심으며 민족과 국토에 대한 애정과 그 생명력을 노래하고 있다.

유치환은 국토와 조국, 민족을 생명체로 비유하면서 나무가 자라는 것처럼 나라의 힘이 부강해지길 바라는 마음을 시화하고 있다. 이는 식민지배 아래서 불모화된 국토에 이제 새로운 생명이 소생하길 기원하는 마음이기도 하다. 이를 위해 시인은 우리 민족 모두가 지난날의 '절치'를 다시 되새기고 '단성'을 모으기 바란다. 이런 '지성'을 통해서만이 우리 민족은 '대국의 동량'이 될 것이라 다짐하고 있다. 이 시는 해방 전의 「바위」나 「일월」 등의 작품에서 보이는 남성적이고 강건한 어조를 사용하고 있다. 생명력 있는 민족의 미래에 대한 의지와 기대가 명령형 종결 어미나 돈호법 등을 통해 강조되고 있다.

한편 아래의 시는 새로운 생명을 일깨우기 위해 봄의 이미지를 사용하고 있는 시로 그 어조는 사뭇 밝고 가볍다.

산으로 들로 바다로 봄바람이 되어
봄이 왔다 봄이 왔다고 일깨우러 갔니
미나리 새순 자갈돌 돌돌돌 흘러내리는 개울로
송사리 미꼬리 물거미 찾아 깨우러 갔니

---

4) 『생명의 서』(1947), 『울릉도』(1948), 『청령일기』(1949), 『보병과 더불어』(1951).

봄빛 도타운 금잔디 사이 밈둘레 할미꽃 보러 갔니

진달래 연분홍 꽃바람 따라

아지랑이 하염없는 배추꽃밭 머리

나비 따라 종다리 노래 따라갔니

맹꽁이 어른들이사

미닫이 구멍으로 하늘만 내다보고 앉았는 사이

너희사 너희끼리 하나도 슬프잖은 어깨 끼고

오호! 어디로 가서 하늘 따라 구름 따라 자라니

귀여운 피오닐 조선의 기수(旗手)들이여

—유치환, 「어린 피오닐」 부분

'봄바람', '흘러내리는 개울물', '금잔디', '아지랑이', '종다리 노래' 등이 생동하는 봄의 기운을 느끼게 해준다. 시인은 이런 공간 속에 놓인 '어린 피오닐'들의 예찬을 통해 궁극적으로 새로이 미래를 개척해야 할 민족의 소명을 이야기하고 있다. 이 시는 민족의 생명력이라는 주제적 측면에서는 「식목제」와 동일하지만 그 이미지의 사용이나 '~했니'라는 종결어미의 사용은 전체적인 시의 분위기를 부드럽고 화해롭게 만들고 있다.

서정주에게 해방은 어떻게 시화되고 있을까. 시인 스스로 해방의 감격을 노래한 시라고 밝힌 「밀어」를 통해 그 의미를 상상해볼 수 있을 것이다.

순이야. 영이야. 또 도라간 남아.

군이 잠긴 재ㅅ빛의 문을 열고 나와서

하눌ㅅ가에 머무른 꽃봉오리ㄹ 보아라

한없는 누예실의 올과 날로 짜 느린
채일을 물은 듯, 아늑한 하눌ㅅ가에
빰 부비며 열려있는 꽃봉오리ㄹ 보아라

순이야. 영이야. 또 돌아간 남아.

저,
가슴같이 따뜻한 삼월의 하눌ㅅ가에
인제 바로 숨 쉬는 꽃봉오리ㄹ 보아라

—서정주, 「密語」 전문

    오장환과 유치환이 정치적 성향은 달랐지만, 해방에 관한 자신의 생각을 적극적으로 현실적 문맥과 연관시켜 형상화시키고 있음에 비해 서정주의 감격은 비유적 대상에 집약되어 나타나고 있다. 해방의 감격은 시인 내면의 '밀어'로 존재한다. 그 비밀스런 소중한 감격을 시인은 순이, 영이, 돌아간 남이를 부르면서 함께 공유하고자 한다. 이때 그 비밀의 말은 '꽃봉오리'의 몸을 하고 있다. 비단 '채일'처럼 아름답고 아늑한 하늘가에서 '인제 바로 숨쉬는 꽃봉오리'가 서정주가 느끼는 해방의 실체였던 것이다. 잠긴 잿빛 문을 열고 나와 삼월의 하늘가에서 새로운 생명으로 잉태되어야 할 꽃봉오리가 바로 민족의 생명이기도 했던 것이다.

    위의 시가 보여주는 분위기는 동물성과 육체성을 통해 생명성을 추구했던 『화사집』과는 매우 다르다. 해방 이후 서정주의 시가 식물적 상상력을 바탕으로 '영원성'이라는 주제의식을 지향하고 있음은 잘 알려진 사실이다. 「밀어」 역시 이런 변화의 단초를 보여주고 있다. 해방을 통해 민족의 생명성을 노래하려는 서정주의 의도는 식물적인 상상력과 '하늘'이라는 이상적인 공간을 통해 드러나고 있다.[5] 이런 의미에서 역사적인 해방의 의미는 사상되고 영원한 이념으로서 인간의 자유나 해방에 대한 지향의 의미가 강조된다. 아래의 시 역시 서정주의 그런 특성이 잘 드러난 시이다.

조개껍질의 붉고 푸른 문의는
몇千年을 혼자서 용솟음 치든
바다의 바다의 소망이리라.

가지가 찢어지게 열리는 꽃은
날이 날마닥 여기와 소근대든
바람의 바람의 소망이리라.

아―이 검붉은 懲役의 땅우에
洪水와 같이 몰려 오는 혁명은
오랜 하눌의 소망이리라.

―서정주, 「혁명」 전문

5) 최현식, 『서정주 시의 근대와 반근대』, 소명출판, 2003, 142~144면.

위의 시에서 '혁명'은 1연의 '조개껍질의 붉고 푸른 문의', 2연의 '가지가 찢어지게 열리는 꽃'에 비유되고 있다. 그런데 주목할 점은 조개껍질의 무늬나 꽃의 개화, 혁명은 모두 구체적이고 실제적인 현상인데, 이들을 외화시키는 힘은 바다와 바람, 하늘이라는 이상적인 가치의 세계로부터 비롯된다는 사실이다. 그것은 현실적 세계와는 다른 영원한 세계의 표상이다. 서정주의 이런 변화는 스스로 표명하듯 인류사의 과거와 현대와 미래를 상대하는 역사의식으로서 영원성의 지향으로 이해할 수 있다.[6] 다만 그의 이런 시작(詩作)은 『화사집』과는 달리 또 유치환이나 오장환과는 달리 혁명이 강조하는 생명의 의미를 탈역사화하는 지점에서 이루어지고 있다.

3. 민족적 전망 부재와 생명의식의 상실

8 · 15해방이 가져온 민족의 미래에 대한 희망이나 바람과는 상관없이 역사는 이데올로기의 대립과 마찰로 인해 혼돈의 방향으로 접어들기 시작했다. 남한의 정치적, 이데올로기적 대립 현상은 갈수록 혼란스러워졌으며 문단 역시 예외적인 것은 아니었다.[7] 좌우 이데올로기에 각각 투신한 문인들 역시 역사의 앞날을 걱정하는 마음은 같았지만 그 핵심적 원인을 상대편에 전가시키고 있었다는 점에서 '민족'이라는 이름으로 통일되고 화해할 수 있는 가능성은 전혀 없었던 것으로 보인다.

---

6) 서정주, 「역사의식의 자각」, 『현대문학』, 1964.9.
7) 김영민, 『한국현대문학비평사』, 소명출판, 2000, 71~74면.

병든 서울아, 나는 보았다.

언제나 눈물 없이 지날 수 없는 너의 거리마다

오늘은 더욱 김승보다 더러운 심사에

눈깔에 불을 켜들고 날뛰는 장사치와

나다니는 사람에게

호기 있이 몬지를 씌워주는 무슨 본부, 무슨 본부,

무슨 당, 무슨 당의 자동차.

―오장환, 「病든 서울」 부분

썩어진 조선의 마음 위에

한달 아니 아홉 해를 홍수비 내려라

일찍이 청초(靑草)도 뜻있어

의로운 무덤엔 삼가 오르질 않았거늘

모외사대(慕外事大) 사색편당(四色偏黨)의 탈을 뒤집어 쓴

백귀야행(百鬼夜行)의 소돔의 나라 조선이여

―유치환, 「1947년 7월 조선에 한달 비 내리다」 부분

　「깽」이나 「지도자」를 통해 당대 현실의 부패상을 풍자, 비판하고 있는 오장환은 위의 시에서는 해방을 맞은 서울을 장사치들, 정치배들로 가득 찬, '병든 서울'로 명명하고 있다.8) 그는 시의 앞부분에서 '큰 거리에는 싱 싱한 사람 굳건한 청년, 씩씩한 웃음이 있는 줄 알었다'고 진술한다. 그러 나 그의 눈앞에 펼쳐진 거리는 격심한 이데올로기의 대립으로 '무슨 본부'

---

8) 김경숙, 「오장환 시 연구」, 이화여대 석사논문, 1991.

니 '무슨 당'이 난립한 혼란스럽고 부패한 곳이며, 그 혼돈의 틈을 타 돈을 벌어보려는 더러운 장사치들이 날뛰는 곳이다. 이런 거리를 시인은 눈물을 흘리며 걷고 있다.

해방 이전에 일제의 폭압 아래서 오장환이 느꼈던 비생명성으로 가득 찼던 조국의 현실은 해방한 지금도 역시 비생명적 이미지로 가득 차 있다. 그가 지향하는, 올바른 역사의 방향으로 나아가지 못하는 민족의 현실이 그에게는 병든 역사로 인식되기 때문이다.

유치환 역시 소돔같이 부패한 조선의 현실 위에 홍수비가 내려 썩은 것은 실려 가고 새로운 생명이 움트길 기대하고 있다. 이를 위해 유치환은 자신의 삶부터 반성하는데, "하늘을 우럴어 머리 풀고 탄식지낸 굴욕의 죄과를 다시 범허지 않기로 / 눈추리를 찢고 나의 똥창까지 들여다보리라"(유치환, 「눈추리를 찢고 보리라」)며 극단적인 자의식을 보여준다. 오장환이나 유치환 모두 당대 민족의 현실을 비생명성에 비유하고 있음은 해방 이전에 그들이 지향했던 생명의식이 그 역사성을 달리하면서 지속되고 있음을 보여준다.

이와 같이 해방의 감격을 함께 나눈 지 얼마 되지 않아 드러나는 민족의 혼란상에 대한 시인들이 갖는 안타까운 마음을 서정주는 '통곡'으로 표현하고 있다.

이리도 쉽게 헤어져야할
우리들의 사랑이었더라면
만나서 반가워 소리쳐 우던 날의
慟哭을 慟哭을 그치지말것을!

—서정주, 「慟哭」 부분

이처럼 쉽게 헤어져야 할, 쉽게 혼란을 맞이할 수밖에 없었던 것이 민족의 현실이었다면 만나던 날의 통곡을 그치지 말았을 것이라는 시인의 후회 속에는, 지금은 해방의 통곡이 의미하던 민족의 환희와 미래에 대한 공통적인 전망이 부재하다는 의미가 내재해 있다. 이처럼 민족의 앞날에 대해 시인 개개인이 갖는 소망과는 달리 이데올로기의 대립으로 인해 그 갈피를 잡을 수 없었던 해방정국에서 시인들은 심리적으로 절망하고 좌절할 수밖에 없었을 것이며 자신의 삶과 선택에 대해 갈등을 겪었으리라 짐작된다.

> 시골에서 땅이나 파는 어머니
> 이제는 자식까지 의심스런 눈초리로 바라보신다.
> 아니올시다. 아니올시다.
> 나는 그런 사람과는 아무런 관계도 없읍니다.
> 내가 생각하는 것은
> 이 가슴에 넘치는 사랑이 이 가슴에서 저 가슴으로
> 이 가슴에 넘치는 바른 뜻이 이 가슴에서 저 가슴으로
> 모든 이의 가슴에 부을 길이 서툴러 사실은
> 그 때문에 병이 들었읍니다.
>
> ─오장환, 「어머니 서울에 오시다」 부분

위의 시에서 시인의 어머니는 시인의 삶을 '의심스런 눈초리로 바라보신다'. 사실 이런 진술의 내면에는 시인이 자신의 삶에 대해 갖는 불안의식이 내재해 있다. 넘치는 사랑을 모든 이의 가슴에 부으려는 것이 시인의 소망이지만 그 소망대로 역사의 방향은 흘러가지 않고 혼란만 가중될 뿐

이었다. 이런 현실 속에서 시인은 자신의 삶을 끊임없이 가다듬으면서 그 '길'을 모색한다. 이는 오장환 스스로 말하듯이 '소시민을 고집하려는 나와 바른 역사의 궤도에서 자아를 지양하려는 나와의 투쟁'[9]을 의미하는 것이 기도 했다. 때문에 병든 자신을 일으켜 세우기 위해 오장환은 자신의 길을 찾아 1948년 이른 봄에 월북을 단행하게 되는 것인지도 모른다.

오장환이 적극적으로 현실에 투신하는 역사적인 삶을 선택함으로써 혼란스런 해방정국이 주는 불안한 심리를 극복하고 있다면 유치환의 절망감은 존재론적 허무의식의 지향으로 드러난다.

> 노을 구름 비껴 뜬 석양 하늘에
> 잔잔히 눈부신 마노(瑪瑙) 빛 나래는
> 어느 인류(人類)의 쌓은 탑(塔)이
> 아리아리 이에 더 설으랴
>
> 덧없는 목숨이매
> 소망일랑 아예 갖지 않으매
> 요지경같이 요지경같이
> 높게 낮게 불타는 나의
>
> ─노래여
> 뉘우침이여
>
> ─유치환, 「청령가─丁좀에게」 부분

---

9) 오장환, 「자아의 형벌」, 『신천지』, 1948.1.

위의 시는 덧없음과 서러움을 기조로 쓰여지고 있다. 해가 지는 석양의 시간은, 인류의 쌓은 탑 즉 역사의 소멸을 이미지화하고 있다. 이에 대해 시인은 섧다고 직접 진술하는데, '아리아리'로 강조되고 있는 서러움은 삶의 고통스러움과 애달픔을 강조하고 있는 것으로 읽힌다. 2연에서 덧없는 목숨이므로 소망일랑 갖지 않겠다는 시인의 허무의지는 자신의 시조차도 요지경처럼 순간적이고 덧없는 존재가 아닌가라고 돌아보게 만든다. 극도로 혼란스러운 해방정국의 현실은 시인에게 삶에 대한 허무의지를 부추기고 있는 것으로 보인다.

유치환이 일련의 애국적인 시들, 「울릉도」, 「식목제」, 「호화스런 권속들」을 통해 민족의 미래를 적극적으로 예찬하고 있었음은 사실이지만 자신의 소망과는 달리 민족의 향방이 흘러감도 또 어쩔 수 없는 사실이기도 했다. 이런 상황이 1948년에 접어들면서부터는 그에게 현실 속에 놓인 시인의 삶을 '청춘의 마지막 항구'로 인식하게 하면서(「마지막 항구」) 허무한 삶이 갖는 덧없음을 짧은 시들을 통해 표출시키도록 한다.[10] 때문에 이 시기의 시들에서는 삶이 갖는 생명의식은 자취를 감추고 만다.

山 밑에 가면
山 골째기는
나보고 푸른 안개가 되야
자취도 없이 스며들어 오라 하고

江 가에 가면

---

10) 서정학, 『한국 현대시의 경계와 영역』, 한올출판사, 1999, 191~192면.

흐르는 물은

나보고 왼통 눈물이 되야

살구꽃 닢처럼 져오라 한다.

그러나 나는 맨발을 벗고

먼저 이 봄의 풀밭을 밟겠다.

그리고 그 다음엔 딴데로 가겠다.

저,

산접동새 우는 나룻목 가에

선연히 타는 저녁 놀 처럼

그다음엔 딴데로 가겠다.

—서정주, 「저녁노을처럼」 전문

　서정주가 느끼는 현실 역시 끊임없이 시인의 현존을 불안케 하는 것이었음은 틀림없다. 위의 시에서 1연과 2연은 이런 상황을 비유적으로 보여준다. 산골짜기의 안개로 자취 없이 스며드는 삶을 살 수도 없고 흐르는 물의 살구꽃잎처럼 질 수도 없는 시인은 자신의 삶을 선택한다. 그것은 산과 강이 정하는 삶이 아니라 순수한 '맨발'로 봄의 풀밭을 밟고는 '서럽고', '꽝꽝한', '여기'가 아닌 '딴데'로 가려는 자기 의지의 발로이다. 그 곳은 시인에게 무엇이 되라 요구하는 현실에서 초월한 저녁놀이 사라지는 저 하늘의 시·공간이요 영원성의 고향이다.

　이는 서정주에게 '머언 먼 젊음의 뒤안길'이나 아쉽고 그리운 '사랑'의 현장이 아니라 그런 모든 고통스런 과정을 이미 초월한 존재이기도 하다. 그의 이런 의식 변화는 해방 이전부터 준비되어 온 것이었지만 해방 이후에 이런 변화는 뚜렷한 모습으로 시화(詩化)되기 시작한다. 특히 「춘향옥중가」나 「견우의 노래」 등은 역사적 시간과는 무관한 영원한 사랑을 노래함으로써 내면의 고통을 상쇄시키고 있다.11) 이런 의미에서 서정주의 생명은 시·공을 초월한 영원성을 부여받게 된다.

4. 역사성의 침묵과 민족문학의 좌절

남한에 단독정부가 들어서고 좌익 문학인들의 월북이 본격적으로 시작되는 1948년 즈음에 이르러서 남한의 문학은 순수와 내면화의 길로 접어들기 시작했다. 이런 전체적 성향은 유치환이나 서정주의 시에도 일정하게 반영되어 민족이 처한 구체적 역사와 현실의 문제는 허무와 영원 속에 묻혀가고 있었다. 그리고 이런 변화의 근저에는 반공이데올로기가 굳건히 자리 잡고 있었다.

오장환이 월북하여 "남쪽에서 우리에게 보내오는 소식 / ─유엔 위원단이여 물러가라! / ─미군정이여 / 너희들 군대와 함께 어서 나가라!"(「二月의 노래」, 1948)라며 남한 정부를 비판하고 사회주의 혁명을 노래하고 있을 즈음 남한의 시인 서정주는 '민족'의 이름 앞에 "그 환장한 마음으로 치켜든 두주먹으로 차라리 환장한 제 가슴을 쳐 그간놈이 共産主義같은 것 팽개처버리고 못울겠는가……못울겠는가……"(「八月十五日에」, 1949)라며 절

---

11) 최현식, 『서정주 시의 근대와 반근대』, 소명출판, 2003, 152~161면.

규하고 있었다. 이들이 택한 이데올로기적 현실 앞에서 민족의 생명과 삶은 더 이상 존재할 수 없었으며 진정한 의미에서의 민족문학 역시 그 향방을 가늠할 수 없었다.

해방문단에서 생명파 시인이었던 유치환, 오장환, 서정주가 보여준 시적 변천은 짧은 시기였지만 급박하게 돌아갔던 해방 문단의 분위기를 집약적으로 드러내고 있다. 해방 직후 민족의 미래를 노래하기 위한 주제의식으로 계승되었던 생명의식은, 시간이 흐르면서 민족보다는 이데올로기의 선택이 우선시되던 현실 속에서 역사성을 상실하면서 그 의미 역시 소실되고 있다. 이런 의미에서 세 시인이 보여준 변화의 도정은, 해방기 민족문학 건설이라는 근대문학의 과제가 정치적 이데올로기의 부침 속에서 어떻게 좌절될 수밖에 없었는가에 대한 대답이 될 수 있을 것이다.

식민지 근대문화와 여성, 여성성

1930년대 시문학의 장(場)과 여성시인―모윤숙의 초기 시

1. 1930년대 시문학사와 여성시인의 위상

1930년대는 한국 시문학사에서 시적 기법의 현대화, 주제의식의 확대와 심화를 통해 현대시학을 정립한 시기로 평가받는다. 발표 매체의 확장과 시인 등용문의 증가에 따라 다양한 경향의 시인들이 시단에 대거 진출할 수 있었는데, 예를 들어 『조선일보』, 『동아일보』 등 신문의 신춘문예 제도와 잡지의 신인추천제도 등을 통해 많은 시인들이 문단에 등장했다.[1]

또한 이념주의 문학이 중심이었던 1920년대와는 달리 문학의 자율성과 언어예술로서의 시에 대한 인식을 추구하는 다양한 흐름들이 시단에 나타났다. 1920년대 카프계열의 작가들이 꾸준히 창작 및 비평 활동을 하고 있었는데, 구인회를 중심으로 하는 모더니스트들, 그리고 박용철을

---

[1] 오세영 외, 『한국현대詩史』, 민음사, 2007, 154~158면.

중심으로 하는 시문학파 등과 서로 일정한 영향을 주고받으면서 문학의 장(場)을 형성하였으며, 현대시의 정체성을 탐구하고 정립해나가고 있었다. 이러한 시단의 움직임을 고려할 때 1930년대 초반은 현대시와 시론을 모색해 간 역동적인 시대로 평가할 수 있다. 1930년대 주요 시인이었던 정지용, 김기림, 박용철, 김영랑, 이상 등은 이러한 움직임을 주도한 중요한 시인이자 평론가이기도 하다.

여성시인인 모윤숙과 노천명 역시 이런 문학의 장(場) 안에서 시작(詩作) 활동을 시작했다. 한국 시문학사의 주요 여성시인인 이들이 갖는 당대 문단 안에서의 위상은 어떤 것이었을까. 특히 '조선이 가진 하나뿐인 여류시인'이라는 극찬을 받으며 등장한 모윤숙은 1930년대 시단에서 하나의 사건이라 할 수 있을 것이다.[2] 이런 평가는 과장이기보다는 당대 문단의 여성시인에 대한 일반적인 인식을 반영한다. 즉 모윤숙 이전에도 나혜석, 김명순, 김일엽 등의 여성시인들이 있었으나, 이들은 시만을 창작하는 작가들이 아니었다는 점에서 전문적인 시인이라고 지칭하기에 주저했을 것이며, 시적 역량의 면에서 모윤숙이 우수하다고 판단했을 것이다.[3]

모윤숙은 이화여전의 교지 『이화(梨花)』 창간호에서부터 시와 논설을 씀은 물론, 이후 『삼천리(三千里)』, 『신동아(新東亞)』, 『신생(新生)』 등에 차례로 작품을 싣고, 이후에는 『시원(詩苑)』을 중심으로 많은 작품들을 발표한다. 이런 상황이었으므로 1933년 첫 시집인 『빛나는 지역』에 무려 105편의 작품을 수록할 수 있었다. 이처럼 모윤숙은 전대의 선배 여성시인들에

---

2) 모윤숙에 관하여 김기림, 박용철, 임화, 최재서, 백철, 양주동 등 평단의 주요한 논자들이 평을 쓰는 것을 보면 모윤숙의 등장은 일종의 문단적 사건이라 할 수 있다.
3) 김용직, 『한국현대시인연구』, 서울대 출판부, 2000, 612~613면.

비하면 작가로서의 역량이 주목할 만한 것이었다. 따라서 모윤숙의 등장은 남성 작가들의 관심은 물론, 전 문단의 관심을 받기에 충분한 일이었다.

그러나 한국 최초의 여류시인이라는 문단의 주목과는 달리 문단 등단 초창기에 관한 평가는 1930년대 후반의 친일시 창작과 친일활동의 맥락에서 이루어져 왔다. 이런 연구의 경향은 식민지 시대 지식인의 행보를 밝히고 이를 통해 식민지 지식인의 정체성은 물론 근대문학의 역사성을 찾는 것이 한국문학사에 대한 올바른 인식이라는 학계의 의식을 반영한다.

그러나 그럼에도 모윤숙의 경우 1930년대 시단에 등단한 여성시인으로서 갖는 정체성과 위상의 문제는 1930년대 후반 친일의 문제와는 또 다른 관점에서 조명되어야 하리라 생각한다. 즉 1930년대 초 현대시학의 정립이라는 근대문학의 방향성 안에서 모윤숙 시인에 대한 적절한 평가가 역시 고려되어야 한다는 의미이다. 1930년대 초반 작품들을 단지 1930년대 후반 친일시를 예비했던 작품으로서가 아니라 당대 문학의 장(場) 안에서 어떤 의미와 의의를 갖는지 규명하는 것이 모윤숙 시인의 시세계의 변화 과정을 이해하는 단초가 될 것이며, 여성 시인을 포함하는 1930년대 시단 전체의 지형도를 파악하는 방법이기도 하기 때문이다.[4]

이런 의미에서 당대 문단의 비평이 모윤숙이라는 여성 시인, 또 그의 작품을 어떻게 평가하고 있는가를 살피는 한편 모윤숙 시인 개인의 선택은 어떤 것이었는가 고찰할 필요가 있다. 이런 논의의 과정을 통해 친일과는 또 다른 관점에서 1930년대 시단에서 모윤숙 시인의 위상을 재고하

---

4) 최근까지 모윤숙 시의 전반적인 작품 경향을 아우르며 종합적으로 시세계와 시인을 연구한 논저는 거의 없다. 송영순, 『모윤숙 시 연구』(국학자료원, 1997)가 모윤숙 시세계에 관한 종합적 접근을 시도하고 있는 연구서이다. 1930년대 남성 작가 관련 자료의 양이 방대함에 비해 여성작가의 자료가 희소함을 알 수 있다.

고 나아가 초기 작품의 의의를 밝힐 수 있을 것이다.

이 연구에서는 부르디외의 '문학의 장(場)'개념을 원용하고, 젠더적 시각을 견지하고 있다. 문학작품의 생산과 수용의 사회적 조건을 살펴보면서 사회적 특정 상황 속에서 창조자로서 작가와 작품의 개별성을 부각시키는[5] '문학의 장' 개념은 자신들의 문학론을 내세우는 집단들이 그것을 상징적 권력으로 삼아 논쟁하는 양상을 보이는 1930년대 문단에 적절한 개념이다. 이때 젠더는 비평가들의 문학론에 내재하는 이데올로기로 성적 차이에 따른 차별과 배제의 권력을 만드는 동인이다. 부르디외는 사회 공간의 하위공간으로서 장(champ—학술적으로 畎, 野 등의 의미)을 설정하는데, 문학의 장(champ) 역시 문학작품의 생산과 수용의 사회적 조건을 살피기 위한 개념이다. 작가는 이런 장(場) 안에서 교육, 학습, 사회, 문화적 환경에 의해 결정된 자신의 개별적인 성향(habitus)에 따라 그만의 독특한 실천을 생산한다. 부르디외는 문학의 장(場)과 개인적 성향이라는 두 요소가 서로 반향하면서 문학 생산의 성격을 만들어낸다고 설명하고 있다. 이 글에서는 여성시인이 놓인 문단의 구체적 상황과 여성시인에 대한 비평의 양상을 살피면서 여성 시인의 창작의 방향을 논의할 수 있을 것이다.

2. 시단(詩 壇)의 주요 경향과 감상성의 젠더화

언급했듯 1930년대 들어서면서 문단은 다양한 흐름으로 분화, 발전한다. 시문학의 경우 1920년대 문단의 중심이었던 리얼리즘 시인들이 새로

---

5) Pierre Bourdieu, 하태환 역, 『예술의 규칙—문학 장의 기원과 구조』, 동문선, 1999, 284~295면.

운 시대적 상황에 맞추어 원숙하면서도 내면성 있는 시를 발표하기 시작했으며, 모더니즘의 세례를 받은 젊은 시인 및 비평가의 현대적 시학 탐구가 진행되었고 언어와 순수에 집중하는 시문학파의 움직임도 주목할 만한 것이었다. 리얼리즘, 모더니즘, 시문학파 등의 이름으로 불린 이 흐름들은 서로 밀접한 관련을 가지면서 시단의 외연을 확장시키고, 나아가 현대시의 정체성을 모색해 나간 것으로 평가받는다.[6]

그렇다면 주요한 시단의 흐름 안에서 모윤숙 시의 위상은 어떠했을까. 이를 위해 당대 주요 비평의 흐름과 그 안에서의 평가를 고찰해 볼 필요가 있다.[7] 잘 알려져 있듯이 김기림은 1930년대 현대적 시학을 정립하는 데 기여한 주요한 모더니즘 비평가와 시인이다. 그는 모더니즘 시론을 자신의 시 창작에도 반영하고 모더니즘 시인들의 작품을 분석, 평가할 때도 구체화시켰다. 실제 그는 모더니즘 단체 '구인회'를 통해 모더니즘 시론을 적용, 확산 시키고자 했는데, 새로운 문학을 위한 '간판'의 의미로 구인회가 작용하길 바랐으며, '낡은 전설'인 기성문학과 모더니즘의 경계선에 구인회가 존재하길 희망했다.[8] 따라서 실제적으로 회원들의 작품을 서로 동인들이 옹호해줌으로써 이들의 작품이 문단에 확산되고, 이들이 문단의 중심에 있게 하는데 큰 역할을 한다.

---

6) 오세영 외, 『한국현대詩史』, 민음사, 2007, 156~159면. 현대시학의 기틀을 마련했다는 점에서 이들 세 경향을 중점적으로 논의하고 있지만, 한편 이외에도 이광수, 양주동 등의 민족주의 문학 계열, 이하윤, 김진섭 등의 해외문학파 등이 함께 근대문학의 장(場)을 구성하고 있었다.
7) 1920년대 민족주의파의 문학이 문단적으로 모윤숙에게 영향을 주었을 것이라는 논의도 있는데 (송영순, 『모윤숙 시 연구』, 국학자료원, 1997, 94면), 1920년대는 습작기간으로 가정과 학교에서의 교육을 통한 민족의식의 강화가 이루어졌을 것이다. 등단 이후, 문단의 다양한 잡지와 유파의 활동에 참여하는 것을 보면 1930년대 다양한 문학의 흐름을 모윤숙 시인이 의식하고 있었음을 추측할 수 있다.
8) 김기림, 「문예인의 새해 선언―써클을 선명히 하자」, 『조선일보』, 1933.1.4.

작년에 조직체로서 모더니즘 문예가들을 중심으로 구인회도 조직되었을 뿐 아니라, 김기림씨의 詩類를 꽤 높이 평가하고 또 정지용씨의 시에 대하여 새삼스러운 가치를 주었습니다. 다만 정지용씨가 山藏之玉같이, 김기림씨가 비약적 발전한 것 같이 새삼스럽게 基價가 발휘된 그 물질적 근거가 어데 있겠습니까.[9]

위의 인용문은 당대 카프 문학 비평가인 권환이 모더니즘의 약진과 그 '물질적 근거'로 구인회에 대해 평가하고 있는 글이다. 그는 모더니즘 문학인들이 서로의 작품에 대한 가치를 평가해줌으로써 문단에 모더니즘을 알리고 있다고 설명하는 한편 문단 현실의 객관적 정세로 인해 모더니즘이 발전할 것이며 문단의 모든 관심이 그들에게 집중될 것이라 예견하고 있다. 김기림은 정지용을 '최초의 모더니스트'라고 찬사했는데, 김기림이 정지용의 시를 해석하고 거기에 새로운 의미를 부여하는 가운데 모더니즘 시와 모더니즘 시론의 문단 확산이 실현되었다.[10]

당대 문단에서 현대적 문학의 흐름을 선도한 지식인으로서 김기림의 위상은 상당히 중요했던 것으로 보인다. 이런 의미에서 모윤숙에 대한 김기림의 비평은 문단 전체의 평가 방향에도 영향을 주었던 것으로 추측할 수 있다. 감상의 절제를 내세우는 김기림은 모윤숙의 시집이 출간된 이후 비교적 상세한 서평[11]에서부터 간단한 언급까지 몇 번에 걸쳐 시와 시인에 관해 평가했다. 『조선일보』에 상재한 평문에서는 날짜는 다르지만 같

9) 권환, 「33년 문예평단의 회고와 전망」, 『조선중앙일보』, 1934.1.14.
10) 서준섭, 『한국모더니즘 문학 연구』, 일지사, 1988, 115면.
11) 김기림, 「毛允淑씨의 '리리시씀'―시집 『빛나는 地域』을 읽고」, 『조선일보』, 1933.10.29～30.

은 시리즈를 통해 두 번이나 시집에 관해 비평하고 있다.[12]

　　그것은 검은 비단결같이 부드러운 밤일는지도 모른다. 그 하늘에 둥근 보름
달 달고 병들어 여즈러진 새파란 그믐달이 떠 있으면 더욱 좋을 것이다. 그것
은 바로 시인 모윤숙씨의 시가 느껴 울기에 좋은 밤이다. 끝없는 孤寂－향토
를 사랑하는 순정－병든 청춘의 噓唏－그리고 까닭 모르는 젊은 때의 눈물－
방랑하는 영혼－이것들은 시인 모윤숙씨의 세계를 구성하는 중요한 '엘리멘
트'이다. 이러한 지극히 감상적인 망국적인 정조에 물든 세계에서 이 시인의 섬
세한 어떤 때는 아주 야생적인 '리리시즘'이 슬픈 피리 소리와 같이 가늘게 떨
고 있는 것이다.(강조－인용자)

　　위의 인용문은 모윤숙의 시집에 관한 서평 「모윤숙(毛允淑)씨의 '리리시
씀'－시집 『빛나는 지역(地域)』을 읽고」의 일부분이다. 그런데 눈에 띄는
것은 김기림이 이 서평의 시작을 상당히 감상적으로 시작하고 있다는 점
이다. '모윤숙씨의 시가 느껴 울기 좋은 밤이다'라며, 지성적이고 냉철한
평자가 평문의 앞 부분을 감상적인 수필식으로 시작하는 것은 텍스트에
대한 느낌을 비유적으로 쓴 문체라 할 수 있다. 더군다나 그가 지목하고
있는 모윤숙 시의 주요 요소들인, '고적(孤寂)', '눈물', '병든 청춘', '방랑',
'눈물' 등은 모윤숙의 시가 김기림이 문제시하는 '망국적 감상주의'에 근
접해 있음을 보여준다. 뿐만 아니라 모윤숙의 리리시즘이 어떤 때는 섬세
하지만, 야생적이라는 평가는 자신의 감성과 정서의 절제가 이루어 지지
않고 있음을 지적하고 있는 것으로 읽힌다.[13]

---

12) 김기림, 「1933년의 시단의 회고와 전망」, 『조선일보』, 1933.12.7~13.

시(제작이 필요한 작품으로서)는 애매성과 감상성을 배제함으로써 명랑성에 도달할 수가 있다. 그것은 시인의 꾸준한 지적 활동에 의하여 얻을 수 있다. (…중략…) 시를 감정에 맡겨 두는 것은 위험한 일이다. 감정은 늘 비둔하려고 하고 비만하려고 하는 경향을 갖고 있다. 이 감정의 비만이 다시 말하면 감상이다. 시를 이러한 비대증에서 건져내서 그것에게 스파르타 인과 같은 건강한 육체를 부여하는 것이 오늘 시인의 임무다.[14]

위의 인용문에 드러난 것처럼 김기림이 저술한 일련의 모더니즘론을 고찰해보면 '센티멘털리즘'에 대한 비판이 중심을 이루면서, 모더니즘의 타자로서 감상주의가 가장 큰 위치를 차지하고 있음을 알 수 있다. 김기림은 당대 센티멘털리즘이 시인의 주관적 감상과 자연의 풍물만을 노래하면서 문명의 형태와 성격, 또 사람들의 심정에 일으키는 상이한 정서에 대해서 완전한 불감증을 가졌다고 평가하고 있다. 그는 "센티멘털리즘은 예술을 부정하는 한 개의 허무다"[15] 혹은 망국적인 감상주의[16]라는 극단적 평가를 서슴지 않으면서 근대문학의 정립에 센티멘털리즘이 문제적인 경향임을 강조하며 감상과 대비되는 '지성'을 강조한다. 근대적인 것, 근대문학이 갖추어야 할 것이 지성임을 강조하는 이런 맥락에서 김기림은 모윤숙의 시가 갖는 전근대성을 비판하고 있다.

　김기림이 모윤숙의 시에서 감상성의 문제를 지적한 것에 대해 박용철

---

13) 김기림은 모윤숙을 '금일 가장 각 방면에서 선전되고 있는 여류시인'이라고 소개하면서도, 백철이 자신의 비평에서 모윤숙의 센티멘털리즘을 통렬하게 공격한 것을 통쾌하게 생각한다고 쓰고 있다. 김기림, 「시평의 재비평―딜렛탄티즘에 향하야」, 『신동아』, 1933.5.
14) 김기림, 「현대시의 肉感―감상과 명랑성에 대하여」, 『詩苑』 1권 2호, 1935.4.
15) 김기림, 「1933년의 시단의 회고와 전망」, 『조선일보』, 1933.12.7~13.
16) 김기림, 「포에시와 모더니티」, 『신동아』 3권 7호, 1933.7.

은 반박하면서 감상성이 모윤숙 시의 특성이요, 장점이라고 설명한다.17)

　　이 한권의 시집 가운데는 약간의 소재가 있을 뿐이오 한편의 완성된 시도 없다고까지 하는 이가 있다. 그러나 이 시인의 장점은 그 황홀난측한 시경 자체에 있는 것 같다. 그의 황홀난측한 시상과 표현, 또는 그의 감상성을 버리라는 것은 그의 시의 자살을 권하는 것과 같다. 열편을 뽑아냈으면 촉망받는 시인이 되기에 부끄럽지 않을 걸 백편을 모아냈기 때문에 읽고 정신을 차릴 수 없는 시집이 되고 말기는 하였으나 이것은 시집 편찬의 기술문제요 시 그것의 문제는 아니다.18)

　　잘 알려져 있듯이 박용철은 시문학파의 토대를 놓은 시인이자 평론가, 번역가이다. 그가 창간한 순수시 전문지『시문학(詩文學)』은 한국 현대시의 언어 탐구와 미학의 창조에 지대한 공헌을 했음은 널리 알려진 사실이다. 그는 김영랑, 정지용, 신석정 등의 시를 통해 언어의 아름다움과 시인의 창조적 기질 등을 분석하고 평가했다.

　　우리는 시를 살로 색이고 피로 쓰듯 쓰고야 만다. 우리의 시는 우리 살과 피의 맺힘이다. 그럼으로 우리의 시는 지나는 걸음에 슬쩍 읽어치워지기를 바라

---

17) 송영순은 모윤숙의 시가 갖는 센티멘털리즘에 관해 김기림은 부정적인 평가를, 박용철은 긍정적인 평가를 한 것으로 소개하고 있다(송영순,『모윤숙 시 연구』, 국학자료원, 1997, 16~19면). 본고 역시 이런 문제의식의 연장선에서 있으나 박용철이 센티멘털리즘을 모윤숙 시의 장점이라고 했을 때는 정열과 감정의 직설적 표현, 감정의 자연스러운 유출이 만드는, 정신적 경지의 전제라는 의미이며, 김기림이 단점이라고 했을 때는 감정이 지성의 힘에 의해 통제되지 않은 상태를 의미하므로 엄밀히 보면 서로 다른 기준으로 평가하고 있음을 알 수 있다.
18) 박용철,「여류시단총평」,『신가정』, 1934.12.

지 못하고 우리의 시는 열 번 스무번 되씹어 읽고 외여지기를 바랄 뿐 가슴에 느낌이 있을 때 절로 읊어나오고 읊으면 느낌이 일어나야만 한다.[19]

박용철은 시가 감정의 자연스런 발로라는 워즈워드의 말을 인용하지만, 감정 그 자체만을 강조하지는 않았다. 그는 강렬한 감정의 응집과 구체화를 중요시 했으며, 이런 점에서 감정과 언어를 종합하는 높은 차원의 정신성을 시에 요구하고 있다. 박용철은 좋은 시를 절정의 순간이나 그 상태의 확보로 보았다. 이런 점에서 박용철은 모윤숙의 시 작품에서(전체는 아니더라도) '황홀난측한 시의 경지' 즉 높은 정신성의 경지를 느낀 것인데, 모윤숙 시인의 특성인 정열과 감정의 직설적 표현이 박용철에겐 살과 피의 맺힘, 감정의 자연스러운 유출로 느껴졌으며, 이를 통해 강렬한 주제의식이 표출되고 있다고 생각한 것으로 판단된다.

그러나 박용철이 주장하는 황홀난측한 순간은 김기림이 지적하는, 절제 없는 감상성으로 확보되는 것은 아니다. 그것은 높은 정신적인 힘의 작용에 의해 얻어지는 것이라는 점에서 감상의 무제한적 방출은 아니기 때문이다. 따라서 박용철이 '열편을 뽑았으면 좋았을 작품'이라는 뜻은 감정이나 감상성이 시의 피와 살을 이루는 중요한 요소임을 전제한 상태에서 언어의 아름다움과 창조성이 조화롭게 발휘되는 작품이 많지 않음을 이야기하며, 그것은 감정이나 감상이 잘 운용되지 못하고 있음을 의미한다. 즉 박용철이 모윤숙의 시가 미숙한 것이 문제이지 감상성 자체가 문제는 아니라고 이야기하고 있는 것은, 엄밀히 말하면 시인이 대상에 대한 일차적인 반응과 감상을 제대로 통제하고 있지 못하다는 뜻이다. 즉

19) 박용철,「편집후기」,『시문학』창간호, 1930.3.

언어의 절제를 중시하고, 지성의 통제를 중시하는 현대적인 시학의 관점에서 모윤숙의 시는 감정의 표현이 직설적으로 드러나는 작품이라는 평가를 함축하고 있다.

이처럼 '감상성'이라는 수식어가 여성시인으로서의 위상과 관련된 평단의 주요 관심이었던 것으로 보이는데, 리얼리즘 비평 역시 모윤숙 시의 감상주의를 문제 삼는다.

> 모윤숙에 있어서는 그의 『동인』지에 실린 것과 같은 아무 향기도 없는 안가의 감상주의만이 지배하고 있을 따름이다. 최근 그의 시집 『빛나는 지역』에서 받은 속임 없는 감상을 말하면 또 그것은 옛날 예배당에서 주던 졸렬한 종교화 쪽지 같은 인상 이상 더 무엇을 찾을 수 없다. 현실성 없는 허구의 시상과 빈약한 상상력을 가지고 불필요한 수사로써 장식하려는 것이 그의 시의 특징이다. 그리고 그곳에 따르는 안가의 감상주의! 이러한 것이 사람의 가슴을 때리고 고전주의 시가에서 볼 수 있는 것과 같은 높은 예술적 향기를 전하는 시가가 되지 못함은 스스로 명확한 일이다.[20] (강조—인용자)

비교적 혹독하게 비판하고 있는 임화의 논지는 크게 세 가지로 나누어 생각해볼 수 있다. 첫째 안가의 감상주의, 둘째 허구적 현실성, 셋째 기독교적 색채 등이다. 임화의 논지는 박용철이나 김기림에 비해 여성시인에 대한 젠더적 시각을 분명히 보여주고 있다. 즉 감상주의 앞에 '안가(安家)'라고 하는 여성 공간어를 씀으로써 감상성을 여성적인 것으로 고정화한다. 그러다 보니 안채의 여성이 바라보는 현실의 문제의식이 비현실적이

---

20) 임화, 「1933년 조선 문학의 제 경향과 전망」, 『조선일보』, 1934. 1. 7.

고, 허구적인 것으로 인식된다. 또한 시작품에 드러난 종교적 소재나 주제의식 역시 맹목과 감상의 구실로 작용한다.

시는 감정에 의하여서만 노래되고 감정을 통해서만 독자에게 전해지는 것은 아니다. 그것은 두개의 이유에 의하는 것으로 하나는 감정, 정서와 더불어 理智를 가지고 있고 이 양자로서 독자에게 호소하는 것이며 감정이란 동물에 있는 것과 같은 온전한 생물적 본능에 의한 발현이 아니라 인간에게만 고유한 것으로 사유와 지성과 연합되어 있기 때문이다.[21]

앞서 제시한 인용문과 함께 임화의 논지를 이해하면 모윤숙 시에 나타나는 감상은 지적인 통제가 결여된 상태를 의미한다. 김기림의 '지성', 임화의 '사유'와 '지성'은 모두 감상성의 대타적 의미로 사용된 개념으로 당대 근대문학의 주요 개념이기도 하다.

이처럼 당대 문단을 이끈 주요 평자들의 관점에서는 모윤숙 시의 감상성이 비평의 핵심이었던 것으로 보인다. 이런 점에서 김기림은 여성시인이라는 특수성, 즉 여성 시인의 감상성과 문화적으로 공유되는 여성시인에 관한 편견이 모윤숙을 과잉칭찬하거나 과잉비판하는 원인이 된다고 말함으로써 당대 여성 시인의 위상이 감상성과 직결되고 있음을 상징적으로 드러내고 있다.[22]

모윤숙의 처녀시집 『빛나는 지역』(1934) 1권에는 지방적인 정열이 아무 제

---

21) 임화, 「기교파와 조선시단」, 『중앙』, 1936. 2.
22) 김기림, 「毛允淑씨의 '리리시씀 – 시집 『빛나는 地域』을 읽고」, 『조선일보』, 1933. 10. 29~30.

한을 받지 않고 넘치다 싶이 흘렀다. 쏟아지는 정열에 대하여 붓을 멈추고 그 정열의 물결이 한 무릎 지날 때까지 쓰기를 기다린 것이 아니라 그대로 감정을 개방하고 그 정열에 몸을 맡기고 또 그 감정을 과장까지 하였다. 그 표현이 華麗盛裝에 흐른 것은 그가 감정을 과장한 일증거가 되리라. 결국 센티멘털리즘의 과잉이 이 시인의 일장점도 되고 결점도 되었다.[23)]

영운은 오히려 시기를 잘못 타고난 사람이라고 생각된다. 소박성과 진실성만을 귀중히 여기는 시절이 아니고, 더구나 그런 것을 존중하는 춘원과 가까이 지내지 않았다면 영운은 자기 성미에 맞는 시를 쓰지 않았을까? 그리하여 여류문학의 여명기에 정말 정열적이고 낭만적인 시인이 될 수 있었을 것이라고 생각된다. 어째든 시가 산문보다 덜 정열적이고, 덜 낭만적임은 불행한 일이 아닐 수 없다.[24)]

백철 역시 센티멘털리즘이 모윤숙에게 장점도 되고 단점도 된다고 평가하고 있다. 두 번째 인용문에서는 감정을 개방하고, 정열에 몸을 맡기는 감상이 모윤숙의 장점이자, 그의 기질에 맞는 시로 이해되고 있다. 이런 평가는 감상주의를 여성, 그리고 여성의 시와 자연스럽게 연결시키는 젠더적 관념을 환기시킨다.[25)]

이와 같은 평가를 종합해 보면 당대의 주요 평단이 보인 모윤숙에 대한

---

23) 백철, 『조선 신문학사조사』, 백양당, 1947, 341면.
24) 정태용, 「모윤숙론」, 『현대문학』, 1967.5.
25) 1930년대에 들어서면서 문학장르에 일종의 젠더화가 이루어지는데, 여성과 친연한 장르로 수필이 거론되거나, 여성시를 곧 서정시로 인식하는 등의 논의들이 지속적으로 거론되면서 여성작가의 정체성이 계속 문단의 시비거리로 등장했다. 최정희, 「1933년도 여류문단 총평」, 『신가정』, 1934.12; 박용철, 「여류시단 총평」, 『신가정』, 1934.12.

관심은 상당한 것이었으나 그 내용은 주로 감상주의 비판에 놓여 있음을 알 수 있다. 이는 1930년대 초 시단에서 감정의 절제의 문제가 중요했기 때문이며[26] 또한 감상성이라는 것이 고급 감정이 아니라 저급한 감정으로 평가절하되어 가는 문화적 변화 때문이기도 하다. 이런 점에서 문단의 마이너리티(minority)인 여성시인의 감성적 특수성은 당대 남성 작가와 다른 '차이'가 아니라 문제적 현상으로 '차별'적인 평가를 받을 소지가 다분히 있었을 것이다. 그리고 이런 맥락에서 모윤숙 시인에 대한 평가는 객관적으로 이루어질 수 없었을 것이다. 그렇다면 당대 시단의 주요한 흐름의 주변부에 위치한 모윤숙 시인의 시적 개성은 어떤 것이었는지 논의해야 할 것이다.

3. 민족 구원의 의지와 '님'의 시학

소박성과 진실성, 민족과 국가를 강조하는 춘원의 영향이 모윤숙 시의 개성을 없앴다는 기존의 평가는 모윤숙의 시세계가 이광수의 문학관에 강력한 영향을 받으며 형성되었음을 전제하고 있다.[27] 이처럼 춘원과 가까이 지내지 않았다면 자기 개성에 맞는 시를 썼을 것이라는 평가[28]의 근저에는 모윤숙 시세계에 이광수의 영향력이 컸다는 판단이 존재한다. 이런 평가는 1930년대 당대나 후대의 연구자들이 일치하는 부분이기도

---

26) 1920년대 카프 문학은 물론 1920년대 『백조』, 『폐허』 등 낭만주의 계열의 시작품들이 보인 감정 과잉이나 직설적 표현을 극복하고자 한 것이 1930년대 시단의 주요 목표이기도 했다.
27) 송영순, 『모윤숙 시 연구』, 국학자료원, 1997, 102면.
28) 정태용, 「모윤숙론」, 『현대문학』, 1967.5.

하다. 그러나 이것이 일정 부분 사실이라 하더라도 선배의 영향 하에 놓임으로써 개성을 상실할 수밖에 없었다는 평가는 후배 작가의 개성과 창조성을 폄하한 것이며 나아가 이런 평가의 방식은 여성시인이기에 가능한 것이 아니었나 생각한다.[29] 그리고 결과적으로 이런 논의들은 모윤숙의 1930년대 초반 시를 평가 절하하는 데 기여했다.

모윤숙을 춘원의 절대적 영향권 아래 평가하는 것은 시인으로서의 여성 작가를 아마추어나 혹은 문학소녀 정도로 여기던 1920~1930년대 문단의 상황을 반영하고 있다.[30] 이런 문단적 현실이기에 김기림은 모윤숙에게 "시인이 그의 예술에 대하여 오만하지 않고 오히려 다른 사회적 세력에 의지하여 그의 예술을 키워 나가려고 할 때 우리는 그에게 대하여 큰 불만을 느낀다. 그것은 또한 문학의 젊은 자손들에게 있어서는 오히려 치욕에 해당하는 풍속이다"라며 춘원과의 관계를 염두에 둔 비평을 서슴지 않게 된다.[31] 김기림의 지적이 원론적으로 맞다 하더라도 정식으로 등단한 시인에게 이런 비판은 모욕스러운 것이 아닐 수 없을 것이다.

모윤숙의 시가 민족에 대한 사랑, 부재하는 주권에 대한 염원과 시적 자아의 헌신을 노래함에도 불구하고, 당대의 평단에서 이런 시의 특성보다 주로 감상성을 비평의 핵심으로 삼았던 이유는 무엇이었을까, 그리고 당대나 현재에도 민족이나 국가에 관한 관념과 주제의식이 춘원으로부터 온 것이고,[32] 그것이 모윤숙의 성미에 맞지 않았다는 평가의 의미는 무

---

29) 왜냐하면 춘원을 통해 모윤숙이 성공했다는 식의 평가가 1930년대에도 공공연히 있었고, 전반적으로 여성작가들의 역량을 의문시하는 것이 당대의 분위기였기 때문이다.

30) 이석훈, 「문학소녀」, 『신여성』 7권 5호, 1933.5; 심진경, 「문단의 '여류'와 '여류 문단'」, 『상허학보』 제13집, 상허학회, 2004.

31) 김기림, 「여류문인 편감 촌평」, 『신가정』 2권 2호, 1934.2.

32) 모윤숙에 관한 대부분의 연구가 춘원으로부터의 영향력을 중요시 생각하는데, 최근의 한 연구는 인

엇인가.

　전통적으로 가부장제 하에서 여성의 영역은 집안으로 한정되어 있다. 따라서 여성의 관심의 영역은 가정, 가족으로 국한된다. 이런 젠더적 위계는 식민지하에서 더욱 견고해지는데 근대화에 따른 공적 영역, 사적 영역의 분리, 남성과 여성을 분리하는 제도적 장치의 형성 등이 이에 기여했다. 특히 1930년대 들어 전업주부상이 체계적으로 자리 잡으면서[33] 여성의 생활공간은 가정이라는 사적 공간으로 분할되고, 그 공간의 성격 역시 여성적이고 감상적인 것으로 젠더화된다. 이런 변화에 따라 공적 영역, 즉 국가와 민족 등의 담론은 남성의 영역이고 연애, 사랑, 꿈, 감상 등 잡다한 일상의 영역 등이 대중문화와 결합하면서 여성의 영역으로 배치된다.[34] 이러한 당대의 문화적 분위기를 배경으로 평자들은 모윤숙의 시와 감상성을 보다 자연스럽게 연관시키며 비평할 수 있었다. 평자마다 감상의 절제냐 혹은 과잉이냐의 차이가 있을 뿐 감상 그 자체로부터 모윤숙 시인은 자유롭지 못했다. 더군다나 "그대로 나는 연필로 만년필로 기록하는 것이다. 까다로운 시인들의 글귀는 골라 쓰는 문구에 질리는 때가 있어 어떤 때는 그 시인의 얼굴이나 혼의 모습을 못드러내고 마는 것이 아쉽기도 했다. 나는 인간으로 살고 싶은 외엔 아무 욕망도 없었다"[35]는 모윤숙의 고백을 헤아려 보면 당대 모더니즘 문단에서 추구하는 기교나 언어 수사를 의식하면서 거리두기를 했던 것으로 이해 할 수 있다. 모윤숙

　도의 여성 시인이자 정치가인 나이두의 영향을 자세하게 분석하고 있다. 나이두와의 영향관계를 논의하고 있는 이 글은 춘원으로부터의 정신적 영향이 추상적임에 비해 훨씬 구체적인 영향관계를 분석하고 있다. 허혜정, 「모윤숙의 초기 시의 출처」, 『현대문학의 연구』 33호, 한국문학연구학회, 2007.
　33) 김혜경, 『식민지하 근대 가족의 형성과 젠더』, 창작과비평사, 2006, 336면.
　34) 리타 펠스키, 김영찬·심진경 역, 『근대성과 페미니즘』, 거름, 1998, 186면.
　35) 모윤숙, 『영운 모윤숙 전집』 6, 지소림, 1978, 117면.

은 최대한 인간의 혼을 드러내고 싶었으며 그것을 직설적 표현과 거침없는 감정의 표출을 통해 추구했으나, 당대 주요 평단 안에서 이는 감상성이라는 평가의 근거가 되었으며, 오히려 민족적 현실에 대한 노래로서의 특성은 주요 평가의 대상이 되지 못했다.

이런 맥락을 고려할 때 시문학에서 민족과 국가의 노래는 남성의 노래이며 사랑과 슬픔의 노래는 여성의 노래라는 전제가 읽힌다. 그러나 모윤숙의 작품은 당대 이런 문화적 분위기가 여성 시인에게 기대하던 바를 뒤집고 민족과 국가에 대한 사랑과 헌신을 노래했다. 이런 시 작품 탄생의 배면에는 모윤숙의 개인적 성향(habitus)이 있었는데, 즉 가정적 환경과 교육36)에 의한 민족의식의 강화와 개인적 결의 등이 놓여 있다.

잔다르크의 분신처럼 되었던 그날의 학생 배우들은 총독부 박해가 심해오는 때였기에 이 나라 처녀들의 말 못할 울분이 상관도 없는 영국을 향하여 잔다르크와 함께 울부짖고 싸우는 기분으로 불운에 빠진 불란서를 제 나라처럼 여겨 만세를 부르면 극성을 부렸던 것이다.37)

인도와 정의에 입각하여 똑바른 현실을 해부하고 향상시킬 뜨거운 시를 써서 세상에 바치어 보겠다는 의지의 힘이 그때에는 굳어졌습니다. '나는 시를 쓰다 죽으리라'하는 간단한 결심이 가슴에 꼭 박히게 되었지요. 모든 사람의

---

36) 독립운동을 하던 아버지의 삶과 가르침을 통해 민족주의 사상이 자연스럽게 자리 잡았고, 호수돈 여고와 이화여전을 거치면서 종교적 가르침이 일제의 불의에 대한 저항적 태도에 영향을 주었다. 모윤숙은 간도로 독립 군자금을 나르기도 하였다. 송영순, 『모윤숙 시 연구』, 국학자료원, 1997, 85~107면. 아버지는 일본 비행기가 하늘을 날고 있으면 문을 꼭 닫고 하늘도 쳐다보지 않는 철저한 사람이었다고 모윤숙은 기억하고 있다. 모윤숙, 『영운 모윤숙 전집』6, 지소림, 1978, 119면.
37) 모윤숙, 『영운 모윤숙 전집』6, 지소림, 1978, 103~104면.

고민을 내 고민으로 알고 표현해보리라는 마음의 작정만은 건실했지요.[38]

위의 인용문은 이화여전 3학년 때 〈잔다르크〉 연극을 하며 조선의 독립을 상상하며 울부짖던 경험을 회상한 글이다. 민족 독립에 대한 염원이 어떠했는가를 단적으로 보여준다. 모윤숙은 '말 못할 울분'에 고통 받는 민족의 고민을 자신의 것으로 받아들여 시로 쓰리라 다짐하고 있다. 이런 의미에서 모윤숙의 시가 시인 내면으로 향한다기보다 사회와 현실로 열려진 작품이라는 사실, 즉 모윤숙의 시가 인생과 사물에 내재하는 의미를 깊이 파고들기보다 상황과 현실에 직접적으로 부딪치며 자신의 감정을 직접 드러내는 '외발적 성향'이 있다는 평가는 적절한 것으로 보인다.[39]

님이 부르시면 달려가지요
금띠로 장식한 치마가 없어도
진주로 꿰맨 목도리가 없어도
님이 오라시면 가지요

(…중략…)

죽음으로 갚을 길이 있다면 죽지요
빈손으로 님의 앞을 지나다니오
내님의 원이라면 이 생명을 아끼리오

---

38) 모윤숙, 「어떻게 난 시인이 되었나」, 『신가정』, 1936.3.
39) 김용직, 『한국현대시인연구』, 서울대 출판부, 2000, 612~615면.

이 심장의 온 피를 다아 빼어 바치리다

—「이 생명을」 부분

이처럼 민족적 현실의 위기에 뜨거운 시를 세상에 바치겠다는 모윤숙 시인의 각오는 '님'으로 표상된 민족 혹은 국가에 헌신하겠다는 맹세로 드러난다. 님이 부르면, 오라면 달려가겠다는 시인의 태도는 간명하고도 의지적이다. "~없어도 하겠다"라는 문형은 시인의 의지를 강조하는데, 특히 없는 대상이 '금띠로 장식한 치마', '진주로 꿰맨 목도리' 등 여성적 물품들인데, 이것이 없어도 무엇이든 하겠다는 진술은 전통적인 혹은 일반적인 여성상에 갇혀 있지 않겠다는 의지를 나타낸다. 이런 각오를 통해 시인은 '님'이라는 민족 혹은 국가에 다다를 수 있다고 생각한다. 그리고 이를 위해 작가의 인격과 교양의 수준이 높아야 함을 스스로에게 요구하고 있다.

나는 결코 문인이나 시인같은 존재가 되고 싶지 않았다. 그것은 나 자신의 재능보다는 훨씬 우월한 사람들이 할 수 있는 직업이라고 단정했다[40]

인류라든지 사회를 향상할 작품을 써야 하지 않아요. 그러면 먼저 작가의 교양정도가 높아야 하지 않아요. 작가의 성격이 善化하고 美化하기 전에야 어찌 대중의 양심을 움직일 작품이 나올 수 있을까요.[41]

---

40) 모윤숙, 『영운 모윤숙 전집』 6, 지소림, 1978, 117면.
41) 홍명희, 모윤숙 양씨 문답록·좌담, 「이조문학 기타」, 『삼천리문학』 제1집, 1938.1.

모윤숙은 작가란 사회적 책임을 갖고 있는 사람이기 때문에 우월한 사람이어야 한다고 생각했다. 따라서 시인의 길로 들어선 이상 인류와 사회를 위한 작품을 쓰기 위해선 교양과 양심이 높아야 함을 스스로 다짐하고 있다. 민족과 국가, 그리고 시 쓰기에 대한 모윤숙의 이런 생각은 당대 민족주의자 춘원을 만나 인정받고 평가받는 것으로 이해할 수 있다. 이광수는 민족에 대한 사랑과 헌신을 노래하는 모윤숙을 시단에서는 보기 드문 존재로 격려했다.[42] 민족과 국가를 위한 노래를 통해, 죽음을 불사하고 시를 쓰겠다는 모윤숙 시인의 각오는 당대 문단에서 여성 시인으로서의 정체성을 어떻게 정립할 것인가라는 고민의 과정을 통해 도출된 것이다. 이런 점에서 이광수는 당대 문단에서 조선민족의 마음과 조선의 땅을 안으려했던 여성 시인으로 모윤숙을 평가하고 있다.

모윤숙 시인의 시는 분명 당대 조선의 현실을 바탕으로 민족의 고통과 국권의 부재를 일깨운다.

임 계신 곳 향하여
이 몸이 갑니다.
검은 머리 풀어 허리에 매고
불꺼진 조국의 제단에
횃불을 켜 놓으러 달려 갑니다.

—「검은 머리 풀어」 전문

위의 작품에서 모윤숙은 불 꺼진 제단, 즉 조국에 횃불을 켜 놓으러 달

---

42) 이광수, 「모윤숙의 시집, 『빛나는 지역』」, 『빛나는 지역』, 박문서관, 1933.

려가겠다고 말한다. 모윤숙은 한결같이 민족과 국가에 대한 사랑과 희생을 강조한다. 그런데 주목할 점은 이런 특성을 보이는 모윤숙의 시가 당대의 주류적 경향과 차이를 보이는 것이기는 하지만, 한편으론 1920년대 시의 전통을 계승하고 있음을 보여주고 있다는 사실이다.

1920년대의 시단은 일찍이 아비부재의 시대이며, 여성성이 이를 구원한 시대로 평가받았다.[43] 남성 시인인 한용운, 김소월 등이 재현하는 여성화자와 님의 시학은 부재하는 조국에 대한 사랑과 헌신을 노래하고 있다. 이런 시를 통해 '궁핍한' 시대의 저항의 미학이 탄생한 것으로 논의되기도 한다. 그런데 1930년대 시단에서는 남성 시인이 노래하는, 조국으로 표상되는 '님'이 주요 시단에서 사라지게 되는데, 이런 의미에서 모윤숙의 시가 '님'을 부르며 민족의 현실과 이에 대한 헌신을 강조하고 있다는 사실은 주목할 만하다. 모윤숙의 시는 작품의 주제상 한용운과 김소월의 뒤를 이으면서도 훨씬 더 의지적이고 적극적인 여성주인공을 내세우고 있다.

어떤 때에는 그는 분명히 '나이두'의 힘찬 리듬을 본받으려 하였다. 「조선의 딸」, 「빛나는 지역」, 「안해의 소원」, 「리별」, 「여름밤의 기원」 등에는 우렁찬 리듬이 흐르고 있다. 그리고 그것들은 그의 시집 속에서는 최상급에 놓일 시들이 아닐가 한다.[44]

이런 점에서 김기림이 모윤숙의 시가 인도의 여성 시인 '나이두'의 힘찬 리듬을 본받으려 한다며 서술하고 있는 이유는 모윤숙의 작품이 환기

43) 김윤식, 「한국시의 여성편향」, 『근대한국문학연구』, 일지사, 1973, 445~457면.
44) 김기림, 「毛允淑씨의 '리리시씀—시집 『빛나는 地域』을 읽고」, 『조선일보』, 1933. 10. 29~30.

시키는 저항성을 염두에 두었기 때문이다. 나이두는 인도의 여성 민족 운동가이며 시인으로 모윤숙에게 많은 영향을 준 인물이다. 김기림 역시 감상성을 주로 비판하고 있지만 모윤숙에게 최상급의 시들이란 '민족'에 대한 애정과 헌신을 중심에 놓은 시작(詩作)이기에 그것이 시인이 추구해야 할 최선의 시세계가 아닌가 제안하고 있다.

이런 의미에서 1920년대에 남성 시인이 결핍과 구원의 상징으로 여성 화자를 사용했다면, 1930년대 전문적 여성 시인의 등장 이후 직접 여성의 목소리로 '님'을 노래하고 있음에 주목할 수 있을 것이다. 이는 1920년대의 '남성시인—여성화자—님의 시학'이 1930년대 '여성시인—여성화자—님의 시학'으로 계승된 것으로 이해할 수 있다.

4. 식민지 여성시인으로서의 정체성

내가 자리에 피곤히 기대었을 때
소리없이 그의 손은 내 가슴에 찾아와
고달픈 내 혼에 속삭입니다
〈너는 왜 잠이 들지 못하느냐〉고

해진 치마 보고 가난을 슬퍼할 때
어디선지 그 얼굴은 가만히 나타나
깨어진 창틈으로 속삭입니다
〈너는 조선의 딸이 아니냐〉고

모윤숙의 작품에서 '나'는 부모의 딸이 아니라 '조선'이라는 국가의 딸로 인식된다. 비유적인 언어보다 직설적 표현을 사용하고 있는 이 작품은 '조선의 딸'로서의 시인의식을 뚜렷하게 보여주고 있다. 따라서 모윤숙은 주인공 여성을, 해진 치마를 보며 가난함을 슬퍼하는 존재가 아니라, 국가와 민족의 생각으로 피곤에 지친 존재로 그린다. 이런 여성은 전통적인 여성의 모습과는 다른 것이다. 그렇다면 이처럼 식민지시기 민족 / 국가에 대한 상상이 여성의 정체성과는 어떤 관련이 있는 것인가. 좁혀 말하면 민족과 국가를 노래하는 것이 여성작가의 정체성에 어떤 의미를 갖는 것인가.

모윤숙은 시인으로서 민족의 현실과 대중의 고민을 위해 무엇인가를 해야 한다고 생각했다. 그리고 그가 생각한 것은 민족과 국가라는 주제를 통해서 역사 현실과 문단에 어떤 책임을 다 함으로써 시인으로서의 정체성 역시 확립되는 것으로 이해하고 있다. 1930년대 초 시단에서 모윤숙 시인은 분명 민족적 현실의 암울함과 국가의 부재라는 위기상황에 대한 여성 주인공의 적극적인 행위를 상상함으로써 작품에서 저항의 메시지를 생산했다.

그는 1930년대 초 국가의 주권을 회복하는데 적극적인 여성 주인공을 상상함으로써 작가의 정체성을 정립해 나간다. 이는 여성으로서의 정체성을 자각하고, 걸인의 삶처럼 타의에 의해 질질 끌려가는 여성의 삶이 아니라 인간으로서 살고 싶다는 근대의 계몽의식과 연결된 여성주의적 자각과 연결된다.[45] 이런 의미에서 『빛나는 지역』(1933)의 세계는 여성정체성에 대한 자각과 작가로서의 사명의식 등이 투영된 시집이다.

모윤숙의 초기 시는 민족의식을 토대로 부재하는 상상의 국가(조선)에 대한 희망을 노래하고 있다. 이런 시 쓰기를 통해 모윤숙은 여성시인으로서 정체성을 얻고자 했으며 그의 작품은 당대 주요 문단에서 배제했던 민족과 님의 노래를 통해 시의 한 방향을 보여주었다.

이처럼 여성 정체성에 대한 인식과 사회적 실천인으로서 작가의 소명 등을 강조하던 시인이었기에 친일의 의미는 단순하지 않다. 식민지 여성 지식인으로서 모윤숙은 제국 일본 권력의 대리자라는 비난으로부터 자유롭지 못할 것이다. 이런 변화는, 시인이 가진 시세계의 논리가 강력한 주권으로서의 남성을 상상하고 있었으므로 그것이 국가라는 권력과 맞물린 것으로 설명되기도 한다. 즉 애초부터 국가로 상상되는 남성적 위계질서를 따르며 그 논리에 포획된 여성상을 정립하고 있었기에 이상적 남성에게 보내는 민족주의적 사랑의 시『렌의 애가』를 거쳐 강력한 주권인 일본 제국을 상상하는 여성 시인으로 자리매김 되었다는 것이다.[46] 즉 모윤숙의 초기 시에 나타나는 '아버지와 오빠'의 부재, 즉 국가의 부재는 그것을 소망하는, 남성 국가와 대비되는 여성 화자를 만든다.[47] 이때 여성은 일본 제국주의로부터 자신을 보호해줄 조선의 아버지, 즉 든든한 남성 주체를 희구하게 하고, 이 희구를 내면화하게 되는데 식민지 여성의 경

---

45) 모윤숙,『영운 모윤숙 전집』6, 지소림, 1978, 118면.
46) 김승구,「모윤숙 시에 나타난 여성과 민족 관련 양상 연구」,『현대문학의 연구』30호, 한국문학연구학회, 2006.
47) 민족과 국가를 상상하는 수사학에는 성별 상징성이 있다. 예를 들어 민족의 의미가 강조될 경우 조국 앞에 어머니가 붙지만, 국가─주권의 상실은 아버지의 상실, 아버지의 부재로 표현된다. 일제 식민지 기간을 이런 식으로 표현하는 경우는 일반적이다. 임우경,「식민지 여성과 민족 / 국가 상상」,『한국의 식민지 근대와 여성공간』(태혜숙 외편), 여이연, 2004.

우, 국가가 없었으므로 이런 욕망은 더욱 강렬할 수 있다[48]는 것이다. 모
윤숙 시세계는 민족주의를 지향하며 이런 방향으로 변화되어 간 것으로
설명할 수도 있을 것이다. 이런 의미에서 1930년대 후반 조선 여성들의
친일은 식민지 여성의 여성주의적 자각, 정체성 확립에 대한 욕망이 일본
제국의 국민화 과정을 통해 충족되는 것으로 설명되기도 한다.

그러나 1930년대 초 모윤숙의 시에 나타나는 힘 있는 국권의 추구와
계몽의 의지가 식민지 현실에 대한 문제의식을 희석시키고, 제국의 근대
논리에 포획될 가능성을 '이미' 내포하고 있었다고 단언할 수는 없다. 이
는 모윤숙의 작품이 1930년대 초 문단에서 민족적 현실에 대한 자각과 저
항의 의미로서의 실제적 위상을 갖고 있었기 때문이다.

---

48) 위의 글.

유행가 가사의 대중성과 여성성 −김억 작사(作詞)곡을 중심으로

1. 1930년대 시문학과 유행가 가사

　시문학사에서 유행가 가사에 대한 시 장르로서의 인식은 시인이자 1930
년대 유행가 가사 작사가였던 이하윤에게서 처음 시작되었다.[1] 그는 당대
유행가의 노랫말에 '가요시'라는 명칭을 붙였는데, 이는 작사가로 활동했
던 많은 시인들이 가사(歌詞)를 시로 창작했음과 연관된다. 즉 작사가들의
창작은 단순한 노랫말이 아닌 '시'라는 문학적 인식 하에 이루어졌는데,[2]
그들은 작사(作詞)가 아닌 작시(作詩) 혹은 시(詩)라는 표기를 사용했다.

　1930년대에는 많은 시인들이 작사가로 활동하며 대중가요를 적극적으

---

1) 이동순, 『민족시의 정신사』, 창작과비평사, 1996, 343면.
2) 1930년대 작사가로 활동하여 가장 많은 대중가요 창작에 참여했던 시인 조명암의 경우 노랫말들
　을 가요시(歌謠詩)라는 시의 한 장르로 묶고 있고, 이하윤은 노랫말을 시집에 포함시켰으며, 김억
　은 시집에 '가(歌)'라는 표기를 하고 있다.

로 창작하고 있었다.[3] 이런 사실은 당대 점점 확장되는 대중가요 시장이 시인들의 참여를 필요로 했음을 의미한다. 대중가요계가 시인들의 참여를 필요로 한 이유는 대중가요 가사의 품격을 높이기 위해서인데, '완전하고 완성된 시'의 노랫말만이 대중들에게 진정한 즐거움을 줄 수 있으리라는 판단 때문이었다. 이는 노랫말을 감상하는 대중의 수준이 높다는 사실을 의미한다. 실제로 대중가요를 들었던 대중들은 일정한 지식이 있으며, 사회적으로 직업을 갖고 있는 수준 높은 엘리트들이었다. 그들의 삶은 근대화되어 가는 도시와 문명 속에서 일상화되어 갔다.[4] 따라서 이런 대중들의 감성을 제대로 표현하기 위해서는 수준 높은 의식과 표현이 필요했던 것이다.[5]

이런 취지로 각종 문예 잡지와 신문, 또 크고 작은 단체들에서는 유행가 가사를 공모하였다. 한 예로 1938년 조선일보에서 주최한 유행가 현상공모에는 4,000편이 넘는 응모작품이 모집되었다. 이렇듯 유행가가 노랫말에 의존하고 있는 현상은 대중들이 유행가의 가사에 그만큼 민감하게 반응하고 있음을 의미한다. 때문에 레코드 회사는 출시한 음반의 노랫말이 실린 가사지를 미리 선전하고 배포하는 작업을 해야 했다. 그런데 이때 주목할 만한 사실은 가사지에 적힌 노랫말이 가사가 아니라 시(詩)로 표기된 예가 많았다는 것이다. 이처럼 대중들이 가사지를 먼저 기다렸다는 것, 또 시인 역시 이를 '시(詩)'로 창작했다는 사실은 유행가의 가사로 기능하고 있지만, 그 전에 문자화된 노랫말이 한편의 '시'로 대중에게

---

3) 김광해·윤여탁·김만수, 『일제강점기 대중가요 연구』, 박이정, 1999, 26면.
4) 김진송, 『현대성의 형성—서울에 딴스홀을 許하라』, 현실문화연구, 1999, 165~168면.
5) 김능인, 「민요와 리얼리틱한 유행가」, 『삼천리』, 1933. 3.

나 시인에게 의식되고 있었다는 것이며, 이런 사실이 노래와 결합된 '가사'이면서도 독자적인 '시'로 존재할 수 있게 만들었다는, 단순하지 않은 현상을 환기시킨다.

이런 맥락에서 당대에 유행가 작사자로 활발하게 활동한 김억을 통해 근대시문학사에서 유행가 가사의 의의를 생각해볼 수 있을 것이다. 김억은 1930년대 초부터 '조선심'과 '격조시형'을 내세우면서 유행가 작사가로 활동하기 시작한다. 그는 김포몽, 김안서, 김억 등으로 활동하면서 1945년 이전 80곡의 유행가 가사를 작사한 것으로 알려져 있다.[6] 작사가로서 김억의 활동에 대한 주목할 만한 연구는 최근 활발히 이루어지고 있다. 문학사에 가려진 김억의 활동과 실제 작품을 발굴하는데 주력하는 연구,[7] 김억의 '격조시형'의 특성을 가창(歌唱)과 가영(歌詠)의 형식이라 밝히는 연구[8] 등이 이루어졌다.

한편 김억의 작품에 드러난 대중적 정서, 즉 조선적인 정서와 느낌, 애상성의 기원이 서도민요로부터 비롯된 것으로 논의되기도 하는데[9] 이런 평가는 일견 맞지만 한편으론 노랫말이 갖고 있는 근대적 성격을 간과하게 될 우려도 있다. 1930년대에는 노래의 전통이 남아 있었기 때문에 시적 정서의 근간을 민요로 잡는 것도 의미 있는 일이다. 그러나 김억이 유행가 가사를 작사하기 이전 이미 근대 시인으로서 유행가 가사에서 드러

---

6) 장유정, 「안서 김억의 대중가요 가사에 나타나는 민요적 특성 고찰」, 『겨레어문학』 제35집, 2005.

7) 장유정, 『오빠는 풍각쟁이야―대중가요로 본 근대의 풍경』, 민음in, 2006; 장유정, 「민요전통 계승한 김억의 대중가요 가사」, 『문학사상』, 2006.1.

8) 구인모, 「詩歌의 理想, 노래로 부른 근대―김억의 유성기음반 가사와 격조시형」, 『한국 근대문학연구』 제16호, 한국근대문학회, 2007; 한수영, 「1920년대 시의 노래화 현상연구」, 『비평문학』 24호, 한국비평문학회, 2006.

9) 장유정, 앞의 책; 구인모, 앞의 글.

나는 것과 동질적인 시적 정서를 형상화해내고 있었음을 고려할 필요가 있다. 그러므로 유행가 가사의 정서를 굳이 민요시에서 가져오는 것은 김억의 시세계 전체를 설명하는데 효과적이지 않은 접근이다. 대중가요가 전통 가요와 맞닿아 있는 지점이 있는 것은 사실이지만, 대중가요는 전통과는 다른, 근대의 사회, 문화를 반영하는 문화 양식이라는 점에서 차이를 인식할 필요가 있다.

그렇다면 김억은 유행가 가사에서 대중적 정서를 어떻게 실현할 수 있었을까. 김억은 번역시는 물론 창작시까지 감상적이고 애상적인 정서를 표현하는 시인으로 평가되어 왔다. 특히 그가 드러내는 정서적 특질은 임을 잃은 슬픔이라는 주제와 맞물려 여성적 감성의 세계로 표출되어 왔다. 김억은 대중가요 가사를 창작함으로써 근대시를 완성하고자 했다. 이런 의미에서 1930년대 유행가 가사는 김억이 1920년대 추구했던 시세계를 계승함과 동시에 새로운 근대의 문화에 대한 감수를 드러내는데, 이것이 바로 대중적 감수성의 표현이다. 김억의 유행가 가사는 1920년대 시에서 표현했던 임을 잃은 슬픔과 비애의 여성적 정조가 감상과 애상이라는 대중적 정서와 만나 대중가요의 중요한 분위기를 만들어내고 있다. 이런 의미에서 본고는 김억의 1930년대 유행가 가사가 시인이 초기 시부터 추구했던 정서와 형식에 기반하고 있음을 논의하면서 유행가 가사에서 이런 정서적 특성이 어떻게 발전적으로 계승되고 있는가를 고찰할 것이며 나아가 이런 정서가 환기시키는 여성성과 대중문화의 상관관계 역시 이야기할 수 있을 것이다.

2. 유행가 가사의 언어 형식과 대중성

1) 격조시형과 노래의 형식

　1930년대 김억이 제안한 격조시형은 시가에 있어서 중요한 것이 운율이라는 인식을 바탕으로, 산문과 혼용되기 쉬운 자유시보다는 일정한 규정과 제한을 주어야 한다는 원리 하에 만들어진 형식이다.[10] 이는 규칙적인 리듬에 의해서 자연스럽게 민족의 공통적 호흡과 노래를 찾으려는 노력의 귀결점이기도 하다.[11]

　그런데 이런 관점에서 보면 정형 율격이 가장 잘 적용된 작품이 바로 유행가 가사이다. 원래 김억이 추구한 정형률의 대표적 형식인 7·5조는 노래와 정서적으로 밀접한 연관성을 가진 형식이다. 즉 민족이 향유할 수 있는 '조선적 형식'을 통해 '조선적인 정서', '조선심'을 표현하고자 했던 김억의 노력이 '격조시'로 구체화되면서 대중가요 가사 작사에서 가장 효과적으로 활용된 것이다. 이런 의미에서 격조시는 실제적으로 김억이 염두에 두고 있는 시의 개념이 노래의 세계로 통하고 있음을 보여주는 개념이다. 즉 격조시형은 가영(歌詠)과 가창(歌唱)을 염두에 둔 형식이며, 이런 의미에서 김억이 추구하고자 하는 노래로서의 시의 이상이 가장 잘 구현

---

10) 최근에는 격조시형에 대한 새로운 논의들이 이루어지고 있다. 즉 1910년대부터 지속적으로 민족 언어와 형식을 계발하려는 노력 속에서 민족의 형식과 음악성에 대한 통찰로 '격조시형'이 제안된 것이라는 평가이다. 주근옥, 「김억의 격조시형론 소고」, 『한국현대시인연구』 상(문덕수·김용직·박명용·정순진 편), 푸른사상, 2001; 김진희, 「근대문학의 場과 김억의 상징주의 수용」, 『한국문학이론과 비평』 제22집, 2004; 한수영, 「1920년대 시의 노래화 현상연구」, 『비평문학』 24호, 한국비평문학회, 2006; 구인모, 「詩歌의 理想, 노래로 부른 근대—김억의 유성기음반 가사와 격조시형」, 『한국 근대문학연구』 제16호, 한국근대문학회, 2007.

11) 김억, 「권두소언」, 『안서시집』, 한성도서, 1929; 김억, 「시작법 II」, 『조선문단』, 1925.8 참조.

된 것이 대중가요 가사이다.[12] 김억은 당시에 시(詩)보다 가사(歌詞)를 지을 때 정형성을 더욱 강조했으며, 순수국어를 사용함으로써 언어의 미감을 살리려 했는데, 이는 그가 강조하는 음조미(音調美)와 관련이 있는 것으로 보인다.

유행가는 시작적 태도로 보아서 第二義的이외다. 나는 그것을 第一義的 시작이라고 볼 수 없습니다. 진정한 의미로의 作詞者(作詩者가 아니요)가 생긴다면 모르려니와 그렇지 아니하는 한에서는 언제든지 第二義的 의의밖에 아니 가지게 될 것을 확신합니다. 그렇다고 이 유행가사에서 시적 요소를 제외하자는 것은 아니외다. 이 가사가 노래와 한 부분이 되는 이상 어떻게 이 시적 요소를 제외시켜버릴 수 있겠습니까 시적 요소가 있는지라 우리는 歌詞와 산문과를 구별하고 또한 의미만으로는 만족할 수가 없는지라 가사에서 音調美를 어디까지든지 요구하는 것이외다.[13]

님그리는 이눈물 구슬이라면
실마리는 이생각 알알이꿰여
나를닛고 떠도는 님의목에다
휘휘친친 감아서 노아보련만

님그리는 이꿈이 꽃잎이라면
봄바람은 이한숨 닙닙히날녀

---

12) 현재 발굴된 유성기음반 가사 중 40편에 작시(作詩)라고 표기되어 있으며, 시작품 중에서는 가(歌) 또는 유행가라고 표기한 작품이 29편이다.
13) 김억, 「流行歌詞管見」, 『매일 신보』, 1933.10.15.

나를닛고 잠자는 님의맘에다

　　송이송이 뒤뿜여 깨와보련만

　　이도저도 못하는 이내심사야

　　속절없이 봄창을 홀로기대고

　　얼을없는 상사에 예윈이얼굴

　　한갓되이 지낸날 그려울을뿐14)

　　위의 인용문에서 김억은 유행가 가사가 노래의 한 부분이니 시작(詩作)
으로 볼 수 있다고 한다. 다만 그것이 제일의적 시작이 될 수 없음은 시적
요소를 구비한 가사 만들기가 어렵기 때문이다. 그러나 음조미, 즉 운율
과 언어의 미감을 고려하여 만든 가사라면 그것은 제일의적인 시라고 할
수 있다고 한다. 김억은 자신의 격조시형이야 말로 유행가 가사를 제일의
적인 시작으로 만들 수 있는 방법으로 생각했는데, 이는 유행가 가사를
새로운 시작(詩作)의 한 형태로 의식하고 있었음을 보여준다.

　　다음의 인용 작품은 유행가로 불린 〈녹수〉라는 노래의 가사이다. 이
노래의 형식을 보면 우선 7 · 5조의 음수율을 사용하고 있으며, 'ㅁ'과 'ㄴ'
을 중심으로 유성자음의 사용과 '면', '만', 또 'ㄴ' 받침을 각운으로 사용하
면서 음절의 소리를 맞추고 있다. 부드러운 자, 모음은 슬픔의 정서에 울
림을 주고, 그 애상감을 더욱 깊게 만든다. 한편 7 · 5조로 이루어진 4행
은 4마디를 기본 단위로 하는 가요형식의 한 악구와 대응되면서, 악곡의
8마디 즉, 한 도막형식의 박절 구조와 맞물린다.15) 이는 김억이 취한 시

---

　14) 〈녹수〉(김안서 작사, 유일 작곡, 이정원 노래), 음반회사 : 리갈, 1936.10.

형식이 실제로 노래를 염두에 두고 있는 것임을 드러내는데, 김억은 이런 작시법을 유행가 가사뿐만 아니라 당시 시작(詩作)의 기본방식으로도 사용했다.16) 이런 의미에서 유행가 가사는 '노래'를 의식하면서 탐구했던 새로운 근대시 형식, 또는 시 장르로 이해할 수 있을 것이다.

2) 대중 '가요시'로서 유행가 가사

김억은 격조시형이 우리 민족의 정서, 즉 조선정서를 드러내는데 가장 적합한 형식이라 생각했으며, 이를 통해 민족 모두가 향유할 수 있는 근대시가 제작되기를 희망했다.

> 시인이 노래를 짓는다는 것은 시인 혼자서 만족하자는 것이 아니외다. 여러 사람의 맘에 얼마만한 감동이라도 주자는데 있는 것이외다. 그곳에서뿐 시인은 좀 더 기쁨을 가질 수가 있으니 이러한 노래다운 노래가 일반으로 보급되는 것이야 이에서 더 좋은 일이 어디 있겠습니까. 그러나 세상에는 이러한 노래가 유행되지 못하고 대개는 보잘 것 없는 노래가 유행이니 세상일이란 참말 모르겠습니다. 그런지라 민중화를 기뻐하는 동시에 또한 민중화를 무서워하지 아니할 수가 없습니다. 시인으로서 유행가에 대하여 가장 관심치 아니할 수 없는 것이 있다 하면 그것은 노래다운 노래가 유행되어진다 하는 것이외다.17)

---

15) 한수영, 「1920년대 시의 노래화 현상연구」, 『비평문학』 24호, 한국비평문학회, 2006.
16) 김억은 창작집 『안서시초』(1941), 『민요시집』(1948)과 한시번역시집 『망우초』(1934), 『동심초』(1948), 『지나명시선』(1944) 등에서도 같은 시형을 사용한다.
17) 김억, 「유행가와 각계 관심―시인으로서의 관심」, 『신가정』, 1933.2.

나는 유행가를 민요의 일종이라 생각합니다. 재래의 민요가 원○○이요, 전원적임에 대하여 이 유행가는 현대적이고 도시적임이(그렇다고 전원을 노래치 않는 것은 아니다) 그 특색인줄 압니다.[18]

유행가는 그 근본 의의로 보아 어디까지든지 대중의 가장 친한 동무가 되지 않아서는 아니 될 것이외다. 그러기에 작자야 말로 대중의 심정을 이해하여 그것을 여실하게 포착지 않아서는 아니 될 것이외다. 그리고 대중의 심금을 울려주기 위하여는 결코 어려운 말과 깊은 의미의 노래를 지어서는 아니 될 것이외다. 이 가사야 말로 어디까지든지 알기 쉽고 아름답게 하지 않아서는 아니 될 것이외다. 그러기 때문에 대단히 쉬어 보이는 이 가사에서처럼 표현으로 기교와 언어구사의 세련이 요구되는 것은 없습니다.[19]

김억이 유행가를 민요의 일종이라고 생각하는 것은, 노래의 향유층이 광범위한 민중, 즉 대중이기 때문이다. 전통적으로 민중들의 노래가 민요였다면 당대 사회에서는 특히 현대적, 도시적 문화의 주체인 대중들이 유행가의 향유주체였다. 세 번째 인용문에서는 알기 쉽고, 아름다운 가사를 통해 대중에게 호소할 작사를 해야 함을 강조하고 있는데, 이는 기본적으로 대중문화의 성격을 포착하고 있는 발언이다. 그는 유행가가 대중과 친숙한 장르로 대중의 정서를 반영해야 하며, 아름답고 쉬운 가사를 통해 대중의 심금을 울려야 하는 노래로 정의하고 있다. 고급예술이 전문적인 표현으로 제한적인 향유층을 확보하는 것에 비해 대중예술은 알기 쉬운 표

---

18) 김억, 「流行歌詞管見」, 『매일 신보』, 1933.10.19.
19) 김억, 「流行歌詞管見」, 『매일 신보』, 1933.10.15.

현과 대중에게 친근한 정서를 통해 대중들의 폭넓은 지지를 받아야 한다.

이런 의미에서 시인이 작사에 참여하는 이유는, 쉬워 보이지만 세련된 기교와 언어구사가 필요하기 때문이다. 실제로 김억은 「유행가와 각계 관심—시인으로서의 관심」에서 '노래다운 노래'의 일종으로, 잘 알려진 동요 〈푸른 하늘 은하수〉의 가사를 소개하면서 이를 〈강남달〉이라는 노 랫말과 비교하며 〈강남달〉의 가사를 저급한 것으로 평가한다. 뿐만 아니라 일본 노래의 번역 역시 비판한다. 이런 의미에서 그는 좋은 가사를 쓰는 것이 당대적인 '문화사업'의 일환임을 강조한다.

> 무엇보다도 유행가 가사(歌詞)가 먼저 시(詩)가 되지 않으면 안 된다. 다분 히 즉흥적이면서도 평이하게 만들어야겠지만 그럴수록 상○가 곱게 세련된 한 개의 아름다운 시가 아니어서는 안된다. 그러므로 이야말로 숙련된 기교가 절실히 필요하다. 따라서 부르는 사람 자신이 이 시를 참으로 이해하여 그 말 의 억양과 고저 강약이 분명하게 대중의 귀와 가슴에 울리도록 힘써야 할지니 실로 유행가는 그 우열의 구별이 여기서 생기기도 하는 것이다.[20]

위의 인용문 역시 당대 시인이자 작사가, 번역가로 활동한 이하윤이 유 행가 가사에 대한 자신의 소견을 밝힌 글이다. 현재적 관점에서 생각해보 면 대중가요 가사에 시적인 아름다움과 완성도를 요구하는 것이 다소 특 이한 문화현상으로 보인다. 그러나 이런 인식의 근저에는 유행가 가사를 단순히 노랫말에 국한하는 것이 아니라 '시'로 개념화하려는 의도가 있다. 때문에 유행가 가사 작사 시인들은 자신의 시 전집에 유행가 가사를 수록 할 수 있었을 것이다.

---

20) 이하윤, 「유행가곡의 제작문제」, 『동아일보』, 1934.4.2.

3. 식민지 문화의 센티멘털리즘과 여성성

1) '스윗 소로우(sweet sorrow)'와 감성의 신비화

김억은 유행가 가사가 언어적 섬세함과 세련을 통해 대중의 정서에 호소해야 한다고 생각했다. 그렇다면 격조시형과 음조미 등의 형식을 토대로 그가 구현하려 했던 대중적 정서, 혹은 조선적인 정서는 무엇이었는가. 김억은 우선 대중가요의 정서는 기쁨과 슬픔, 설움을 모두 포괄하는 것이어야 한다고 말하고 있다. 이는 다양한 대중의 감정이 일괄적인 하나의 감정으로 표현될 수 없기 때문이다.

사람에게 감정이 있어서 어떠한 것에서든지 감동받을 수 있는 것이와다. 갑에게는 기쁨이 되고 병에게는 미움이 요구케 되니 무엇을 표준삼아 가사의 내용은 반드시 이러한 것이 아니여서는 안된다고 할 수가 있겠습니까. 설움이나 기쁨이나 미움이나 모든 것을 노래하되 사람의 심경을 울려놓을 수 있도록 하면 그만이요 결코 기쁨만을 노래해도 아니될 것이요 그렇다고 설움만을 읊을 것도 아니 될 것이와다.[21]

그런데 주목할 것은 김억이 기쁨보다는 슬픔의 정서에 주목하고 있으며, 특히 애상적인 미감을 부여하고 있는데, 이런 감성이 여성성을 환기시키고 있다는 사실이다. 그리고 이런 감상성과 여성성은 대중가요의 기본

---

21) 김억, 「流行歌詞管見」, 『매일 신보』, 1933.10.19.

적인 정서와 잘 부합함으로써 대중들의 지지를 받을 수 있었다. 이런 사실은 1930년대 근대문학의 장(場)에서 배제된 감상, 감성, 여성성의 정서가 대중예술의 코드로 적극적으로 활용됨으로써 고급문학, 본격문학에 의해 폄하되던 가치들을 부상시키고 있음을 의미한다. 즉 통속성과 저급한 감정으로 치부되던 감상성과 그 성별로서 여성성을 1930년대 식민지 대중들의 정서를 반영하는 주요한 정서적 특질로 주목하도록 한 것이다. 물론 이런 문화적 현상은 당대 대중문화의 젠더적 무의식을 전제하고 가능했으리라 생각한다. 여성성을 눈물과 감상으로 연결시키는 것은 여성성에 관한 편견과 단순화를 대중적으로 재생산하는데 기여하기 때문이다.

당대 대중가요의 기본적인 정서는 '센티멘털리즘─감상주의'로 사랑노래가 대부분이며, 여성화자가 등장하여, 떠난 님을 그리워하는 주제가 주로 나타났다.[22] 김억이 쓴 가사에서도 이런 특성이 나타나는데, 특히 그가 추구해 왔던 시적 취향과 특성이 반영됨으로써 대중가요의 정서를 효과적으로 구현할 수 있었다.

순실(純實)한 심플리시티가 떠도는 고운 시라고 하고 싶습니다. 단순성의 그윽한 속에, 또는 문자를 음조 고르게 여기저기 배열한 속에 한없는 다사롭고도 아릿아릿한 무드가 숨어 있는 것이 민요시입니다.[23]

김억은 초기의 시창작과 상징시의 번역부터 곱고 부드러운 정서를 추

---

22) 1930년대 대중가요 가사 245편을 분석한 결과 이런 경향이 도출되었다. 김광해 · 윤여탁 · 김만수, 『일제강점기 대중가요 연구』, 박이정, 1999, 46~51면.
23) 김억, 「시형의 음률과 호흡」, 『태서문예신보』 제14호, 1919. 1. 13.

구해 왔다. 특히 그가 제시하는 한없이 다사롭고도 아릿아릿한 무드는 '스윗 소로우(sweet sorrow)'를 가리킨다.[24] 그는 스윗 소로우에 대하여 괴롭고도 설운 즐거움이라 한다. 이는 슬픔과 고통 속에서(또는 슬픔과 고통을 통해) 아름다움을 느끼는 복합적인 정서로 사랑과 고통의 아름다움이 공존하는 섬세한 심리를 일컫는다. 자신을 설움에 떠도는, 가이 없는 존재로 인식하면서 서럽고도 고운 노래를 지향하는 시인의식[25]은 어슴프레하게 형언할 수 없는 내면의 고독을 신비롭게 미화시킨다.

南유롭을 중심으로 삼고 근대 대표적 시인의 대표적 시를 역자 일류의 보드랍고도 고운 약하게도 捕○하기 어료운 채필(彩筆)로 역출(譯出)한 이 한권이야말로 우리 시단의 앞길을 밝게 줌이며 같은 때에 새 시가에 대하여 무한한 암시를 준 것이다. 뛰노는 가슴에 고운 사랑에 어린 번민의 맘에 향훈 높은 예술의 꽃에 동경하던 이에게 얼마나 깊은 느낌과 하소연한 생각을 주랴. 이 한권으로써 모든 비애 온갖 위안의 벗을 삼으려는 이야말로 행복이다.[26]

이처럼 깊은 느낌과 하소연한 비애감에 대해 '소녀 취향 감상'에 불과하다는 비판도 있었지만[27] 이는 역시 고급한 감점을 중심으로 내릴 수 있는 평가이다. 한편으론 김억에게서 발견되는 특징이 바로 여성편향성임에 주목하면서 그가 베를레르의 비애의 미학을 특유의 섬세한 가락으로 수용함으로써 한국시의 여성성의 원류를 형성하였다는 평가에 주목할

---

24) 심선옥, 「1920년대 민요시의 근원과 성격」, 『상허학보』 제10집, 상허학회, 2003.
25) 김억, 「서문」, 『해파리의 노래』, 조선도서, 1923.
26) 김억, 「서문」, 『오뇌의 무도』, 조선도서, 1921.
27) 김용직, 『한국현대시인연구』 하, 서울대 출판부, 2000, 414면.

필요가 있다.[28] 이런 논의는 김억 작품의 여성성이 문체와 정서를 통해 지속되고 있음을 강조한다.

어느 늦은 봄날이외다. 꽃잎은 하염없이 떨어지고 한갓되이 푸른 봄만이 뜨거운 여름을 기다릴 때외다. 지나간 옛일을 생각하면 사람으로 여러 가지 생각이 없지 않을 수 없을 것이외다. 사람도 저와 같이 서러운 생각만 가슴에 남기고 스러질 것이외다. 생각하면 모두 다 뜬 구름에 뜬 바람이건만은 어디 사람의 일이야 그렇습니까? 봄바람이 불 때는 모두 다 잊어버리고 말지 않습니까? 이리하여 지나간 옛일을 돌아볼 때의 서러운 심정은 누구라서 가없다 하지 않을 수 있습니까? 그러한 생각을 가졌는지라 노래 같은 것을 하나 지어보고 싶었습니다. 말하자면 봄바람이 휘돌아서 지나간 옛일을 돌아보면 역시 잊을 수가 없어 한갓되이 슬픈 생각에 운다는 것이외다. (…중략…) 선우일선의 노래는 보통 유행가로만 볼 것이 아니라 조선정조를 발휘하는 우리 조선 민요를 노래할 품가 높은 목청이외다. 누구누구 하여도 조선민요로서 선우일선의 목청이 아니고는 도저히 완전하게 표현할 수 없는 것이외다.[29]

하늘하늘 바람이
꽃이피면
다시못잊을 지낸그옛날

지낸 세월 구름이라

---

28) 김영철, 「근대시의 형성기」, 『한국현대詩史』(오세영 외편), 민음사, 2008.
29) 김억, 「거리의 꾀꼬리인 십대가수를 내보낸 작곡, 작사 고심기」, 『삼천리』, 1935.11.

잊자건만

잊을길없는 설은이내맘

꽃을 따며 놀든 것이

어제련만

그님은가고 나맘외로이

생각사록 맘이 설어

아니우랴

안을수없어 꽃만따노라[30]

　　위에 인용된 글 중 처음 것은 유행가 〈꽃을 잡고〉의 가사에 얽힌 이야기이고 아래는 〈꽃을 잡고〉의 가사이다. 위의 이야기는 김억이 〈꽃을 잡고〉를 어떤 마음으로 작사하게 되었는가를 설명하고 있는데, 이 글에서도 센티멘털한 애상성이 드러난다. '하염없이', '한갓되이', '서러운', '스러질', '슬픈' 등의 수식어를 통해 그는 '조선 정조' 즉 서러움의 애상성을 표현해내고 있다. 김억이 작사한 〈꽃을 잡고〉는 당대에 음반 5만장이 팔릴 정도로 대단한 인기를 얻은 대중가요이다. 그 노래를 부른 선우일선은 슬픔의 가수라고 일컬어졌다. 노래를 부른 선우일선의 창법이 기교를 배제한 상태에서 높은 음을 가성으로 처리함으로써 슬픔에 대한 절제의 미감

---

30) 〈꽃을 잡고〉(김안서 작사, 이면상 작곡, 선우일선 노래), 음반회사 : 포리돌, 1934.6. 음반에 취입한 가사는 노래의 길이에 제약을 받아 3연까지 가창했다. 이후 김억은 이 가사를 '시'로 『조선문단』에 발표했다. 시작품으로서 완결성을 추구하려 했던 것이다. 구인모, 「詩歌의 理想, 노래로 부른 근대－김억의 유성기음반 가사와 격조시형」, 『한국 근대문학연구』 제16호, 한국근대문학회, 2007.

을 보였다고 한다. 님의 부재에 대한 화자의 슬픔과 임과의 추억으로 인한 비애감은 그 노래를 부른 여성가수에 고스란히 투사되어 대중들은 가사 내용이 갖는 여성적 정조에 깊이 반응하게 된다.

2) 대중 정서의 반영과 감정적 연대

〈꽃을 잡고〉 가사에도 드러나듯 님의 부재와 슬픔, 화자의 수동적 태도는 여성적 정서의 범주로 김소월, 한용운 등 1920년대 시의 주제이자 민족 보편의 정서이기도 하다. 이런 의미에서 김억 역시 전통 가요인 서도잡가로부터 이별, 실연, 유적의 삶, 고독, 상실, 가이 없는 생각, 하소연한 생각이나 느낌을 수용하였는데, 이것이 낭만적 기질과 만나 허무의식으로 수용됨으로써 비애나 애상 자체를 향유하려는 태도로 드러난다고 할 수 있다. 이처럼 삶에 주어진 비극적 조건과 싸우거나 대면하는 것이 아니라 그로 인한 슬픔과 고통을 수용하고 비애를 받아들이는 태도는 대중적 감수성의 핵심을 보여준다.

〈꽃을 잡고〉는 님과 헤어진 여성 화자가 그 슬픔에서 헤어나올 수 없음을 노래하고 있다. 슬픔을 극복하려는 태도보다는 잊을 수 없기에, 울을 수밖에 없는, 어쩔 수 없는 자신의 마음을 드러내고 있다. 그 마음의 정서가 '서러움'으로 드러난다. 더군다나 이 노래의 화자가 여성이고 또 가창자 역시 여성임은 내용이 갖는 비애감을 더욱 강조한다. 대중들은 이런 상실의 비애감 속에서 자신들이 처한 현실을 떠올릴 수 있었을 것이다.

김억의 유행가 가사의 소재로는 주로 꽃, 술, 눈물 등이 쓰이고 있으며, 이를 통해 이별, 외로움, 서러움, 떠돎 등의 주제를 드러내고 있다.

물결은 찰삭찰삭 밤도 깊었고
뚜렷한 보름달은 하늘에찼네
포구로 포구도는 이내신세야
어제밤 놀든님도 모다잇노라

어엿차 한소리에 돗달고나니
물길은 천리만리 정처없는몸
고향이 어듸메냐 하늘엔구름
눈앞에 보이는건 시펄한물뿐31)

밤낮을 두고 무심한 꿈만
님찾아 오락가락
이몸은 지향없이 도는 기럭이
간곳마다 이심사 풀길은 없거니
운다고 이한숨이 끊일것이랴32)

새봄날에 꼿닙을 도는바람아
내고향의 봄빗은 엇더하드냐
오락가락 이몸엔 꿈만외롭고
집을떠나 십년에 나못가노라33)

---

31) 〈수부의 노래〉(김안서 작사, 김교성 작곡, 강홍식 노래), 음반회사 : 빅타, 1933.6.
32) 〈설은 신세〉(김안서 작사, 좌목준일 작곡, 강석연 노래), 음반회사 : 빅타, 1933.12.
33) 〈사향〉(김안서 작사, 전기현 작곡, 전옥 노래), 음반회사 : 콜럼비아, 1934.12.

위에서 언급했듯 일제 강점기 유행가는 사랑과 이별, 그리움 등의 정서를 주로 표현하였으며, 극단적 허무의식이나 눈물로 일관된 작품들이 많다. 가장 많은 양을 차지하는 것이 님과의 이별인데, 님의 부재는 님과 함께 하던 시절을 회상하는 과거지향성으로 나타나며 님의 상실은 고향상실과 이산의 아픔을 동반하고 있다.[34] 위에 인용한 〈수부의 노래〉나 〈설은 신세〉, 〈사향〉 역시 화자가 처한 현실이 님과의 이별, 정처 없고, 지향 없는 신세, 고향상실로 등장하고 있다. 이런 비극적 현실에 대해 화자는 울음과 한숨으로 대응할 수밖에 없는 나약한 존재이다. 자신이 놓인 현실에 대해 아무것도 할 수 없다는 인식은 삶에 대한 허무의식을 동반한다. 그러나 이 역시 당대 대중이 놓인 처절한 현실의 반영으로 이해할 수 있을 것이다.

대중가요는 온전히 작자의 의식을 드러내기보다 대중의 정서를 반영하고 있다. 작사자와 노래를 향유하는 대중의 관계는 상호 소통하는 관계이므로 가사를 통해 당대 대중의 정서를 살필 수 있을 것이다. 이는 1930년대 일제강점기라는 식민지 현실 하에서의 이별노래를 단순히 '신파'로만 치부할 수 없는 이유이기도 하다. 이때 대중들이 향유한 노래는 전통 민요의 집단적 정서인 슬픔을 넘어 개인의 감정이 토로되는 근대적 징후가 뚜렷이 나타난 것으로 이해할 수 있다.[35] 이는 1920년대 김소월이나 한용운이 표출했던 이별의 정서와도 다른 지점인데, 민족이 처한 현실에 대한 '보편적' 상징보다는 이런 현실을 사는 '개인적' 상실의식과 비애감의 표출에 중점이 놓인다. 이런 의미에서 1920년대 시의 여성성에서 민족 주권 부재의 현실을 읽어냈다면, 1930년대 대중가요 가사의 여성성

---

34) 서영희, 「일제강점기 박영호의 대중가요 가사 작품 연구」, 『민족문화논총』 제33집, 2006.
35) 엄성원, 「1920년대 민요시의 사적 전개과정과 근대적 특징 연구」, 『한국언어문화』 28집, 2005.

에서는 소외된 대중의 허무의식과 비애감을 읽을 수 있다.

이몸은 뜨내기의 외로운신세
곳마다 설은이별 이별이자자
아리랑 열두고개 잔들어넘고
은하의 검은연기 내시름이라[36]

님을예고 외로이 우는이내맘
들고나는 이물결 왜못되든가
님을따라 맘대로 따라돌것을
이별설어 포구엔 나못살겠네[37]

가랑가랑 눈물에 어리운두눈
몸은비록 남북에 갈렸을망정
잊을길이 있는가 아아그러나
이날엔 그대의맘 돌아선것을 [38]

　　1930년대 식민지 현실은 기본적으로 우울하고 감상적인 시대였다. 억
압적인 현실 아래서 대중들은 일종의 박탈감과 상실감에 시달려야 했다.
전통적인 행동규범이 소멸되고, 지향해야할 미래의 비전이 보이지 않을

---

36) 〈눈물에 지친 꽃〉(김안서 작사, 김교성 작곡, 강석연 노래), 음반회사 : 빅타, 1933. 12.
37) 〈이별설어〉(김안서 작사, 김준영, 작곡, 조금자 노래), 음반회사 : 콜럼비아, 1934. 5.
38) 〈야속타 기억은〉(김안서 작사, 이면상 작곡, 조금자 노래), 음반회사 : 콜럼비아, 1935. 2.

때 문화적으로 눈물이 유행한다고 한다.[39] 당대의 중심 문단 역시 1930년대 중반을 지나면서 카프의 해산에 따른 이념의 부재와 만주침략 이후에 더 열악해진 식민 조선의 현실, 그리고 니체의 허무주의와 세스토프의 불안철학의 유입에 따른 허무와 불안의식 등이 시에 반영되어 애수와 불안, 퇴영적 정조 등이 유행하고 있었다.[40]

당대 문단에서는 이런 문단 상황을 지속적으로 비판하면서 시작품에 사상이 빠져있음을 경계하고 있었다. 당대의 논자들은 무엇보다 '사상성'의 부재를 문제 삼으면서, 시인들이 엘레지 풍으로 화조월석(花朝月夕)과 현실도피, 은둔과 퇴영의 감성을 시화하고 있다고 통탄했다. 이런 경향은 당대 유행가의 주요 정조인 허무와 애상, 비애감 등과 일맥상통했다. 김기림은 시단이 1938년도부터 점점 '가요화' 되어 가고 있다는 언급을 하고 있는데, 이때 김기림이 지적하고 있는 '가요화'라는 말의 함의는 시의 내용이나 형식이 대중적인 성격으로 변화되고 있음을 의미한다.

그러나 이러한 평가는 유행가 가사를 읽는 독자들의 현실과는 유리된 평가였다. 독자 대중은 노래를 듣고 울며 슬픔을 공유하면서 감정적인 연대감을 느끼고자 했다.[41] 서럽고, 외롭고, 슬픈 정서는 강력한 현실에 압도된 식민지 대중의 정서를 투영하고 있다. 이때 여성적 정조는 현실의 폭력적 힘을 강조하면서 그런 현실에 놓인 자신을 위로한다. 즉 남성적으로 환기되는 강력한 현실과 이에 대응하는 수동적이고 눈물이 많은 애상적 주체는 애초부터 그런 현실을 극복할 수 있는 힘을 갖추지 못하고 있다.

---

39) 안 뱅상 뷔포, 이자경 역, 『눈물의 역사—18~19세기』, 동문선, 2000, 111~133면.
40) 백철, 『조선 신문학사조사』, 백양당, 1947, 194면.
41) 장유정, 「민요전통 계승한 김억의 대중가요 가사」, 『문학사상』, 2006.1.

그러나 센티멘털리즘, 즉 감상주의의 상위개념에는 도덕성이 존재한다.[42] 즉 소위 여성적이라고 불리는 눈물, 나약함, 부드러움 등에는 현실에 대한 윤리적 감각이 내재함으로써 부조리한 현실을 일깨우는 동력으로 작용하는 것이다.

센티멘털리즘이 쇠퇴하게 된 것은 예술이나 문화가 좀 더 진지하고 고상한 감정을 불러 일으켜야 한다고 믿는 도덕주의와 세계와 현실에 대한 참된 인식에 기초한 정서적 반응만이 옹호될 수 있는 올바른 감정이라고 보는 인식론적 입장 때문이다.[43] 식민지 조선에서도 역시 '근대화'라는 가치가 유입되면서 개인의 감정을 통제하고 관리하려는 담론들이 생기면서 올바른 감정과 그렇지 못한 감정을 나누어 생각하고, 주로 남성들이 긍정적 감정의 소유자로, 여성이 문제적인 감정의 소유자로 성별화 되었다.[44] 이에 따라 감상, 애상, 비애, 눈물 등은 소녀취향으로 여성화되었으며, 그 반대편에 남성성이 놓이게 되었다. 자연스럽게 남성과 남성성은 문화의 중심에, 여성과 여성성은 문화의 주변인 하위문화, 대중문화에 위치하게 되었다.

이런 의미에서 대중문화에서 센티멘털리즘의 화두는 늘 감성과 여성이었다. 1930년대 식민지 근대 문화 역시 이런 사유체계 안에 있었다. 1920년대 이후 문화적으로 감정과 감상에 여성성이 부여되면서 고급문화의 변두리에 감상주의를 밀어내는 작업들이 이루어졌다. 시 문단에서는 모더니즘이 문단의 중심이 되면서 센티멘털리즘은 근대문학이 극복해

---

42) 김혜련, 『아름다운 가짜, 대중문화와 센티멘털리즘』, 책세상, 2005, 13면.
43) 위의 책, 19면.
44) 박숙자, 「근대문학의 형성과 감정론」, 『어문연구』 제3호, 2006.

야 할 과제로 인식되었다. 이런 의미에서 유행가 가사는 당대 중심문단에서 추구했던 근대문학의 기획에 가려진 식민지 근대문화의 균열과 갈등의 한 양상과 또 다른 국면으로서[45] 대중 정서의 부상을 보여준다는 점에서 의의를 갖는다.

4. 대중적 감성의 문학적 표출 - 유 행 가 가 사

1930년대는 유성기가 대중들에게 확산, 보급되어 유성기를 보유한 가정들이 늘어났다. 뿐만 아니라 다방과 거리, 또 라디오를 통해 울리는 유성기 음반의 소리는 대중들을 매료시켰다. 이런 추세로 인해 당대는 '레코드의 황금시대'로 불렸는데, 40~50만의 대중을 상대로 하는 유성기 음반은 음악의 대중화를 선도해 나갔다. 이때 유성기 음반에 실린 대중가요는 잡가, 판소리, 단가, 민요(속요), 시조(사설시조), 가사, 가야금 병창, 트로트, 신민요, 만요, 재즈송 등으로 신, 구의 음악이 공존해 있었는데, 엄밀한 의미에서 처음부터 음반으로 만들기 위해 작사자, 작곡자가 가수에게 부르게 할 목적으로 창작된 노래는 트로트, 신민요, 만요, 재즈송 등이었다. 21세기 현재, 전통가요로 불리는 많은 가요들이 실제로는 1930년대에는 새로운 유행가였다.

이러한 대중문화의 분위기는 문학인들에게 미적 영감과 상상력의 원천으로 작용했다. 당대 문화 속에서 카페와 다방을 전전하며 룸펜으로 살아가던 지식인들의 대다수는 바로 문학인들이었으며 그들 대화의 주요

---

45) 리타 펠스키, 김영찬 · 심진경 역, 『근대성과 페미니즘』, 거름, 1998, 8면.

소재는 당대 일상 문화였다.[46] 이런 의미에서 당대 대중문화의 감수성을 형성하는 가장 큰 원동력이 되었던 대중가요가 시인들의 감성을 자극하고 시적 주제의 원천이 되었음을 상상하는 것은 자연스러운 일이다. 더군다나 각종 신문 잡지 등의 매체를 통해 시인들에게 작사자로서의 참여가 독려되는 상황에서 김억의 선택은 유행가 가사를 작시(作詩)함으로써 근대 문화에 참여하는 적극적인 방식이었다.

김억 시세계 전체를 일관했던 여성적 정서는 1930년대에 이르러 유행가 가사를 통해 확장 발전되고 있는데, 이런 시도를 통해 당대 중심문단이 대변하지 못했던 주변부의 목소리, 즉 대중의 정서와 의식이 적극적으로 표출될 수 있었다는 점에서 김억의 유행가 가사의 의의는 충분히 있을 것이다. 뿐만 아니라 1930년대 후반 시단(詩壇)의 주도적인 경향 역시 당대 대중가요의 주제적 측면과 많은 유사성을 보이고 있다. 이런 의미에서 시장르와 유행가가사와의 관련성은 의미 있는 것이며, 이런 변화를 시인들이 주도하고 있음도 근대시사에서 중요한 현상이다.

대중문학의 하위 장르로서 '대중시'와 시의 대중성에 대한 관심은 1990년대부터 본격적으로 이루어지기 시작했다. 연구자들은 자본주의 하에서의 일반화된, 상업적 대중문화의 물결 속에서 일상성과 감상성, 통속성을 주조로 하는 작품들에 주목하고 있다. 대중소설에 대한 관심이 1930년대부터 이루어졌음을 고려할 때 이 연구에서 다루고 있는 유행가 가사에 대한 관심이 시장르의 하위 장르인 대중시 연구의 단초가 될 수 있을 것이다.

---

46) 김진송, 『현대성의 형성—서울에 딴스홀을 許하라』, 현실문화연구, 1999, 112~133면.

식민지 근대의 불모성과 여성 — 1930년대 오장환의 시

1. 도시문명과 하층 여성의 삶

   1930년대 시문학사에서 오장환은 일제 강점과 근대화라는 부침 속에 놓인 조선의 현실을 전통과 현대, 도시와 문명이라는 테마를 통해 구체적이고도 비판적으로 시화함으로써 뚜렷한 시적 성취를 보여준 것으로 평가되고 있다.[1] 이는 그가 근대인으로서의 자의식을 바탕으로 일제 강점 하에서 파행적인 근대화의 과정을 겪고 있는 당대 조선의 현실을 빠르게

---

1) 김기림, 「오장환 시집 『성벽』을 읽고」, 『조선일보』, 1937.9.18; 이봉구, 「『성벽』 시절의 장환」, 『성벽』, 이문각, 1947; 임화, 「시단의 신세대」, 『조선일보』, 1939.8.18~26; 백철, 『신문학사조사』, 백양당, 1947, 352~354면; 최두석, 「오장환의 시적 편력과 진보주의」, 『오장환전집』 2, 창작과비평사, 1989; 박호영, 「오장환 시의 모더니즘적 특성」, 『강릉대 인문학보』 제9호, 1990; 조병춘, 「오장환의 시세계 연구」, 『문학 속의 서울』(한국문학평론가협회 편), 백문사, 1994; 박민수, 「오장환 시의 현대성」, 『현대시 사상』 제25호, 고려원, 1995; 박윤우, 「오장환 시 연구 — 비판적 인식의 변모 과정을 중심으로」, 서울대 석사논문, 1989; 김경숙, 「오장환 시 연구」, 이화여대 석사논문, 1992.

체득하고, 또 이를 비판적으로 인식, 형상화했다는 사실을 의미한다.

특히 오장환이 문제 삼는 당대의 현실은 타락하고 부패한 도시의 이미지를 중심으로 드러난다. 그를 수식하는 말로 늘 '퇴폐'라는 말이 사용되고 있음은 그가 어느 시인보다도 1930년대 도시의 타락한 모습을 가장 잘 드러내 보여주기 때문이다. 그는 식민 도시에서 전개되는 현대문명의 황폐성, 추악성, 폭력성과 군중의 고독감과 처절한 곤궁함 등을 시적 제재와 주제로 삼고 있다.

모더니즘 시인들이 도시의 불빛 속에서 다소의 감상과 멋스러움을 발견하고 있다면, 오장환에게 도시는 물질문명으로서의 충격이기도 했지만 그것이 가져다 준 타락과 퇴폐의 공간이기도 했다. 따라서 그의 시에 자주 등장하는 '포스터', '술집', '도둑', '아편', '매음', '순경', '영화관', '당구', '마작구락부', '도박촌' 등은 근대적 기호로 사회적인 악(惡)과 관련된 대상으로 의미화된다.

식민자본주의 하에서 타락하고 부패해 가는 현대 사회의 병리 현상을 읽어내는 그의 시에서 특히 주목할 것은 그가 타락한 도시 문명, 부패한 현실 안에서 육체와 성을 팔면서 생존을 영위해 나가는 여성의 삶을 문제적으로 바라보고 있다는 점이다. 몰락하고 타락해 가는 식민지 도시문명의 극단에서 그는 썩어가는 여성의 육체를 보고 있다. 때문에 그의 시는 당대 현실을 불모화되어 가는 여성의 육체를 통해 상징적으로 보여줄 뿐만 아니라 그런 현실에 놓인 여성의 불우한 삶의 모습 역시 시화하고 있다.

페미니즘의 관점에서 보자면 식민지 조선과 여성은 일제라는 제국주의적 권력에 의해 주변화되고 소외된 타자로서 쉽게 비유의 고리를 찾을 수 있게 된다.[2] 즉 식민지인(the colonized)이라는 용어를 에드워드 사이드의 말대로 문자 그대로의 뜻을 초월해서 "여성, 억압받고 종속되어 있는 하층민, 소수인종들"로 확대시킨다면 정치적 식민지와 여성의 삶은 등가에 놓이게 된다. 오장환은 당대 조선의 현실이 일본 제국주의에 의해 침묵 당하고 억압받고 있으며, 이런 현실을 가장 극명하게 드러내는 존재가 바로 식민지 여성이라는 사실을 인식하고 있었던 것이다.

그가 주목하는 여성은 주로 자신의 성을 매개로 생존을 영위하는 매춘부들이다. 그는 기생, 웨이트리스, 매음부, 홍등녀 등을 통해 식민자본주의 하에서의 비참한 여성의 삶을 그리고 있다. 그들은 외양은 현대적 문물의 세례로 화려하지만 속은 썩어가는 식민지 자본주의, 당대 조선의 현실과 많이 닮아 있기 때문이다 .

1930년대에는 삶의 조건이 열악하게 바뀌는 와중에 놓여 있는 하층 여성들의 생존 방식을 보여주는 소설들이 많이 등장하기 시작했다.[3] 1920년대 문학에 등장하던 여성의 인물 유형에 비해 1930년대 소설에 등장하는 여성 인물들의 변모는 실제 여성들을 둘러싼 현실이 얼마나 달라졌는가를 실감케 한다.[4] 특히 도시의 삶을 문제 삼고 있는 구인회의 작품들에서도 역시 도시 하층 여성의 삶이 많이 나타난다.[5] 1930년대 소외자로서

---

2) 이경순, 「탈식민주의 페미니즘」, 『외국문학』 제31호, 외국문학, 1992; 김성곤, 「탈식민주의 (Post-Colonialism)시대의 문학」, 『외국문학』 제31호, 외국문학, 1992.

3) 1930년대 여성소설에서도 1920년대 여성 소설에서 제기했던 여권쟁취의 테마가 퇴색하고, 현실적인 빈곤의 문제가 중심적인 주제로 등장한다. 정영자, 「한국페미니즘 소설의 계보」, 『문학정신』, 문학정신, 1991년 가을.

4) 1920년대는 3 · 1운동 이후 들어온 사회주의 사상으로 인해 여성운동 역시 활발하게 전개될 수 있었다. 여성 노동자들은 남성 노동자들과 함께 파업이나 태업을 강행하기도 했으며, 기생들이나 여급들도 자신의 처우를 위해 쟁의를 실행하였다. 그러나 1930년대 이후의 여성 운동 활동은 근우회의 해체를 기하여 침체되기 시작했다. 이런 사회, 문화적 현실은 문학작품에도 반영되어 나타난다. 이영정, 「한국 근대의 여성운동」, 『여성학』, 이화여대 출판부, 1985; 최숙경 외, 「한국여성사 정립을 위한 여성 인물 유형 연구 Ⅲ—3 · 1운동 이후부터 해방까지」, 『이화여대 여성학 논집』 제10호, 1993.

룸펜 인텔리의 전형이었던 구인회나 시인부락의 동인들은 도심을 배회하는 것을 그들의 일과로 삼았는데, 그들은 카페와 술집을 전전하며 문학과 인생, 당대 현실에 대한 토론으로 시간을 보냈다.[6] 때문에 그들은 윤락 여성들과 자주 만날 수 있었고 그들의 이런 경험은 그들의 작품에 일정하게 반영되어 나타날 수 있었다. 이것이 오장환에게는 기생이나 매춘부에 대한 관심과 그런 여성을 양산하는 타락한 도시 문명에 대한 비판으로 드러난다.

그러나 한편 동시대에 시를 통해 여성의 현실을 보여주는 작품은 거의 없다.[7] 이는 카프의 침체 이후 시문학의 향방이 모더니즘과 순수문학 쪽으로 기울어져 있기 때문이기도 하며, 당대의 현실적 국면이 시를 통해 현실을 이야기하는 것이 용이하지 않았기 때문이기도 하다. 이런 의미에서 여성 문제를 통해 당대의 식민지의 현실과 문명을 구체적으로 비판하고 있는 오장환의 시작(詩作)은 값진 것이라 할 수 있다.

그러므로 시인으로서 오장환의 문명에 대한 비판의식은 동시대 세계의 문명과 풍속 비판을 다룬 김기림의 시보다 더 현실적이다. 오장환은 조선의 도시문명을 경험하면서 단순한 문화충격으로서의 맹목적인 지향을 견제하면서, 그런 변화에 내재하는, 부정적 가치들을 구체적인 현상들

---

5) 구인회 회원이었던 김유정, 이태준, 이효석의 많은 소설이 도시와 농촌을 배경으로 가난 때문에 몸을 파는 여성들을 등장시키고 있다. 박태원의 『천변 풍경』에도 역시 가난 때문에 기생의 길로 접어드는 여성들이 나온다. 이외 이상의 소설 역시 남편의 묵인 하에 생계를 꾸리기 위해 매춘을 하는 여성이 등장한다. 최혜실, 「경성의 도시화가 1930년대 한국모더니즘 소설에 미친 영향」, 『서울학 연구』제9호, 서울시립대 출판부, 1998; 김종건, 「소설의 공간 설정과 작가의식의 상관성 연구」, 『대구 어문 논총』제15집, 1997.

6) 최혜실, 앞의 글.

7) 정순진, 「이용악의 시세계―'팔려간 여성' 모티프를 중심으로」, 『한국문학과 여성주의 비평』, 국학자료원, 1992. 이 글은 이용악의 작품 중 팔려간 여성의 모티프가 드러나는 작품을 통해 당대 여성에 관한 이용악의 문제의식과 시적 성취를 분석, 평가하고 있다.

을 통해 비판하고 있기 때문이다. 특히 일제 지배하에 살아가는 하층 여성의 삶을 형상화하는 오장환의 작품은 자본주의와 결탁한 식민주의의 부정성을 뚜렷이 강조하고 있다.

2. 1930년대 식민지 조선의 현실과 여성

1) 향락적 도시 문화와 여성의 상품화

1920년대 이후 일제의 산미 증식 계획에 의해 터전을 잃은 이농민들은 많은 수가 도시 근로자로 전락한다. 이에 따라 여성 역시 생존을 위해 공장 노동자로 나서야 했는데, 여성 노동자의 숫자는 해마다 증가추세를 보였다.[8] 그러나 임금은 일본인 여자 노동자의 절반 수준이었으며 작업 환경은 더욱 열악했다. 더군다나 1930년대 공장의 관리직, 기술직, 감독직의 62.3%는 일본 남성들이었으므로 여성 노동자에 대한 감독의 부당한 대우는 민족 차별과 동시에 성차별의 형태를 띠고 있었다.[9]

그러나 모든 여성이 다 공장 노동자가 될 수 있었던 것은 아니었다. 공장의 응모 자격에 문자해독자(文字解讀者)라는 조항이 있었다고 하니 기층 사회의 무식한 여성에게는 여공이 되는 것도 역시 힘들었다.[10] 따라서

---

8) 1925년에는 공장 수 4,238개소에 80,375명의 종업원이 있었는데, 이중 여직공의 비율은 25%였다. 그러다 1931년에는 30%로 증가한다. 이효재, 「일제 하의 한국여성노동문제 연구」, 『한국 근대사론』 3, 지식산업사, 1972, 92~142면.
9) 최숙경 외, 「한국여성사 정립을 위한 여성 인물 유형 연구 Ⅲ—3·1운동 이후부터 해방까지」, 『이화여대 여성학 논집』 제10호, 1993.
10) 송연옥, 「일제 식민지화와 공장제 도입」, 서울대 석사논문, 1998.

하층 여성들의 경우 생계를 위해서 매춘을 쉽게 선택하게 되었는데, 더군다나 1916년에 일제가 식민지 조선에서 공창제를 전면적으로 도입하게 됨으로써 기층 여성들을 흡수하면서, 면허 없는 사창과 더불어 매춘업은 지속적으로 확대되어 갔다.

1920년대 말에서 1930년대 초반에 이르는 사이 세계 대공황의 여파로 인해 식민지 조선 역시 실업과 불황에 시달려야 했으며, 이로 인해 많은 여성들은 생계의 수단으로 매춘을 택하지 않을 수 없었다. 이 결과 1924년에 약 3,500명이던 기생, 창기, 작부의 수가 1932년에는 약 5,200명으로 증가했다.[11]

한편 1920년대 일제의 문화정치는 타락한 일본적 생활양식을 도입하는 것을 포함하고 있었기 때문에 전통적으로 호색적인 일본의 풍속, 자유방임적, 데카당적 사조의 유입 등으로 성해방, 성생활의 자유화가 급속히 만연되었다.[12] 때문에 이런 사회, 문화적 분위기 속에서 매춘업의 성장과 함께 여성의 성과 육체에 대한 폭넓은 상업적 관심이 확산되었다. 이런 변화는 1920년대 말 서울 거리의 광고 간판 그림의 70~80%가 꽃 아니면 여자라는 현실로 나타난다. 이때 이미 여성은 자본을 매개하는 이미지로서 광고의 핵심을 차지하고 있었다. 또한 서구문화의 도입과정에 따른 서양화에 등장하는 여인의 나체상이 술집이나 구둣방에 걸림으로써 자본주의 소비문화 속에서 여성에 대한 관심은 성적인 대상으로 이동하게 되었다.

특히 도시의 경우 소비문화와 향락산업에 기생하는 많은 매춘 여성들

---

11) 정진성, 「식민지 자본주의화 과정에서의 여성 노동의 변모」, 『한국여성학』 제4집, 한국여성학회, 1988.
12) 김진송, 『현대성의 형성—서울에 딴스홀을 許하라』, 현실문화연구, 1999, 292면.

이 카페에 속해 있었다. 1920년대부터 현대적 건축물이 들어서기 시작한 서울은 밤이면 불야성을 이루었으며, 새로운 문화적 공간으로 등장한 카페가 현대인의 변태적 기호에 맞추어 향락을 준비해주는 공개화된 성적 서비스의 공간으로 존재하고 있었다.13) 이를 통해 가난한 여성들은 자신의 육체를 팔아 생계를 이어갈 수 있었던 것이다. 이런 의미에서 보면 특히 하층 여성들의 경우, 1930년대의 근대화 과정에서 유교적 가부장제의 폐습에서 벗어나기도 전에 식민자본주의의 성적 수탈의 대상으로 전락하게 되었다. 이는 1920년대 이후 교육을 받은 신여성층이 중산층으로서의 문화생활을 누릴 수 있었던 것과 대조적이다.

2) 유교적 가부장제의 희생물로서의 여성

오장환이 타락한 도시 문명을 비판하면서, 그 안에 놓인 매춘 여성에 관한 시편들을 발표하는 시기는 1936년과 1937년인데,14) 같은 시기에 그는 전통적인 가부장제 아래 놓인 여성의 삶에도 역시 주목한다. 이런 관점에서 보자면, 오장환에게 식민지 조선에서 여성이 처한 현실이야말로 근대화의 파고를 보여주는 가장 문제적인 것으로 인식되었으리라 추측할 수 있다.

우선 「정문(旌門)」에서 오장환은 '효부'와 '열녀'라는 유교적 폐습의 질곡 아래 놓인 여성의 삶을 비판적으로 시화(詩化)하고 있다.

---

13) 박로아, 「카페의 情調」, 『별건곤』, 1929.9.
14) 오장환의 시들 중 도시 문명 비판과 매춘 여성에 대한 관심이 표출된 시들은 주로 1937년에 간행된 『성벽』에 실려 있다.

열녀를 모셨다는 旌門은 슬픈 울 창살로는 음산한 바람이 스미어 들고 붉고 푸르게 칠한 황토 내음새 진하게 난다. 小姐는 고운 얼굴 방안에만 숨어 앉어서 색시의 한 시절 삼강오륜 朱宋之訓을 본받어왔다. 오 물레 잣는 할멈의 진기한 이야기 중놈의 과객의 화적의 초립동이의 꿈보다 선명한 그림을 보여줌이여. (…중략…) 소저는 참지 못하야 목매이던 날 양반의 집은 삼엄하게 교통을 끊고 젊은 새댁이 독사에 물리랴는 낭군을 구하려다 대신으로 죽었다는 슬픈 전설을 쏟아내었다. 이래서 생겨난 효부열녀의 정문 그들의 종친은 가문이나 번화하게 만들어보자고 정문의 광영을 붉게 푸르게 채색하였다.

—「旌門—廉洛 · 烈女不敬二夫忠臣不事二君」 부분

오장환은 위의 시에서 효부 열녀를 기리기 위해 세워진 정문(旌門)이 당사자들의 삶을 얼마나 유린하고 있는가를 보여주고 있다. 가문의 입장에서는 그 정문은 광영과 번화의 상징이겠지만 시인의 눈에 그 정문은 다만 '슬픈', '음산한' 한 여성의 원혼이 깃든 조형물에 불과하다.

유교적 가부장제 하에서 여성은 방안에 숨어 앉아 삼강오륜을 배우면서 한 시절을 보내야 한다. 그녀에게 세상에 관한 진기한 이야기는 '금기'이기 때문이다. 결국 자신의 삶에 만족하지 못하고 자살을 택하는 여성의 죽음에 유교적 가부장제는 효부 열녀라는 헛된 명분을 부여하고 있다. 시인은 이 시를 통해 여성의 삶을 억압하는 유교적 명분의 허구성을 폭로하고 있다.

오장환은 「성벽(城壁)」이나 「성씨보(姓氏譜)」 등에서 근대적인 시각으로 바람직하지 못한 관습을 청산하고 올바른 전통을 수립하고자 하는 열망을 나타내는데, 「정문(旌門)」 역시 이런 맥락에서 쓰인 작품이라 할 수 있다.

다음으로 오장환이 주목하는 여성의 유형은 봉건적 가부장제의 잔유물인 '기생'들이다. 그들은 봉건시대부터 일종의 서비스업으로 독특한 지위를 지니고 있었던, 오락과 유흥을 매개하는 화류인생이었다.[15)]

> 점잖은 사람 여러이 보이인 중에 여럿은 웃고 떠드나
> 妓女는 호을로
> 옛 사나이와 흡사한 모습을 찾고 있었다.
>
> 점잖은 손들의 전하여 오는 풍습엔
> 계집의 손목을 만져주는 것,
> 기녀는 푸른 얼골 근심이 가득하도다.
> 하얗게 훈기는 냄새
> 분 냄새를 지니었도다.
>
> 옛이야기 모양 그짓말을 잘하는 계집
> 너는 사슴처럼 차디찬 슬픔을 지니었고나
>
> 한나절 태극선 부치며
> 슬픈 노래, 너는 부른다
> 좁은 보선 맵시 단정히 앉어
> 무던히도 총총한 하로하로

---

15) 김진송, 『현대성의 형성─서울에 딴스홀을 許하라』, 현실문화연구, 1999, 218면.

(…중략…)

순백하다는 소녀의 날이여!
그렇지만
너는 매운 회차리, 허기진 禁食의 날
오 끌리어 왔다.

슬픈 교육, 외로운 허영심이여!
첫사람의 모습을 모듬 속에 찾으려 헤매는 것은
벌써 첫사람은 아니라
잃어진 옛날로의 조각진 꿈길이니
바싹 말른 종아리로
시들은 花心에
너는 향료를 물들이도다.

—「月香九天曲—슬픈 이야기」 부분

    당시 기생이 되는 길은 주로 12~13세 때 부모가 돈을 받고 노파에게 양녀로 주는 것이었다. 그때부터 소녀는 양모의 집에 기거하면서 권번에 들어가 춤과 노래 등을 배우는 고된 수업을 치렀다. 15~16세가 되면 양모의 주선으로 돈 있는 남자를 골라 머리를 얹었고 그때부터 기생이 되었다. 그러나 경제적 상황이 열악해지면서는 당사자의 의사보다는 부모, 형제, 또는 남편 등 타의에 의해 팔려온 경우가 허다했다. 때문에 하층민의 경우 가족의 생계를 위해 딸이 팔려가는 경우가 비일비재했다.

위의 시에서도 역시 기생의 지난한 삶이 드러나 있다. '끌리어' 온 신세로 회초리와 금식을 견디면서 바싹 마른 종아리로 총총한 하로하로를 보내고 있는 기녀는 바로 당대 현실에 놓인 기생들의 삶을 대변해 준다. 옛 사나이를 찾고 있다는 기녀의 슬픔이 다소 낭만적인 정조를 자아내기도 하지만 결국 시의 후반부에서 옛사람을 찾는 일이 바로 잃어버린 꿈을 찾는 것과 동일화되면서 기녀가 지나간 버린 순백의 소녀 시절을 안타까워하고 있음을 알 수 있다. 시인은 남성의 놀이개로 살아가야 하는 기녀의 슬픈 운명을 강조하기 위해, 대조적으로 그녀의 이미지를 사슴 같고, 차갑고, 단정한 여성으로 그리고 있으며, 담담하고도 차분한 어조로 그녀의 이야기를 전하고 있다. 때문에 기생의 삶을 둘러싼 현실에 대한 적극적인 비판보다는 연민과 슬픔에 중점이 놓여 있는 것으로 읽힌다.

1930년대 이후 도시가 급성장하면서 기생들은 도시의 서비스업인 카페나 바 등으로 다시 흡수되기 시작했다. 이는 직업적 유사성뿐만 아니라 그들이 일반 여성들에 비해 현대적 직업에 대한 거부감이 덜했기 때문이다.

3) 식민 자본주의의 상품으로서의 여성

온천지에는 하로에도 몇 차례 은빛 자동차가 드나들었다. 늙은이나 어린애나 점잖은 신사는, 꽃같은 계집을 음식처럼 싣고 물탕을 온다. 젊은 계집이 물탕에서 개고리처럼 떠 보이는 것은 가장 좋다고 늙은 상인들은 저녁상머리에서 떠들어댄다. 옴쟁이 땀쟁이 가진 각색 더러운 피부병자가 모여든다고 신사들은 두덜거리며 가족탕을 선약하였다.

―「溫泉地」전문

위의 시는 식민자본주의의 발달과 함께 등장한 부르조아들의 육체적 환락과 타락한 욕망의 유희를 보여준다.16) '늙은 상인들'이 '은빛 자동차'를 타고, 젊은 여성들을 마치 음식처럼 싣고 오는 풍경을 통해 자본의 논리에 의해 상품화되어 가는 여성의 육체와 인간관계를 보여준다. 온천지를 찾아오는 육체는, 늙은 상인들의 탐욕스러운 욕망의 집결지로서의 육체든가, 아니면 육체와 성을 팔아야하는 상품화되고 물화된 육체, 그렇지 않으면 온갖 피부병이 걸린 육체들이다. 당대 사회에서 온천지 개발의 이면에는 이처럼 퇴폐적이고 병든 육체의 욕망이 놓여있었다.

'꽃같은 게집'과 대비되는 '늙은 상인'의 존재는 여성의 젊은 육체에 대한 속물적 욕망, 그리고 이런 욕망을 가능케 해주는 자본의 위력을 실감케 해준다. 여성의 육체는 자본의 논리에 의해 남성의 시선 앞에서 전시되어, 그들의 시각을 즐겁게 해주고 기호에 맞게 팔려 간다. 여성의 육체와 성은, 이런 매매행위를 통해 '음식처럼'이라는 비유가 드러내듯, 남성의 굶주린 욕망을 일회적으로 채워주는 존재로 비하된다.

오장환은 비판적인 어조를 그대로 드러내지 않고 온천지에서 일어나는 일들을 사실적으로 차분하게 서술하고 있다. 시에 진술된 내용에 대한 시인의 이런 냉담한 태도가 오히려 상황의 심각성을 전달해준다. 사건에 대한 시인의 거리감이란 바로 당대의 사회적 분위기를 비유하고 있는 것으로 읽혀진다. 온천지에서는 이런 종류의 매매가 공공연하게 이루어졌기 때문이다. 즉 여성의 육체가 필요한 수요자가 있고 생존을 위해 자신의 성을 기꺼이 팔아야 할 공급자가 있었기에 이런 현실은 비일비재했을 것이다.

---

16) 오성호, 「「성벽」에서 「붉은 산」까지의 거리」, 『민족문학사연구』, 창작과비평사, 1994.

이처럼 여성 육체와 성의 매매는 식민자본주의 하에서 성장하는 화려한 도시의 뒷골목에서도 역시 성행한다.

> 전당포에 고물상이 지저분하게 늘어슨 골목에는 가로등도 켜지는 않았다. 죄금 높드란 鋪道도 깔리우지는 않았다. 죄금 말쑥한 집과 죄금 허름한 집은 모조리 충충하여서 바짝바짝 친밀하게는 늘어서 있다. 구멍 뚫린 속내의를 팔러 온 사람, 구멍 뚫린 속내의를 사러 온 사람. 충충한 길목으로는 검은 망또를 두른 쥐정꾼이 비틀거리고, 인력거 위에선 車와 함께 이미 하반신이 썩어가는 기녀들이 비단 내음새를 풍기어가며 가느른 어깨를 흔들거렸다.
>
> ―「古典」전문

위의 시는 번화한 밤거리의 뒤에 자리 잡고 있는 어두침침하고, 음험한 도시의 뒷골목을 그리고 있다. 화려함보다는 그 이면에 놓인 도시의 퇴폐와 타락을 통해 시인은 당대의 현실을 보여주려 하고 있다. 1920년대부터 점차로 진행되었던 빈곤층의 도시집중 현상으로 인해 1930년대에는 도시빈민층의 수는 급속히 늘어났다. 그들은 도시에서 최하층의 노동생활을 하면서 생존을 영위해 갔다. 그러나 그들은 자신들이 떠나온 농촌의 현실을 잘 알았기 때문에 굶어죽을지언정 도시를 떠날 수 없었다. 이와 같은 상황에서 도시하층민들은 도시의 뒷골목에서 비참한 생활을 해야 하였고 가족 중의 한 사람이 고물상, 카페 종업원, 기생, 버스 차장, 행랑살이 등의 직업에 종사하면서 가족의 생계를 책임져야 했다.[17] 특히 여성의 경우 남편이 있더라도 생계를 위해 윤락을 해야 했다.

---

17) 김종건, 「소설의 공간 설정과 작가의식의 상관성 연구」, 『대구 어문 논총』 제15집, 1997.

위의 시는 이러한 하층민들의 암담한 생활상을 반영하고 있다. 시의 내용을 세 부분으로 나누어 보자면 첫째는 전당포와 고물상이 늘어서 있는 뒷골목의 생김새 묘사, 둘째는 속내의를 팔고 사는 행위, 셋째는 몸을 팔러 가는 기녀들의 모습이다. 이 세 부분은 모두 팔고 사는 행위로 수렴되는 한 공간 안에 존재한다. 우선 전당포와 고물상은 물건과 돈이 교환되는 장소로 특히 가난한 사람들에게 유용한 장소이다. 그런 뒷골목에는 구멍 뚫린 내의라도 팔아서 생존을 영위해야 하는 사람이 있는가하면 그런 내의라도 사서 입어야 하는 가난한 하층민의 삶이 존재한다. 이런 공간에서 기녀들은 자신의 육체와 성을 팔러 간다. 가난한 여성들에게 팔 것이라곤 자신의 육체밖에 없기 때문이다. 그녀들의 외관은 비단 내음새를 풍길지 모르지만 그녀들의 몸은 썩어가고 있다. 화려한 도시의 불빛 뒤에 기층민의 열악한 현실이 놓여 있다는 인식은 여성들의 육체가 비단에 가려 있긴 하지만 수탈당하고 매매됨으로써 부패한 불모지가 되어 간다는 인식과 맞물린다.

그러므로 오장환에게 부패한 도시 문명과 썩어가는 여성의 육체는 함께 등장한다. 모든 것을 상품화하는 자본주의적 도시의 현실 논리가 극단까지 이른 것이 매음이라 할 때, 매춘부의 육체야말로 상품화되고 물화된 것으로 그 사회의 퇴폐를 가장 여실히 보여줄 수 있는 '몸'이기 때문이다. 이때 오로지 타인의 쾌락을 위해 매매되는 육체는, 성을 매개로 하는 인간적인 관계성을 상실한다.

　　푸른 입술. 어리운 한숨. 음습한 방안엔 술잔만 훤하였다. 질척질척한 풀섶과 같은 방안이다. 顯花植物과 같은 계집은 알 수 없는 웃음으로 제 마음도 속여 온다. 항구, 항구, 들리며 술과 계집을 찾아다니는 시꺼믄 얼굴. 윤락된 보헤미안의 절망적인 心火―퇴폐한 향연 속. 모두 다 오줌싸개 모양 비척어리며 얇게 떨었다. 괴로운 분노를 숨기어가며 …… 젖가슴이 이미 싸늘한 매음녀는 파충류처럼 포복한다.

―「賣淫婦」 전문

위의 시는 매음부와의 성 행위를 그리고 있다. 그러나 그 성적 욕망이 분출되는 공간과 행위는 매우 음습하고도 절망적으로 그려지고 있다. 그런 분위기는 직접적으로 '푸른', '한숨', '음습한', '질척질척한', '절망', '퇴폐한', '싸늘한', '파충류' 등의 시어에서도 드러난다. 육체를 매개로 하는 두 인물은 관능적 열망 속에서 하나가 되는 것이 아니라 한 쪽은 절망적인 심화(心火)로 한 쪽은 괴로운 분노로 서로를 속여 가며 육체를 교환한다. 시인은 두 육체의 교환이 비인간적이고, 물화된 것이라는 사실을 강조하기 위해 차갑고 음습한 분위기를 강조하며, 여성의 육체를 파충류로 비유한다. 이는 일반적으로 여성의 육체가 가진 풍요로운 의미보다는 차갑고 비정한 인상을 만들어 내기 위해서이다. 때문에 시인에게 매음녀는 생명성을 상실한 푸른 입술, 한숨이 어리운 얼굴, 자신의 마음을 속이면서도 남성을 향해 웃어야 하는 비인간적인 존재로 비쳐진다.

이처럼 오장환은 파충류로 비유되는 매음부에게서 극단적인 비정함을 느낀다. 이는 첫째, 생존을 위해서 자신의 감정과 느낌에 초연해야 하는 그들에게서 인간적인 감정을 느낄 수 없기 때문이며, 둘째는 돈을 주고받으며 교환하는, 물화된 관계란 진정한 생명성을 상실한 관계이기 때문이다. 이는 매음부의 성이란 불임을 강요받는 성이기 때문이기도 한데, 그들의 성이 잉태나 생명과 관련되었을 때의 비극성을 오장환은 깨닫고 있다.

소도시의 웨이트레스 마리아는 아모도 없는 별장에서 저 홀로 눈물지운다. 오늘도 건너편 언덕의 목장에서는 늙은 목동이 우유병을 자전거에 싣고 찾어왔었다. (…중략…) 마리아에게 産氣가 있는 날 먼곳에서 산파는 인력거를 타고 찾어왔었다. 그리고는 三七日이 채 지나지 않어 늙은 목동이 어린아가를 안고 건너편 언덕으로 가버리었다. (…중략…) 마리아가 비인 방안에 람프를 돋구고 웃목에 앉어, 이제는 다시 슬픈 사치에로 길을 옮기려 할 때 화장을 하는 그의 곁에는 가을이 깊고, 쌀쌀한 바람이 일고, 이미 철늦은 마리아의 모시 초마엔 치위를 이기시 못하는 나어린 귀뚜리가 주름폭 사이로 뛰어들었다.

—「마리아」 부분

위의 시는 소도시의 접대부 여성인 마리아를 등장시켜, 윤락 여성의 비극적인 삶의 일단을 보여준다. 접대부로 일을 하다 아이를 갖게 된 나이 어린, 병든 산모는 아이를 낳기 위해 격리되어야 하며 아이를 난 후에 다시 접대부로 돌아가야 한다. 매춘 여성의 경우 이런 생활을 반복적으로 되풀이해야 한다. 그들에게는 아이를 갖고, 낳는 일이 금지되었기 때문에 비밀에 붙여지는데, 한편으로 이는 주인의 입장에서 보면 인력을 낭비하고, 자신의 이익을 손해 보는 일로 간주된다. 시인은 이런 여성의 서러움과 쓸쓸함을 다소 긴 산문시로 쓰고 있는데, 이를 통해 성을 팔며 살아가는 여성들이 당하는 고통의 내용—질병, 반복되는 출산, 성적 착취 등을 전달해주고 있다.

4) 불모의 현실에 대한 상징으로서의 여성

1930년대 후반에 접어들면서 일제 파시즘의 강화로 조선의 현실은 날로 열악해졌다. 1930년대의 상황은 1920년대를 특징지었던 자발성과 낙관주의가 사라지고 비관적인 염세사상이나 순간적인 향락생활이나 현재의 세상을 저주하는 음악이 유행했고, 모든 예술적 유형은 자멸적이고 타락적이었다.[18] 미래와 역사에 대한 회의는 삶의 생명성을 소진시키고 체념과 권태를 낳았다.

오장환 역시 사회와 역사 속에서의 갈등, 자의식의 갈등에서 오는 상실감과 무력감에 대한 반발로써 술, 도박, 싸움, 매춘, 마약 등의 위악적 행동을 드러낸다. 그는 자신의 삶을 극단적인 방황과 퇴폐로 몰고 가려 하는데, 이 극단의 밑바닥에 매음을 하는 여성들이 존재한다. 이때 그는 자신뿐만 아니라 매음을 하는 여성들까지도 위악적이고 퇴폐적인 방식으로 드러낸다.[19]

---

18) 김경일, 「한국 근현대사에서 근대성의 경험과 근대주의」, 『현대사상』, 1997년 여름.
19) 오장환 시에 나타나는 매음부의 이미지는 보들레르의 영향을 짐작케 한다. 서구의 데카당스 시인들에게 창녀에 대한 동정은 곧 자신들의 사회적 위치에 대한 이해와 맞물린다. 즉 창녀는 사회적으로 뿌리 뽑힌 자요, 쫓겨난 자이며, 사랑의 제도적인 형태에도 반항할 뿐만 아니라 사랑의 자연적인 정신적 형태에도 반항하는 반역자들이다. 그들은 감정의 도덕적 조직을 파괴하며 나아가 그 근거까지 파괴한다. 창녀는 격정의 와중에서도 냉정하고 언제나 자기가 도발시킨 쾌락의 초연한 관객이며 남들이 황홀해서 도취에 빠질 때에도 그녀는 고독과 냉담을 느낀다. 따라서 창녀에게 보이는 데카당스 시인들의 이해심은 감정과 운명의 이런 공통성에서 생겨난다. 시인들은 창녀들을 통해 자기들이 어떻게 몸을 팔고 어떻게 자기들의 신성한 감정을 희생하며 또 얼마나 값싸게 자기들의 비밀을 팔아넘기는지를 알고 있었던 것이다. 오장환 역시 시인으로서 식민자본주의에 기생하며 자신의 글을 팔고, 감정을 파는 자신의 생활이란 결국 원하지 않아도 돈 때문에 자신의 몸을 팔아야 하는 창부와 다를 것이 없다고 느끼고 있다. 따라서 그런 자신에 대한 가학적 인식은 윤락 여성을 바라보는 태도 동일하게 적용되고 있다. 아르놀트 하우저, 백낙청·염무웅 역, 『문학과 예술의 사회사』 4, 창작과비평사, 1999, 226~227면.

계집아, 술을 따르라.

잔잔이 가득 부어라!

자조와 절망의 구덩이에 내 몸이 몹시 흔들릴 때

나는 구토를 했다

(…중략…)

환각의 도시, 불결한 하수구에 병든 거리여!

얼마간의 돈푼을 넣을 수 있는 죄그만 지갑,

유독식물과 같은 매음녀는

나의 소매에 달리어 있다.

그년은, 마음까지 나의 마음까지 핥어놓아서

이유없이 웃는다. 나는

도박과

싸움,

흐르는 코피!

나의 등가죽으로는 뼛가죽으로는

자폭한 뽀헤미안의 고집이 시루죽은 빈대와 같이 쓸쓸쓸 기어다닌다.

(…중략…)

陰狹한 씨내기, 사탄의 落倫,

너의 더러운 껍데기는

일즉

바닷가에 소꿉 노는 어린애들도 주워가지는 아니하였다.

—「海獸」 부분

따라서 오장환은 매음녀를 '계집', '유독 식물', '그년', '뚱뚱한 계집의 배때기' 등 다른 시편들에 비해 거친 표현으로 비유하고 있다. 위의 시에서 시적 자아는 불안과 자조와 절망의 구덩이에 빠져 있는 것으로 드러난다. 이런 자신의 존재에 대한 구토와 자학은 그런 자신에게 매달리는 윤락 여성에게 동일하게 적용된다. 그런데 한편 시인은 매음녀들에게서 삶의 또 다른 방식을 보게 된다. 즉 생존을 위해서는 윤리나 도덕에 냉정해야 하며, 철저히 사악해져야 하며, 인간적인 감정을 버리는 것이다. 즉 자신의 무력함을 극복하기 위해서 그보다 우월한 형태의 사악함을 가장하는 것이다. 그래서 그는 시에서 술과 도박, 마약, 폭력을 일삼으며, 자신의 존재를 쓰레기(씨내기)와 사탄, 더러운 껍데기로 인식한다.[20] 때문에 악마적인 이미지로 등장하는 여성은 퇴폐의 극단으로 치닫고 싶어 하는 시적 자아의, 욕망의 투사물에 다름 아니다. 그러므로 자신의 감정을 속이며 물화된 육체를 매매하는 여성, 썩어가는 육체를 가진 여성은 오장환의 타락하고 부패한 욕망의 대상으로 나타난다.

위의 시에서 '병든' 도시와 거리, 어둡고 음침한 환각의 도시는 퇴폐적이고 병적인 욕망의 집결지로 등장한다. '컴컴함', '시푸른', '불결한', '유독' 등의 수식어는 병든 도시와 육체를 구체화시켜주고 있다. "사람은 저 빼놓고 모조리 짐승이었다"라고 부제를 붙인 위의 시는 짐승으로 전락한 퇴폐적이고 음습하고 더러운 삶의 현장을 극단적으로 드러낸다. 그 거리에는 아편을 맞으며 생명을 영위하는 젊은이와 불임의 성을 팔아야 하는 매음녀가 등장한다. 때문에 이들의 육체적 관계는 생명의 잉태와는 거리가 멀다.

---

20) 시에서는 항구, 계집 등을 포함하여 음험한 씨내기, 사탄의 낙윤, 더러운 껍데기 등이 '너'로 표현되고 있지만, 시의 전체적인 의미 속에서 시적 자아인 '나'가 이 모든 대상을 포괄하고 있다.

나요. 오장환이요. 나의 곁을 스치는 것은, 그대가 아니요. 검은 먹구렁이
요. 당신이요.

외양조차 날 닮었드면 얼마나 기쁘고 또한 신용하리요.

이야기를 들리요. 이야길 들리요.

비명조차 숨기는 이는 그대요. 그대의 동족뿐이요.

그대의 피는 거멓다지요. 붉지를 않고 거멓다지요.

음부 마리아 모양, 집시의 계집애 모양,

당신이요. 충충한 아구리에 까만 열매를 물고 이브의 뒤를 따른 것은 그대
사탄이요.

차디찬 몸으로 친친이 날 감어주시요. 나요. 카인의 末裔요. 병든 시인이요.
罰이요. 아버지도 어머니도 능금을 따먹고 날 낳었소

―오장환, 「不吉한 노래」 부분

「매음부」에서 파충류로 묘사되고 있는 여성은 위의 시에서 '뱀'으로 전
이되고 있다. 오장환에게 뱀은 관능성보다는 악마적인 상징으로 드러난
다. 뱀이 가진 침묵의 잔인함, 알 수 없는 미끄러짐, 차가운 감촉 등은 죽
음과 파괴의 상징으로 보여진다.[21] 이는 시에서 뱀이 '검은', '먹구렁이',
'거멓다지요', '충충한', '까만' 등의 시어로 수식되고 있음에서도 느껴진
다. 붉은 피가 생명을 상징한다면 검은 피는 불순함과 죄의식, 죽음 등을
떠올리게 한다.

일반적으로 뱀의 육체가 주기적으로 허물을 벗기 때문에 생명과 부활을

---

21) 아지자 · 올리비에리 · 스크트릭, 장영수 역, 『문학의 상징 · 주제 사전』, 청하, 1989, 303면.

상징함으로 볼 때22) 생명성은 관능적인 육체성을 통해 현현된다. 그런데 오장환이 뱀의 생명성을 간직한 관능의 육체에 주목하지 않는다는 것은 시인이 뱀의 육체, 나아가 여성의 육체에서 읽어내려는 것이 생명력이기보다는 파괴와 죽음에의 욕망이기 때문이다. 이 때문에 시인은 여성의 육체에서 관능성과 생명성을 사상시키고 퇴폐성과 죄의식을 남겨놓고 있다.

그래서 여성은 '음부'인 마리아로, 자신은 카인의 말예로 비유된다. 시인은 종교적인 의미에서 성녀요, 관능성이 제거된 여인인 마리아를 '음부'라고 비유하고 있다. 그런데 '음부'라는 단어가 환기시키고 있는 것은 관능성의 강조라기보다는 오히려 비생명성임을 알 수 있다. 왜냐하면 마리아는 관능적인 성의 매개 없이 성령에 의해 생명을 잉태시킨 인물이다. 그녀의 상징은 영원한 생명이요, 삶을 의미한다. 그런데 이런 상징 위에 '음부'를 덧씌웠을 때 오히려 마리아가 가진 풍요로운 생명성은 소진되고 '음부'가 가진 관능성이 보태지지만 이때의 관능은 생명과 연결되기보다는 오히려 퇴폐성을 환기시킨다.

이런 의미에서 마리아의 육체는 관능적이기보다는 오히려 퇴폐적이고 거칠고 메마른 몸으로 다가온다. 이 시에서 '능금'은 기독교적 의미에서 선악의 지혜를 의미한다기보다 오히려 성적인 심상과 죄의식을 환기시킨다.23) 부모 역시 금기를 깨고 성적 욕망에 의한 부산물로 자신의 육체를 만들었다는 퇴폐적 자의식과, 더 나아가 자신은 카인의 말예이고 죄인이며, 병든 시인이라는 무력한 자의식은 역사와 현실 속에서 절망하고 자학하는 시인의 의식을 반영한다.

---

22) 진 쿠퍼, 이윤기 역, 『세계문화 상징사전』, 까치, 1994, 354~357면.
23) 오성호, 「「성벽」에서 「붉은 산」까지의 거리」, 『민족문학사연구』, 창작과비평사, 1994.

그러므로 이런 존재이기에 사탄의 육체, 차디차고 음습한 육체와의 '불길한' 관계 역시 가능하지 않느냐는 위악적인 몸짓을 보여주고 있다. 이때 그가 관계 맺는 육체는 다름 아닌 불임의 성을 가진 '음부'이다. 그러므로 그의 관계는 생명성을 상실한 불모의 이미지를 낳는다. 결국 오장환은 병든 현실을 강조하고 또 그 속에 놓여 있는 자신의 존재론적 비극성을 드러내기 위해 생명력을 상실한 여성을 등장시키고 있다. 이런 의미에서 퇴폐적이고 악마적인 불모의 여성 이미지는 당대 여성의 현실을 드러내주려하기보다는 그런 현실을 깨닫는 시인 자신의 비극적인 내면의식을 투사시키려는 욕망이 더 강하게 드러나고 있는 것으로 읽힌다.

4. 불모적 현실의 재현물인 여성육체

1930년대의 도시 문명을 비판하는 오장환의 시는 당대 하층 여성들, 특히 윤락 여성들의 삶을 주목함으로써 구체성을 획득한다. 1930년대는 근대 사회의 초기로 여성에 대한 봉건적, 유교적 이데올로기가 현대사상과 갈등과 마찰을 빚고 있었던 시기이다. 중산층 이상의 여성들이 신교육 이념이나 근대적인 사상에 의해 문화적 생활을 향유할 수 있었던 것에 비해 하층 여성들의 경우는 식민자본주의 하에서 시행되는 근대화의 과정에서 오히려 생계를 위해 육체와 성을 팔아야 하는 성의 착취 대상으로 전락했다.

1930년대 후반 조선의 현실은 더욱 열악해져서 실업율과 가난에 시달려야 했으며 사회, 문화적 분위기는 미래 역사에 대한 전망을 상실한 채

체념에 빠져 있었다. 이런 상황 속에서 당대 도시 문명의 부패와 타락을 감지하는 오장환은 열악한 정세의 변화 속에서 수탈당하는 여성들의 삶에 주목한다. 그는 첫째, 유교적 권위와 도덕에 의해 희생당하는 여성들의 삶에 관한 비판적인 시를 발표함으로써 명분보다 소중한 여성의 인권을 강조한다. 둘째로는 식민자본주의의 도시문명 속에서 상품화되는 여성의 성과 육체를 통해 물화된 인간관계와 윤락 여성의 비참한 삶의 현장을 보여준다. 셋째는 생명력을 상실한 여성의 이미지를 통해 당대 조선 현실의 불모성을 강조한다. 결론적으로 이런 여성들의 삶을 통해 오장환이 비판하려는 것은 일제 강점 하에서의 부패하고 타락한 현실과 사회와 역사에 대한 전망 없음에서 비롯되는 생명력의 소진이다. 때문에 그는 이런 시적 작업을 통해 여성의 풍요로움이 상징하는, 진정한 생명성과 미래에의 전망을 희구하는 것으로 이해할 수 있다.

『성벽』 이후 오장환의 작품에서는 윤락 여성뿐만 아니라 여성 인물을 등장시키고 있는 작품이 거의 없다. 『성벽』은 이후 다른 시집들에 비해서 타락한 도시와 부패한 사회에 대한 비판의 목소리가 높은 작품집이다. 바로 다음에 발표되는 『헌사(獻詞)』는 자신의 내면에 대한 애상의 정조가 주를 이루고 있다. 이런 의미에서 『성벽』은 오장환의 현실에 대한 비판이 가장 많이 드러나고 있는 시집이다. 여기서 시인은 1930년대 식민지 조선의 문제적인 현실의 큰 부분으로 여성 육체와 성의 착취가 놓여 있다는 것을 제시하고 있는데, 이런 성과는 문학사적으로 새롭게 평가되어야할 것이다.

서정주 초기 시의 여성 이미지 – 시단(詩壇)과 화단(畵壇)의 교류를 중심으로

1. 1930년대 현대 예술의 교류와 발전

1930년대 대표적인 모더니스트 시인이었던 김광균은 1930년대 시를 회고하는 글에서 '1930년대의 시는 음악보다 회화(繪畵)이고자 하였다'라며[1] 시와 회화와의 강력한 연관성을 강조하고 있다. 그런데 이때 김광균이 언급한 '회화이고자 했던 시'란 당대 모더니즘 시의 회화적, 시각적 이미지를 지칭하는 것이 아니라 보다 근원적인 예술의 정신과 원리, 예술가로서의 가치관과 관련된 의미임을 유념할 필요가 있다.

한국 시문학연구에서 시와 미술과의 관련성은 주로 패러디 연구를 통해 시의 이미지와 기법을 중심으로 논의되어 왔다. 일반적으로 패러디는 원텍스트가 가진 어떠한 특성이 패러디 된 작품에 기술적으로 변용, 수용

---

1) 김광균, 「1930년대의 畵家와 詩人들」, 『계간미술』 제23호, 1982년 가을.

되었는가를 따지기 때문에 이미 완성된 작품들의 비교 연구가 중심에 놓인다. 따라서 시가 회화를 패러디하는 경우, 원텍스트로 존재하는 회화 작품의 색채와 선이 시의 언어로 어떻게 재창조되고 있는가에 주목한다.[2] 그러나 본 연구에서 논의하려는 시와 회화의 관계는 위에 언급한 구체적인 작품 간의 패러디 현상을 기술적으로 포함하면서도 두 장르를 생성시키는 공통의 미학적 정신과 원리에 주목함으로써 예술가들의 시정신과 지향의식의 원천을 규명하는 데 중요한 기능을 하고 있다.

1930년대는 문학, 미술, 음악 등 다양한 예술의 장르가 확대 발전하는 시기이고, 이들이 서로 교류하면서 식민지 하에서이지만 현대 예술의 성숙과 정립이 이루어지는 때이기도 하다. 이런 의미에서 당대 시인과 화가들이 식민지 현실을 체감하면서 예술에 대한 열정과 정신을 공유했으며, 이를 각각 예술의 생성 원리로 반영시켰으리라 추측할 수 있을 것이다. 특히 1930년대는 도시를 중심으로 근대화가 급속도로 진행되던 시기였다. 서구화되어 가는 도시의 외양은 대중들의 시선을 사로잡았으며, 시인들의 감수성을 자극하기에 충분했다. 보들레르가 노래했듯, 시인은 일찍이 본 일이 없는, 엄청난 풍경의 어렴풋하고 먼 이미지가 자신을 유혹한다고 느낀다. 오로지 눈을 위해 존재하는 이 풍경들은 인간의 마음에 각인되고 새로운 상상력의 원천으로 작용한다.[3] 특히 당대 화가들은 이와 같은 대중문화의 이미지를 창조하는 담당층으로 활동하면서 '여성 이미지'를 대중문화에 확산시키고 있었다.[4] 이런 의미에서 당대 화단의 경향과 시 작

---

2) 정끝별,『패러디 시학』, 문학세계사, 1997, 170면.
3) Vanessa R. Schwartz, 노명우 · 박성일 역,『구경꾼의 탄생』, 마티, 2006, 37면.
4) 김진송,『현대성의 형성―서울에 딴스홀을 許하라』, 현실문화연구, 1999, 304~307면.

품에 나타나는 여성 이미지의 관련성을 살피는 것은 의미 있는 작업이 되리라 생각한다.

한국 현대시사에서 시의 제재와 주제로서 육체가 드러나기 시작한 것은 1930년대 중반 생명파의 작품부터였다. 본고는 이 시인들 중 서정주의 시에 등장하는 여성 육체의 이미지에 주목하고 있다.[5] 현대시에서 여성의 육체는 1980년대 이후 페미니즘 문학의 발흥에 따라 본격적으로 시 문학에 등장한다. 여성 시인에 의해 관능적, 파괴적, 일탈적 색채로 그려진 여성의 육체는 가부장적 남성 중심 사회에 대항하는 전략으로써 기능하는 한편, 이런 현실에 위치한 여성의 존재를 성찰하는 하나의 계기로 작용해왔다. 이런 문학사적 맥락을 고려할 때 1930년대 후반 서정주의 시에 등장하는 관능적인 여성 육체의 이미지는 그 발생과 원천, 의미에 대해 생각해볼 만하다. 전통적인 의미에서 여성이나 육체의 문제는 시의 소재나 주제의 대상이 아니었으며 당대 시의 경향과 비교해도 이질적인 것이었다. 현실 반영을 중심으로 하는 카프 문학이나 감성과 이성의 균형을 중시하던 모더니즘 시의 관점에서 관능과 퇴폐를 이미지화하는 여성 육체의 이미지는 파격적인 것이 아닐 수 없다.[6] 그렇다면 당대의 시 전통으로부터 볼 때 이질적이고 새로운 여성의 육체 이미지를 만들어 내는 시인의 상상력은 그 원천을 어디에 두고 있는 것일까.[7] 이러한 문제의식을

---

5) 같은 생명파 시인이었던 유치환은 남성의 육체성을 다루고 있으며 오장환의 경우 여성, 남성을 아우르면서 병든 육체의 이미지를 보이고 있다. 김진희, 『생명파시의 모더니티』, 새미, 2003, 222~243면.
6) 1930년대 이전 한국시에서 여성은 주로 1920년대 김소월, 한용운의 시에서 나타나듯, 인내하고 기다리는 전통적인 이미지이든가, 이런 여성상의 변형인 마돈나 같은 이미지였다. 장창영, 「서정주 시에 나타난 성욕망과 정화양상」, 『국어국문학』 133호, 국어국문학회, 2003.
7) 독일의 문예학자 발첼(O. Walzel)은 '예술의 상호조명'의 필요성을 주장한다. 즉 전통적인 '독자적인 관찰형식'으로 밝혀낼 수 없는 예술적 특성을 더 잘 파악하기 위해서는 '이웃 예술의 연구자의 눈'을 빌려야 함을 강조한다. 이런 연구 태도는 최근의 학제적 연구 방향과 일치한다. 한국 시문학

바탕으로 이 글에서는 서정주의 『화사집』에 실린 시들과 당대 화단과의 관련성을 살피려 한다. 당대 화단의 경향, 화가들과 시인들의 교류, 서정주 개인의 기질 등에 대한 연구를 통해 이런 요인들이 구체적으로 여성 이미지를 만드는데 어떤 영향을 주고 있으며, 서정주의 시 정신과는 어떤 관련성을 갖고 있는지 논의할 것이다.

2. 여성 이미지[8]와 당대 화단의 관련성

전통적으로 동양화는 산수화가 주요 장르였기 때문에 인물화는 초상화 이외에서 찾아보기 힘들며 특히 여성의 재현은 더욱 희소한 것이었다. 이는 여성의 삶이 놓인 전통시대의 사회적 현실이 전통적 화단의 상황과도 맞물려 있었던 것으로 이해할 수 있다.[9] 이런 의미에서 한국 근대미술사에서 '여성'의 이미지는 인물화 장르의 부각과 함께 새롭게 부상된 주제였다. 특히 1930년대부터는 조선미전 동서양화부 인물화 분야에서는 여성 인물화가 60%를 넘었으며 꾸준히 그 비율이 높아지고 있었다.[10]

이 글에서 문제 삼는 사실은 여성인물화 중 특히 여성 누드화의 유행 현상이다. 누드화의 전통이 없었던 한국에서 여자 나체상은 섹슈얼리티,

---

연구 역시 미술사적 시각을 바탕으로 새롭고도 풍부한 해석이 가능하리라 생각한다. 윤태원, 「예술의 상호해명에 관한 역사적 고찰—빙켈만에서 낭만주의까지」, 『독일문학』 제89집, 2004.

8) 이 장에서 사용하고 있는 '여성 이미지'의 개념은, 서정주의 시에 나타난 여성 이미지를 포함하여 당대 문화 안에서 상상되고, 재현된 여성 이미지라는 의미를 포함하고 있다.

9) 구정화, 「한국 근대기의 여성인물화에 나타난 여성 이미지」, 『한국 근대미술사학』 9집, 2001; 김영나, 「한국 근대 시각미술에 재현된 '신여성'」, 『미술사와 시각문화』 제2호, 2003.

10) 구정화, 앞의 글; 홍선표, 「한국 근대미술의 여성 표상」, 『한국 근대미술사학』 10집, 2002.

즉 육체성에 기초한 관능적, 성애적 감각이나 심리적 환기력을 제공하는 에로틱한 주제였다. 뿐만 아니라 더 주목할 만 것은 서구누드화에 재현된 이상적인 신체미가 당대의 아름다운 육체의 기준이 되기도 하고 예술적, 대중문화적 상상력의 원천으로 작용하기도 했다는 것이다. 따라서 화가들이 그린, 혹은 서양 화집에 소개된 여성 육체의 이미지는 당대 문화에 여성의 이미지에 대한 새로운 시각문화를 창조해냈다.

예를 들어 아래와 같은 여성 육체의 추구는 현실적으로 없는, 가상의 여성 이미지를 생산해내고 있었다.

우리들이 규정하는 여성미란 상식적으로 알다시피 어깨가 좁을 것, 허리춤이 날씬하야 벌의 허리처럼 될 것, 둔부가 넓어야 할 것, 대퇴는 굵되 발끝으로 옮아오면서 뽑은 듯 솔직해야 할 것.[11]

조선여자는 또 젖이 너무 처지고 영양이 부족하며 살결조차 푸르고 검어서 덜 좋더라. 서양여자를 못보았으니 모르나 아마 그네들이 좋을 것 같기도 생각된다.[12]

위의 글에서 나타나듯, 화가들이 꿈꾸는 서구적 육체의 이미지는 그들의 회화를 통해서도 표현되었다. 그들이 그리는 여성들은 한국 여성들이 아니라 서구여성의 몸매를 가진 이상화된 여성들이었다. 그들은 가상의 여성 이미지를 통해 남성의 에로틱한 욕망과 예술적 열정을 표현하고자 했다.

---

11) 김용준, 「모델과 여성의 미」, 『여성』, 1936.9.
12) 안석주, 「나체모델과 화가의 감촉」, 『삼천리』, 1929.6.

김인승, 〈나부〉(1936).　　　　　　서진달, 〈나부〉(1930년 전후).

　　위의 그림에서 볼 수 있듯, 서구여성의 얼굴을 한 한국 여성인물화는
등을 돌린, 나체의 모습으로 그려져 있다. 이처럼 옆이나 뒷모습이 선호
되었던 것은 정면보다는 덜 부담스러웠기 때문이기도 하지만, 한편으론
에로틱한 성적 상상력과 신비감을 고조시키는 효과를 만들어 냈다.[13]

　　누드화는 1930년대 화단에 주요한 주제와 소재로 확장되어 나갔으며,
동시대 시인들 역시 위와 같은 당대 화단의 조류 안에 있었음을 짐작할
수 있다. 당대는 현대 예술의 분야들이 제도적으로 체제를 갖추면서 역동
적으로 발전하기 시작한 시대였으며 지식인, 예술인들이 같은 문화의 장
(場) 안에서 예술적 영감과 고민을 공유하던 시대였기 때문이다. 특히 시

---

13) 김영나, 「한국 근대의 누드화」, 『20세기 한국미술』, 예경, 1998, 125~126면.

인과 미술인들과의 교류는 식민지 지식인으로서 당시 몇 개 안 되는 고보를 함께 다녔던 과정, 일본에 유학하던 시절, 귀국 후 활동하는 과정에서 자연스럽게 이루어 질 수 있었다.[14] 고보 시절 그들은 학교 내의 문예단체를 통해 교류할 수 있었으며, 일본 유학시절에는 구본웅을 제외하고는 거의가 동경미술학교를 나왔기 때문에 1920년대 이후 동경으로 유학 간 문인들과 미술인들은 자연스럽게 만날 수 있었다. 귀국 후에는 교편을 잡거나 언론사나 출판사 취직 등을 통해 만날 수 있었지만 실제적으로 일자리가 많지 않았으므로 그들은 주로 카페나 다방을 중심으로 교류하면서 예술에 대한 자신들의 공동체 의식을 키워 나갈 수 있었다.[15]

특히 동경미술학교 출신인 미술가 이순석이 경영하던 '낙랑팔라'와 그것을 인수받아 여배우 김연실이 경영하던 '낙랑'은 구인회 문인들과 목일회 계열 화가들의 본거지 역할을 하였다. 또 시인 오장환이 경영하던 '남만서방' 역시 문인들과 화가들의 모임이 이루어지는 아지트 역할을 하였다.[16] 서정주 역시 이곳에서 화가들과 만남을 갖게 되고 오장환이 일본에서 사오는 다양한 화집을 보게 되었다.

매일 같이 모여 시와 그림 이야기를 한 것은 아니지만 여러 해 지나는 동안에 화가의 작품에 시가 담기고 시인의 시에 회화의 모티브가 반사된 것으로 생각된다. 한 시대를 함께 살아가던 공동운명체라 할까?[17]

---

14) 이구열 · 유준상 · 이태현 정담, 「동경 유학생들의 한국 근대미술」, 『월간 미술』, 1989.9.
15) 기혜경, 「1920~1930년대 한국 근대미술과 문학의 교류상에 관한 연구」, 홍익대 석사논문, 1998.
16) 김광균, 「1930년대의 畵家와 詩人들」, 『계간미술』 제23호, 1982년 가을.
17) 위의 글.

김광균의 기억 속에서 화가와 시인들은 서로의 세계에 영향을 주면서 예술을 발전시키고 있는 것으로 그려지고 있다. 실제로 시인의 입장에서 화집에 펼쳐진 서구의 풍경과 인물들은 그들의 미학적 감수성을 자극하는 강력하고도 새로운 현실로 작용했을 것이다. 현대적이고 새로운 감수성에 목말라하던 그들에게 화집은 새로운 미학적 체험의 원천으로 의미화되었다. 따라서 시인들의 시 정신과 시 의식에 그들이 보았던 그림의 화풍이나 그가 좋아하는 화가의 특징들이 알게 모르게 스며들어 있음을 발견할 수 있을 것이다.[18]

김광균의 기억에 의하면 자신은 고흐의 〈수차가 있는 가교〉[19]를 보고 두 눈알이 빠지는 것과 같은 감동을 느꼈다고 한다. 그는 물론 화집을 통해 그 그림을 보았다. 어떤 매력이 그에게 이런 감동을 가능케 했던 것일까. 이런 감동은 비단 김광균에게만 국한된 것은 아니었다. 김기림, 오장환, 서정주, 이봉구 역시 마찬가지였다. 이들은 『세계미술전집』이나 『인상파 이후의 화집』 등을 함께 보며 현대 미술사조의 정신과 기법에 대해 함께 논의하기도 했다.

한편 일반 대중들에게 서구 미술을 소개하기 위해 『조선일보』는 1930년 11월 이후 40여 회에 걸쳐 「근대태서미술순례」라는 이름으로 후기 인상주의 이후의 미술작품과 작가, 미술사조 등을 연재하고 있었다. 이런 사회, 문화계의 움직임은 일반 대중은 물론 당대 문인들에게 미술적 감수성을 충분히 전달할 수 있었을 것이라 생각한다.

---

18) 서준섭, 『한국 모더니즘 문학 연구』, 일지사, 1988, 51~62면.
19) 이 그림은 고흐가 아를 지방에 머물면서 그렸던 아를의 도개교(跳開橋) 연작 중의 한 작품인데, 1930년대 일본 수입 화집에서 이렇게 번역한 것으로 보인다.

서정주가 특히 관심을 기울인 것은 르네상스 시기, 그리스 신화나 성경의 인물들을 다룬 작품들과 반 고흐나 폴 고갱 등의 작품들이었다.[20] 서정주는 자신의 관심을 그리스적 육감(肉感)이나 육체미(肉體美)라는 말로 표현한다. 그리고 자신의 시를 통해 이를 형상화하려 했는데, 그가 말하는 생생한 육감이란 그림을 통해 느낄 수 있었던 감각적 이미지였을 것이다. 그가 언급했던 르네상스의 화가 보티첼리나 고갱, 그리고 고흐의 작품 등은 살아있는 육체의 에너지와 힘이 느껴지는 회화들로 서정주는 이 작품들을 통해 살아있는 육체의 실제적인 이미지를 보았던 것이다.

이처럼 당대 화단에서 유행했던 여성 나체화 경향이나 서구 화집에 소개된 여성들의 아름다운 육체에 대한 상상력을 통해 서정주는 자신의 시에 여성 이미지를 만들어 내고 있다.

3. 상상력의 원천으로서 서구 회화이미지

麝香 薄荷의 뒤안길이다.

아름다운 베암…….

을마나 크다란 슬픔으로 태여났기에, 저리도 징그라운 몸둥아리냐

꽃다님 같다.

너의할아버지가 이브를 꼬여내든 達辯의 헛바닥이

20) 서정주, 「해인사」·「조선일보 폐간시」, 『미당자서전』 2, 민음사, 1994; 서정주, 「나의 문학인생 7장」, 『시와 시학』, 1996년 가을.

소리잃은채 널룽그리는 붉은 아가리로
푸른 하눌이다. ……물어뜯어라. 원통히무러뜯어.

다라나거라. 저놈의 대가리!

돌 팔매를 쏘면서, 쏘면서, 麝香 芳草ㅅ길
저놈의 뒤를 따르는 것은
우리 할아버지의안해가 이브라서 그러는게 아니라
石油 먹은듯……石油 먹은듯……가쁜 숨결이야

바눌에 꼬여 두를까부다. 꽃다님보단도 아름다운 빛……
크레오파투라의 피먹은양 붉게 타오르는 고흔 입설이다……슴여라! 베암.

우리순네는 스믈난 색시, 고양이같이 고흔 입설……슴여라! 베암.

—「花蛇」전문

　관능적 육체에 대한 도취와 성애의 순간을 노래하고 있는 위의 시에 등
장하는 여성 이미지는 전통적이기보다 서구적이다. 그 여성의 이름은 순
네이지만 그녀는 서구여성의 이미지로 형상화되어 있다. 기독교적 원죄
의 상징인 뱀의 육체, 관능적 욕망의 몸을 가진 이브, 요부형의 클레오파
트라, 고양이라는 동물 등은 모두 서구에서 전통적인 여성의 이미지로 형
상화시켜 온 비유물들이다. 종교화의 주요 소재로 등장하는 이런 이미지
들은 미(美)와 악(惡)의 의미를 함께 거느린 관능적 여성상이다.

피에로 디 코시모, 〈시모네타 베스푸치〉
(1503년경).[21]

서정주는 특히 이런 여성들의 몸에 집중한다. 그 몸은 아름다운 뱀의 몸이며, 꽃다님보다 더 아름다운 타오르는 입술 같이 고운 몸이다. 관능적으로 요동치는 여성의 몸을 서정주는 꽃무늬 놓인 뱀, 화사의 몸으로 구체화시키고 있다. 이런 몸을 가진 그녀, "베암같은 게집은 / 땀흘려 땀흘려 / 어지러운 날 엎드리"게도 하고(「麥夏」) "밤처럼 고요한 끌른 대낮에 / 우리 둘이는 웬몸이 달"게도 만드는 가시내이다(「대낮」). 이처럼 육체성이 강조되는 여성의 이미지는 당대의 시적 전통에서 보면 낯선 것이다.[22]

눈물이 나서 눈물이 나서

머리깜어 느리여도 능금만 먹곺어서

어쩌나……하늬바람 울타리한 달밤에

(…중략…)

---

21) 르네상스 시기 그려진, 클레오파트라라고 추정되는 인물화는 뱀, 관능성, 아름다움, 신비로움 등 서구 문화사에 전해져 오는 클레오파트라에 관한 전통적 이미지를 잘 구현하고 있다. 서정주의 시 「화사」에도 언급되었듯, 그림에서도 꽃다님 같은 뱀이 여성의 머리와 목을 감고 있다. Gérard Legrand, 정숙현 역,『르네상스』, 생각의나무, 2004, 99~100면.

22) 시를 통해 드러나는 육체나 여성의 문제는 적어도 1930년대였기에 가능한 상상력이었을 것이다. 근대화에 따른 개인의 사생활에 대한 자각의 문제, 그 사적 영역에 놓인 몸에 대한 관심의 증가와 이에 따른 성에 대한 관심이 자연스럽게 육체나 성, 여성에 대한 관심으로 옮아갔으리라 생각한다. 또 사회, 문화적으로는 육체에 대한 담론 형성과 여성에 대한 사회적 인식과 여성지위의 변화, 또 이와 다른 방향에서 여성의 육체에 대한 대중적인 관심이 확대됨으로써 가능해졌다.

蓮順이는 어쩌나……입술이 붉어 온다.

―「가시내」 부분

속눈섭이 기이다란, 게집애의 年輪은

댕기 기이다란, 붉은 댕기 기이다란, 瓦家千年의銀河물구비……푸르게만

푸르게만 두터워갔다.

(…중략…)

고요히 吐血하며 소리없이 죽어갔다는 淑은,

유체 손톱이 아름다운 게집이었다한다.

―「瓦家의 傳說」 부분

　짧게 인용한 위의 시에 나타난 여성의 이미지 역시 서구적이다. 머리
를 길게 늘어뜨리고 능금을 먹고픈 연순이의 이미지는 이브를 닮아 있다.
또 속눈섭이 길고 유체 손톱이 아름다운 여성 역시 '손톱이 까만', 한국적
여성이 아니라 이상화된 서구 여성 이미지라 할 수 있다. 그렇다면 서정
주는 구체적으로 이런 여성의 이미지를 어떻게 상상할 수 있었을까. 우선
서정주의 산문을 통해 그 상상력의 원천을 가늠해 볼 수 있다.

　고대 그리스적 육체성―――그것도 그리스 신화적 육체성의 중시, 고대 그리
스, 로마의 황제들이 흔히 느끼고 살았던 바의, 최고로 정선된 사람에게서 신
을 보는 바로 人神主義적 肉身現生의 중시. 아폴로적인 디오니소스적인, 에로

스적인 그리스 신화적 존재의식. 또 그런 존재의식을 기초로 하는 르네상스휴머니즘 (…중략…) 이런 신화 헬레니즘을 나는 기독교의 구약성서의 솔로몬 왕의 〈雅歌〉 등에 보이는 고대이스라엘적 陽明性과 이때는 거의 혼동하고 있었던 일이다. (…중략…) 다만 그 생태에 있어서 솔로몬의 雅歌적인 것과 그리스 신화적인 것의 근사치에만 착안하여 양자의 그 숭고하고 陽한 육체성에만 매혹되어 있었던 것이다.23)(강조－인용자)

그리스 신화적 그 육감과 혈기라는 것은 여간한 매력이 아니었다.24)(강조－인용자)

반 고호라는 화가와 니체가 그렇게 역시 여자에 숙맥이었던가. 나도 아마 그랬던 모양이다 그러니 만큼 내 시속에 여자 냄새는 꽤 많이 나는 편이지만 그것은 거의 내 생각 속만의 것이다. (…중략…) 이런 따위의 육감이라 할 수 있는 것도 별다른 실제의 경험도 없는 마음 속의 도가니 속만의 일이었으니 말이다.25)(강조－인용자)

인용 예문에서 주목할 내용은 서정주가 '그리스적 육체성'과 '육감', '혈기' 등에 매혹되어 있었다는 사실이다. 그리하여 그의 고백대로 그리스 신화의 헬레니즘을 고대 이스라엘의 양명성과도 혼동할 정도였다. 특히 여성의 육체에 대한 '육감'적 상상은 마음과 정신을 지배하는 관능적 에너

---

23) 서정주, 「고대그리스적 육체성－나의 처녀작을 말한다」, 『서정주 문학전집』 5권, 일지사, 1972.
24) 서정주, 「단발령」, 『미당자서전』 2, 민음사, 1994.
25) 위의 글.

지로 작용함으로써 그의 시에 등장하는 여성 이미지의 근원이 되고 있음을 알 수 있다. 서구 미술사에서 그리스 신들이 보여주는 생생한 육체성은 그 당대의 유물들을 통해서는 물론 르네상스 시대 재현된 그림과 조각들을 통해 다시 살아났다. 이런 맥락에서 볼 때 서정주의 경우 육체의 이미지에 대한 상상은 문자가 아니라 화집에서 접한, 그리스 신화를 소재로 한 르네상스 시기의 회화나 당대 화단의 누드화를 통해 이루어졌을 것으로 추측할 수 있을 것이다. '실제의 경험도 없'던 그가 오장환의 서점 '남만서방'에서 만나게 되는 화가들과의 교류를 통해서 그리고 『세계미술전집』 감상을 통해 서구 여성의 이상적인 육체상을 시각으로 만날 수 있었다는 것이다. 한 예로 서정주는 그의 산문에서 보티첼리의 그림과 관련된 상상을 하고 있다.[26] 이런 의미에서 서정주의 시에 나타나는 육체성과 관능성은 그리스 여성 신들의 인간적인 이미지로부터 비롯됨을 추측해볼 수 있을 것이다.

나는 내 곁을 지나가는 해녀들과 이 아래 바다에 거침없이 뛰어드는 해녀들을 보기를 즐겼다. 보티첼리의 그림에 보이는 비너스의 해중탄생(海中誕生)의 무르익은 육신의 아름다움을 그들한테서 보는 걸 즐겼다. (…중략…) 어느때는 그 해녀들의 한 무더기가 바닷가로 나와서 뜯어온 생미역이나 흑산호의 가지 같은 걸 들고 너울거리고 춤추며 노래하는 게 보였다. 그러고는 내가 누운 언덕 속 길로 나와 내 옆을 코에 아린 바다 냄새를 풍기고 지나가며 쌩긋 흰 이빨을 내놓고 웃어 보이는 일도 있었다. 그러면 불그레 홍조를 두볼과 두눈

---

26) 르네상스 시대 화가 보티첼리는 여성의 신비한 아름다움을 여신들을 통해 구체적으로 보여준 화가이다. Gérard Legrand, 정숙현 역, 『르네상스』, 생각의나무, 2004, 92~93면.

에 느끼며 그들의 손발로 시선을 옮긴다. 손톱이나 발톱도 분홍과 반달이 선명한 여신의 것 같은가 훔쳐보기 위해서다. 그러나 그건 기대와 달리 깜장 때가 들어 있기도 한 불투명한 것이어서 내 흥건한 흥취를 위축시키고 먼 원경(遠景)으로만 내 눈을 다시 몰고 가게 했다.[27](강조—인용자)

위의 인용문을 읽어 보면 서정주의 여성관, 즉 서정주의 시선을 지배하는 여성의 기호—이미지를 알 수 있다. 서정주에게 현실은 자신이 상상하는 환상적 이미지에 의해 보여진다. 즉 그는 서구 미술에서 보아온 여성의 이미지를 현실의 여성에게 덧씌우고 있는 것이다. 이는 당대에 이상적이라고 생산된 여성에 관한 시각 이미지가 현실 여성의 미의식을 규정하는 잣대로 작용하고 있음을 의미한다. 그런데 서정주는 이런 가상의 이미지를 자신의 작품 속의 여성상에 투영시키고 있다.

> 문득 面前에 우슴소리 있기에
> 醉眼을 드러보니, 거긔
> 오색 珊瑚채에 묻처있는 娘子
>
> 물에서 나옵니까.
>
> 머리카락이라든지 콧구멍이라든지 콧구멍이라든지
> 바다에 떠보이면 아름다우렸다.

---

27) 서정주, 「조선일보 폐간 기념시」, 『미당자서전』 2, 민음사, 1994. 강조한 부분은, 보티첼리의 그림 중 잘 알려진 〈프리마베라 혹은 봄〉에서 얇은 천의 옷을 너울거리며 춤추는 세 여신의 이미지를 담고 있다.

石壁 野生의 石榴꽃열매 알알

입설이 저 ……잇발이 저……

娘子의 이름을 무에라고 부릅니까.

그늘이기에 손목을 잡었드니

몰라요. 몰라요. 몰라요. 몰라요.

눈이 항만하야 언덕으로 뛰어가며

혼자면 보리 누름 노래불러 사라진다.

—「高乙那의 딸」 전문

　위의 인용문에서 알 수 있듯이 제주도의 해녀를 모델로 쓰여진 이 시는 여성 육체의 신비로운 관능성이 잘 표현되어 있다. 특히 이 시의 원천에는 아름다운 육체의 전형인 비너스의 탄생이 놓여 있다. 화려하고 신비로운 오색 산호의 아름다움 속에서 탄생하는 여성의 이미지는 그림에서 보듯이 조개껍질 안에서 신비롭게 태어나는 비너스의 화려하고도 우아한 시각적 이미지를 담고 있다. 특히 야생적이고 붉은 석류꽃 열매로 비유되는 입술과 이빨을 가진 낭자, '몰라요'라며 거절하며 사라지는 여성의 이미지는 신비로운 환상을 환기시키고 있다.

　한편 서정주는 반 고흐와 고갱의 그림을 좋아했으며, 『화사집』에 이런 경향이 반영되고 있다고 이야기하고 있다.[28] 그렇다면 여성 육체와 관련

---

28) 서정주, 「나의 문학인생 7장」, 『시와 시학』, 1996년 가을.

보티첼리, 〈비너스의 탄생〉(1484년경).

하여 고호와 고갱에게 받은 영향은 무엇일까.[29] 여성 육체와 관련해서는
고갱 그림과의 관련성에 대해 이야기 할 수 있다. 잘 알려져 있듯이 고갱
은 타히티에서 생명력 넘치는 원시적 육체의 아름다움과 쾌락을 그리고
있다.[30] 특히 구리빛 피부를 가진 생동하는 육체는 건강한 관능성을 환
기시키고 있는데, 서정주는 「정오의 언덕」에서 "내 살결은 樹皮의 검은
빛 / 黃金 太陽을 머리에 달고 // 몰약 사향의 훈훈한 이 꽃자리 / 내 숫사
슴의 춤추며 뛰여가자"며 건강한 구리빛 육체의 아름다움과 생명력을 성
애의 환타지와 함께 그리고 있다. 서정주는 고갱에게서 동양적 신비로움

---

29) 고흐의 그림 중에서 여름과 관련된 그림이라고 서정주는 밝히고 있는데, 이는 아마도 강렬한 태
    양빛을 배경으로 그려진 풍경화 등을 이야기하는 것으로 보인다. 이런 풍경화들에서 고흐가 가진
    생명력 넘치는 붓의 터치와 색채를 좋아한 것으로 이해할 수 있다.
30) Peter Brooks, 이봉지 · 한애경 역, 『육체와 예술』, 문학과지성사, 2000, 368~369면.

이인성, 〈가을의 어느날〉(1934).

고갱, 〈이아 오라노 마리아〉(1891).

과 함께 건강한 원시성을 보고 있다. 이런 맥락에서 볼 때 서정주 역시 당대에는 낯선 소재인 서구적인 육체를 향토적인 공간에 세워 놓고 있는 것이다. 즉, 서정주의 시에 등장하는 여성이 놓인 공간은 한국의 농촌이지만 그 이미지는 서구적 육체의 이미지를 갖고 있다. 이는 마치 동시대의 화가 이인성이 한국의 농촌에 고갱의 인물들을 그려 놓은 것처럼 서구적 특성과 향토성이 어색함 속에서도 절묘하게 조화되고 있는 것처럼 보인다.[31] 이런 의미에서 서정주의 시가 '농경 사회의 모더니즘'을 구현했다는 평가는 또 다른 의미에서 유효한 것으로 보인다.[32]

---

31) 조정육, 「'조선의 고갱' 이인성 돌아오다」, 『한겨레신문』, 2006. 5. 12.
32) 황현산, 「서정주, 농경사회의 모더니즘」, 『미당연구』, 민음사, 1994. 이 글의 필자는 서정주가 서구의 근대시에 대한 뛰어난 감수성과 전통적, 농경적 세계의 정한을 새로운 표현 양식으로 만들어 내었다고 평가했다.

4. '여성의 육체'라는 기호와 근대성

근대미술사의 초기에 왜 여성인물화가 많이 나타나고 있는지에 대해서 미술사가들은 각기 다른, 나름대로의 견해를 갖는다. 인체의 묘사를 통해 미술의 기본을 연마하는 동경미술학교의 아카데믹한 교육방침33)이 인물화를 그리게 했으며 특히 여성 누드화를 통해 인체를 정확히 그리는 것이 수업의 일부였다는 논의에서부터 한국 근대미술의 형성기에, 여성들의 일상생활을 소재로 많이 그렸던 인상주의 이후의 서양화가 많이 수용되었고, 여성을 모델로 앉혀놓고 그린다는 것 자체가 근대적 화가로서의 특권이자 상징으로 치부되었으며, 미인도 중심의 일본 채색화의 영향 때문이라는 설명도 있다.34) 다른 한편으론 근대 사회에서 미술이 아름다움을 인식하고 표현하는 장르로 정착하면서 정물화에서는 꽃이 주로 그려지고, 인물화에서는 여성이 다루어졌다는 논의도 있다.35)

그런데 이상의 논의와는 다른 관점으로 여성 나체화가 주로 그려지던 시대가 식민지 근대였으며, 이때 여성의 육체를 바라보던 화가들이 모두 남성들이었다는 점은, 식민지 근대의 화가로서의 남성 화가들의 시선과 욕망의 문제를 환기시킨다. 즉 식민지 사회라는 역사적 사실과 남성 작가라는 특수성이 고려되어야만 여성 육체의 재현이 가진 의미가 보다 현실성 있게 논의될 수 있다는 것이다.

왜 당대의 남성들은 여성의 육체를 선택하여 그들의 육체를 그려내었

---

33)「동경미술학교 유학35년사」,『월간미술』, 1989.9.
34) 김영나,「한국 근대의 누드화」,『20세기 한국미술』, 예경, 1998.
35) 홍선표,「한국 근대미술의 여성 표상」,『한국 근대미술사학』 10집, 2002.

던 것일까. 그 안에는 남성 화가들의 잠재된 욕망이 내재해 있었던 것은 아닐까.36) 이런 맥락에서 현대 예술이 발전하는 19세기말부터, 예술의 원천은 남성의 리비도적인 에너지 유출에 의해 배양된다는 사고가 예술계에 확산되었음을 기억할 필요가 있다. 풍경화를 주로 그렸던 블라맹크조차 그림붓을 페니스와 동일시하면서 "나는 양식에 고민하지 않고 자신의 마음과 성기로써 그리고자 한다"고 고백했다. 특히 남성의 성적 원동력에 대한 상찬은 여성 이미지에서 강력하게 표현되고 있는데 여성 누드야말로 남성의 창조적 에너지가 성적 에너지와 가장 잘 결합한 경우이다.37)

이런 관점은 서정주의 시를 이해하는데 중요한 발판이 된다. 서정주 시에 나타나는 성적 에너지와 관능적 여성에 대한 몰입은 언급했듯 시인으로서의 창조적 에너지와 연관되어 있다.

따서 먹으면 자는듯이 죽는다는
붉은 꽃밭새이 길이 있어

핫슈 먹은듯 취해 나자빠진
능구렝이같은 등어릿길로,

---

36) 1980년대 이후 일상생활의 역사에 대한 관심과 성과 관련된 정신분석학 이론의 부활 그리고 페미니즘 이론의 확산에 따라 '육체'는 기호학적 대상, 즉 언어의 영역에 포함되었다. 육체가 사회적, 언어적 구성물 즉 특정한 담론적 관습에 의해 창조된다는 것이다. 이런 현상은 자연으로서의 육체가 문화의 영역에 편입된다는 사실을 의미하는데 이처럼 문화에 육체가 편입되는 현상은 육체의 재현에 의해 이루어지는데 Peter Brooks는 이것을 육체의 기호화라고 부른다. Peter Brooks, 앞의 책. 이런 관점에서 언어적 구성물인 문학 속에 드러난 기호화된 육체를 읽음으로써 당대의 육체 담론과 작가의 시선과 욕망을 분석할 수 있을 것이다.
37) Carol Duncan, 호승희 역, 「남자다움과 남성 우위―20세기 초기의 전위회화」, 『미술과 페미니즘』(Norma Broude · Mary D. Garrard 편), 동문선, 1994.

님은 다라나며 나를 부르고……

强한 향기로 흐르는 코피

두손에 받으며 나는 쫓느니

밤처럼 고요한 끌른 대낮에

우리 둘이는 웬몸이 달어……

―「대낮」 전문

이것이 이때 해인사에 와서 맨 처음으로 쓴 것이다. 이런 마음이니 페스탈
로치가 제대로 되어질 리가 없었다. 아이들하고는 산수니 일본말이니 그런 공
부보다도 신화애기를 더 즐겨했고, 그보다도 더 즐긴 것은 해인사에서 더 깊
숙이 들어간 계곡의 맑은 물 속에 순나체로 가만히 들어앉아 있는 것이었다

　내 시속에 여자 냄새는 꽤 많이 나는 편이지만 그것은 거의 내 생각 속만의
것이다. (…중략…) 이런 따위의 육감이라 할 수 있는 것도 별다른 실제의 경험
도 없는 마음 속의 도가니 속 만의 일이었으니 말이다. (…중략…) 육체를 중요
시 하는 자의 감각은 고대 그리스나 로마인들이 흔히 그랬던 것처럼 일종의 잔
인을 또 자초하는 모양이지. (…중략…) 그리스 신화 속의 아폴론 신 같은 거나
구약의 솔로몬의 노래 속의 사내 비슷한 무엇 그런데 가까우려는 것이 한 되어
있었다. 그런데 그것도 불교에서 무명(無明)이라 하는 혼돈과 암흑과 또 식민
지 조선인의 역경의 시름 그것을 잔뜩 짊어지고 말이다[38]

---

38) 서정주, 「해인사」, 『미당자서전』 2, 민음사, 1994.

산문이나 시에서 드러나듯 서정주 의식의 근원에는 건강한 육체성에 대한 희구와 여성에 대한 성애의 에너지가 놓여 있다. 그리고 이런 의식을 조정하는 또 하나의 힘으로 식민지 조선의 현실이 놓여 있다. '동서남북 어디를 가도 밤과 피에 젖은 국토가 놓여 있는'(「바다」) 식민지 조선의 청년이었던 그에게 강건한 육체성의 희구와 관능적 여성과의 성애적 환상의 카타르시스는 현실을 극복하는 하나의 방법이 되었던 것이라 생각한다. 즉 근대사회에서 타자로 존재하는 관능적 여성 이미지나 육체성이 환기시키는 반근대적 상상력이, 육체의 억압과 생명력의 소진으로 인식되는 식민지 근대에 대한 저항의 에너지로 작용할 수 있었을 것이다.

그러나 한편으로는, 이와 같이 여성성을 비합리적이고 전근대적인, 원시적인 가치로 보면서, 남성 사회의 원초적 본능과 욕구를 충족시키는 환타지로 대상화39)시킴으로써 근대성과 대립되는 가치로 설정하는 사고방식은 문제적인 것이다. 그러나 이런 여성 이미지가 반드시 남성만의 환상이 아니라 많은 여성작가들에게도 남성중심 사회를 비판하는 유효한 전략이었음을 되새길 필요가 있으며40) 이를 당대 역사 혹은 문학사적 맥락 속에서 의미화해야만이 생산적인 결론을 이끌어낼 수 있을 것이다.

서정주는 기질적으로 여성과 사랑, 아름다움에 대한 관심이 많았던 시인이다. 그러나 여성 이미지의 전통이 없었던 현대시사의 초입에 전통적 여성상과는 다른 여성 이미지를 통해 억압적인 식민지 현실 사회를 비판하고 저항하는 작가의 창조적 에너지를 발현시키려 했던 시인의 의도를 생각해볼 필요가 있다.

---

39) 홍선표, 「한국 근대미술의 여성 표상」, 『한국 근대미술사학』 10집, 2002.
40) Rita Felski, 김영찬 · 심진경 역, 『근대성과 페미니즘』, 거름, 1998, 101면.

초기 시 『화사집』의 시대를 마감하고 서정주의 여성 이미지는 영원한 모성이미지로 바뀌고, 또 서구적 육체성을 가진 여성이 아니라 전통적, 한국적 여성으로 변화한다. 그리고 현실에 대한 저항보다는 현실을 인정하는 순응주의자로 변모한다. 서정주의 초기 시 세계는 그의 긴 시적 여정 중에서 현실에 대한 저항의식과 고민이 시인으로서의 창조적 에너지와 맞물려 가장 적극적으로 드러나고 있다. 그리고 그 세계 안에는 관능적 여성과 육감적 육체, 성애에 대한 판타지가 놓여 있었다.

한편 또 다른 관점에서, 근대 도시 사회의 특성이, 이미지에 기대인 시각문화가 중심이라면, 농촌 사회는 서사적이다. 그 공간은 전설, 신화, 뒷이야기, 험담으로 가득 찬 수다스러운 서사의 공간이다.[41] 이런 맥락에서 근대 사회의 현실과 마주선 시인이 시각문화의 영향 속에서 여성 이미지를 통해 그 사회에 대응하고자 한 것이 초기 시의 시대였다면 이후 농촌과 향토성, 설화의 세계에 들어서면서 근대 사회의 현실과 거리두기를 시작하는 것은 단순히 우연한 시적 변화만은 아닐 것이다.

그러므로 위와 같은 의미에서 반전통적인 여성 이미지 역시 시인의 세계관 속에서 의식적으로 형상화된 것이며 이런 이미지를 만들어내기 위한 당대 예술, 문화계를 통해 경험한 새로운 육체성, 여성성이 필요했으리라 생각한다. 즉 당대 화단을 이끌어 갔던 화가들과 시인들의 교류는 역사와 전통에 도전하는 현대 예술의 전위성을 함께 인식하도록 했으며, 이를 통해 그들은 식민지 근대라는 현실에 저항하는 예술에 대한 공통의 지향점을 공유할 수 있었을 것이다. 이런 의미에서 여성과 육체에 대한 이미지와 상상력의 근원으로 당대 화단의 여성 나체화에 대한 경사 현상

---

41) Vanessa R. Schwartz, 노명우 · 박성일 역, 『구경꾼의 탄생』, 마티, 2006, 38면.

과 서구 화집을 통해 소개된 이상적 육체를 가진 여성의 이미지가 시인에게 끼친 전위적 영향과 그 관련을 살피는 것은 문학사적으로 의미 있는 일이다.

근대 서정과 김억의 상징주의 수용

김 억, 『懊惱의 舞蹈』, 조선도서, 1921.

_____, 『해파리의 노래』, 조선도서, 1923.

_____, 『잃어진 진주』, 집문당, 1924.

_____, 「프란스 시단」, 『태서문예신보』, 1918.12.

_____, 「시형의 음률과 호흡」, 『태서문예신보』 제14호, 1919.1.13.

_____, 「近代文藝 (五)」, 『開闢』 18호, 1921.12.

_____, 「나의 詩壇生活二十五年記」, 『신인문학』 1권 1호, 1934.

강우식, 『한국 상징주의시 연구』, 문학아카데미, 1999.

권오만, 『한국 근대시의 출발과 지향』, 국학자료원, 2002.

김교봉 · 설성경, 『근대전환기 시가 연구』, 국학자료원, 1996.

김기봉, 『프랑스 상징주의와 시인들』, 소나무, 2000.

김동근, 「한국 근대시의 상징주의적 성격」, 『한국언어문학』 40집, 한국언어문학회, 1998.

김열규, 「한 · 일 근대시의 일반문학적 고찰」, 『한일문화』 1권 1호, 1962.

김영미, 「김안서 시 연구」, 이화여대 박사논문, 2001.

김영철, 「개화기 시가비평의 형성과정」, 『한국학보』 제47집, 일지사, 1987.

김용직, 『한국현대시인연구』 하, 서울대 출판부, 2000.

김윤식, 『한국문학사론고』, 법문사, 1973.

_____, 『근대시와 인식』, 시와시학사, 1992.

김은전, 「김억의 상징주의 수용양상」, 서울대 박사논문, 1984.

김은철, 『한국근대시연구』, 국학자료원, 2000.

김재홍, 「상징주의의 한국적 전개」, 『월간 문학』, 1975.1.

김학동, 「개화기 문인의 의식유형」, 『한국문학연구입문』(황패강 · 김용직 · 조동일 · 이동환 편), 지식산업사, 1982.

김효중, 『한국 현대시의 비교문학적 연구』, 푸른사상, 2000.

남정희, 「김억의 詩形論」, 『근현대 문학의 사적 전개와 미적 양상』 1(반교어문학회 편), 보고사, 2000.

박상천, 「한국근대문학 성격 구명 시고−김억의 시론을 중심으로」, 『한국학 논집』
　　　제7권, 1985.

박철희, 「20년대 시의 좌절과 방향모색」, 『한국문학연구입문』(황패강 · 김용직 ·
　　　조동일 · 이동환 편), 지식산업사, 1982.

송현호, 「동국시계 혁명과 개화기시론」, 『한국 현대시론사 연구』(한계전 · 홍정
　　　선 · 윤여탁 · 신범순 외편), 문학과지성사, 1998.

오세영, 『한국 낭만주의시 연구』, 일지사, 1980.

오재열, 「김안서의 근대시사적 위상 연구」, 전남대 석사논문, 1988.

오카자키 요시에, 장남호 · 임종석 역, 『일본의 문예』, 시사일본어사, 1991.

원명수, 「1920년대 한국상징주의 시 연구−김억, 황석우, 주요한을 중심으로」, 계
　　　명대 석사논문, 1988.

유정 편역, 『일본 근대 대표시선』, 창작과비평사, 1997.

윤병로, 『한국 근 · 현대문학사』, 명문당, 2000.

윤여탁, 「한국근대시와 서구시 수용」, 『한국 근대문학과 계몽담론』, 문학사와 비평
　　　연구회, 새미, 1999.

윤호병, 『비교문학』, 민음사, 1994.

이대우, 「뚜르게네프의 산문시 〈문지방〉과 한국문학」, 『현대시』, 1992년 가을호
　　　별책부록.

이동순, 「단재 신채호의 「천희당시화」에 대하여」, 『개신어문 연구』 제1집, 충북대
　　　출판부, 1981.

이은상, 「십년 간의 조선시단 총관 4−안서와 신시단」, 『동아일보』, 1929.1.16.

정종진, 『한국현대시론사』, 태학사, 1988.

정한모, 「한국 근대시 형성에 미친 역시의 영향−안서 김억의 작업을 중심으로」,
　　　『동대논총』 4권 1호, 1974.

정한모, 『한국현대시문학사』, 일지사, 1974.

조동구, 「안서 김억 연구−시론과 시의 변모과정을 중심으로」, 연세대 박사논문, 1988.

주근옥, 「김억의 格調詩形論小考」, 『한국현대시인연구』 상(문덕수 · 김용직 · 박명
　　　용 · 정순진), 푸른사상, 2001.

주요한, 「노래를 지으시려는 이에게 3」, 『조선문단』 3호, 1924.12.

한계전, 『한국 현대시론 연구』, 일지사, 1983.

한수영, 「한국 근대시 운율연구」, 이화여대 박사논문, 2003.

한승민, 「한·일 초창기 상징주의 시 도입양상 비교 연구 — 전신자의 역할과 전개과 정을 중심으로」, 동덕여대 박사논문, 2001.

홍정선, 「시가의 전통과 새로운 시의식의 대두 — 근대시와 시론 형성의 배경」, 『한 국 현대시론사 연구』(한계전·홍정선·윤여탁·신범순 외편), 문학과지성 사, 1998.

황석우, 「서문」, 『자연송』, 조선시단사, 1929.

D. Durisin, 김숙희 역, 「수용하는 문학현상과 수용되는 문학현상」, 『비교문학』 II (이혜순 편), 중앙출판인쇄소, 1980.

Pierre Bourdieu, 하태환 역, 『예술의 규칙 — 문학 장의 기원과 구조』, 동문선, 1999.

김기림과 근대문학의 타자

김기림, 『金起林全集』 1~6권, 심설당, 1988.

윤여탁 편, 『김기림 문학비평』, 푸른사상, 2002.

고봉준, 「모더니즘의 초극과 동양 인식」, 『한국시학연구』 13호, 한국시학회, 2005.

구모룡, 「식민성 근대주의의 한 양상」, 『문학수첩』 10호, 2005년 봄.

_____, 「김기림 재론」, 『현대문학이론연구』 33집, 현대문학이론연구학회, 2008.

김유중, 「김기림문학연구의 문제점」, 『김기림』(정순진 편), 새미, 1998.

김재용, 「동시성의 비동시성과 침묵의 저항」, 『협력과 저항』, 소명출판, 2004.

김진희, 「김기림의 전체시론과 모더니즘의 역사성」, 『한국근대문학연구』 11호, 한국 근대문학회, 2005.

김택현, 「식민지 근대사의 새로운 인식」, 『당대비평』 13, 2000년 겨울.

방민호, 「김기림 비평의 문명 비평론적 성격에 관한 고찰」, 『우리말글』 34권, 우리 말글학회, 2005.

이혜령, 「식민주의의 내면화와 내부 식민지」, 『상허학보』 8집, 상허학회, 2002.

임 화, 「담천하의 시단 1년」, 『신동아』, 1935.12.

_____, 「기교파와 조선시단」, 『중앙』, 1936. 2.

정정호, 「오리엔탈리즘, "탈"식민주의, "타자"의 문화윤리학」, 『영미어문학』 제65
　　　　호, 한국영미어문학회, 2002.

한상규, 「김기림 문학론과 근대성의 기획―모더니즘의 역사적 위치를 중심으로」,
　　　　『한국 현대시론사연구』(한계전 · 홍정선 · 윤여탁 · 신범순 외편), 문학과
　　　　지성사, 1998.

홍기돈, 「식민지 시대 김기림의 의식변모 양상」, 『어문 연구』 48, 어문연구학회, 2005.

미키 기요시, 유용태 역, 「신일본 사상의 원리」, 『동아시아인의 '동양' 인식―19~
　　　　20세기』, 문학과지성사, 1997.

리타 펠스키, 김영찬 · 심진경 역, 『근대성과 페미니즘』, 거름, 1998.

릴라 간디, 이영욱 역, 『포스트식민주의란 무엇인가』, 현실문화연구, 2000.

마샬 버먼, 윤호병 · 이만식 역, 『현대성의 경험』, 현대미학사, 1994.

에드워드 사이드, 김성곤 · 정정호 역, 『문화와 제국주의』, 창, 1995.

Anthony Giddens · Ulich Beck · Scott Lash, 임현진 · 정일준 역, 『성찰적 근대화』,
　　　　한울, 1998.

Michel Foucault, 장은수 역, 「계몽이란 무엇인가」, 『모더니티란 무엇인가』(김성기
　　　　편), 민음사, 1995.

Octavio Paz, 윤희병 역, 『낭만주의에서 아방가르드까지의 현대시론』, 현대미학사, 1995.

낭만적 이미지스트, 김광균의 시선과 사유

김기림, 「시단의 동태」, 『인문평론』 1권 3호, 1939. 12.

김윤식, 「모더니즘의 한계」, 『한국근대작가론고』, 일지사, 1974.

문덕수, 「김광균론」, 『한국모더니즘시 연구』, 시문학사, 1981.

정태용, 「김광균론」, 『현대문학』, 1970. 10.

김유중, 『김광균―회화적 이미지와 낭만정신의 조화』, 건국대 출판부, 2000.

이재오, 「김광균 시에 나타난 죽음의 이미지」, 『심상』, 1982. 7. 8.

김창원, 「김광균의 소멸의 시학」, 『한국현대시인론』(김은전 · 이숭원 편), 시와시
　　　　학사, 1995.

저항시와 시인의 선택 — 윤동주론

윤동주, 『정본 윤동주 전집』(홍장학 편), 문학과지성사, 2004.

가람기획, 『한국 현대문학 작은 사전』, 가람기획, 2000.

권영민, 『항일저항시 감상』, 독립기념관 한국독립운동사연구소, 1991.

김선태, 「윤동주의 시적 위상 재고」, 『한국언어문학』 37집, 1996.

김용직, 「암흑기의 십자가」, 『한국현대시사』 2, 한국문연, 1995.

김우창, 「손들어 표할 하늘도 없는 곳에서—윤동주의 시」, 『윤동주』, 문학세계사, 1992.

_____, 「시와 정치」, 『시인의 보석』, 민음사, 1993.

김재용, 『협력과 저항—일제말 사회와 문학』, 소명출판, 2004.

김종철, 「한국 저항시 소론」, 『저항시 선집』(실천문학 편집위원회 편), 실천문학사, 1984.

김진희, 「시인의 운명과 희망의 지도」, 『시와 시학』, 2005년 봄.

남민우, 「일제 강점기 시의 교육 쟁점과 방법」, 『한국시학연구』 13호, 한국시학회, 2005.

남송우, 「윤동주 시에 나타난 공간 인식의 한 양상—일본 유학시절의 시를 중심으
　　　　로」, 『한국문학논총』 40집, 2005.

류양선, 「윤동주의 산문과 시의 관련 양상—산문 「종시」와 시 「길」을 중심으로」,
　　　　『한국 현대문학연구』 16, 2004.

박현수, 「'수많은 나'의 운명과 신념」, 『시와 시학』, 2005년 봄.

박호영, 「저항과 희생의 남성적 톤」, 『윤동주 연구』(권영민 편), 문학사상사, 1995.

송우혜, 『윤동주 평전』, 푸른역사, 2004.

실천문학 편집위원회 편, 『저항시 선집』, 실천문학사, 1984.

오세영, 「윤동주의 시는 저항시인가」, 『윤동주 연구』(권영민 편), 문학사상사, 1995.

유종호, 「청순성의 시, 윤동주의 시」, 『시란 무엇인가』, 민음사, 1995.

_____, 「시와 정치적 전언」, 『시란 무엇인가』, 민음사, 1995.

이기웅 · 변현태 · 이강은 외, 『해석적 패러다임으로서의 반성과 지향』, 경북대 출
　　　　판부, 2006.

이명찬, 「윤동주 시에 나타난 '방'의 상징성」, 『국어국문학』 137집, 국어국문학회, 2004.

이은정, 「한국 근현대 베스트셀러문학에 나타난 독서의 사회사」, 『한국시학연구』
　　　　13호, 한국시학회, 2005.

하야시 시게루, 「경도시대의 윤동주―남병헌씨에게 듣는다」, 『문예운동』 67호, 문
　　　　예운동사, 2000.9.

아지자·올리비에리·스크트릭, 장영수 역, 『문학의 상징·주제 사전』, 청하, 1989.

Jurgen Habermas, 이진우 역, 『현대성의 철학적 담론』, 문예출판사, 1994.

단편서사시 양식과 시의 리얼리즘

권　환, 「시평과 시론」, 『대조』, 1930.6.

권윤환, 「무산 예술 운동의 별고와 장래의 전개책」, 『중외일보』, 1939.1.19.

김기진, 「단편서사시의 길로―우리 시의 양식 문제에 대하여」, 『조선문예』, 1929.5.

김남천, 「임화에 관하여」, 『조선일보』, 1933.7.21.

김두용, 「우리는 어떻게 싸울 것인가」, 『무산자』, 1929.7.

김성윤, 「1920~30년대 경향시의 전개양상」, 연세대 석사논문, 1988.

김윤환, 『한국노동운동사』, 청사, 1981.

김진희, 「임화시 연구―단편서사시를 중심으로」, 이화여대 석사논문, 1989.

안　막, 「조선프롤레타리아 예술운동약사」, 『사상월보』, 1932.10.

이경훈, 「임화 시 연구」, 연세대 석사논문, 1988.

이승훈, 「한국 프로시의 한 양상」, 『다시 네거리에서』, 고려원, 1989.

정재찬, 「1920~30년대 한국 경향시의 서사지향성 연구」, 서울대 석사논문, 1987.

조은희, 「한국 현대시에 나타난 다다이즘, 초현실주의 수용양상에 관한 연구」, 서
　　　　울대 석사논문, 1989.

게오르그 프리들렌제르, 이환재 역, 『리얼리즘의 시학』, 열린책들, 1986.

George T. Wright, 김준오 역, 『가면의 해석학』, 이우, 1985.

T. W. 아도르노, 김주연 역, 「시와 사회에 관한 강연」, 『아도르노의 문학이론』, 민
　　　　음사, 1985.

Tzvetan Todorov, 최현무 역, 『바흐찐―문학사회학과 대화이론』, 까치, 1987.

모더니즘 창작방법론과 전체시론

김기림, 『金起林全集』 1~6권, 심설당, 1988.

윤여탁 편,『김기림 문학비평』, 푸른사상, 2002.

『조선일보』,『동아일보』,『시원』,『신동아』,『중앙』,『인문평론』

구중서 · 최원식 편,『한국 근대문학 연구』, 태학사, 1997.

김경일,「한국근현대사에서 근대성의 경험과 근대주의」,『현대사상』, 1997년 여름.

김용직,『김기림─모더니즘과 詩의 길』, 건국대 출판부, 1997.

김우창,「전체적 반성─인문과학의 방법에 대한 한 관찰」,『세계의 문학』, 1987년
　　　가을.

_____,「주체의 형식으로서의 문학」,『심미적 이성의 탐구』, 솔, 1992.

_____,「구체적 보편성에로─역사와 문학의 관계에 대한 한 고찰」,『심미적 이성
　　　의 탐구』, 솔 , 1992.

김유중 편,『김기림』, 문학세계사, 1996.

김유중,「김기림 문학 연구의 문제점」,『김기림』(정순진 편), 새미, 1998.

김윤식,「전체시론」,『한국근대문학 사상사』, 한길사, 1984.

_____,『근대시와 인식』, 시와시학사, 1992.

김준오,「한국모더니즘 시론의 사적 개관」,『현대시사상』8권, 1991년 가을.

김학동,『김기림 평전』, 새문사, 2001.

류보선,「환멸과 반성, 혹은 1930년대 후반기 문학이 다다른 자리」,『민족문학사연
　　　구』4권, 1993.

문덕수,『한국 모더니즘 시 연구』, 시문학사, 1981.

문혜원,『한국현대시와 모더니즘』, 신구문화사, 1996.

민족문학사연구소 편,『민족문학과 근대성』, 문학과지성사, 1995.

상허문학회 편,『1930년대 후만 문학의 근대성과 자기성찰』, 깊은샘, 1998.

서준섭,『한국모더니즘문학 연구』, 일지사, 1988.

손정수,「1930년대 한국문학비평에 나타난 모더니즘 개념의 내포에 관한 고찰」,
　　　『한국학보』88집, 1997년 가을.

오세영,「30년대 휴머니즘 비평과 '생명파'」,『20세기 한국시 연구』, 새문사, 1989.

오형엽,『한국근대시와 시론의 구조적 연구』, 태학사, 1999.

윤여탁,「역사적, 사회적 실천으로서의 시론─김기림 문학론의 선택과 변모」,『김

기림 문학비평』(윤여탁 편), 푸른사상, 2002.

이현식, 「한국 근대문학사론과 근대성의 담론들」, 『한국 근대문학연구』 3(한국 근대문학회 편), 태학사, 2001년 상반기.

임명진, 「1930년대 풍자문학론 고찰」, 『1930년대 민족문학의 인식』, 한길사. 1990.

임 화, 『문학의 논리』, 학예사, 1940.

정순진, 『金起林文學研究』, 국학자료원, 1991.

정순진 편, 『김기림』, 새미, 1999.

정호웅, 「김남천론—주체의 정립과 리얼리즘」, 『한국근대리얼리즘 작가연구』, 문학과지성사, 1988.

정희모, 「김기림 모더니즘론의 전개와 근대성의 문제」, 『한국근대비평의 담론』, 새미, 2001.

진영복, 「반파시즘 운동과 모더니즘—김기림의 모더니즘관을 중심으로」, 『근대문학과 구인회』, 깊은샘, 1996.

하정일, 「1930년대 후반 문학비평의 변모와 근대성」, 『민족문학과 근대성』(민족문학사연구 편), 문학과지성사, 1995.

한계전 외, 『한국 현대시론사 연구』, 문학과지성사, 1998.

반성과 거울의 양식 – 1930년대 후반 임화의 시

임 화, 『현해탄』(신승엽 편), 풀빛, 1988.

_____, 『임화전집』 1(김외곤 편), 박이정, 2000.

_____, 『문학의 논리』, 학예사, 1940(서음출판사, 1989).

『동아일보』, 『조선일보』, 『풍림』

김경일, 「한국 근현대사에서 근대성의 경험과 근대주의」, 『현대사상』, 1997년 여름.

김명인, 「1930년대 중후반 임화 시의 양상과 성격」, 『민족문학사연구』 5호, 1994.

김미희, 「니체에서의 생성과 긍정의 정신」, 이화여대 석사논문, 2002.

김용직, 『임화문학 연구』, 세계사, 1991.

김윤식, 『임화 연구』, 문학사상사, 1989.

김정훈, 『임화시 연구』, 국학자료원, 2001.

김진희,「임화시 연구─단편서사시를 중심으로」, 이화여대 석사논문, 1990.

남기혁,「임화시의 담론구조와 장르적 성격 연구」, 서울대 석사논문, 1992.

류보선,「환멸과 반성, 혹은 1930년대 후반기 문학이 다다른 자리」,『민족문학사연구』 4권, 1993.

_____,「1930년대 후반기 문학비평 연구」, 서울대 박사논문, 1996.

백 철,『조선신문학사조사』, 백양당, 1947.

서인식,「애수와 퇴폐의 미」,『인문평론』, 1939. 1.

송기섭,「서정의 힘과 이념」,『어문연구』 31호, 1999.

신범순,「1930년대 문학에서 퇴폐적 경향에 대한 논의─불안사조와 니체주의의 대두」,『한국현대시의 퇴폐와 작은 주체』, 신구문화사, 1998.

프리드리히 니체, 강수남 역,『권력에의 의지』, 청하, 1988.

프리드리히 니체, 김태현 역,『도덕의 계보』, 청하, 1982.

Johan Goudsblom, 천형균 역,『니힐리즘과 문화』, 문학과지성사, 1988.

Jurgen Habermas, 이진우 역,『현대성의 철학적 담론』, 문예출판사, 1994.

工藤綏夫, 김문두 역,『니체의 철학과 사상』, 문조사, 1987.

『청록집』의 '자연' 전통과 정전화 과정

박목월 · 조지훈 · 박두진,『三人詩集 靑鹿集』, 을유문화사, 1946.

『문장』 제2권 1호 · 2호 · 7호.

강영안,『자연과 자유사이』, 문예출판사, 1998.

김경수 외,『동서양 문학에 나타난 자연관』, 보고사, 2005.

김대행,『시조유형론』, 이화여대 출판부, 1986.

김동리,「신세대의 정신」,『문장』 16호, 1940. 5.

김동리,「자연의 발견─三家詩人論」,『예술조선』 3, 1948. 4.

김문주,「한국 근대시의 자연 형상과 전통적 성격」,『한국시학연구』 제16호, 한국시학회, 2006.

김미영,「김동리 문학에 있어서 자연의 의미」,『어문학』 84집, 2004. 6.

김승희,「『청록집』과 탈식민화의 저항」,『한국 문학이론과 비평』 33집, 2006. 12.

김용직, 「해방기시단의 청록파」, 『외국문학』, 1989년 봄.

_____, 『한국현대시인연구』, 서울대 출판부, 2000.

김우창, 「한국시의 형이상―하나의 관점」, 『궁핍한 시대의 시인』, 민음사, 1978.

김재홍, 『한국현대시인연구』, 일지사, 1986.

김주연, 「시에서의 한국적 허무주의」, 『사상계』, 1968.12.

김준오, 「상황과 발상법」, 『시론』, 문장사, 1986.

김현숙, 「김용준과 『문장』의 신문인화운동―동양주의 미술과의 관련성을 중심으로」, 『미술사연구』 제16호, 2002.

김홍진, 「자연의 재신화화와 탈신화화」, 『한국언어문학』 제58집, 2006.

남송우, 「정지용 시가 청록집에 미친 영향」 『한국문학논총』 제5집, 1998.

문덕수, 「한국의 현대시정」, 『사상계』, 1968.9.

박두진, 「사십년 간의 문예지」, 『사상계』, 1960.2.

박목월, 「시작 노우트―청록집 주변」, 『청록집』, 심중당, 1976.

박현수, 「초기시의 기묘한 풍경과 이미지의 존재론」, 『박목월』, 새미, 2001.

서정주, 『한국의 현대시』, 일지사, 1969.

심선옥, 「청록파의 문학사적 의의와 박목월의 초기시 연구」, 『반교어문연구』 제6집, 1995.

엄경희 · 유정선, 「자연시의 전통과 세계관의 변모」, 『한국시의 미학적 패러다임과 시학적 전통』(성기옥 · 김수경 · 정끝별 · 엄경희 · 유정선 편), 소명출판, 2004.

오성호, 「「향수」와 「고향」, 그리고 향토의 발견」, 『한국시학 연구』 제7호, 한국시학회, 2002.

오세영 외, 『한국현대 詩史』, 민음사, 2008.

오세영, 『20세기 한국시 연구』, 새문사, 1989.

이남호 편, 『박목월 시전집』, 민음사, 2003.

이남호, 「한국 현대문학에 나타난 자연의 모습」, 『현대한국 문학 100년』(유종호 외 편), 민음사, 1999.

이숭원, 『근대시의 내면구조』, 새문사, 1988.

이승하 외, 『한국현대시문학사』, 소명출판, 2005.

장회익 · 최종덕, 『이분법을 넘어서―물리학자 장회익과 철학자 최종덕의 통합적

　　사유를 향한 대화』, 한길사, 2007.

정수자, 「박목월 시의 산에 나타난 미학적 특성」, 『한국시학 연구』 16호, 한국시학
　　회, 2006.

정지용, 「조선시의 반성」, 『문장』 27호, 1948.10.

정한모, 「청록파의 시사적 의의」, 『현대시론』, 민중서관, 1973.

조지훈, 「한국현대시의 반성」, 『사상계』, 1962.5.

조해옥, 「도시공간과 빈민의 시─김기림의 시」, 『한국 문학이론과 비평』 23집, 2004.

최동호, 「산수시의 세계와 은일의 정신─지용시가 나아간 길」, 『하나의 道에 이르
　　는 詩學』, 고려대 출판부, 1997.

최승호, 「『청록집』에 나타난 생명시학과 근대성 비판」, 『한국시학연구』 제2호, 한국
　　시학회, 1999.

최진원, 『국문학과 자연』, 성균관대 출판부, 1981.

황종연, 「정지용의 산문과 전통에의 지향」, 『한국문학연구』 제10집, 1987.

생명의식의 역사성과 민족문학의 도정─해방 문단의 '생명파'

김승환, 『해방공간의 문학, 시』, 돌베개, 1988.

김윤식 외, 『해방공간의 문학운동과 문학의 현실인식』, 한울, 1989.

김진희, 『생명파시의 모더니티』, 새미, 2003.

최현식, 『서정주 시의 근대와 반근대』, 소명출판, 2003.

서정주, 「역사의식의 자각」, 『현대문학』, 1964.9.

김영민, 「한국현대문학비평사」, 소명출판, 2000.

김경숙, 「오장환 시 연구」, 이화여대 석사논문, 1991.

오장환, 「자아의 형벌」, 『신천지』, 1948.1.

오현주, 『해방기의 시문학』, 열사람, 1988.

서정학, 『한국 현대시의 경계와 영역』, 한울출판사, 1999.

1930년대 시문학의 장(場)과 여성시인─모윤숙의 초기 시

모윤숙, 『영운 모윤숙 전집』 6, 지소림, 1978.

_____, 「어떻게 난 시인이 되었나」, 『신가정』, 1936.3.

최동호·송영순·김용직, 『모윤숙시전집』, 서정시학, 2009.

권　환, 「33년 문예평단의 회고와 전망」, 『조선중앙일보』, 1934.1.14.

김기림, 「문예인의 새해 선언─써클을 선명히 하자」, 『조선일보』, 1933.1.4.

_____, 「포에시와 모더니티」, 『신동아』 3권 7호, 1933.7.

_____, 「毛允淑씨의 '리리시씀'─시집 『빛나는 地域』을 읽고」, 『조선일보』, 1933.10.29~30.

_____, 「1933년의 시단의 회고와 전망」, 『조선일보』, 1933.12.7~13.

_____, 「여류문인 편감 촌평」, 『신가정』 2권 2호, 1934.2.

_____, 「현대시의 肉感─감상과 명랑성에 대하여」, 『詩苑』 1권 2호, 1935.4.

김승구, 「모윤숙 시에 나타난 여성과 민족 관련 양상 연구」, 『현대문학의 연구』 30 호, 2006.10.

김용직, 『한국 현대시인연구』, 서울대 출판부, 2000.

김윤식, 「한국시의 여성편향」, 『근대한국문학연구』, 일지사, 1973.

김혜경, 『식민지하 근대 가족의 형성과 젠더』, 창작과비평사, 2006.

박숙자, 「근대문학의 형성과 감정론」, 『어문연구』 제3호, 2006.

박용철, 「편집후기」, 『시문학』 창간호, 1930.3.

_____, 「여류시단 총평」, 『신가정』, 1934.12.

박지영, 「1920년대 '책광고'를 통해서 본 베스트셀러의 운명」, 『대동문화연구』 제 53집, 2006.

백　철, 『조선 신문학사조사』, 백양당, 1947.

서준섭, 『한국모더니즘 문학연구』, 일지사, 1988.

성동학인, 「우리들은 어떤 소설을 읽을까」, 『동아일보』, 1928.2.11.

송영순, 『모윤숙 시 연구』, 국학자료원, 1997.

심진경, 「문단의 '여류'와 '여류 문단'」, 『상허학보』 제13집, 2004.

오세영 외, 『한국현대詩史』, 민음사, 2007.

이광수, 「모윤숙의 시집, 『빛나는 지역』」, 『빛나는 지역』, 박문서관, 1933.

이석훈, 「문학소녀」, 『신여성』 7권 5호, 1933.5.

임우경, 「식민지 여성과 민족 / 국가 상상」, 『한국의 식민지 근대와 여성공간』(태혜숙 외편), 어이연, 2004.

임　화, 「1933년 조선 문학의 제 경향과 전망」, 『조선일보』, 1934.1.7.

_____, 「기교파와 조선시단」, 『중앙』, 1936.2.

정태용, 「모윤숙론」, 『현대문학』, 1967.5.

최정희, 「1933년도 여류문단 총평」, 『신가정』, 1934.12.

허혜정, 「모윤숙의 초기시의 출처」, 『현대문학의 연구』 33호, 한국문학연구학회, 2007.

홍명희, 모윤숙 양씨 문답록 · 좌담, 「이조문학 기타」, 『삼천리문학』 제1집, 1938.1.

리타 펠스키, 김영찬 · 심진경 역, 『근대성과 페미니즘』, 거름, 1998.

Pierre Bourdieu, 하태환 역, 『예술의 규칙―문학 장의 기원과 구조』, 동문선, 1999.

유행가 가사의 대중성과 여성성 – 김억 작사(作詞)곡을 중심으로

김　억, 『안서 김억 전집』 1~9권(박경수 편), 한국문화사, 1987.

_____, 「서문」, 『오뇌의 무도』, 조선도서, 1921.

_____, 「서문」, 『해파리의 노래』, 조선도서, 1923.

_____, 「시형의 음률과 호흡」, 『태서문예신보』 제14호, 1919.1.13.

_____, 「권두소언」, 『안서시집』, 한성도서, 1929.

_____, 「시작법 II」, 『조선문단』, 1925.8.

_____, 「流行歌詞管見」, 『매일 신보』, 1933.10.15~19.

_____, 「유행가와 각계 관심―시인으로서의 관심」, 『신가정』, 1933.2.

_____, 「거리의 꾀꼬리인 십대가수를 내보낸 작곡, 작사 고심기」, 『삼천리』, 1935.11.

최동현 · 임명진 편, 『유성기 음반 가사집』 5 · 6, 민속원, 2003.

한국정신문화연구원 편, 『한국유성기음반 총목록』, 민속원, 1998.

「인기가수 좌담회」, 『삼천리』, 1936.1.

구인모, 「詩歌의 理想, 노래로 부른 근대―김억의 유성기음반 가사와 격조시형」,
　　　『한국근대문학연구』 제16호, 2007.

김광해 · 윤여탁 · 김만수, 『일제강점기 대중가요 연구』, 박이정, 1999.

김기림, 「1933년 시단의 회고와 전망」, 『조선일보』, 1933.12.7~13.

_____, 「오전의 시론―동양인」, 『조선일보』, 1935.4.25.

김능인, 「민요와 리얼리틱한 유행가」, 『삼천리』, 1933. 3.

김대행, 『한국시의 전통연구』, 개문사, 1980.

김영철, 「근대시의 형성기」, 『한국현대詩사』(오세영 외편), 민음사, 2008.

김용직, 『한국현대시인연구』 하, 서울대 출판부, 2000.

김진송, 『현대성의 형성―서울에 딴스홀을 許하라』, 현실문화연구, 1999.

김진희, 「근대문학의 場과 김억의 상징주의 수용」, 『한국문학이론과 비평』 제22집, 2004.

김혜련, 『아름다운 가짜, 대중문화와 센티멘털리즘』, 책세상, 2005.

김효정, 「조명암 대중가요 연구」, 『낭만음악』 제13권 제2호, 2001년 봄.

박숙자, 「근대문학의 형성과 감정론」, 『어문연구』 제3호, 2006.

서영희, 「일제강점기 박영호의 대중가요 가사 작품 연구」, 『민족문화논총』 제33집, 2006.

서우석, 『시와 리듬』, 문학과지성사, 1988

심선옥, 「1920년대 민요시의 근원과 성격」, 『상허학보』 제10집, 상허학회, 2003.

엄성원, 「1920년대 민요시의 사적 전개과정과 근대적 특징 연구」, 『한국언어문화』
        28집, 2005.

이동순, 『민족시의 정신사』, 창작과비평사, 1996.

이하윤, 「유행가곡의 제작문제」, 『동아일보』, 1934. 4. 2.

장유정, 「안서 김억의 대중가요 가사에 나타나는 민요적 특성 고찰」, 『겨레어문학』
        제35집, 2005.

_____, 「민요전통 계승한 김억의 대중가요 가사」, 『문학사상』, 2006. 1.

_____, 『오빠는 풍각쟁이야―대중가요로 본 근대의 풍경』, 민음in, 2006.

조지훈, 「한국문화사서설」, 『조지훈 전집』 6권, 일지사, 1973.

주근옥, 「김억의 격조시형론 소고」, 『한국현대시인연구』 상(문덕수 · 김용직 · 박
        명용 · 정순진 편), 푸른사상, 2001.

최은숙, 「20세기 전반기 대중가요 담론의 쟁점과 의의」, 『한국민요학』 21권, 2007.

한수영, 「1920년대 시의 노래화 현상연구」, 『비평문학』 24호, 2006.

리타 펠스키, 김영찬 · 심진경 역, 『근대성과 페미니즘』, 거름, 1998.

안 뱅상 뷔포, 이자경 역, 『눈물의 역사』, 동문선, 2000.

허버트 J. 갠스, 이은호 역, 『고급문화와 대중문화』, 현대미학사, 1996.

식민지 근대의 불모성과 여성 — 1930년대 오장환의 시

오장환 · 최두석 편, 『오장환 전집』 1 · 2, 창작과비평사, 1989.

김진송, 『현대성의 형성 — 서울에 딴스홀을 許하라』, 현실문화연구, 1999.

백 철, 『신문학사조사』, 백양당, 1947.

김경숙, 「오장환 시 연구」, 이화여대 석사논문, 1992.

김경일, 「한국 근현대사에서 근대성의 경험과 근대주의」, 『현대사상』, 1998년 여름.

_____, 「한국 근대사회의 형성에서 전통과 근대」, 『사회와 역사』 통권 제54집, 한국사회사학회, 1998.

김기림, 「오장환 시집 『성벽』을 읽고」, 『조선일보』, 1937.9.18.

김면수, 「오장환 시의 '근대성' 연구」, 인하대 석사논문, 1998.

김성곤, 「탈식민주의(Post-Colonialism)시대의 문학」, 『외국문학』 제31호, 외국문학, 1992.

김종건, 「소설의 공간 설정과 작가의식의 상관성 연구」, 『대구 어문 논총』 제15집, 1997.

박로아, 「카페의 情調」, 『별건곤』, 1929.9.

박민수, 「오장환 시의 현대성」, 『현대시 사상』 제25호, 고려원, 1995.

박윤우, 「오장환 시 연구 — 비판적 인식의 변모 과정을 중심으로」, 서울대 석사논문, 1989.

박호영, 「오장환 시의 모더니즘적 특성」, 『강릉대 인문학보』 9, 1990.

손정목, 『일제강점기 도시 사회상 연구』, 일지사, 1996.

송연옥, 「일제 식민지화와 공창제 도입」, 서울대 석사논문, 1998.

오성호, 「「성벽」에서 「붉은 산」까지의 거리」, 『민족문학사연구』, 창작과비평사, 1994.

이경순, 「탈식민주의 페미니즘」, 『외국문학』 제31호, 외국문학, 1992.

이봉구, 「『성벽』 시절의 장환」, 『성벽』, 이문각, 1947.

이영정, 「한국 근대의 여성운동」, 『여성학』, 이화여대 출판부, 1985.

이재복, 「李箱 소설의 몸과 근대성에 관한 연구」, 한양대 박사논문, 2001.

이효재, 「일제하의 한국여성노동문제 연구」, 『한국근대사론』 3, 지식산업사, 1975.

임 화, 「시단의 신세대」, 『조선일보』, 1938.12.23~25.

정순진, 「이용악의 시세계 — '팔려간 여성' 모티프를 중심으로」, 『한국문학과 여성주의 비평』, 국학자료원, 1992.

정영자, 「한국페미니즘 소설의 계보」, 『문학정신』, 문학정신, 1991년 가을.

정진성, 「식민지 자본주의화 과정에서의 여성 노동의 변모」, 『한국여성학』 제4집, 한국여성학회, 1988.

조병춘, 「오장환의 시세계 연구」, 『문학 속의 서울』(한국문학평론가협회 편), 백문사, 1994.

조해옥, 「근대인의 불안과 허무의식─오장환의 「성벽」과 「헌사」를 중심으로」, 『한남어문학』 제22호, 1997.

최두석, 「오장환의 시적 편력과 진보주의」, 『오장환전집』 2, 창작과비평사, 1989.

최숙경 외, 「한국여성사 정립을 위한 여성 인물 유형 연구 Ⅲ─3 · 1 운동이후부터 해방까지」, 『이화여대 여성학 논집』 제10호, 1993.

최혜실, 「경성의 도시화가 1930년대 한국모더니즘 소설에 미친 영향」, 『서울학 연구』 제9호, 서울시립대 서울학연구, 1998.

아르놀트 하우저, 백낙청 · 염무웅 역, 『문학과 예술의 사회사』 4, 창작과비평사, 1999.

아지자 · 올리비에리 · 스크트릭, 장영수 역, 『문학의 상징 · 주제 사전』, 청하, 1989.

진 쿠퍼, 이윤기 역, 『세계문화 상징사전』, 까치, 1994.

서정주 초기 시의 여성 이미지─시단(詩壇)과 화단(畵壇)의 교류를 중심으로

서정주, 『미당시전집』 1 · 2 · 3, 민음사, 1994.

_____, 『미당자서전』 1 · 2, 민음사, 1994.

_____, 「고대그리스적 육체성─나의 처녀작을 말한다」, 『서정주 문학전집』 5권, 일지사, 1972.

_____, 「나의 문학인생 7장」, 『시와 시학』, 1996년 가을.

「동경미술학교 유학35년사」, 『월간미술』, 1989.9.

구정화, 「한국근대기의 여성인물화에 나타난 여성 이미지」, 『한국근대미술사학』 9집, 2001.

기혜경, 「1920~30년대 한국근대미술과 문학의 교류상에 관한 연구」, 홍익대 석사논문, 1998.

김광균, 「30년대의 畵家와 詩人들」, 『계간미술』 제23호, 1982년 가을.

김영나, 「한국근대의 누드화」, 『20세기 한국미술』, 예경, 1998.

_____, 「한국 근대 시각미술에 재현된 '신여성'」, 『미술사와 시각문화』 제2호, 2003.

김용준, 「모델과 여성의 미」, 『여성』, 1936.9.

김진송, 『현대성의 형성－서울에 딴스홀을 許하라』, 현실문화연구, 1999.

김진희, 『생명파시의 모더니티』, 새미, 2003.

서준섭, 『한국 모더니즘 문학 연구』, 일지사, 1988.

안석주, 「나체모델과 화가의 감촉」, 『삼천리』, 1929.6.

윤태원, 「예술의 상호해명에 관한 역사적 고찰－빙켈만에서 낭만주의까지」, 『독일문학』 제89집, 2004.

이구열 · 유준상 · 이태현 정담, 「동경 유학생들의 한국근대미술」, 『월간 미술』, 1989.9.

장창영, 「서정주 시에 나타난 성욕망과 정화양상」, 『국어국문학』 133호, 2003.

정끝별, 『패러디 시학』, 문학세계사, 1997.

조정육, 「'조선의 고갱' 이인성 돌아오다」, 『한겨레신문』, 2006.5.12.

홍선표, 「한국 근대미술의 여성 표상」, 『한국근대미술사학』 10집, 2002.

황현산, 「서정주, 농경사회의 모더니즘」, 『미당연구』, 민음사, 1994.

Carol Duncan, 호승희 역, 「남자다움과 남성 우위－20세기 초기의 전위회화」, 『미술과 페미니즘』(Norma Broude · Mary D. Garrard 편), 동문선, 1994.

Gérard Legrand, 정숙현 역, 『르네상스』, 생각의나무, 2004.

Peter Brooks, 이봉지 · 한애경 역, 『육체와 예술』, 문학과지성사, 2000.

Rita Felski, 김영찬 · 심진경 역, 『근대성과 페미니즘』, 거름, 1998.

Vanessa R. Schwartz, 노명우 · 박성일 역, 『구경꾼의 탄생』, 마티, 2006.